中华传统诗文精华读本

吴伟凡 ◎ 主编

首都经济贸易大学出版社

Capital University of Economics and Business Press

·北京·

图书在版编目(CIP)数据

中华传统诗文精化读本/吴伟凡主编. —北京:首都经济贸易大学出版社,
2014.12

ISBN 978 – 7 – 5638 – 2276 – 8

Ⅰ.①中⋯　Ⅱ.①吴⋯　Ⅲ.①中国文学—古典文学—文学欣赏
Ⅳ.①I206.2

中国版本图书馆 CIP 数据核字(2014)第 215068 号

中华传统诗文精化读本

吴伟凡　主编

出版发行	首都经济贸易大学出版社	
地　　址	北京市朝阳区红庙(邮编100026)	
电　　话	(010)65976483　65065761　65071505(传真)	
网　　址	http://www.sjmcb.com	
E – mail	publish@cueb.edu.cn	
经　　销	全国新华书店	
照　　排	首都经济贸易大学出版社激光照排服务部	
印　　刷	北京九州迅驰文化传媒有限公司	
开　　本	710 毫米×1000 毫米　1/16	
字　　数	340 千字	
印　　张	17.5	
版　　次	2014 年 12 月第 1 版　2014 年 12 月第 1 次印刷	
书　　号	ISBN 978 – 7 – 5638 – 2276 – 8/I・27	
定　　价	32.00 元	

前　言

进入 21 世纪,在中国经济腾飞的态势中,汉语文化的庄严复兴神圣地摆在了我们每个炎黄子孙的面前。继续传承、弘扬我们的传统文化,可以说是我们民族复兴的首要任务,也是我们教育工作者,尤其是语文教育工作者责无旁贷的使命。

中华传统文化的精髓都凝固在我们的传统经典之中。高阶语文学习的重要任务之一也是要阅读传统经典。传统经典究竟跟我们的阅读有什么关系? 起码我们应有以下三个层面的认识。其一,阅读经典是在阅读中国,是在与中华民族源头的精神汇合。阅读经典可以直接接触人类文明的原始成果,从中吸取丰富的营养,对人类文明的精神遗产有第一手的了解。每一个人都有责任找到自己的文化根源,经典常读能够为灵魂接续文化血脉。其二,经典出自大师,阅读经典就是在追随伟大的灵魂。沐浴大师的精神之光,常与大师精神对话,能使我们在潜移默化中改变心理、构塑思想,获得精神的健康与活力。其三,阅读经典可以提升个人的生命体悟能力,抵抗“生活在媒体中”对人的异化。读经典一部,胜读杂书万本。常读经典可以让人在浮躁的世情里保留一份豁达朗逸的心情,纵使红尘纷扰,可求灵魂不孤。常读经典能够陶冶性情,能够引导人拥有独立的道德意识,懂得与人为善,正派朴素做人,从而逐步学会以正确态度、健康思想分析社会中的人和事,逐步构建健全的人格和健全的精神境界,开拓出有益的生活方式。

为进一步促进在校大学生大学语文及汉语文化学习,首都经济贸易大学文化与传播学院汉语言文学系在学院领导的关怀与指导下,开拓进取,努力进行学科建设。在出版了具有特色的大学语文新教程后,考虑到教材文本阅读量有限,给学生学习和思考带来不便,我们策划编写了《中华传统诗文精华读本》。本书本着“直面经典、去粗取精、助教促学”的原则从浩如烟海的中国传统文化典籍中甄别选择范文若干,既作为汉语国际教育专业学生自学必备之用,也为本校大学语文课提供文本参考书。感谢学院领导对我系的大力支持。

本书选文与注释工作分工如下:赵建梅编注先秦诗歌;司新丽、顾明、蔡建新编注先秦散文;朱琳编注两汉史传;李培涛编注魏晋笔记;汪艳菊编注唐宋诗词;张小乐编注唐宋散文;吴伟凡编注元明戏曲;彭利芝编注明清小说。

真诚希望同行及广大读者的批评指正。

目录

一、先秦诗歌

（一）《诗经》

关雎（周南）①

关关雎鸠，在河之洲②。窈窕淑女③，君子好逑④。

参差荇菜⑤，左右流之⑥。窈窕淑女，寤寐求之⑦。

求之不得，寤寐思服⑧。悠哉悠哉，辗转反侧⑨。

参差荇菜，左右采之。窈窕淑女，琴瑟友之⑩。

参差荇菜，左右芼之⑪。窈窕淑女，钟鼓乐之⑫。

【注释】

①《诗经》是我国最早的诗歌总集，原名《诗》《诗三百》，到汉代被尊为经典，始称《诗经》。现存诗305篇，分为《风》《雅》《颂》，大抵皆是周初至春秋中叶五百多年间的作品。最后编定成书，大约在公元前6世纪。产生的地域，约相当于今陕西、山西、河南、河北、山东及湖北北部一带。作者包括了从贵族到平民的社会各个阶层人士，绝大部分已不可考。作品内容十分广泛，深刻反映了商、周时期，尤其是西周初年至春秋中叶社会生活的各个方面。根据不同内容的需要，分别采用赋、比、兴的艺术手法。汉代传《诗》者有申培的鲁诗、辕固生的齐诗、韩婴的韩诗、毛苌的毛诗（毛苌诗说，为西汉时人毛亨所授，故称毛亨为大毛公，苌为小毛公），凡四家。鲁、齐、韩三家为今文经学，现皆亡佚，仅存《韩诗外传》。毛诗为古文经学，盛行于东汉以后。今所传者为《毛诗》。《关雎》是《诗经·国风》的第一篇，也是全书的首篇。《毛诗序》以为此诗是吟咏"后妃之德"，"是以《关雎》，乐得淑女以配君子"。现代研究者多不信此说，认为是描写恋爱的作品。　②关关：和鸣声。雎（jū）鸠：鸟名，即王雎。洲：水中可居之地。　③窈窕：幽闲。淑：美善。　④好逑（hǎoqiú）：好的配偶。逑：配偶。　⑤参差：长短不齐。荇（xìng）菜：浅水性植物，叶片像睡莲，多年生水草，夏天开黄色花，嫩叶可食。　⑥流：通"捋（jiū）"，求取。　⑦寤（wù）：睡醒。寐：入睡。　⑧思服：思念。服：思。　⑨辗转反侧：翻覆不能入眠。　⑩琴、瑟，皆

1

弦乐器。琴五或七弦，瑟二十五或五十弦。友:此处有亲近之意。这句说,用琴瑟来亲近淑女。
⑪芼(mào):择取。　⑫钟鼓乐之:用钟鼓来使淑女喜乐。

卷耳(周南)①

采采卷耳,不盈顷筐②。嗟我怀人,寘彼周行③。
陟彼崔嵬,我马虺隤④。我姑酌彼金罍,维以不永怀⑤。
陟彼高冈,我马玄黄⑥。我姑酌彼兕觥,维以不永伤⑦。
陟彼砠矣,我马瘏矣⑧,我仆痡矣。云何吁矣⑨!

【注释】

①《诗序》说:"《卷耳》,后妃之志也。又当辅佐君子求贤审官,知臣下之勤劳,内有进贤之志,而无险诐私谒之心。朝夕思念,至于忧勤也。"但与诗的内容并不相符。朱熹《诗集传》说此篇是后妃思念文王之作。现代研究者多以为是女子怀念征人的诗。　②采采:不断地采。一说,采采,茂盛貌。卷耳,又名苍耳,菊科一年生草本植物,果实呈枣核形,上有钩刺,名"苍耳子",可做药用。嫩苗可食。盈:满。顷筐:浅筐。这两句说,虽不断地采着卷耳,但仍不能采满一浅筐,以形容其忧思之深。　③嗟:语助词,或谓叹息声。寘(zhì):同"置",放下。周行(háng):大道。朱熹《诗集传》:"方采卷耳,未满顷筐,而心适念其君子,故不能复采,而寘之大道之旁也。"　④陟(zhì):登。崔嵬(wéi):岩石高低不平的土山。我,诗人想象中的丈夫自称。虺隤(huītuí):疾病的统称。　⑤姑:姑且。金罍(léi):青铜制的酒器,上刻有云雷花纹。维:发语词。永:长久。怀:思念。这句写征人借饮酒来排除对家里的怀念。　⑥玄黄:马病,毛色变黑黄。　⑦兕觥(sìgōng):兕牛角制成的酒器。兕,类似犀牛的野牛,一角,青色。永伤:永怀。伤,思。　⑧砠(jū):多土的石山。瘏(tú):病,此处作动词用,为患病之意。　⑨仆:驾车者。痡(pū):过度疲劳致病,不能走路。云:语助词,无义。何:多么。吁(xū):忧愁。

芣苢(周南)①

采采芣苢,薄言采之②。采采芣苢,薄言有之③。
采采芣苢,薄言掇之④。采采芣苢,薄言捋之⑤。
采采芣苢,薄言袺之⑥。采采芣苢,薄言襭之⑦。

【注释】

①本篇写妇女采摘芣苢的情状,语言的反复,篇章的重叠,表现了她们在劳动中的欢愉之情。《诗序》说:"《芣苢》,后妃之美也。和平,则妇人乐有子矣。"解释妇女采摘芣苢的动机可供参考。芣苢(fúyǐ),车前草,一种草药,古人认为其籽可以治妇女不孕和难产。　②薄:发语词,含有勉力之意。言:语助词。这句写开始采摘芣苢。　③有:采取。　④掇(duō):拾取。

⑤将(luō):从茎上成把地抹下来。　⑥袺(jié):拉起衣襟以盛放物品。　⑦襭(xié):用衣襟角系在腰带上以盛放物品。

静女(邶风)①

静女其姝,俟我于城隅②。爱而不见,搔首踟蹰③。
静女其娈,贻我彤管④。彤管有炜,说怿女美⑤。
自牧归荑,洵美且异⑥。匪女之为美,美人之贻⑦。

【注释】

①这是一首写男女约会的诗。《毛序》:"《静女》,刺时也。卫君无道,夫人无德。"欧阳修《诗本义》:"《静女》一诗,本是情诗。"　②静:靖的假借字,善。姝(shū):美好。俟:等待。城隅:城上的角楼。　③爱:通"薆(ài)",隐藏。见:通"现",出现。一说是看见。踟蹰(chíchú):亦作"踟躇",徘徊,彷徨。　④娈(luán):美好。贻(yí):赠送。彤(tóng)管:一说是赤管的笔,一说是一种像笛的乐器,一说是红管草。　⑤炜(wěi):红而有光。说怿(yuèyì):喜爱。说,同"悦"。女(rǔ):同"汝",你,指彤管。　⑥牧:郊外。归:同"馈",赠送。荑(tí):初生的茅草。洵(xún):确实。异:可爱。　⑦匪(fēi):非。女(rǔ):同"汝",指荑草。

伯兮(卫风)①

伯兮朅兮,邦之桀兮②。伯也执殳,为王前驱③。
自伯之东,首如飞蓬④。岂无膏沐,谁适为容⑤。
其雨其雨,杲杲出日⑥。愿言思伯,甘心首疾⑦!
焉得谖草,言树之背⑧。愿言思伯,使我心痗⑨!

【注释】

①本篇写妇人对远征丈夫的思念,感情深厚,描写细腻。《诗序》说:"《伯兮》,刺时也。言君子行役,为王前驱,过时而不返焉。"　②伯:兄弟姐妹中年长者称伯。此处系指其丈夫。朅(qiè):英武高大。桀:同"杰"。　③殳(shū):梃棍之类的兵器,长丈二,无刃。　④之:往。蓬:一种野生植物,枯后常在近根处折断,遇风飞旋,故称蓬草。　⑤膏沐:面膏、发油之类。适(dí):悦。容:容饰。这句是说,修饰容貌为了取悦于谁呢?　⑥其:维。杲杲(gǎogǎo):日出明亮的样子。《郑笺》:"人言其雨其雨,而杲杲然日复出。犹我言伯且来,伯且来,则复不来。"这句写女子的失望心情,盼望下雨,偏偏出了太阳,事与愿违。　⑦愿言:念念不忘的样子。甘心:痛心。首疾:头痛。女子念念不忘地思念丈夫,想得心口与头都痛起来了。　⑧焉得:安得,哪得。谖(xuān)草:萱草,古人认为此草可以使人忘忧,故又名忘忧草,即今之黄花菜、金针菜。言:而,乃。树:种植。背:古与"北"同,指北堂,即后庭。　⑨痗(mèi):病。心痗:心痛而病。

黍离（王风）①

彼黍离离,彼稷之苗②。行迈靡靡,中心摇摇③。知我者,谓我心忧④。不知我者,谓我何求⑤。悠悠苍天,此何人哉⑥?

彼黍离离,彼稷之穗⑦。行迈靡靡,中心如醉⑧。知我者,谓我心忧。不知我者,谓我何求。悠悠苍天,此何人哉?

彼黍离离,彼稷之实。行迈靡靡,中心如噎⑨。知我者,谓我心忧。不知我者,谓我何求。悠悠苍天,此何人哉?

【注释】

①本篇是东周大夫悲悼宗周覆亡之作。《诗序》说:"《黍离》,闵宗周也。周大夫行役,至于宗周(西周首都镐京,在今陕西省西安市西南)。过故宗庙宫室,尽为禾黍。闵周室之颠覆,彷徨不忍去,而作是诗也。"今人或以为是流浪者抒写思乡之情的作品。 ②黍:黄米。离离:庄稼排列整齐的样子。稷:谷子,其米为小米。 ③行迈:远行。靡靡:迟迟,指行走缓慢。中心:心中。摇摇:忧苦不安。 ④知我者:指知我心情者。 ⑤谓我何求:谓我久留不去,何所要求。此何人哉:造成这种局面的到底是哪个人? ⑥悠悠:远。苍天:青天。 ⑦穗:穗子。 ⑧中心如醉:言心中忧闷像喝醉酒一样恍惚。《毛传》:"醉于忧也。" ⑨噎(yē):咽喉闭塞,不能喘息。

君子于役（王风）①

君子于役,不知其期,曷至哉②?鸡栖于埘,日之夕矣,羊牛下来③。君子于役,如之何勿思④!

君子于役,不日不月,曷其有佸⑤?鸡栖于桀,日之夕矣,羊牛下括⑥。君子于役,苟无饥渴⑦!

【注释】

①本篇写女子怀念久役于外的丈夫。《诗序》说:"《君子于役》,刺平王也。君子行役无期度,大夫思其危难以风焉。"似言此诗系大夫假托妇人忧念之辞,以刺平王。朱熹《诗集传》则以为是妇人自作。 ②君子:当时妻子对丈夫的称呼。于役:往外服役。于:往。期:期日。此指还期、定期。曷:何,这里意为何时。至:到家,归来。 ③埘(shí):鸡窝,墙壁上挖洞砌泥而成。羊牛下来:牛羊从牧场的山坡上走下来归栏。 ④如之何勿思:如何不思。 ⑤不日不月:无日无月。极言时间之长。有(yòu):又。佸(huó):相会,指与丈夫团聚。 ⑥桀:鸡栖木,是用竹木所编、给鸡栖息的圈子,俗称鸡摺子。括:来到。 ⑦苟:且、或许,带有疑问口气的希望之词,希望丈夫或许不至于忍饥受渴。

伐檀(魏风)①

坎坎伐檀兮②,寘之河之干兮③,河水清且涟猗④。不稼不穑,胡取禾三百廛兮⑤? 不狩不猎,胡瞻尔庭有县貆兮⑥? 彼君子兮,不素餐兮⑦!

坎坎伐辐兮⑧,置之河之侧兮,河水清且直猗⑨。不稼不穑,胡取禾三百亿兮⑩? 不狩不猎,胡瞻尔庭有县特兮⑪? 彼君子兮,不素食兮!

坎坎伐轮兮⑫,寘之河之漘兮⑬,河水清且沦猗⑭。不稼不穑,胡取禾三百囷兮⑮? 不狩不猎,胡瞻尔庭有县鹑兮⑯? 彼君子兮,不素飧兮⑰!

【注释】

①《诗序》说:"《伐檀》,刺贪也。在位贪鄙,无功而受禄,君子不得进仕尔。"但就诗的内容来看,本篇重点在责问和讽刺统治者的不劳而获。一群匠人在黄河边伐木,为当老爷的造车,他们边干边唱起了这首歌。诗中明确提出了不劳而获和劳而不获的尖锐矛盾,对剥削者的寄生生活表达了强烈的憎恨和辛辣的讽刺,是《诗经》中斗争性最强的现实主义作品。 ②坎坎:伐木声。檀:青檀树,木紧致,可作车料。 ③寘:同"置",放置。干:岸。 ④涟:水面的波纹。猗(yī)义同"兮",语气助词。 ⑤稼:播种。穑:收获。胡:何,为什么。廛(chán):农民的住房。《毛传》:"一夫之居曰廛。"当时诸侯大夫,有采邑三百户。取禾三百廛,言收取三百户的谷子。 ⑥狩:冬猎。猎:夜里打猎。此处泛指打猎。瞻:望见。庭:院子。县:同"悬"。貆(huān):猪獾,形略似猪,又似狸。 ⑦素餐:白吃饭,不劳而获,下文的"素食""素飧"同义。马瑞辰《毛诗传笺通释》引《孟子》赵岐注:"无功而食谓之素餐"。 ⑧辐:车轮中凑集于中心毂上的直木条。此处指伐檀木为辐。 ⑨直:水流平直。《毛传》:"直,直波也。" ⑩亿:周代以十万为亿,此处指禾把的数目。 ⑪特:大的野兽。《毛传》:"兽四岁曰特。" ⑫轮:车轮,此指伐檀木为轮。 ⑬漘(chún):水边。 ⑭沦:水面的微波。《尔雅》:"小波为沦。" ⑮囷(qūn):圆形粮仓,今称为囤。 ⑯鹑(chún):鸟名,即今之鹌鹑。 ⑰飧(sūn):熟食。

硕鼠(魏风)①

硕鼠硕鼠,无食我黍②! 三岁贯女,莫我肯顾③。逝将去女,适彼乐土④。乐土乐土,爰得我所⑤。

硕鼠硕鼠,无食我麦! 三岁贯女,莫我肯德⑥。逝将去女,适彼乐国。乐国乐国,爰得我直⑦。

硕鼠硕鼠,无食我苗! 三岁贯女,莫我肯劳⑧。逝将去女,适彼乐郊。乐郊乐郊,谁之永号⑨。

【注释】

①这是一首反对剥削过重,幻想美好社会的诗。《诗序》说:"《硕鼠》,刺重敛也。国人刺其

君重敛,蚕食于民,不修其政,贪而畏人,若大鼠也。"诗是为刺履亩税而作。所谓履亩税,《春秋谷梁传》宣公十五年:"初税亩者,非公之去公田,而履亩十取一也。"就是说农民除了要出劳役为公田耕种之外,还要交纳私田所产的三分之一为实物税。这样的双重剥削,农民实在难以忍受,就幻想着去寻找一块理想的乐园。　②硕鼠:鼫鼠,又名田鼠,专吃谷物。这里用来比喻剥削无厌的统治者。　③三岁:多年。三,泛言多。贯:事。女:同"汝",你,这里指统治者。莫我肯顾:是"莫肯顾我"的倒文。后文中的"莫我肯德","莫我肯劳"均同。顾:顾念。　④逝:语首助词,无义。一说,逝同誓,表示坚决之意。适:往。乐土:诗人想象中没有老鼠的幸福乐园,下文"乐国""乐郊"与此同意。　⑤爰(yuán):乃,就。所:处所,地方,犹言使我安居乐业的居所。⑥德:感德,感激。莫我肯德:不肯感念我的好处。　⑦直:同"值",价值。这句是说,我的劳动能得到相应的报酬。　⑧劳:慰劳。莫我肯劳:不肯慰劳我。　⑨之:其,表诘问语气。永:长。号:号呼。永号:因痛苦而长声呼号。这句说,谁还会痛苦而长号呢?

蒹葭(秦风)①

蒹葭苍苍②,白露为霜。所谓伊人,在水一方③。溯洄从之④,道阻且长。溯游从之,宛在水中央。

蒹葭萋萋⑤,白露未晞⑥。所谓伊人,在水之湄⑦。溯洄从之,道阻且跻⑧。溯游从之,宛在水中坻⑨。

蒹葭采采⑩,白露未已⑪。所谓伊人,在水之涘⑫。溯洄从之,道阻且右⑬。溯游从之,宛在水中沚⑭。

【注释】

①本篇抒写怀人之情,在艺术上达到了情景交融的境地。但其所追求的对象为谁,迄今尚无定论。《诗序》说:"《蒹葭》,刺襄公也。未能用周礼,将无以固其国焉。"《郑笺》说同,谓诗中所追慕的"伊人",为"知周礼之贤人"。姚际恒的《诗经通论》和方玉润的《诗经原始》都说这是一首招贤诗,"伊人"即"贤才":"贤人隐居水滨,而人慕而思见之。"或谓:"征求逸隐不以其道,隐者避而不见。"今人或以为是怀念恋人之作。　②蒹葭(jiānjiā):芦苇。苍苍:茂盛的样子。　③所谓:所说、所念,这里指所怀念的。伊人:这个人。在水一方:在河的另一边。　④溯洄:逆流而上。⑤萋萋:茂盛的样子。　⑥晞:干,晒干。　⑦湄(méi):岸边,水与草交接之处。　⑧跻(jī):登,升高,意思是道路险峻,需攀登而上。　⑨坻(chí):水中的高地。　⑩采采:众多的样子。　⑪未已:未止,还没有完,指露水尚未被阳光蒸发完毕。已:止。　⑫涘(sì):水边。　⑬右:弯曲。⑭沚(zhǐ):水中的小块陆地。

无衣(秦风)①

岂曰无衣?与子同袍②。王于兴师,修我戈矛,与子同仇③。

岂曰无衣?与子同泽④。王于兴师,修我矛戟,与子偕作⑤。

岂曰无衣?与子同裳⑥。王于兴师,修我甲兵,与子偕行⑦。

【注释】

①这是一首秦国的军中战歌，写士兵在战争中的同仇敌忾之气。 ②袍：长衣。行军时白天当衣穿，夜里当被盖。同袍，表示友爱互助的意思。 ③王：秦人对秦军的称呼。于：往，或解作曰。兴师：起兵。戈矛：兵器名。戈：平头戟，长六尺六寸。矛：长二丈。 ④泽：同"襗"，贴身的内衣。 ⑤戟：兵器名，将戈、矛合成一体的兵器，能直刺，又能横击。作：起，起来。 ⑥裳(cháng)：下衣，此指战裙。 ⑦甲兵：甲胄及兵器。偕行：同行。

七月（豳风）①

七月流火，九月授衣②。一之日觱发，二之日栗烈③。无衣无褐，何以卒岁④？三之日于耜，四之日举趾⑤。同我妇子，馌彼南亩，田畯至喜⑥。

七月流火，九月授衣。春日载阳，有鸣仓庚⑦。女执懿筐，遵彼微行⑧，爰求柔桑。春日迟迟⑨，采蘩祁祁。女心伤悲，殆及公子同归⑩。

七月流火，八月萑苇⑪。蚕月条桑，取彼斧斨，以伐远扬，猗彼女桑⑫。七月鸣鵙，八月载绩⑬。载玄载黄，我朱孔阳，为公子裳⑭。

四月秀葽，五月鸣蜩⑮。八月其获，十月陨箨⑯。一之日于貉，取彼狐狸，为公子裘⑰。二之日其同，载缵武功⑱。言私其豵，献豜于公⑲。

五月斯螽动股，六月莎鸡振羽⑳。七月在野，八月在宇，九月在户，十月蟋蟀入我床下㉑。穹窒熏鼠，塞向墐户㉒。嗟我妇子，曰为改岁，入此室处㉓。

六月食郁及薁，七月亨葵及菽㉔。八月剥枣，十月获稻㉕。为此春酒，以介眉寿㉖。七月食瓜，八月断壶㉗，九月叔苴。采荼薪樗，食我农夫㉘。

九月筑场圃，十月纳禾稼㉙。黍稷重穋，禾麻菽麦㉚。嗟我农夫，我稼既同，上入执宫功㉛。昼尔于茅，宵尔索绹㉜。亟其乘屋，其始播百谷㉝。

二之日凿冰冲冲，三之日纳于凌阴㉞。四之日其蚤，献羔祭韭㉟。九月肃霜，十月涤场㊱。朋酒斯飨，曰杀羔羊㊲。跻彼公堂，称彼兕觥，万寿无疆㊳。

【注释】

①本篇描写周代早期的农业生产情况，叙述"农夫"在一年中所从事的农业劳动，反映了当时的生产关系和人民的艰苦生活。全诗凡八章八十八句，是《国风》中最长的一篇。《诗序》说："《七月》，陈王业也。周公遭变，故陈后稷先公风化之所由，致王业之艰难也。"就诗的内容看，此篇当为周公以前的豳(今陕西省彬县)地诗歌。这是一篇规模宏大的农事诗。 ②流：落下。火：东方心星，大火星。流火，火星渐向西下，是暑退将寒的时候。授衣：叫妇女缝制冬衣。③一之日：周历正月，夏历十一月。以下依序类推。觱(bì)发：风寒。栗烈：凛冽，谓寒气逼人。④褐(hè)：用细兽毛或粗麻布织成的短衣。卒岁：终岁，度岁。这两句大意是说，没有衣服，怎样过冬。 ⑤于：为，修理。耜(sì)：耒耜，犹今言犁耙。举趾：举足而耕，即下地种田。 ⑥馌

(yè):馈食,送饭。南亩:向阳田地。田畯(jùn):田大夫,农官。至喜:甚喜。 ⑦载,则。阳:温暖。春日则暖和。仓庚:黄鹂。 ⑧懿筐:深筐,大篮子。遵:循,沿着。微行:墙下小路。⑨爰:于,于是。柔桑:柔嫩的桑叶。春日迟迟:春天日长。迟迟,舒缓。 ⑩蘩:白蒿,可饲幼蚕。祁祁:众多。殆:危,危则可畏,引申为害怕。及:与。这两句意思是说,采桑女心里伤悲,害怕自己被公子们掳去。 ⑪萑(huán)苇:蒹葭,荻芦。这两句说,八月预备荻芦,供明年春天作曲(饲蚕用具,如今蚕箔之类)。 ⑫蚕月:养蚕的月份,即夏历三月。条:修剪。条桑:修剪桑枝。斧斨(qiāng):斧头柄孔圆的叫斧,方的叫斨。远扬:指又长又高的桑枝。猗(yī):掎,偏引,斜攀。女桑:柔嫩的桑枝。 ⑬鵙(jú):鸟名,《毛传》以为是伯劳。载:开始。绩:织麻布。⑭载:犹今语又是。玄:黑色带红。玄、黄,都指染丝麻说。朱:红,此处指红色的丝织品。孔阳:很鲜艳。裳:朱裳,谓豳公子的祭服。我以很鲜明的红色丝织品,为公子制祭服。 ⑮秀葽(yāo):不开花而结子叫秀。葽,植物名。蜩(tiáo):蝉,知了。鸣蜩:蝉鸣。 ⑯获:收获。陨萚(tuò):坠落,此指草木枝叶脱落。 ⑰于貉:往猎野兽皮毛为衣。《毛传》:"于貉,谓取狐狸皮也。"同:会合。 ⑱缵:继续。武功:武事,此处指打猎。 ⑲言:句首助词,无实意。私:私有。豵(zōng):小兽。豜(jiān):大兽。《毛传》:"豕一岁曰豵,三岁曰豜。"公:公家。这两句是说猎得的小兽归私人所有,大兽献于公家。豜(jiān):三岁的野猪。 ⑳斯螽(zhōng):动物名,蝗类。动股:两腿相切而发出鸣声。莎鸡:纺织娘(虫名)。振羽:振翅膀而发声。 ㉑在野:指蟋蟀在野。下文在宇、在户亦指蟋蟀。 ㉒穹窒:尽塞室中空隙。《毛传》:"穹,穷。窒,塞也。"熏鼠:用烟火熏烧鼠类,使其无法存身。向:朝北的窗户。墐:用泥涂抹。墐户:用湿泥把门缝涂满。 ㉓改岁:除岁,犹今言过年。 ㉔郁:郁李。薁(yù):蘡薁,野葡萄。亨:同"烹"。葵:冬葵。菽:大豆。 ㉕剥(pū):敲击。 ㉖春酒:《毛传》:"春酒,冻醪。"介:助。眉寿:豪眉。老寿的人生有豪眉,故称眉寿。此句言,以春酒助人长寿。 ㉗壶:通"瓠"(hù,旧读 hú),葫芦。 ㉘叔:拾。苴(jū):麻子,可吃。荼(tú):苦菜。薪:砍柴。樗(chū):臭椿树。薪樗,砍伐臭椿以作薪。食(sì):把食物给人吃。 ㉙筑场圃:把菜圃修筑为晒禾场所。纳:收进谷仓。禾稼:庄稼。㉚重:穜(tóng),先种后熟的谷物。穋(lù):后种先熟的谷物。同:聚拢。指把谷物聚拢起来。 ㉛上:通"尚",尚且。宫功:室内劳动。这句说,还要从事室内劳动。 ㉜尔:语词。于茅:割取茅草。索绹(táo):搓绳。 ㉝亟:同"急"。乘屋:登屋修缮。乘:登上。这句说,赶快上屋去从事修缮工作。 ㉞冲冲:凿冰声。凌阴:冰室。纳于凌阴:把冰放入冰室,谓藏冰备暑。 ㉟蚤:同"早",早晨。献羔祭韭:开冰时,用羔韭祭庙。韭:韭菜。 ㊱肃霜:结霜而万物收缩。涤场:打扫禾场,农事已毕。 ㊲朋酒:两樽酒。《毛传》:"两樽曰朋。"飨(xiǎng):用酒食款待人。 ㊳跻(jī):登上。公堂:集会之所。《毛传》:"公堂,学校也。"或说此指豳公(公刘)之堂,也通。称:举起。兕觥(sìgōng):兕牛角制成的酒器。万寿无疆:犹言大寿无穷。《毛传》:"疆,竟也。"无疆,无止境。万寿,《郑笺》说犹大寿。

采薇(小雅)①

采薇采薇,薇亦作止②。曰归曰归,岁亦莫止③。靡室靡家,猃狁之故④。不遑启居,猃狁之故⑤。

采薇采薇,薇亦柔止⑥。曰归曰归,心亦忧止。忧心烈烈,载饥载渴⑦。我戍未定,靡使归聘⑧。

采薇采薇,薇亦刚止⑨。曰归曰归,岁亦阳止⑩。王事靡盬,不遑启处⑪。忧心孔疚,我行不来⑫!

彼尔维何? 维常之华⑬。彼路斯何? 君子之车⑭。戎车既驾,四牡业业⑮。岂敢定居? 一月三捷⑯。

驾彼四牡,四牡骙骙⑰,君子所依,小人所腓⑱。四牡翼翼,象弭鱼服⑲。岂不日戒? 狁孔棘⑳!

昔我往矣,杨柳依依㉑。今我来思,雨雪霏霏㉒。行道迟迟,载渴载饥㉓。我心伤悲,莫知我哀!

【注释】

①本篇描写戍卒在出征归途中对同狁战争的回顾及其哀怨,表现了诗人忧时之情。②薇:野豌豆苗,可食。作:生,指薇菜冒出地面。止:语气词,无义。这二句是兴,诗人见薇又生,触动他回忆往事的心情。 ③曰:言,说。一说发语词,无实义。归:回家。莫:即今"暮"字。这二句意思是说,要回家了要回家了,但已到了年末仍不能实现。 ④靡:无。室:与"家"义同。靡室靡家:诗人终年远戍,与妻子远离,有家等于无家。狁(xiǎnyǔn)又作"猃狁",我国古代北方少数民族,到春秋时代称为戎、狄,战国、秦、汉称匈奴。 ⑤不遑:不暇。惶:闲暇。启:跪,危坐。居:坐。古人席地而坐,两膝着席,危坐时腰部伸直,臀部与足离开;安坐时臀部贴在足跟上。这二句将不能安居休息的原因归于狁的侵扰。 ⑥柔:指薇叶的柔嫩。 ⑦烈烈:炽烈,火势很大的样子,此处形容忧心如焚。载饥载渴:又饥又渴。载……载……,即又……又……。 ⑧戍:防守,这里指防守的地点。我戍未定:我驻守的地方还不安定。定:安定。使:指使,委托。聘:探问。这二句写自己戍于北狄,未得止定,无人使归问家安否。 ⑨刚:坚硬,指薇菜的茎叶由柔嫩变得老了。 ⑩阳:指阴历十月,小阳春季节。 ⑪王事:指征役。盬(gǔ):休止,止息。靡盬:无止息。 ⑫孔:甚,很。疚(jiù):痛苦。孔疚:非常痛苦。来:回家。不来:不归。以上三章皆言思归之情。 ⑬彼:那些。尔:"蕾"的假借字,花盛开的样子。维:是。维何:是什么。常:同"棠",即棠棣,植物名。 ⑭路:同"辂",指高大的战车,将帅作战时用的车,又叫戎车。斯:语气词,含有"是"的意思。君子:指将帅。 ⑮戎车:兵车。周代战争用车战。四牡:驾兵车的四匹雄马。牡:雄马。业业:高大雄壮的样子。 ⑯定居:安居。三:虚数,指多次。捷:接,指接战、交战。一说,捷,邪出,指改道行军。一说,捷,胜利。 ⑰骙(kuí)骙:马强壮的样子。 ⑱依:依靠。腓(féi):庇,掩护。小人:指士卒。小人所腓:兵士以车为掩护。 ⑲翼翼:行止整齐熟练的样子。谓训练有素。这句虽写马,实写战阵整齐。象弭(mǐ)鱼服:两端用象骨镶饰的弓,用鲨鱼皮制作的箭袋。象弭,象牙镶饰的弓。鱼服:鲨鱼皮制成的箭袋。服:通"箙",盛箭的器具。形容装备精良。 ⑳日戒:日日警惕戒备。孔:甚,很。棘:急。孔棘:很着急。㉑昔:指出征时。往:指从军。杨柳:蒲柳。依依:柳枝茂盛而随风飘拂的样子。 ㉒来:归来。思:语助词,无意。雨:作动词,下雪。霏霏:雪花纷飞的样子。 ㉓行道:道路。迟迟:指道路的长远。或解释为缓慢。

鹿鸣（小雅）①

呦呦鹿鸣②，食野之苹③。我有嘉宾④，鼓瑟吹笙⑤。吹笙鼓簧⑥，承筐是将⑦。人之好我⑧，示我周行⑨。

呦呦鹿鸣，食野之蒿⑩。我有嘉宾，德音孔昭⑪。视民不恌⑫，君子是则是效⑬。我有旨酒⑭，嘉宾式燕以敖⑮。

呦呦鹿鸣，食野之芩⑯。我有嘉宾，鼓瑟鼓琴。鼓瑟鼓琴，和乐且湛⑰。我有旨酒，以燕乐嘉宾之心⑱。

【注释】

①这是一首描写贵族宴会宾客的诗。　②呦呦（yōu）：鹿的叫声。朱熹《诗集传》："呦呦，声之和也。"　③苹：藾蒿。陆玑《毛诗草木鸟兽虫鱼疏》："藾蒿，叶青白色，茎似箸而轻脆，始生香可生食，又可蒸食。"　④嘉：善。嘉宾：佳客。　⑤鼓：动词，弹。鼓瑟：弹瑟。笙：乐器名，用竹和匏制成。　⑥簧：笙中的舌片。笙为管乐，共十三管，每管有簧，故或谓笙为簧。　⑦承：捧上。筐：盛币帛的竹器，也称作筐。将：送。这句意为：捧着盛币帛的筐赠送宾客。　⑧人：指客人。好我：爱我。　⑨示：告。周行：大路，这里引申为处事所应遵循的正道。　⑩蒿：又叫青蒿、香蒿，菊科植物。　⑪德音：美好的品德声誉。孔：很。昭：明。　⑫视：同"示"。恌（tiāo）：同"佻"，偷薄，不厚道。　⑬君子：指一般贵族。是：代词，指嘉宾。则：则法，榜样，此处作动词。　⑭旨：甘美。　⑮式：语助词，无义。燕：同"宴"。敖：舒畅快乐。　⑯芩（qín）：草名，蒿类植物。　⑰湛（dān）：本字为媅，《说文》："媅，乐也。"尽兴的意思。或假借作耽。《常棣》七章末句《释文》引《韩诗》："耽，乐之甚也。"　⑱燕：安。

生民（大雅）①

厥初生民②，时维姜嫄③。生民如何？克禋克祀④，以弗无子⑤。履帝武敏歆⑥，攸介攸止⑦。载震载夙⑧，载生载育⑨，时维后稷⑩。

诞弥厥月⑪，先生如达⑫。不坼不副⑬，无灾无害，以赫厥灵⑭。上帝不宁⑮，不康禋祀⑯，居然生子⑰。

诞寘之隘巷⑱，牛羊腓字之⑲。诞寘之平林⑳，会伐平林㉑。诞寘之寒冰，鸟覆翼之㉒。鸟乃去矣，后稷呱矣㉓。实覃实订㉔，厥声载路㉕。

诞实匍匐㉖，克岐克嶷㉗，以就口食。蓺之荏菽㉘，荏菽旆旆㉚。禾役穟穟㉛，麻麦幪幪㉜，瓜瓞唪唪㉝。

诞后稷之穑㉞，有相之道㉟，茀厥丰草㊱，种之黄茂㊲。实方实苞㊳，实种实褎㊴，实发实秀㊵，实坚实好㊶，实颖实栗㊷，即有邰家室㊸。

诞降嘉种㊹，维秬维秠㊺，维穈维芑㊻。恒之秬秠㊼，是获是亩㊽。恒之穈芑，是任是负㊾。以归肇祀㊿。

诞我祀如何㉝？或舂或揄㉞，或簸或蹂㉟。释之叟叟㊱，烝之浮浮㊲。载谋载惟㊳。取萧祭脂㊴，取羝以軷㊵。载燔载烈㊶，以兴嗣岁㊷。

卬盛于豆㊸，于豆于登㊹。其香始升，上帝居歆㊺。胡臭亶时㊻！后稷肇祀㊼。庶无罪悔㊽，以迄于今㊾。

【注释】

①本篇叙述周始祖后稷的事迹，是周人自述其创业历史的诗篇之一。《诗序》说："《生民》，尊祖也。后稷生于姜嫄，文武之功起于后稷，故推以配天焉。" ②厥：其。初：始。民：指周族人民。 ③时：是，此。维：为。姜嫄(yuán)：传说中有邰氏之女，周始祖后稷之母。 ④克：能。禋(yīn)：祭天的一种礼仪，先烧柴升烟，再加牲体及玉帛于柴上焚烧。 ⑤弗："祓"的假借，除灾求福的祭祀。 ⑥履：践踏。帝：上帝。武：足迹。敏：通"拇"，大拇指。歆：心有所感而体动。 ⑦攸：语助词。介：通"祄"，福佑。止：通"祉"，保佑，赐福。一说"介"读为"愒"，意为休息。止：止息。 ⑧载：语助词。震：通"娠"，怀孕。 ⑨生：分娩。育：哺育。 ⑩时维：这是。后稷：姓姬，名弃，周人始祖。 ⑪诞：发语词。弥：满。这句意为姜嫄怀孕满月。 ⑫先生：首生，即第一胎。如：同"而"。达：滑利，顺畅。 ⑬坼(chè)：裂开。副(pì)：破裂。这句似指产门未破裂。 ⑭赫：显示。灵：灵异。 ⑮宁：安。 ⑯康：安。 ⑰居然：竟然，表示惊疑、诧异。 ⑱寘(zhì)：放置。 ⑲腓(féi)：通"庇"，庇护。字：乳养，喂奶。 ⑳平林：平原上的树林。 ㉑会：适值，恰好碰上。这句意为，正好碰上有人在砍树，不便丢弃。 ㉒鸟覆翼之：大鸟张翼覆盖他。覆：覆盖和托垫。 ㉓呱(gū)：小儿哭声。 ㉔实：是。覃(tán)：长。訏(xū)：大。这句意为，后稷的哭声又长又响亮。 ㉕载：满。 ㉖匍匐：手足着地爬行。 ㉗克：能。岐、嶷：都是有知识、懂事的意思。 ㉘就：求。这句意为后稷自己能去找吃的东西。 ㉙蓺(yì)：同"艺"，种植。荏菽：大豆、黄豆。 ㉚斾(pèi)斾：草木茂盛。 ㉛役：通"颖"。颖，禾苗之末。禾役：即禾穗。穟(suì)穟：禾穗沉甸下垂的样子。 ㉜幪(měng)幪：茂盛的样子。 ㉝瓞(dié)：小瓜。唪(běng)唪：果实丰硕的样子。 ㉞稼穑，种植五谷。 ㉟相(xiàng)：帮助。有相之道：谓有帮助它们长得更茂盛的方法。 ㊱莠：拂的假借，拔除。风草：长得很盛的野草。 ㊲黄茂：嘉谷。言又黄熟，又茂盛。孔颖达疏："谷之黄色者，惟黍、稷耳。黍、稷，谷之善者，故云嘉谷也。" ㊳实：是。方：指种子开始发芽。苞：指种子初破地面尚未伸展的样子。 ㊴种：谷种生出短苗。褎(yòu)：禾苗渐渐长高。 ㊵发：禾茎舒发拔节。秀：禾初生穗结实。 ㊶坚：谷粒灌浆饱满。好：谷粒均匀颜色美好。 ㊷颖：本义指禾穗，这里指禾穗饱满下垂。栗：栗栗，形容收获众多。 ㊸即：往。有：词头，无义。邰(tái)：尧封后稷于邰，其地在今陕西武功县。家室：居住。 ㊹降：赐予。 ㊺秬(jù)：黑黍。秠(pī)：黍的一种，一个黍壳中含有两粒黍米。 ㊻穈(mén)：谷子的一种，初生时叶纯赤，生三四叶后，赤青相间，生七八叶后色始纯青。芑(qǐ)：高粱的一种，初生时苗色微白。 ㊼恒：亘，遍。恒之：遍地种它。 ㊽获：收割。亩：堆在田里。 ㊾任：挑，负：背。 ㊿肇：开始。祀：祭祀。 ㊱我：后稷自称。 ㊲舂(chōng)：用杵在臼里捣米。揄(yóu)：舀，从臼中取出舂好之米。 ㊳簸：扬米去糠。蹂(róu)：用两手反复揉搓米粒。 ㊴释：淘米。叟叟：淘米的声音。 ㊵烝：同"蒸"。浮浮：蒸饭时热气腾腾的样子。 ㊶谋：计划。惟：考虑。 ㊷萧：香蒿。脂：牛肠脂油。古代祭祀将牛油涂在艾上，同黍稷一起点燃，取其香气。 ㊸羝(dī)：公羊。軷(bá)：《毛传》："道祭也"，就是祭路神。一说"軷"同"跋"，谓剥

皮。　59燔(fán):将肉放在火里烧炙。烈:将肉贯穿起来架在火上烤。　60嗣岁:来年。　61卬:仰的古字,上。豆:古代一种盛肉的高脚器皿,有盖,木制,也有铜制。　62登:盛汤的瓦制祭器,有盖,亦有铜制。　63居:语助词。歆:享受祭祀。　64胡:大。臭(xiù):香气。亶(dǎn):诚。时,用作动词,得其时。　65肇祀:开创祭祀之礼。　66庶:幸。　67迄:至。

噫嘻（周颂）①

噫嘻成王②,既昭假尔③。率时农夫④,播厥百谷⑤。骏发尔私⑥,终三十里⑦。亦服尔耕⑧,十千维耦⑨。

【注释】

①这是一首描写春天祈谷的诗。《毛序》:"《噫嘻》,春夏祈谷于上帝也。"诗中叙述康王祭祀成王,即令田官带领农夫播种百谷,让农夫开垦私田,号召他们大规模地参加劳动。诗歌反映了周初农夫的劳动情况和公田、私田的制度。　②噫嘻:祈祷时呼叫祝神的声音。　③昭:明,有显示的意思。假:通作"格"。格:至。昭假:谓显示其敬诚之心以通于神。尔:指所祭对象。一说,尔,语词。　④率:率领。时:是,此。　⑤播:播种。　⑥骏:大,此处作副词用,犹言大大地。发:开发。私:旧注说是私田,后人或疑为耟字之讹。　⑦终:尽,谓把此三十里完全开发。　⑧亦:《郑笺》:"亦,大也。"此处也作副词用。服:《郑笺》:"服,事也。"从事的意思。　⑨十千:万人。耦:耦耕,即两人并耕。

（二）《楚辞》

离骚①

屈原

帝高阳之苗裔兮②,朕皇考曰伯庸③。摄提贞于孟陬兮④,惟庚寅吾以降。皇览揆余初度兮,肇锡余以嘉名⑤:名余曰正则兮,字余曰灵均⑥。

纷吾既有此内美兮⑦,又重之以修能⑧。扈江离与辟芷兮,纫秋兰以为佩⑨。汨余若将不及兮,恐年岁之不吾与⑩。朝搴阰之木兰兮,夕揽洲之宿莽⑪。日月忽其不淹兮,春与秋其代序⑫。惟草木之零落兮,恐美人之迟暮⑬。不抚壮而弃秽兮,何不改乎此度⑭?乘骐骥以驰骋兮,来吾道夫先路⑮!

昔三后之纯粹兮,固众芳之所在⑯。杂申椒与菌桂兮,岂维纫夫蕙茝⑰?彼尧舜之耿介兮,既遵道而得路⑱。何桀纣之猖披兮,夫唯捷径以窘步⑲。惟党人之偷乐兮,路幽昧以险隘⑳。岂余身之惮殃兮,恐皇舆之败绩㉑。忽奔走以先后兮㉒,及前王之踵武㉓。荃不察余之中情兮,反信谗以齌怒㉔。余固知謇謇之为患兮,忍而不能舍也㉕。指九天以为正兮,夫唯灵修之故也㉖。曰黄昏以为期兮,羌中道而改路㉗。初既与余成言兮，后悔遁而有他㉘。余既不难夫离别兮，伤灵修之数化㉙。

余既滋兰之九畹兮，又树蕙之百亩㉚。畦留夷与揭车兮，杂杜衡与芳芷㉛。冀枝叶之峻茂兮，愿竢时乎吾将刈㉜。虽萎绝其亦何伤兮，哀众芳之芜秽㉝。

众皆竞进以贪婪兮，凭不厌乎求索㉞。羌内恕己以量人兮，各兴心而嫉妒㉟。忽驰骛以追逐兮㊱，非余心之所急。老冉冉其将至兮，恐修名之不立㊲。朝饮木兰之坠露兮，夕餐秋菊之落英㊳。苟余情其信姱以练要兮，长顑颔亦何伤㊴。揽木根以结茝兮，贯薜荔之落蕊㊵。矫菌桂以纫蕙兮，索胡绳之𦆅𦆅㊶。謇吾法夫前修兮，非世俗之所服㊷。虽不周于今之人兮，愿依彭咸之遗则㊸。长太息以掩涕兮，哀民生之多艰㊹。余虽好修姱以鞿羁兮，謇朝谇而夕替㊺。既替余以蕙纕兮，又申之以揽茝㊻。亦余心之所善兮，虽九死其犹未悔㊼。怨灵修之浩荡兮，终不察夫民心㊽。众女嫉余之蛾眉兮，谣诼谓余以善淫㊾。固时俗之工巧兮，偭规矩而改错㊿。背绳墨以追曲兮，竞周容以为度㊿。忳郁邑余侘傺兮⑤，吾独穷困乎此时也。宁溘死以流亡兮㊾，余不忍为此态也㊾！鸷鸟之不群兮，自前世而固然㊾。何方圜之能周兮，夫孰异道而相安㊾？屈心而抑志兮，忍尤而攘诟㊾。伏清白以死直兮，固前圣之所厚㊾。

悔相道之不察兮，延伫乎吾将反㊾。回朕车以复路兮㊾，及行迷之未远。步余马于兰皋兮，驰椒丘且焉止息㊾。进不入以离尤兮，退将复修吾初服㊾。制芰荷以为衣兮，集芙蓉以为裳㊾。不吾知其亦已兮，苟余情其信芳。高余冠之岌岌兮，长余佩之陆离㊾。芳与泽其杂糅兮，唯昭质其犹未亏㊾。忽反顾以游目兮，将往观乎四荒㊾。佩缤纷其繁饰兮，芳菲菲其弥章㊾。民生各有所乐兮，余独好修以为常㊾。虽体解吾犹未变兮，岂余心之可惩㊾！

女嬃之婵媛兮㊾，申申其詈予㊾。曰："鲧婞直以亡身兮㊾，终然殀乎羽之野㊾。汝何博謇而好修兮㊾，纷独有此姱节？薋菉葹以盈室兮㊾，判独离而不服㊾。众不可户说兮㊾，孰云察余之中情㊾？世并举而好朋兮，夫何茕独而不予听㊾？"

依前圣以节中兮㊾，喟凭心而历兹。济沅湘以南征兮㊾，就重华而陈词㊾：启《九辩》与《九歌》兮㊾，夏康娱以自纵㊾。不顾难以图后兮㊾，五子用失乎家巷㊾。羿淫游以佚畋兮㊾，又好射夫封狐。固乱流其鲜终兮㊾，浞又贪夫厥家㊾。浇身被服强圉兮㊾，纵欲而不忍㊾。日康娱而自忘兮，厥首用夫颠陨㊾。夏桀之常违兮㊾，乃遂焉而逢殃㊾。后辛之菹醢兮㊾，殷宗用而不长㊾。汤禹俨而祗敬兮㊾，周论道而莫差㊾。举贤才而授能兮，循绳墨而不颇㊾。皇天无私阿兮㊾，览民德焉错辅㊾。夫维圣哲以茂行兮㊾，苟得用此下土㊾。瞻前而顾后兮㊾，相观民之计极㊾。夫孰非义而可用兮？孰非善而可服㊾？阽余身而危死兮㊾，览余初其犹未悔。不量凿而正枘兮㊾，固前修以菹醢。曾歔欷余郁邑兮㊾，哀朕时之不当㊾。揽茹蕙以掩涕兮㊾，沾余襟之浪浪㊾。

跪敷衽以陈辞兮㊾，耿吾既得此中正㊾。驷玉虬以椉鹥兮㊾，溘埃风余上征㊾。

朝发轫于苍梧兮，夕余至乎县圃。欲少留此灵琐兮，日忽忽其将暮。吾令羲和弭节兮，望崦嵫而勿迫。路曼曼其修远兮，吾将上下而求索。饮余马于咸池兮，总余辔乎扶桑。折若木以拂日兮，聊逍遥以相羊。前望舒使先驱兮，后飞廉使奔属。鸾皇为余先戒兮，雷师告余以未具。吾令凤鸟飞腾兮，继之以日夜。飘风屯其相离兮，帅云霓而来御。纷总总其离合兮，斑陆离其上下。吾令帝阍开关兮，倚阊阖而望予。时暧暧其将罢兮，结幽兰而延伫。世溷浊而不分兮，好蔽美而嫉妒。

朝吾将济于白水兮，登阆风而绁马。忽反顾以流涕兮，哀高丘之无女。溘吾游此春宫兮，折琼枝以继佩。及荣华之未落兮，相下女之可诒。吾令丰隆乘云兮，求宓妃之所在。解佩纕以结言兮，吾令蹇修以为理。纷总总其离合兮，忽纬繣其难迁。夕归次于穷石兮，朝濯发乎洧盘。保厥美以骄傲兮，日康娱以淫游。虽信美而无礼兮，来违弃而改求。览相观于四极兮，周流乎天余乃下。望瑶台之偃蹇兮，见有娀之佚女。吾令鸩为媒兮，鸩告余以不好。雄鸠之鸣逝兮，余犹恶其佻巧。心犹豫而狐疑兮，欲自适而不可。凤皇既受诒兮，恐高辛之先我。欲远集而无所止兮，聊浮游以逍遥。及少康之未家兮，留有虞之二姚。理弱而媒拙兮，恐导言之不固。世溷浊而嫉贤兮，好蔽美而称恶。闺中既以邃远兮，哲王又不寤。怀朕情而不发兮，余焉能忍而与此终古？

索琼茅以筵篿兮，命灵氛为余占之。曰："两美其必合兮，孰信修而慕之？思九州之博大兮，岂惟是其有女？"曰："勉远逝而无狐疑兮，孰求美而释女？何所独无芳草兮，尔何怀乎故宇？"世幽昧以眩曜兮，孰云察余之善恶？民好恶其不同兮，惟此党人其独异。户服艾以盈要兮，谓幽兰其不可佩。览察草木其犹未得兮，岂珵美之能当？苏粪壤以充帏兮，谓申椒其不芳。

欲从灵氛之吉占兮，心犹豫而狐疑。巫咸将夕降兮，怀椒糈而要之。百神翳其备降兮，九疑缤其并迎。皇剡剡其扬灵兮，告余以吉故。曰："勉升降以上下兮，求矩矱之所同。汤禹严而求合兮，挚咎繇而能调。苟中情其好修兮，又何必用夫行媒？说操筑于傅岩兮，武丁用而不疑。吕望之鼓刀兮，遭周文而得举。宁戚之讴歌兮，齐桓闻以该辅。及年岁之未晏兮，时亦犹其未央。恐鹈鴂之先鸣兮，使夫百草为之不芳。"

何琼佩之偃蹇兮，众薆然而蔽之。惟此党人之不谅兮，恐嫉妒而折之。时缤纷其变易兮，又何可以淹留。兰芷变而不芳兮，荃蕙化而为茅。何昔日之芳草兮，今直为此萧艾也？岂其有他故兮，莫好修之害也。余以兰为可恃兮，羌无实而容长。委厥美以从俗兮，苟得列乎众芳。椒专佞以慢慆兮，樧又欲充夫佩帏。既干进而务入兮，又何芳之能祇？固时俗之流从兮，又孰能无变化？览椒兰其若兹兮，又况揭车与江离。惟兹佩之可贵兮，委厥美而历兹。芳菲菲而难亏兮，芬至今犹未沫。和调度以自娱兮，聊浮游而求女。及余饰之方壮兮，周流观乎上下。

灵氛既告余以吉占兮,历吉日乎吾将行㉑。折琼枝以为羞兮㉑,精琼靡以为粻㉒。为余驾飞龙兮,杂瑶象以为车㉔。何离心之可同兮,吾将远逝以自疏。邅吾道夫昆仑兮㉕,路修远以周流。扬云霓之晻蔼兮㉗,鸣玉鸾之啾啾㉘。朝发轫于天津兮㉙,夕余至乎西极。凤皇翼其承旂兮,高翱翔之翼翼㉛。忽吾行此流沙兮㉜,遵赤水而容与㉝。麾蛟龙使梁津兮,诏西皇使涉予。路修远以多艰兮,腾众车使径待㉖。路不周以左转兮㉗,指西海以为期㉘。屯余车其千乘兮,齐玉轪而并驰㉙。驾八龙之婉婉兮㉙,载云旗之委蛇㉚。抑志而弭节兮,神高驰之邈邈㉓。奏《九歌》而舞《韶》㉓,聊假日以媮乐㉔。陟升皇之赫戏兮,忽临睨夫旧乡㉔。仆夫悲余马怀兮㉗,蜷局顾而不行㉘。

乱曰㉙:已矣哉㉚! 国无人莫我知兮,又何怀乎故都! 既莫足与为美政兮,吾将从彭咸之所居!

【注释】

①屈原,名平,字原,战国时楚人。约生于公元前340年(楚宣王三十年),卒于公元前278年(楚顷襄王二十一年)。他是楚王同姓贵族,曾任左徒、三闾大夫等官职。学识丰富,具有远大政治理想,主张任用贤能,修明法度,抵抗秦国侵略。曾辅佐怀王图议国事,处理内政,应对诸侯,甚得信任。后为同僚上官大夫所谗,被怀王疏远。顷襄王时,更因令尹子兰之忌,被流放到江南。最后他由于国家政事日益混乱,为秦国侵凌,迫近危亡,悲愤忧郁,自投汨罗江而死。屈原是我国最早的伟大诗人,"骚体"的创始者,作有《离骚》《九歌》《天问》《九章》等,强烈地反映了他的进步政治理想,坚决与黑暗现实抗争的性格和热爱祖国的精神。作品中运用了大量神话传说和奇妙的比喻,想象丰富,文辞绚烂,是古代积极浪漫主义诗歌的典范。西汉时,刘向辑集屈原、宋玉及汉代东方朔、淮南小山等人的作品为《楚辞》,东汉王逸为作章句。《离骚》是屈原作品中最长、最具有代表性的一篇,篇中反复申诉作者远大的政治理想,诉说在政治斗争中所受的迫害,批判黑暗的现实,并借幻想境界的描写,表达了自己对祖国的热爱之情、对理想的积极追求和对反动腐朽势力毫不妥协的斗争精神。其写作时间,据《史记·屈原贾生列传》说,在屈原被楚怀王疏远之后;而司马迁《报任安书》又说:"屈原放逐,乃赋《离骚》",则当在楚顷襄王时。"离骚"二字的含义,历来颇多不同解释。司马迁说:"《离骚》者,犹离忧也。"(《史记·屈原贾生列传》)班固说:"离,犹遭也;骚,忧也,明己遭忧作辞也。"(《离骚赞序》)王逸《楚辞章句》说:"离,别也;骚,愁也。"近人或认为是歌曲名,与《楚辞·大招》所说的"劳伤"为双声字,同实而异名,其含义相当于今语"牢骚"(游国恩《楚辞论文集》)。 ②高阳:传说中古代部族的首领颛顼,号高阳氏。相传楚国君是颛顼的后代。春秋时,楚武王熊通有子名瑕,受封于屈邑,子孙因以屈为氏。屈原即瑕的后人。苗裔:远孙。 ③朕:我。古时不论贵贱都可自称朕,至秦始皇始定为皇帝的专称。皇考:王逸注:"皇,美也。父死称考。"伯庸:皇考的字。一说,古称太祖(诸侯的始封者)为皇考,此处当指楚太祖,闻一多《离骚解诂》持此说。 ④摄提:即摄提格,古代纪年的术语,相当于寅年。贞:正。孟陬(zōu):夏历正月,也即寅月。孟:开始。《尔雅》:"正月为陬,"正月是一年的开始,故叫"孟陬"。庚寅:庚寅日。降:降生。以上两句屈原自述出生在寅年寅月寅日。 ⑤皇:指皇考。览:观察。揆:揣度。初度:初生的时节。肇:始。锡:赐。 ⑥名

余两句:屈原名平字原。正则:公正而有法则,含有"平"之意。灵:善。均:平。灵均:地之善而均平者,含有"原"字之意。一说正则与灵均是屈原的小名小字。　⑦纷:众盛的样子。内美:内在的美质。　⑧重(chóng):加。修:长。修能:长于才,即富有才能。一说,能,通"态"。修能:美好的容态。　⑨扈:披在身上。江离:香草名,又名蘼芜。辟:同"僻"。芷:香草名。辟芷:即生于幽僻之处的芳芷。纫:缝缀。兰:即泽兰,秋天开花。佩:佩带在身上的饰物。两句都是比喻自己博采众善。　⑩汩(yù):水流迅急的样子,这里形容时光过去的快。与:待。我自念光阴如流水,迅速逝去,因而勤勉工作,常若不及,恐怕年岁会不等待我。　⑪搴(qiān):拔取。阰(pí):王逸注:"山名。"戴震说:"楚南语,大阜(土山)曰阰。"木兰:香木名。揽:采。洲:水中可居的地方。宿莽:草名,冬生不死。这两句说,自己早起登山,夕入洲泽,所采的都是芳香坚固耐久的植物,比喻精勤修德,所行皆忠善长久之道。　⑫日月:指时光。忽:迅速。淹:久留。代:更代。序:次序。代序:递相更代。一说,代序即代谢,古序、谢同声相通。　⑬惟:思。零落:飘零、堕落。美人:喻君王。迟暮:犹晚暮,指年老。以上四句从天时运转,春生秋杀,草木零落,年岁将尽,担心到君王如不及时建立道德,举贤用能,即将年华老去,无所成就。一说,美人是自喻。　⑭不:即可不。抚:握持。壮:指壮盛之年。秽:指秽恶之行。这句说,君王何不把握住这年岁壮盛的时机,丢弃秽恶的行径?度:法度。一说,度,指态度。　⑮骐骥:骏马,比喻贤智之臣。来:呼王跟从自己的话。道:同"导"。这句说,随我来吧!我当为君在前面带路。　⑯后:君。三后:旧说指禹、汤、文王。或以为指楚先君。纯粹:指德行精美无瑕。众芳:喻众多的贤臣。在:萃集。　⑰申椒:申地所产之椒。椒:木名,其果实称为花椒。菌:一作箘。菌桂:香木名,皮卷似箘竹。维:通"唯",独。蕙:香草名。茝(chǎi):香草名,白芷。　⑱耿介:光明正直。既遵道而得路:已遵循治国的正确轨道而开辟出治国平天下的康庄大道。　⑲猖披:衣不束带之貌,引申为放纵不检。捷径:邪出的小路。窘步:困窘不能行走。这句意为,老是爱走那些邪路,以至弄得步难行。喻施政不由正道。　⑳党人:指结党营私的小人。偷乐:苟且贪图享乐。路:指国家的前途。幽昧:昏暗。险隘:危险狭隘。　㉑惮:畏怕。殃:祸殃。皇舆:君王所乘的车子,这里比喻国家。败绩:古代军事术语,就是覆败的意思。　㉒忽:迅疾。及:赶上。这句意思是,自己急速地奔走于皇舆前后,比喻为国家尽辅佐之力。　㉓前王:指上文"三后"和"尧、舜"。踵武:足迹。　㉔荃(quán):香草名,喻君主。信谗:听信谗言。齌(jì)怒:暴怒。齌:疾。　㉕謇(jiǎn)謇:忠言的样子。舍:停止。这两句意思说,我早知道忠言直谏会有祸患的,要想忍耐,但终于不能自止而不言。　㉖九天:古时以为天有九重,故说"九天"。正:同"证"。这句说,自己指天为证。灵修:指楚王。这句说,我一切都是为了君王的缘故。　㉗曰黄昏两句:叙述当初约定的话,故用"曰"字。黄昏:古代结婚迎亲的时候。羌:楚人发语词。这两句意思是说,当初已约定说黄昏时亲迎,不知为什么半路上忽然改道。比喻楚王与己原已契合,后忽变卦。　㉘成言:彼此约定的话。悔遁:后悔而回避,指心意改变。有他:有其他打算。　㉙难:畏惮。数(shuò)化:屡次变化,主意摇摆不定。　㉚滋:栽植。畹:田三十亩叫一畹,一说,十二亩为一畹。又说,二十亩为一畹。树:栽种。　㉛畦(qí):垄。这里作动词用,意即一垄一垄地栽种。留夷:香草名,或谓即芍药。揭车:香草名,一名乞舆,味辛,花白。杂:掺杂栽种。杜衡:香草名,俗名马蹄香。以上四句以栽种花草喻培育各种人才。　㉜冀:希望。峻茂:高大而茂盛。俟:同"俟",等待。刈:收割,引申为收获的意思。这句比喻待贤才成长时将加以任用。　㉝萎绝:枯萎零落。芜秽:荒芜污秽。这两句意思说,自己所栽培的贤才遭受摧折原不足伤,可悲的是他们的变节与堕落。　㉞众:指众小人。竞进:争着求进,争相追逐私利。贪婪:王逸说:

"爱财曰贪,爱食曰婪。"凭:满。厌:饱。索:求。这句说,众小人贪得无厌,全然没有满足的时候。 ㉟恕:忖度。兴:生。意思是,这些人以自己小人之心衡量他人,以为屈原也如他们一样,因而各生嫉妒之心。 ㊱骛:乱驰。追逐:指追逐私利。 ㊲冉冉:渐渐。修名:美好的名声。 ㊳落:坠落。英:花。一说,落,始。落英:谓初开的花。 ㊴信:真实。姱:美好。信姱:确实美好。练要:精诚专一。顑(kǎn)颔(hàn):食不饱而面呈黄色的样子。 ㊵揽:持。木根:树木之根。结:编结束缚。贯:贯串。薜荔:香草名,缘木而生。蕊:花心。 ㊶矫:举起。索:编为绳索。胡绳:香草名,有茎叶,可做绳索。纚(shǐ,又读 xǐ)纚:相连属的样子,形容绳索的美好。以上四句比喻自己操持的忠信修洁。 ㊷謇:犹謇謇,忠贞的样子。一说,謇,发语词。法:效法。前修:前代贤人。服:用。这句指上文的服食和服饰,均与世俗不同。 ㊸不周:不合。今之人:指世俗之人。彭咸:王逸注:"殷贤大夫,谏其君不听,自投水而死。"遗则:遗下的法则,即榜样。 ㊹太息:叹息。掩涕:擦拭眼泪。民生:人民的生计。一说,民生即人生。多艰:多难。 ㊺修姱:修洁而美好。鞿:马缰绳。羁:马络头。屈原以马自喻,谓为人所牵累不能贯彻主张。一说,鞿羁,喻自我检束,不放纵。谇(suì):进言。替:废弃。这句说,自己早上进谏,晚上即遭废弃。 ㊻纕:佩带。申:重。以上两句意思是说,君王废弃我,是因为我带佩芳蕙,志行忠贞的缘故;然而我又重持芳茝以自我修饰,表示志行坚定不移。 ㊼善:爱好。九:数之极。九死未悔,连上句,极言自己为理想而奋斗,绝不妥协、屈服。 ㊽浩荡:无思虑的样子。 ㊾众女:众小人。蛾眉:眉如蚕蛾,美好的样子。诼:谮毁,诬谤。 ㊿工巧:善于取巧作伪。偭(miǎn):违背。规:用以求圆形的工具。矩:用以求方形的工具。规矩:法则。错:同"措"。改错:改变措施。 (51)绳墨:用以画直线的工具。追:追随。曲:邪曲。周容:苟合以求容。度:方法。这句说,争着以苟合求容为固宠希容的方法。 (52)忳(tún):忧。郁邑:忧思郁结。侘(chà)傺(jì):失意的样子。 (53)溘(kè)死:忽然死去。以:或者。流亡:漂泊异乡。 (54)鸷鸟:鹰隼类猛禽。不群:指不与凡鸟同群。自前世而固然:从古以来就是如此。 (55)何:如何。圜:圆。能周:能够相合。这两句意思是,以方和圆的东西不能相互配合,喻不同道的人不能相安处。 (56)尤:罪。忍尤:忍受旁人加己之罪。攘:容让。诟:诟骂。攘诟:容忍旁人的诟骂。 (57)伏:通"伏"。伏清白:保持清白。死直:守正直之道而死。厚:重视。 (58)相(xiàng):观看。察:明审。延:长久。伫:站立。反:同"返"。 (59)复路:回复原来所行的道路。 (60)步:徐行。皋:近水的高地。其上有兰,故叫兰皋。驰:疾驰。椒丘:长着椒的山丘。且焉止息:暂且于此休息下来。 (61)离:同"罹",遭遇。这两句意思是说,自己进身君前既不被君所容纳,反而获罪,退下来将重整自己当初的服饰。 (62)芰(jì):菱。荷:莲叶。衣:上衣。芙蓉:莲花。裳:下衣。 (63)岌岌:高的样子。佩:玉佩。陆离:参差,众貌。一说,陆离,长貌。 (64)芳:香草。泽:污垢。一说,泽,指玉佩的润泽。杂糅:混杂在一起。昭质:光明洁白的质地。亏:亏损。以上八句皆隐喻"复修初服"之事。 (65)游目:纵目而望。四荒:四方边远之地。 (66)缤纷:盛多的样子。繁:众多。菲菲:花草香气浓郁。弥:愈加。章:同"彰"。弥章:更为显著。 (67)民生:人生。乐:爱好,喜乐。好修以为常:爱好修洁以为常行。 (68)体解:肢解,古代一种酷刑。惩:戒惧。这句说,自己好修之志,始终不会因为有所畏惧而改变。从篇首至此为全文第一大段,先叙述自己身世,次述自己修洁之行,忠贞之志,奋发图强的精神,以及群邪蔽贤,壮怀难申的遭遇,最后表示尽管处此恶劣环境,但清白的操守和报国的理想始终不变。 (69)女媭(xū):屈原姊。婵媛:犹牵引。即由于内心关切而表现出牵持不舍的样子。一说,婵媛为"啴咺"的假借字。啴:喘息。咺:惧。言女媭因代屈原忧惧以致呼吸急促。 (70)申申:重重,反复地。詈(lì):责骂。 (71)鲧(gǔn):同"鲧",尧臣,夏禹的父亲。婞:

狠。婞直:刚直。亡:通作"忘"。亡身:不顾一身安危。　⑫夭:早死。羽之野:羽山之郊。　⑬汝:女媭称屈原。博謇:学识广博而志行忠直。　⑭烤节:美好的节操。　⑮薋(zī):草多的样子。菉(lù):王刍。葹(shī):苍耳。盈室:喻充满朝廷。　⑯判:分别、区别。这里是副词,形容独、离。服:用。　⑰众:指一般人。户说:一家一户地去解说。　⑱余:指屈原,是女媭代屈原而言。　⑲世:指世俗之人。并举:相互抬举。朋:朋党,指结党营私。　⑳茕(qióng)独:孤独。予:女媭自称。　㉑节:节制,节度。中:谓中正之道。　㉒喟:叹息。凭:愤懑。历兹:至此。　㉓济:渡。沅湘:二水名,皆在今湖南省。南征:南行。　㉔重华:舜名。相传舜死葬于九疑山,在沅、湘之间。陈:陈述。　㉕启:夏启,禹的儿子。九辩、九歌:皆乐章名。　㉖夏:指启。康娱:耽于安乐。纵:放纵。　㉗顾:念。难:祸难。图:图谋。　㉘五子:即五观,启的幼子,曾据西河之地反动叛变。用:因而。失:据王引之考证是衍文,当删。巷:"閧"的假借字,战争的意思。家巷:相当于"内讧"。　㉙羿:后羿,相传为夏初诸侯,有穷国君。淫:过度。佚:放纵。畋:打猎。　㉚封狐:大狐。　㉛乱流:横流而渡。鲜:少。鲜终:少有好结果。　㉜浞(zhuó):即寒浞,相传为后羿相,使家臣逢蒙杀羿,并强占后羿的妻子。厥:其。家:指妻室。　㉝浇(ào):寒浞子。被服:同"披服",原作穿戴解,引申有依仗负恃的意思。强圉(yǔ):强暴有力。　㉞不忍:指不能自制。　㉟自忘:忘掉自身的安危。　㊱用:因。颠陨:掉落。浇为少康所杀。　㊲常违:经常违背正道。　㊳遂:终究。　㊴后辛:即殷纣王。菹(zū):酸菜。醢(hǎi):肉酱。菹醢:动词,指残杀。　㊵殷宗:殷朝的宗祀。　㊶俨:畏,知所戒惧。祇(zhī):敬。　㊷周:指周朝文王、武王等开国君主。论道:讲论治国的道理。莫差:没有过差。　㊸颇:偏邪。　㊹私阿:偏爱、偏私。　㊺错:同"措",置。　㊻茂:盛。茂行:茂盛的德行。　㊼苟:诚,确实。用:享。下土:指天下。　㊽瞻:观看。前:指前代。后:指未来。　㊾相:观看。计:计虑。极:准则。　㊿用:施行。服:用。　⑪阽(diàn):临近危境。危死:险些儿死去。　⑫凿:木工所凿的孔。枘(ruì):木楔,木工削木的一端用以入孔者。　⑬曾:重叠,屡次。欷歔:哀泣的声音。　⑭不当:不得当。这句哀叹自己生不逢时。　⑮茹:柔软。　⑯沾:沾湿。浪浪:流泪的样子。　⑰敷:铺开。衽:衣的前襟。　⑱耿:光明。中正:指中正之道。　⑲骊:四马驾的车子,此作动词用。虬:王逸注:"有角曰龙,无角曰虬。"一说,虬是龙子有角者。琔:古乘字。鷖(yī):五彩鸟名,凤属。　⑳溘:掩,覆在上面。埃风:挟带尘埃的风。上征:到天上去。　㉑发轫:撤去轫木,意思就是出发。苍梧:舜葬之地,即九疑山。　㉒县:同"悬"。县圃:神话中山名,在昆仑山上。　㉓灵:神灵。琐:门上镂纹,形如连琐。灵琐:神灵的门。　㉔羲和:神话中太阳的御者,相传他以六龙为太阳驾车。弭:止。节:与策同义,鞭子。弭节:停止鞭龙使车缓行。　㉕崦(yān)嵫(zī):神话中太阳所入山。迫:迫近。　㉖曼曼:远。修:长。　㉗求索:寻求,求取。　㉘咸池:神话中池名,太阳在此沐浴。　㉙总:系结。扶桑:神话中树名。　㉚若木:神木名,传说在昆仑西极。一说,即扶桑。拂:击。一说,遮蔽。　㉛聊:暂且。相羊:与"徜徉"同,徘徊的意思。　㉜望舒:神话中月的御者。　㉝飞廉:神话中的风伯,即风神。属:跟随。奔属:跟在后面奔跑。　㉞鸾:鸟名。皇:凤。先戒:先行为戒备。　㉟雷师:雷神。未具:指出行准备尚未齐全。　㊱飘风:回风,旋风。屯:聚集。离:同"罹",遭遇。　㊲帅:率领。霓:雌虹。御(yà):迎接。　㊳总总:聚集的样子。离合:忽离忽合。　㊴斑:乱,形容五光十色。　㊵阍:守门者。关:门栓。开关:开门。　㊶倚阊阖:天门。这句意为守门的神倚门望着我,但不肯开门。　㊷暧(ài)暧:昏暗的样子。罢:极,终了。　㊸溷浊:混浊,不分。指是非不分。　㊹白水:神话中水名,出昆仑山。　㊺阆(lǎng)风:神话中山名,在昆仑山上。绁(xiè)马:系马。　㊻高丘:山名,在楚国。一说,在阆风山上。女:指神女。喻与自己同心的人。　⑭溘:奄忽,匆匆。春宫:神话中东方青帝所居住的宫。　⑭琼:美玉。琼枝:玉树的枝。继佩:接续自己的玉佩。　⑭荣华:草本植物开的花叫荣,木本植物开的花叫华,这里指琼枝的花。落:衰落。　⑮下女:下界的女子,指下文宓妃、简狄及有虞二姚。诒:同"贻",赠送。　⑮丰隆:云神。一说,雷神。　⑮宓妃:相传伏羲氏的女儿,溺死于洛水,遂为洛水的神。　⑮佩纕:佩带。结言:指订结盟约。　⑮蹇修:传说为伏羲氏的臣子。理:媒人,使者。　⑮纬繣(huà):乖戾。难迁:指宓妃的意志难于转移。　⑯次:止宿,住宿。穷石:山名,在今甘肃省张掖市。　⑯濯:沐洗。洧(wěi)盘:神话中水名,出崦嵫山。　⑯保:仗恃。　⑯览相观:三字同义连用,都是看的意思。四极:四方极远的地方。　⑯周流:遍行。　⑯瑶台:用玉所造的台。偃蹇:高的样子。　⑯有娀(sōng):古代国名。相传有娀氏有二美女,居住在高台之上,其一名叫简狄,后来嫁给帝喾(即高辛氏),生契。佚女:美女。　⑯鸩:鸟名,羽有毒。　⑯佻:轻佻。　⑯欲自适而不可:要想亲自前去,又感到不妥当。　⑯受诒:即受委托。这两句意思说,凤凰既受我委托而去为媒,又恐高辛氏已先我而娶得有娀氏的女儿。　⑯集:鸟栖止在树木上。　⑯少康:夏后相之子。有虞:国名,姓姚,舜的后代。寒浞使浇杀夏后相,少康逃至有虞,有虞把两个女儿嫁给他。后来少康灭浇,恢复夏的政权。这两句意思是,趁着少康还未娶家室的时候,聘定这有虞的两个姓姚的女儿。　⑯导言:通达双方意见的话。不固:不坚,指不能结成盟约。　⑰称恶:称扬可恶之事。　⑰闺:宫中小门。邃远:深远。　⑰寤:觉醒。　⑰怀朕情而不发:我心怀着忠信之情不得抒发。　⑰终古:永久。自"女嬃之婵媛兮"至此为第二大段,极写自己的不容于世,进一步以历史上兴亡事例阐明自己的政治理想,并借幻想的境界,上天下地,表达对理想的热烈追求与追求失败后的痛苦。　⑰索:取。藑(qióng)茅:一种灵草。以:与。筳:折断的小竹枝。篿(zhuān):楚人用结草折竹来占卜叫篿。　⑰灵氛:古代善占卜的人。　⑰曰:灵氛占卜结果之词。两美其必合:比喻良臣必定会遇到明君。孰:谁。孰信修而慕之:有谁信服你的美好德行来爱慕你呢。　⑰曰字以下至十四句,都是灵氛申释占卜结果之词。　⑰女:同"汝"。释女:舍掉你。　⑱芳草:王逸以为喻贤君。　⑱怀:思恋。故宇:故居。　⑱眩曜:惑乱的样子。　⑱余:灵氛代屈原自称。　⑱民好恶其不同两句:人们的好恶,原不一致,而楚国这批结党营私把持政权的小人,其好恶尤为特殊。　⑱户:家家户户。艾:恶草名,白蒿。要:古"腰"字。　⑱珵(chěng):美玉。　⑱苏:取。粪壤:粪土。帏:香囊。　⑱巫咸:古代神巫,名咸。　⑱怀:藏。椒:香物。糈(xǔ):精米,用来享神者。要(yāo):迎。　⑲翳:遮蔽。备:全部。　⑲九疑:指九疑山的神。缤:众盛的样子。　⑲皇:百神。剡(yǎn)剡:光。扬灵:显扬神的光灵。　⑲故:事由。　⑭"曰"字以下至"使夫百草为之不芳"句,都是巫咸的话。　⑮升降、上下:即前文"上下求索"的意思。　⑯矩矱(huò)法度。矱:度量长短的工具。矩矱所同:指志同道合的人。　⑰严:敬。合:指能和自己相合帮助治理天下者。　⑱挚:商汤时贤相伊尹名。咎繇:即皋陶,舜禹时的贤臣。调:调和,指君臣和衷共济,安定天下。　⑲说(yuè):即傅说,殷朝武丁时贤相。筑:建筑用的杵。傅岩:地名。武丁:殷高宗名。相传傅说怀抱道德而遭刑罚,在傅岩操杵筑墙,武丁举为相,殷大治。　⑳吕望:即太公姜尚。曾在朝歌为屠户,后遇周文王,被举为师。鼓刀:鸣刀。　㉑宁戚:春秋时人,在饲牛时扣牛角而歌,齐桓公听见了,知道他是贤人,用他为卿。该:备。该辅:备为辅佐。　㉒晏:晚。　㉓央:尽。　㉔鹈(tí)鴃(jué):鸟名,即杜鹃,常在初夏时鸣,鸣时百花皆谢。一说,鹈鴃即伯劳。　㉕琼佩:喻自己的美德。偃蹇:众盛的样子。　㉖薆(ài)然:掩蔽的样子。　㉗不谅:没有诚信。谅:诚信。一说,谅通"良"。不谅,即不良。　㉘折:摧折。之:指琼佩。　㉙缤纷:纷乱。

19

㉑⁰萧、艾:都是贱草名。 ㉑¹无实而容长:内中没有诚信的实际,虚有美善的外貌。 ㉑²委:弃掉。 ㉑³专:专擅。慢慆(tāo):傲慢。 ㉑⁴楂(shā):恶草名,似茱萸而小。 ㉑⁵干:求。干进:务入,指钻营取巧以求取名利。祗:敬。 ㉑⁶流从:从恶好像从水而流。 ㉑⁷兹佩:琼佩。兹:此。 ㉑⁸沬:消散。一说,沬应作"沫",昏昧亏损之意。 ㉑⁹和:和谐,此作动词用。调度:格调与法度。 ㉒⁰历:选择。 ㉒¹羞:有滋味的食物。 ㉒²精:作动词用,捣米使细。糲(mí):末屑。粻(zhāng):粮。 ㉒³驾飞龙:以飞龙驾车。 ㉒⁴瑶:美玉。象:象牙。 ㉒⁵离心:指意见不合。 ㉒⁶邅(zhān):转。这句说,我转道行向昆仑山。 ㉒⁷扬:举起。云霓:画云霓的旌旗。一说,以云霓为旗。晻蔼:暗冥,形容旌旗蔽日。 ㉒⁸玉鸾:车上的铃,作鸾鸟形,用玉制成。啾啾:鸣声。 ㉒⁹天津:天河。 ㉓⁰翼:敬的样子。《文选》本翼作纷。纷:形容多。承:奉持。 ㉓¹翼翼:和的样子。 ㉓²流沙:指西北沙漠地带。 ㉓³赤水:神话中水名。容与:游戏的样子。一说,从容不迫。 ㉓⁴麾:指挥。梁:桥,此作动词,在津上架桥。 ㉓⁵诏:命令。西皇:西方的神。使涉予:使他渡我过去。 ㉓⁶腾:越过。这句说,令众车先过,从小路上超越至前面等待我。 ㉓⁷不周:神话中山名,在昆仑山西北。 ㉓⁸西海:神话中西方之海。 ㉓⁹轪(dài):车辖,包在车毂外者。一说,即车轮。 ㉔⁰婉婉:同"蜿蜒",这里形容龙身游动的样子。 ㉔¹云旗:饰云霓之旗。委蛇:旗随风伸展的样子。 ㉔²抑志:压抑心志。一说,垂下旗帜。弭节:停止鞭。邈邈:辽远。 ㉔³韶:舜乐名。 ㉔⁴假日:假借时日。娱(yú)乐:愉乐。一说,娱同"偷"。 ㉔⁵陟:登,上升。皇:皇天,广大的天空。赫戏:光明的样子。 ㉔⁶临:居高临下。睨:旁观。旧乡:故乡。 ㉔⁷仆夫:指御者。 ㉔⁸蜷(quán)局:拳曲不行的样子。 ㉔⁹乱:终篇的结语,乐歌的卒章。 ㉕⁰已矣哉:算了吧,绝望之辞。从"索琼茅以筳篿兮"至此为第三大段,借灵氛、巫咸的劝己远行,申述楚国统治者的颠倒黑白、不可挽救。在行和留的矛盾中,充分表达了作者热爱祖国、以身殉国的精神。

九歌·湘君①

　　君不行兮夷犹②,蹇谁留兮中洲③?美要眇兮宜修④,沛吾乘兮桂舟⑤。令沅湘兮无波⑥,使江水兮安流。望夫君兮未来⑦,吹参差兮谁思⑧!

　　驾飞龙兮北征⑨,邅吾道兮洞庭⑩。薜荔柏兮蕙绸⑪,荪桡兮兰旌⑫。望涔阳兮极浦⑬,横大江兮扬灵⑭。扬灵兮未极⑮,女婵媛兮为余太息⑯。横流涕兮潺湲⑰,隐思君兮陫侧⑱。

　　桂棹兮兰枻⑲,斫冰兮积雪⑳。采薜荔兮水中,搴芙蓉兮木末㉑。心不同兮媒劳㉒,恩不甚兮轻绝㉓!石濑兮浅浅㉔,飞龙兮翩翩㉕。交不忠兮怨长㉖,期不信兮告余以不闲㉗。

　　朝骋骛㉘兮江皋㉙,夕弭节兮北渚。鸟次㉚兮屋上,水周㉛兮堂下。捐㉜余玦兮江中,遗㉝余佩兮澧浦;采芳洲㉞兮杜若,将以遗㉟兮下女。时不可兮再得,聊逍遥兮容与㊱!

【注释】

　　①屈原所作《东皇太一》《云中君》《湘君》《湘夫人》《大司命》《少司命》《东君》《河伯》《山

鬼》《国殇》《礼魂》11 篇诗歌，总称为《九歌》。《国殇》一篇，是悼念和颂赞为楚国而战死的将士；多数篇章，则皆描写神灵间的眷恋，表现出深切的思念或所求未遂的伤感。王逸说是屈原放逐江南时所作。湘君和湘夫人都是湘水之神。相传帝尧之女娥皇、女英为舜二妃，舜巡视南方，二妃没有同行，追至洞庭，听说舜死于苍梧，自投湘水而死，遂为其神。多认为湘君和湘夫人是湘水的一对配偶神。《湘君》《湘夫人》均写期待对方不来而产生的深切思慕哀怨的心情。　②夷犹：迟疑不决。　③骞(jiǎn)：发语词。　④要眇：美好的样子。宜修：恰到好处的修饰。　⑤沛：水大而急。　⑥无波：不起波浪。　⑦夫：语助词。　⑧参差：高低错落不齐。此指排箫，相传为舜所造。　⑨飞龙：雕有龙形的船只。北征：北行。　⑩邅(zhān)：转，指改变行程。洞庭：洞庭湖。　⑪薜荔：蔓生香草。柏：通"箔"，帘子。蕙：香草名。绸：帷帐。　⑫荪：香草，即石菖蒲。桡(náo)：短桨。兰：兰草。旌：旗杆顶上的饰物。　⑬涔(cén)阳：在涔水北岸，洞庭湖西北。极浦：遥远的水边。　⑭横：横渡。扬灵：显扬精诚。一说扬帆前进。　⑮极：至，到达。　⑯女：侍女。婵媛：眷念多情的样子。　⑰横：横溢。潺湲：缓慢流动的样子。　⑱悱恻：即"悱恻"，内心悲痛的样子。　⑲棹：长桨。枻(yì)：短桨。　⑳斫(zhuó)：砍。　㉑搴：拔取。芙蓉：荷花。木末：树梢。　㉒媒：媒人。劳：徒劳。　㉓甚：深厚。轻绝：轻易断绝。　㉔石濑：石上激流。浅浅：水流湍急的样子。　㉕翩翩：轻盈快疾的样子。　㉖交：交往。　㉗期：相约。不闲：没有空闲。　㉘骋骛(wù)：急行。皋：水旁高地。　㉙弥：停止。节：策，马鞭。　㉚次：止息。　㉛周：周流。　㉜捐：抛弃。玦：环形玉佩。　㉝遗：留下。佩：佩饰。澧：澧水，流入洞庭湖。　㉞芳洲：水中的芳草地。杜若：香草名。　㉟遗：赠予。下女：身边侍女。　㊱聊：暂且。容与：舒缓闲适的样子。

九歌·湘夫人

帝子降兮北渚①，目眇眇兮愁予②。嫋嫋兮秋风③，洞庭波兮木叶下④。
登白薠兮骋望⑤，与佳期兮夕张⑥。鸟何萃兮蘋中⑦，罾何为兮木上⑧？
沅有茝兮醴有兰⑨，思公子兮未敢言⑩。荒忽兮远望⑪，观流水兮潺湲⑫。
麋何食兮庭中，蛟何为兮水裔⑬？朝驰余马兮江皋，夕济兮西澨⑭。闻佳人兮召予，将腾驾兮偕逝⑮。
筑室兮水中，葺之兮荷盖⑯。荪壁兮紫坛⑰，播芳椒兮成堂⑱。桂栋兮兰橑⑲，辛夷楣兮药房⑳。罔薜荔兮为帷㉑，擗蕙櫋兮既张㉒。白玉兮为镇㉓，疏石兰兮为芳㉔。芷葺兮荷屋，缭之兮杜衡㉕。合百草兮实庭㉖，建芳馨兮庑门㉗。九嶷缤兮并迎㉘，灵之来兮如云㉙。
捐余袂兮江中㉚，遗余褋兮醴浦㉛。搴汀洲兮杜若㉜，将以遗兮远者㉝。时不可兮骤得㉞，聊逍遥兮容与！

【注释】

①帝子：舜妃为帝尧之女，故称帝子。　②眇(miǎo)眇：望而不见的样子。愁予：使我忧愁。　③嫋嫋：吹拂的样子。　④波：生波。下：落。　⑤薠(fán)：草名，生湖泽间。骋望：纵目而望。　⑥佳：佳人，指湘夫人。下文"佳人"同。期：期约，约会。张：陈设，指陈设帷帐、祭品等。

⑦萃：集。蘋：水草名。　⑧罾(zēng)：渔网。　⑨沅：沅水。茝(chǎi)：白芷，香草名。醴：同"澧"(lǐ)，即澧水，在今湖南省，流入洞庭湖。　⑩公子：指帝子，湘夫人。　⑪荒忽：不分明的样子。　⑫潺湲：水缓缓流动的样子。　⑬麋：兽名，似鹿。水裔：水边。　⑭澨(shì)：水边。　⑮腾驾：驾着马车奔腾飞驰。偕逝：同往。　⑯葺：覆盖。盖：指屋顶。　⑰荪壁：以荪草饰壁。紫：紫贝。坛：中庭。　⑱播：散布。　⑲栋：屋栋，屋脊柱。橑(lǎo)：屋椽。　⑳辛夷：木名，初春开花。楣：门上横梁。药：白芷。　㉑罔：通"网"，作编织解。薜(bì)荔(lì)：一种香草，缘木而生。帷：帐幔。　㉒擗(pǐ)：剖。橧(mián)：檐际木，这里作"幔"讲，帐顶。　㉓镇：镇压坐席之物。　㉔疏：散布，分陈。石兰：香草名。　㉕缭：缠绕。杜衡：香草名。　㉖合：聚集。百草：指众芳草。实：充实。　㉗馨：散布很远的香气。庑(wǔ)：廊。　㉘九嶷(yí)：山名，传说中的舜所葬地，在湘水南。这里指九嶷山神。缤：盛多的样子。　㉙灵：神。如云：形容众多。　㉚袂(mèi)：衣袖。　㉛遗(wèi)：赠送。褋(dié)：汗衫。　㉜搴(qiān)：采摘。汀(tīng)：水中或水边的平地。　㉝远者：指湘夫人。　㉞骤得：数得，屡得。

九辩（节选）

宋玉①

悲哉秋之为气也！萧瑟兮草木摇落而变衰②，憭慄兮若在远行③，登山临水兮送将归，泬寥兮天高而气清④，寂寥兮收潦而水清⑤，憯凄增欷兮薄寒之中人⑥，怆怳懭悢兮去故而就新⑦，坎廪兮贫士失职而志不平⑧，廓落兮羁旅而无友生⑨。惆怅兮而私自怜⑩。燕翩翩其辞归兮⑪，蝉寂漠而无声。雁雍雍而南游兮⑫，鹍鸡啁哳而悲鸣⑬。独申旦而不寐兮⑭，哀蟋蟀之宵征⑮。时亹亹而过中兮⑯，蹇淹留而无成⑰。

悲忧穷戚兮独处廓⑱，有美一人兮心不绎⑲。去乡离家兮徕远客⑳，超逍遥兮今焉薄㉑？专思君兮不可化㉒，君不知兮可奈何！蓄怨兮积思㉓，心烦憺兮忘食事㉔。愿一见兮道余意，君之心兮与余异。车既驾兮朅而归㉕，不得见兮心伤悲。倚结轸兮长太息㉖，涕潺湲兮下沾轼㉗。忼慨绝兮不得㉘，中瞀乱兮迷惑㉙。私自怜兮何极㉚，心怦怦兮谅直㉛。

【注释】

①宋玉，生卒年不详，是稍后于屈原的楚国作家。据《史记·屈原贾生列传》《韩诗外传》《新序·杂事》《襄阳耆旧传》等记载知道，他是屈原的学生，曾因友人推荐，入仕于楚顷襄王朝，官位不高，很不得意。《汉书·艺文志》载有辞赋16篇。现在可以基本认定为宋玉所作的，有收入《楚辞》中的《九辩》，收入《文选》中的《风赋》《高唐赋》《神女赋》《登徒子好色赋》《对楚王问》。《九辩》是宋玉的代表作。诗的主要内容是抒发作者因不同流俗而被谗见疏、流离失所的悲哀，批判了楚国黑暗的现实政治。作品委婉曲折地表达了对君王的忠诚和自己的怨苦之情，表现了对国家兴亡的忧虑。诗把秋季万木黄落、山川萧瑟的自然现象，与诗人失意巡游、心绪飘

浮的悲怆有机地结合,作品凝结着一股排遣不去、反复缠绵的悲剧气息。　②萧瑟:秋风吹拂枝叶的声音。　③憭栗(liǎo lì):凄凉　④沈(xuè)寥:旷荡空虚的样子。　⑤寂漻:虚静,指大地。漻(lǎo):雨水。收潦:雨止。　⑥憯(cǎn)凄:悲痛的样子。增欷:增叹,悲慨不已。薄寒:轻微的寒气。中人:伤人。　⑦怆(chuàng)怳(huǎng):悲伤。懭(kuǎng)悢(liàng):愁恨。一说,怆怳与懭悢同,失意的样子。　⑧坎廪:坎坷挫折。贫士:宋玉自称。失职:失去职位。志不平:心中不平。　⑨廓落:孤独空寂。羁旅:他乡作客。友生:朋友,这里指意志相同的人。⑩自怜:自伤。　⑪翩翩:飞的样子。辞归:燕子因秋凉辞别北地而飞向南方。　⑫雍雍:雁叫声。　⑬鹍鸡:鸟名,形似鹤,黄白色。啁(zhōu)哳(zhā):声音细碎而急促。　⑭申:至,达。⑮宵征:夜间行动。　⑯亹(wěi)亹:进行的样子。过中:超过中年。　⑰蹇(jiǎn):语气词。淹留:久留。　⑱戚:通作"蹙"。穷戚:穷困。处廓:处于空虚的境地。　⑲有美一人:指作者自己。一说指楚王。绎:本义为抽丝。朱熹认为当作怿,愉悦。　⑳徕:同"来"。徕远客:来远方作客。　㉑超:远。焉:疑问词。薄:止。焉薄:止于何处。　㉒化:改变。这句说,专心一意思念楚王,忠贞不渝。　㉓蓄怨:怨恨积蓄在心。　㉔烦惵(dàn):烦闷,忧愁。食事:饮食之事。㉕揭(qiè):去。　㉖轹(líng):车厢阑木。其木一横一直,形似方格。因纵横交结,故称结轹。㉗潺(chán)湲(yuán):流动的样子。轼:车前横木。　㉘忼慨:即慷慨,愤激之意。绝:断绝。㉙中:内心。瞀(mào):烦乱的样子。这句说,想和楚王断绝,但又做不到。　㉚极:终止。何极:何时了结。　㉛怦怦:心急的样子。一说,忠谨的样子。谅直:忠诚正直。

二、先秦散文

（一）《道德经》①

第一章（论道）

道可道，非常道②；名可名，非常名③。

无④，名天地之始⑤；有⑥，名万物之母⑦。

故常无，欲以观其妙⑧；常有，欲以观其徼⑨。

此两者，同出而异名，同谓之玄⑩。玄之又玄，众妙之门⑪。

【注释】

①《道德经》，又称《道德真经》《老子》《五千言》《老子五千文》，是中国古代著名经典之一，与《庄子》如双峰并峙，是先秦道家学派的代表性著作，对中国传统文化的形成和发展产生了重大影响。传说是春秋时期的老子李耳所撰写。《道德经》分上下两篇，原文上篇《德经》、下篇《道经》，不分章，后改为《道经》37章在前，第38章之后为《德经》，共81章。是中国历史上首部完整的哲学著作。　②道可道，非常道：道是可以阐述解说的，但是并非完全等同于浑然一体、永恒存在而又运动不息的那个大道。前一"道"，名词，指浑然一体的宇宙本体、永恒存在的天地万物之源、运动不息而又对立转化的规律和法则。因此，又称为"一"。《三十九章》曰："昔之得一者——天得一以清，地得一以宁，神得一以灵，谷得一以盈，万物得一以生，侯王得一以为天下正。"《四十二章》曰："道生一，一生二，二生三，三生万物。"后一"道"，动词，阐述，解说。常道：指浑然一体、永恒存在、运动不息的大道。　③名可名，非常名：道名也是可以命名的，但是并非完全等同于浑然一体、永恒存在、运动不息的道之名。前一"名"，名词，道之名。后一"名"，动词，命名，称谓。常名：指浑然一体、永恒存在、运动不息的道之名。《二十五章》曰："有物混成，先天地生。寂兮廖兮，独立而不改，周行而不殆，可以为天地母。吾不知其名，强字之曰'道'，强为之名曰'大'。大曰'逝'，逝曰'远'，远曰'反'。"　④无：指道。《三十二章》曰："道常无名，朴。"　⑤天地之始：天地的本初。　⑥有：指由道而产生的万物。《三十二章》曰："始制有名。"

⑦万物之母:万物的本原,即无名之道是天地的本初,天地混沌初开,然后有万物的产生,才能制名,而道正是天下初始和万物产生的源头和动力,即母体。《四十章》曰:"天下万物生于'有','有'生于'无'。" ⑧欲:将。妙:微妙。 ⑨徼(jiào):边际。 ⑩玄:玄妙幽深。 ⑪众妙之门:天地万物变化的总源头。

第二章(治国)

天下皆知美之为美,斯恶已①。皆知善之为善,斯不善已。

有无相生②,难易相成③,长短相形④,高下相倾⑤,音声相和⑥,前后相随⑦,恒也⑧。

是以圣人处无为之事⑨,行不言之教⑩;万物作而弗始⑪,生而弗有⑫,为而弗恃⑬,功成而弗居⑭。夫唯弗居,是以不去⑮。

【注释】

①斯恶已:就显露出丑了。斯:则,就。恶:丑陋,与美相反。已:表肯定的语气词,相当于"了"。 ②相生:互相依存。生:存。 ③相成:相反相成。成:成就。 ④形:比较,显现。⑤倾:侧,依靠。 ⑥音声相和:音与声互相和谐。 ⑦随:跟随。 ⑧恒:永恒。 ⑨圣人处无为之事:圣人用无为的方式处事。圣人:老子所理想的具有道行的统治者。无为:不妄为,顺其自然,无为而治。《十章》曰:"爱民治国,能无为乎?" ⑩不言:不用言词,不用发号施令。《五章》曰:"多言数穷,不如守中。"《四十三章》曰:"不言之教,无为之益,天下希及之。" ⑪万物作而弗始:万物兴起而不首倡。作:兴起。始:首倡。 ⑫有:占有。弗:今本作"不"。 ⑬恃:倚仗,依赖。 ⑭居:当,任,据。 ⑮去:离。与"居"相反。

第八章(修身)

上善若水①。水善利万物而不争,处众人之所恶②,故几于道③。

居善地④,心善渊⑤,与善仁⑥,言善信⑦,政善治⑧,事善能⑨,动善时⑩。

夫唯不争,故无尤⑪。

【注释】

①上善若水:上善之人如同水一样。 ②所恶(wù):厌恶的地方。指低洼之处。 ③几于道:近于道。 ④居善地:居住低洼之地。《三十九章》曰:"贵以贱为本,高以下为基。"《六十六章》又曰:"江海所以能为百谷王者,以其善下之。"因此,低洼之地就是善地。 ⑤心善渊:思虑深邃宁静。 ⑥与善仁:交接善良之人。仁:当为"人"。 ⑦言善信:说话遵守信用。 ⑧政善治:为政精于治理。 ⑨事善能:处事发挥特长。 ⑩动善时:行动把握时机。 ⑪尤:过失。

（二）《庄子》

逍遥游①

北冥有鱼②，其名为鲲③。鲲之大④，不知其几千里也⑤；化而为鸟⑥，其名为鹏⑦。鹏之背⑧，不知其几千里也；怒而飞⑨，其翼若垂天之云⑩。是鸟也⑪，海运则将徙于南冥⑫。南冥者，天池也⑬。《齐谐》者⑭，志怪者也⑮。《谐》之言曰："鹏之徙于南冥也，水击三千里⑯，抟扶摇而上者九万里⑰，去以六月息者也⑱。"野马也⑲，尘埃也⑳，生物之以息相吹也㉑，天之苍苍㉒，其正色邪？其远而无所至极邪㉔？其视下也㉕，亦若是则已矣㉖。且夫水之积也不厚㉗，则其负大舟也无力㉘。覆杯水于坳堂之上㉙，则芥为之舟；置杯焉则胶㉚，水浅而舟大也。风之积也不厚，则其负大翼也无力㉜，故九万里则风斯在下矣㉝。而后乃今培风㉞，背负青天，而莫之夭阏者㉟，而后乃今将图南。

蜩与学鸠笑之曰㊱："我决起而飞㊲，枪榆枋㊳，时则不至，而控于地而已矣㊴；奚以之九万里而南为㊵？"适莽苍者㊶，三飡而反㊷，腹犹果然㊸；适百里者，宿舂粮㊹；适千里者，三月聚粮㊺；之二虫又何知㊻！小知不及大知㊼，小年不及大年㊽。奚以知其然也㊾？朝菌不知晦朔㊿，蟪蛄不知春秋㉛，此小年也。楚之南有冥灵者㉜，以五百岁为春，五百岁为秋；上古有大椿者㉝，以八千岁为春，八千岁为秋，此大年也㉞。而彭祖乃今以久特闻㉟，众人匹之，不亦悲乎㊱！

汤之问棘也是已㊲："穷发之北㊳，有冥海者，天池也。有鱼焉，其广数千里㊴，未有知其修者㊵，其名为鲲。有鸟焉，其名为鹏，背若泰山㊶，翼若垂天之云；抟扶摇、羊角而上者九万里㊷，绝云气㊸，负青天，然后图南，且适南冥也㊹。斥鴳笑之曰㊺：'彼且奚适也？我腾跃而上，不过数仞而下㊻，翱翔蓬蒿之间㊼，此亦飞之至也㊽。而彼且奚适也？'"此小大之辩也㊾。

故夫知效一官㊿，行比一乡㊇，德合一君㊈，而征一国者㊉，其自视也亦若此矣㊋。而宋荣子犹然笑之㊌。且举世誉之而不加劝㊍，举世非之而不加沮㊎，定乎内外之分㊏，辩乎荣辱之境㊐，斯已矣㊑。彼其于世，未数数然也㊒。虽然㊓，犹有未树也㊔。夫列子御风而行㊕，泠然善也㊖，旬有五日而后反㊗。彼于致福者㊘，未数数然也。此虽免乎行㊙，犹有所待者也㊚。若夫乘天地之正㊛，而御六气之辩㊜，以游无穷者㊝，彼且恶乎待哉㊞？故曰：至人无己㊟，神人无功㊠，圣人无名㊡。

尧让天下于许由，㊢曰："日月出矣，而爝火不息㊣；其于光也㊤，不亦难乎㊥！时雨降矣㊦，而犹浸灌㊧；其于泽也㊨，不亦劳乎㊩！夫子立而天下治㊪，而我犹尸之㊫，吾自视缺然㊬。请致天下㊭。"许由曰："子治天下㊮，天下既已治也；而我犹代子㊯，吾将为名乎？名者，实之宾也㊰；吾将为宾乎？鹪鹩巢于深林㊱，不过一枝；偃鼠饮河㊲，不过满腹。归休乎君⑮，予无所用天下为⑯！庖人虽不治庖⑰，尸祝不越樽俎而代之矣⑱！"

肩吾问于连叔曰⑲："吾闻言于接舆⑳，大而无当㉑，往而不返㉒；吾惊怖其言㉓，犹河汉而无极也㉔；大有迳庭㉕，不近人情焉㉖。"连叔曰："其言谓何哉㉗？"曰："藐姑射之山㉘，有神人居焉㉙；肌肤若冰雪，淖约若处子㉚，不食五谷，吸风饮露，乘云气，御飞龙，而游乎四海之外㉛；其神凝，使物不疵疠而年谷熟㉜。吾以是狂而不信也㉝。"连叔曰："然。瞽者无以与乎文章之观㉞，聋者无以与乎钟鼓之声㉟；岂唯形骸有聋盲哉㊱！夫知亦有之㊲。是其言也㊳，犹时女也㊴。之人也，之德也，将旁礴万物以为一世蕲乎乱㊵，孰弊弊焉以天下为事㊶！之人也，物莫之伤㊷；大浸稽天而不溺㊸，大旱金石流山土焦而不热㊹。是其尘垢粃糠将犹陶铸尧、舜者也㊺，孰肯以物为事㊻！宋人资章甫而适诸越㊼，越人断发文身㊽，无所用之。尧治天下之民，平海内之政㊾，往见四子藐姑射之山㊿，汾水之阳（51），窅然丧其天下焉（52）。"

惠子谓庄子曰（53）："魏王贻我大瓠之种，我树之而成实五石。以盛水浆（54），其坚不能自举也（55）。剖之以为瓢（56），则瓠落无所容（57）。非不呺然大也，吾为其无用而掊之（58）。"庄子曰："夫子固拙于用大矣！宋人有善为不龟手之药者（59），世世以洴澼絖为事（60）。客闻之，请买其方百金（61）。聚族而谋曰：'我世世为洴澼絖，不过数金。今一朝而鬻技百金（62），请与之（63）。'客得之（64），以说吴王（65）。越有难（66），吴王使之将（67），冬与越人水战，大败越人，裂地而封之（68）。能不龟手一也；或以封，或不免于洴澼絖，则所用之异也。今子有五石之瓠，何不虑以为大樽（69），而浮于江湖，而忧其瓠落无所容（70），则夫子犹有蓬之心也夫（71）！"

惠子谓庄子曰："吾有大树，人谓之樗（72）；其大本拥肿而不中绳墨，其小枝卷曲而不中规矩（73）。立之涂（74），匠者不顾。今子之言，大而无用（75），众所同去也（76）。"庄子曰："子独不见狸狌乎（77）？卑身而伏，以候敖者（78）；东西跳梁（79），不辟高下（80）；中于机辟（81），死于罔罟（82）。今夫斄牛（83），其大若垂天之云；此能为大矣（84），而不能执鼠（85）。今子有大树，患其无用，何不树之于无何有之乡（86），广莫之野（87），彷徨乎无为其侧（88），逍遥乎寝卧其下（89）；不夭斤斧（90），物无害者。无所可用，安所困苦哉（91）？"

【注释】

①庄子（约前369—前286），名周，是我国战国时期伟大的思想家、哲学家和文学家，道家学说的主要创始人，与老子并称为"老庄"。其代表作《庄子》分内、外、杂篇，原有五十二篇，由战国中晚期逐步流传、糅杂、附益，至西汉时期大致成形，然而当时流传版本，今已失传。目前所传三十三篇，已经郭象整理，篇目章节与汉代亦不相同。内篇大体可代表战国时期庄子思想核心，而外、杂篇发展则纵横百余年，参杂黄老、庄子后学形成复杂的体系。逍遥，也做"消摇"，悠闲自得的意思，指不受任何束缚地自由自在地活动。庄子把不受任何束缚的自由，当作最高的境界来追求。本文所要解决的问题是，怎样才算不受任何束缚的自由，以及如何才能实现这样的自由。

②北冥：冥，一作"溟"。溟：海，北冥即北海。嵇康说："取其溟溟无涯也。"又东方朔《十洲记》："水黑色谓之冥"（以上见郭庆藩《庄子集释》引）水极深方呈黑色，本文称北海为北冥，意在

形容海既大且深。说明像鲲这样的大鱼，只有在这样的大海之中方可生存。 ③鲲(kūn)：《尔雅·释鱼》："鲲，鱼子。"郝懿行义疏："凡鱼之子，总名鲲。"韦昭注："鲲，鱼子也。"鲲本指鱼卵，此处借作大鱼名。庄子认为大小都是相对的，没有绝对的差别，因而主张抹杀大和小的界限，此处以鱼子作大鱼，所包含的正是这种思想。 ④之：的。大：指体积巨大。 ⑤几：指不定的数目。 ⑥化：变化，化成。为：变成，成为。在《庄子》中有许多辩证法的思想，承认事物的发展变化，鲲变鹏就是其中一例。 ⑦鹏(péng)：大鸟名。 ⑧背：脊背。 ⑨怒：振奋，奋发。 ⑩若：如，好像。垂：旧注或解作垂挂；或解通"陲"。边，指天边。这一句话意在形容鹏翼之大。 ⑪是：此，这只。是鸟：这只鸟。 ⑫海运：指海啸，海动所引起的波涛动荡，此时必伴以大风，大鹏借此大风飞向南海。徙，迁移。 ⑬天池：天然的大池。 ⑭齐谐(xié)：当是书名，一说人名。 ⑮志：记，记述，记载。怪：怪异，奇异。 ⑯水击：拍打水面。水击三千里，说明鹏起飞时的声势极大。 ⑰抟(tuán)：谓拍击。扶摇：暴风名，由地面急剧盘旋而上的暴风。 ⑱六月息：息，风。六月间，海上常有大风。一说，息，休息，指大鹏要休息六个月，方可至南海，此说嫌牵强，不可从。 ⑲野马：春天阳气发动，远望原野或沼泽之中游气浮动，状如奔马，故名。 ⑳尘埃：尘，指尘土。埃：指尘土中的细小颗粒。尘埃：即飞扬在空中的带有尘土颗粒的空气。 ㉑生物：指空间活动的生物。息：气息。以息相吹：气息相互吹动。 ㉒苍苍：深蓝色。 ㉓其：通"岂"，表反诘。邪：通"耶"，语气词。 ㉔极：尽。 ㉕视：看。 ㉖是：此，这样。则已：同"而已"。 ㉗且夫：表示要进一步论述，提起下文。厚：深。 ㉘负：载。 ㉙覆，倒。坳(ào)：凹坑。坳堂：也作堂坳，地上低洼之处。 ㉚芥：小草。 ㉛置：放置。胶：粘注。 ㉜大翼：指代大鹏。 ㉝斯：乃，就。 ㉞而后乃今："乃今而后"为倒文，这时然后才。培：通凭，凭借。培风：凭风，乘风。 ㉟夭阏(è)：阻止，阻拦。 ㊱蜩(tiáo)：蝉。学，亦作鸴(xué)。学鸠：鸟鸣，古时为灰雀属各类小鸟的通称。 ㊲决(xuè)：迅急飞起的样子。 ㊳枪：突，冲过，一说集，意指群鸟落在树上。榆、枋：两种树名。枋：檀树。 ㊴时：指一个时辰。则：或。时则不至：一个时辰或达不到。控：投，落下。 ㊵奚以句：此句为嵌语式，将"奚为"拆开，在其中嵌上"以之九万里而南"表示反问，奚为：何为，为什么。 ㊶适：往，到。莽苍：野外迷茫不清的样子。 ㊷飡(cān)：即"餐"。反：通"返"。 ㊸犹：还。果然：饱的样子。 ㊹宿：本义为住宿，过夜，这里指一夜。舂(chōng)：把谷物放在臼内，用杵捣去皮壳。 ㊺三月聚粮：用三个月的时间积蓄粮食。 ㊻之：指代，这。二虫：即上文的文蜩和学鸠。 ㊼知(zhì)：通智。不及：不了解。 ㊽年：寿命。小年，短命。 ㊾奚：何，怎么。然：这样。 ㊿朝菌：生命极为短促的菌类，旧说为大芝，江东一带称为土菌，早晨出生，日出即死。晦朔：一个夜间一个白天，一天一夜。 (51)蟪蛄(huìgū)：虫名，生于夏初，死于夏末，一说寒蝉，春生夏死，夏生秋死。春秋：指一年。 (52)楚：楚国，在今湖北省。冥灵：树名，一说大龟名，与下文大椿并为神话传说。 (53)大椿：树名。 (54)《阙误》引成玄英本有"此大年也"四字。从上下文推断，当有此四字。 (55)彭祖：传说中的人物，姓篯(音簪)名铿，尧时人，历经夏、殷至周，活八百岁，封于彭，又以其年寿特长，故世称彭祖。特：独。闻：名声，此处引申为著称。 (56)匹：比。 (57)悲：悲哀。 (58)汤：商朝第一个皇帝，一般称商汤。棘：汤时贤大夫。《列子·汤问》作"夏革"，革与棘，读音同，均读(jí)。已：通"矣"，语气词。 (59)穷发：不生草木的地方。成玄英疏："地以草为毛发，北方寒冱(hù，冻结)之地，草木不生，故名穷发，所谓不毛之地。" (60)广：宽。 (61)修：长。 (62)《庄子集释》本作"太山"。《世德堂》本及《庄子集解》本均作"泰山"，当从。 (63)羊角：旋风。 (64)绝：穿过。 (65)且：将。 (66)斥鴳：小池泽的尺鹤小雀。 (67)仞：周人以八尺为一仞。汉代以七尺为一仞。 (68)翱翔：展翅飞翔。蓬蒿：野草。　⑥至：最。　⑦辩：通"辨"，分别。　⑦知：通"智"，才能。效：功效，指做官时能够取得功效，故可以引申为胜任。　⑦行：行为，作为，当指政治上的举措。一说品行。比：合。　⑦德：品德，道德。合：符合。　⑦而：能够，《淮南子·原道》："而以少正多。"高诱注："而，能也。"　⑦其：指上述四种人。自视：自己看自己，自己对待自己。　⑦宋荣子：当是《庄子·天下篇》中所说的宋钘，齐国稷下学宫的学者，与尹文同属一派。当代学者称为宋尹学派，这一派的学术思想，渊源于道家，而又杂糅墨家思想。犹然：笑貌，一说讥笑，均通。　⑦举世：全；举世，指整个社会。誉：赞誉。劝：奋勉，努力。此句文字从《庄子集解》本。《庄子集释》本作"且举世而誉之而不加劝"多一"而"字，不从，下句同此。　⑦非：责难，非难。沮(jǔ)：沮丧。⑦内外之分：《天下》介绍宋钘思想时说："不累于俗，不饰于物，不苟于人，不忮于众。"又说："见侮不辱，救民之斗。"这些话可作为"内外之分"一语的注脚。"俗"、"物"、"人"、"众"和"自身"相对，前者是外，后者是内，在宋荣子看来，对于外物不为累赘而有所忧患，不去矫饰而有所作为，不与之苟且而同流合污，不与之歧义而形成矛盾，从而保持其独立的精神。"誉"和"非"都是外在的，独立自立的精神则是内在的。"誉"对内在的精神无所补益，故"举世而誉之下加劝"；"非"对内在的精神也无所损伤，所以"举世而非之而不加沮"。这就叫作"定乎内外之分"，这显然是道家思想。　⑧辨：辨别，境：界，界限。这一句和上一句是相承的。在宋荣子看来，外界的称誉并不就是光荣，只有自己做得对才算光荣；外界的侮辱，并不就是耻辱，只有自己做得不对才是耻辱。所以庄子说他分清了荣与辱的界限。　⑧斯：这，已：止。　⑧数(shuò)数：犹汲汲，着急的样子。　⑧虽然：虽然如此。　⑧犹：还。树：建立，建树。这一句是说宋荣子尚有未曾达到的境界，这种境界就是下文所说的"无己""无名""无功"。　⑧列子：寓言中的人物。御：驾驭。　⑧泠(líng)然：轻妙的样子。　⑧旬：十天。有：又。反：通"返"。　⑧致福：求福。⑧免：避免。行：步行。　⑨待：凭借，依靠。《庄子》书中的有待是哲学范畴，指的是事物的条件性。　⑨乘：因。天地：指万物，正：本性，自然之性。　⑨御：本义为驾驭，这里仍引申为因顺。六气：指阴、阳、风、雨、晦、明。辩：通"变"，指变化。　⑨无穷者：无穷尽的境界。　⑨恶(wū)：何，什么。待：凭借，依靠。　⑨至人，指思想道德达到最高境界的人。《田子方》有"得至美而游乎至乐，谓之真人。"《天下》有"不离于真，谓之至人。"无己：忘掉自己，清除物我界限。
⑨神人：庄子理想中得道而神妙莫测的人。无功：不追求功名。　⑨圣人：道德智能高尚的人。无名：不追求名声。　⑨许由：古代传说中的隐士，姓许名由字仲武，颍川人。据《高士传》记载，相传尧要把天下让给许由，自命高洁的许由以为这种话玷污了自己的耳朵便到河里去洗一洗，然后隐于箕山，尧拜他为老师。许由死后，尧封其墓，并谥号箕公。后人号为洗耳翁。
⑨爝(jué)火：火把。火把是由人制作并燃烧的，这里用以寓指人为是多余的。　⑩其，它。于：对于。光：光亮。　⑩亦，也。难：困难。　⑩时雨：按一定时令节气及时降落的雨，俗称及时雨。　⑩浸灌：人工灌溉。　⑩泽：滋润土地。　⑩劳：徒劳。　⑩治：安定，有秩序。　⑩犹：还。尸：古代代表死者接受祭祀的活人，后引申比喻人居其位而无所事事。　⑩自视：自己看自己。缺然：缺乏能力的样子。　⑩致：送给。请致天下：请让我把天下让给你。　⑩子：你，指尧。治：治理。　⑪犹：如果。代子：代替你。　⑫名：名称。实：实物。宾：派生物，附属品。
⑬鹪鹩(jiāoliáo)：小鸟名，善于筑巢，俗称巧妇鸟。　⑭偃(yān)：通"鼹"，偃鼠：鼠类。　⑮归，回。休：犹"罢了"。君：指尧。　⑯这句话意思是：对天下无所作为，一说天下对我没有什么用处。　⑰庖人：厨师。　⑱尸祝，古时祠庙中主持祭礼的司仪。越：指越权。樽，酒器。俎(zǔ)：盛肉的器皿。　⑲肩吾、连叔：均是人名，旧注所谓古之有道之人。近人疑为庄子虚构的人物，

29

此说可从。　⑫闻:听到。接舆:人名,姓陆名通字接舆,楚国的隐士,与孔子同时,佯狂不仕。　⑫当(dàng):王先谦说:"当,底。"不当,无底,意谓不着边际。　⑫往:到,此处指说到。不返:不回来,故意译为:"说到那里是那里",意谓荒诞不经。　⑫惊怖:惊恐害怕。　⑫河汉:银河。无极:无边无际。　⑫迳:门外的道路。庭:院内堂外之地。迳庭:比喻差别大。大有:形容程度。全句意为差别很大。　⑫人情:人之常情。　⑫谓:说。何:什么。　⑫藐姑射(yè):山名。⑫神人:指得道神妙莫测的人。实际说明庄子主观思想是神人而不是一般人,庄子认为神人可以混同自然和社会的一切,而不必劳心见功,只是无为而治就行了。甚至说尧舜也不过是神人陶制的尘垢秕糠,神人不用天下,不用万物,而专重主观精神升华,臻于逍遥自由境界。⑬若:如,像。　⑬淖(chuò)约:通"绰约",姿态柔美的样子。处子:未嫁的处女。　⑬御:驾驭。⑬四海:古代以中国四周环海而称为四海,一般四海即指天下或全国各地。　⑬凝:凝聚,专一。神凝:指思想集中于内心,对外界事物不闻不问。　⑬疵疠:灾害,疾病。　⑬以:认为,是:此,指接舆的那段话。狂:通诳,诳语。　⑬瞽(gǔ):眼瞎。文章:文采,指华美的色彩和花纹。观:景色。　⑬聋:聋子。与:参与。　⑬岂唯:难道只有。　⑭知:通"智",此处指认识或思想认识而言。　⑭是:此。其言,指接舆的话。　⑭时女:处女,未曾嫁人的少女。　⑭旁礴:广被,混同。旁礴万物:指万物混同。以为一世:指与社会混同。蕲(qí):求。全句意言混同于自然界和社会,而不对自然界和社会有所作为。　⑭孰:谁。弊弊:辛苦经营。　⑭莫,没有能。⑭大浸,大水。稽:至。大浸稽天:大水滔天。溺(nì):淹没在水里。　⑭流:熔化。　⑭秕糠:瘪谷和米糠,比喻微末、细小。陶:烧制瓦器。铸:熔铸金属器物。陶铸:比喻造就、制作。⑭物:事,指世务。　⑮资:贩卖。章甫:一种礼帽。适:到。诸:兼词,之于。越:越国。春秋时南方诸侯国,在当时文化比较落后。　⑮断发文身:古代越国人风俗。断发:不留头发。文身:身上刺着花纹。古代中原一带,将头发结成云髻,方可戴上礼帽。越人断发,没有云髻,所以章甫对他们没有用处。　⑮海内:指中国之内。　⑬四子:司马云:"四子,王倪、啮缺、被衣、许由。"这是寓言,四子不必确指。李桢说:"四子本无其人,征名以实之则凿矣。"　⑭汾水之阳:汾水,在今山西省境内,据传临汾曾为尧都。阳,指水的北面。　⑮窅(yǎo):所见深远,指尧经四子开导后,明白了大道,故所见深远。丧:犹忘。　⑯惠子:惠施,庄子的朋友,先秦名家学派的代表人物。惠施下面的一段话,借大瓢无用为喻,讥讽庄子的学说虽然意趣宏深,而不切实用。　⑰魏王:指魏惠王,即梁惠王。贻:赠送。瓠(hù):葫芦。种:种子。　⑱树:种植。实:容纳。石(dàn):容量单位,十斗为一石。　⑲盛:通"成"。　⑯坚:硬度。　⑯剖:破开。　⑯瓠落:又作"濩落""廓落",大而平的样子。无所容:没有什么东西可装。　⑯掊(pǒu):砸破。⑯夫子:先生,拙:不善。　⑯龟(jūn),通"皲",手足皮肤因受冻而开裂。　⑯世世:祖祖辈辈,世世代代。洴澼(píngpì):在水中漂洗。纩(kuàng):絮衣服的新丝绵。　⑰请:请求。方:不龟手的药方。　⑱鬻技:出卖技术。　⑲与之:卖给他。　⑰之:它,不龟手的药方。　⑰说(shuì),用话劝说。吴王:吴国的国王。　⑫有难:发难,发起反抗。　⑬使之将(jiàng):派他率领军队。　⑭裂:分。封之,封赐给他。　⑮虑,通"摅",拴,结。大樽:腰舟,形如酒器,故称大樽。　⑯忧:忧虑。　⑰樗:草名,其状拳曲不直。　⑱樗(chū):俗称臭椿,质地粗劣的大木,其高可达二十多米。　⑲本:指树干。拥肿:犹盘瘿,即疙瘩。绳墨:木匠用的墨线。中(zhòng):合。　⑱规矩:木匠划圆、方的工具。　⑱涂:通"途",道路。　⑱大而无用:大而无用是庄子的重要思想,因为庄子主张无用为有用。惠施在这里是针对庄子的大而无用的言论说的。⑱众:大家。去:抛弃。　⑱独:偏偏。见:看到。狸(lí):兽类,段玉裁注:"谓善伏之兽,即俗所谓野猫。"狌(shēng):俗称黄鼠狼。 ⑱卑:低。敖:通"遨",游。敖者:指来往的小动物,如鸡、鼠之类,为狸狌的猎获对象。 ⑱跳梁:即"跳踉",跳跃。 ⑱辟:通"避"。 ⑱中(zhòng):受到。机辟:猎人设置的捕捉禽兽的机关。 ⑱罔:通"网"。罟(gǔ):网的总名。 ⑲斄(lí):牦牛,产于我国青藏高原地区。 ⑲能:能力。 ⑲执:捉拿。 ⑲无何有:虚无。庄子继承老子的思想,也把世界看成是虚无。乡:地方。 ⑲莫:大。一说无。广莫之野:指宽旷无人之处。 ⑲彷徨:纵任不拘的样子,徘徊。无为:无所作为。 ⑲逍遥:优游自在。寝卧:躺着。 ⑲夭:折。斤:大斧头。 ⑲安:怎么会,那里会。

养生主①

吾生也有涯②,而知也无涯③。以有涯随无涯④,殆已⑤;已而为知者⑥,殆而已矣。为善无近名⑦,为恶无近刑⑧。缘督以为经⑨,可以保身⑩,可以全生⑪,可以养亲⑫,可以尽年⑬。

庖丁为文惠君解牛⑭,手之所触⑮,肩之所倚⑯,足之所履⑰,膝之所踦⑱,砉然向然⑲,奏刀騞然⑳,莫不中音,合于《桑林》之舞㉑,乃中《经首》之会㉒。

文惠君曰:"嘻㉓,善哉!技盖至此乎㉔?"庖丁释刀对曰㉕:"臣之所好者道也㉖,进乎技矣。始臣之解牛之时,所见无非全牛者。三年之后,未尝见全牛也。方今之时,臣以神遇而不以目视㉗,官知止而神欲行㉘。依乎天理㉙,批大郤㉚,导大窾㉛,因其固然㉜。技经肯綮之未尝㉝,而况大軱乎㉞!良庖岁更刀㉟,割也;族庖月更刀㊱,折也。今臣之刀十九年矣,所解数千牛矣,而刀刃若新发于硎㊲。彼节者有间㊳,而刀刃者无厚;以无厚入有间,恢恢乎其于游刃必有余地矣㊴,是以十九年而刀刃若新发于硎。虽然,每至于族㊵,吾见其难为,怵然为戒㊶,视为止㊷,行为迟㊸。动刀甚微㊹,謋然已解㊺,如土委地㊻。提刀而立,为之四顾,为之踌躇满志㊼,善刀而藏之㊽。"

文惠君曰:"善哉!吾闻庖丁之言,得养生焉㊾。"

公文轩见右师而惊曰㊿:"是何人也?恶乎介也?天与,其人与?"曰:"天也,非人也。天之生是使独也,人之貌有与也。以是知其天也,非人也"。

泽雉十步一啄,百步一饮,不蕲畜乎樊中。神虽王,不善也。

老聃死,秦失吊之,三号而出。弟子曰:"非夫子之友邪?"曰:"然"。"然则吊焉若此,可乎?"曰:"然。始也吾以为其人也,而今非也。向吾入而吊焉,有老者哭之,如哭其子;少者哭之,如哭其母。彼其所以会之,必有不蕲言而言,不蕲哭而哭者。是遁天倍情,忘其所受,古者谓之'遁天之刑'。适来,夫子时也;适去,夫子顺也。安时而处顺,哀乐不能入也,古者谓是'帝之县解'。"

指穷于为薪,火传也,不知其尽也。

【注释】

①这是一篇谈养生之道的文章。"养生主"即养生的要领。庄子认为,养生之道重在顺应

自然,忘却情感,不为外物所滞。全文分成三个部分,第一部分:"吾生也有涯"至"可以尽年"。是全篇的总纲,指出养生之道核心就是"缘督以为经",即秉承事物中虚之道,顺应自然的变化与发展。第二部分:"庖丁为文惠君解牛"至"得养生焉"。以庖丁解牛喻养生之道,这个比喻包括两方面的含义:(一)"依乎天理","因其固然"——顺应客观规律;(二)"以无厚入有间","游刃有余"——避开是非、矛盾,躲在是非、矛盾的缝隙中生活。当然,庄子的本意在第二方面。余下为第三部分,进一步说明听凭天命,顺应自然,"安时而处顺"的生活态度。庄子思想的中心,一是无所依凭自由自在,一是反对人为顺其自然,本文字里行间虽是在谈论养生,实际上是在体现作者的哲学思想和生活旨趣。 ②涯:边际,极限。 ③知(zhì):知识,才智。 ④随:追随,索求。 ⑤殆:危险,这里指疲困不堪,神伤体乏。 ⑥已:此,《尔雅·释诂》:"已,此也。"指上述"以有涯随无涯"的事实。为(wéi):认为。知(zhì):通"智"聪明。 ⑦近:接近,这里含有追求、贪图的意思。名:名誉,荣誉。 ⑧刑:刑辱。 ⑨缘:顺行。督:中,中道。所谓督脉即身背之中脉,具有总督诸阳经之作用。"缘督"就是顺从自然之中道的含意。经:常。 ⑩保身:保护身躯,使免遭刑戮。 ⑪生:通"性"。全生:保全天性,使免受思虑忧怀之苦。 ⑫养亲:不给父母留下忧患,以终其天年。 ⑬尽年:不使年寿中道夭折。 ⑭庖(páo):厨房。庖丁:厨师。一说名字叫丁的厨师。为(wèi):替,给。文惠君:指梁惠王。解:剖开、分解。 ⑮触:接触。 ⑯倚:靠。 ⑰履:踏、踩。所履:踩的地方。 ⑱踦(yǐ):用膝盖抵住。 ⑲砉(huā)然:皮肉分离的声音。向(嚮):通作"响(響)",声响。向(响)然:多种声音相互响应的样子。⑳奏:进。騞(huō)然:刀裂物的声音。㉑中(zhòng):合乎。中音:意思是合乎音乐的节奏。㉒桑林:传说为汤商时的乐曲名。《桑林》之舞:即用《桑林》乐曲伴奏的舞蹈。㉓经首:传说中尧时的乐曲名。会:指节奏。㉔谑(xī):"嘻"字的异体字,叹词,表赞叹。㉕盖:通"盍",何。㉖释:放下。㉗好(hào):喜好。道:事物的规律。㉘进:进了一层,含有超过、胜过的意思。乎:于,比。㉙神:精神,心思。遇:相逢,相会。这里有"接触"的意思。㉚官知:眼、耳等器官的感觉,这里专指视觉。神欲:精神活动。㉛依:依照。乎:在。天理:指牛体的天然结构。㉜批:击,劈。郤(xì):通"隙",空隙,指牛骨节间的空隙。㉝导:引导,导入。窾(kuǎn):空。导大窾:把刀引入骨节间的空隙。㉞因:依,顺。固然:本然,原本的样子,指牛体的本来结构。㉟技(zhī):通"枝",指支脉。经:经脉。技经:指经络结连的地方。肯:附着在骨上的肉。綮(qìng):筋肉聚结的地方。尝:尝试。未尝:没有用刀去尝试。㊱軱(gū):大骨。㊲良:善。岁:每年。更(gēng):更换。㊳族:众。族庖:一般的厨师。㊴折:用刀折骨。㊵发:本义是"把箭射出去",引申为"出",意译作"磨"。硎(xíng):磨刀石。㊶节:指骨节相连之处。间(jiàn):本作"閒",间隙。㊷恢恢:宽广。其:指上文的"间"。游刃:运转的刀刃。成语"游刃有余"即源于此。㊸族:筋骨交错聚结的地方。㊹怵(chù)然:小心谨慎的样子。怵:戒惧。戒:谨慎。㊺视:目光。为:因。"为"后省略"之"。视为止:目光因此止于族,极言目光专注,不再瞩目其他地方。㊻迟:缓慢。行为迟:手的动作因此缓慢下来。㊼微:轻微。㊽謋(huò):骨和肉分离的声音。解:分解,解体。㊾委:堆积。㊿踌躇满志:悠然自得,心满意足。51善:通"缮",修治。这里是摆弄、擦拭的意思。52养生:指养生的道理。53公文轩:姓公文,名轩,宋国人。右师:宋国官名。54恶(wū):疑问代词,何。介:独。古代砍断脚的酷刑称"刖",刖去一只脚则独,所以叫介。55其:转接连词,抑或,还是。与:通"欤"。56是:代词,这,指形体。57貌:形状。与(yù):共,郭象说两足并行叫"有与"。58雉(zhì):雉鸟,俗称野鸡。59蕲(qí):通"祈",祈求。畜(xù):容留,蓄养。樊(fán):关鸟兽的笼子。60王

(wàng)：通"旺"，旺盛。㉑善：好。这里是形容词的意动用法，"认为好"的意思。㉒老聃 (dān)：即老子，姓李，名耳，字伯阳，外字老聃。楚国人。㉓秦失(yì)：本又作"秦佚"，姓秦，名 失，老子的朋友，与老子俱游方外。生平不详。㉔号(háo)：大声哭。㉕其人：指下文的"哭 者"。起先秦失以为他们都是老子的方外门人，后来发现他们哀痛过甚，才知道他们不是老子 的门人。㉖向：刚才。㉗彼：指老者和少者。会：聚，碰在一块儿。㉘遁：逃避，违反。倍：通 "背"，背弃。一说"倍"意思是"加"，增益的意思。㉙忘其所受：郭象说："天性所受各有本分， 不可逃，亦不可加。"人既受命于天，那么好生恶死就是忘记了受命于天的道理。㉚刑：过失。 ㉛适：偶然。来：来到世上，与下一句的"去"相对立；这里的"来"、"去"实指人的生和死。 ㉜夫子：指老聃。㉝帝：天，指造物者。县(xuán)：同"悬"，悬解。庄子在《大宗师》中说："且 夫得者时也，失者顺也，安时而处顺，哀乐不能入也，此古之所谓县解也。"成玄英疏："处顺忘 时，萧然无系，古昔至人谓为县解。"道家把"得失、哀乐、死生皆无动于心"称为县解，这里姑译 作"自然的解脱"。㉞指：代指手。穷：尽。为：制作。㉟火：旧注多谓火比喻精神，此解大误， 不可从。庄子认为世界上的万物种类繁多，然其生死均是气的聚散所致，物虽各有生死，而气 却是永存的。(见《知北游》第一段)这里所表达的正是这种思想，以比喻各有生死的万物，以 火比喻永存的气，言物因其有生死而有穷尽之时，而气却是无穷无尽的。

(三)《论语》*

　　子曰①："学而时习之②，不亦说乎③？有朋自远方来，不亦乐乎？人不知而不 愠④，不亦君子乎？"

——《学而》

【注释】

　　①子：《论语》中的所有"子曰"，都是"孔子说"。　②学：这里的"学"，主要是指学习 西周的礼、乐和经典等。时：按时。　③说(yuè)：同"悦"，愉快、高兴。　④愠(yùn)：生 气，恼怒。

　　有子曰①："其为人也孝弟②，而好犯上者，鲜矣③；不好犯上，而好作乱者，未之 有也。君子务本④，本立而道生⑤。孝弟也者，其为仁之本与⑥？"

——《学而》

---

　　* 版本参照《论语译注》，中华书局 1980 年版。

【注释】

①有子:孔子的学生。姓有,名若。 ②弟(tì):同"悌"(tì),即弟弟善事兄长。 ③鲜(xiǎn):少。 ④务本:致力于根本。 ⑤道:这里的道,指孔子提倡的仁爱之道。 ⑥与(yú):句末表示疑问或感叹的语气词。

曾子曰①:"吾日三省吾身②:为人谋而不忠乎? 与朋友交而不信乎③? 传不习乎④?"

——《学而》

【注释】

①曾子:鲁国人,孔子最得意的学生之一。姓曾名参,字子舆。据传《孝经》为其所著。 ②省(xǐng):自我检查,内省。 ③信:诚实,诚信。 ④传:老师传授的学问。

子夏曰①:"贤贤易色②,事父母能竭其力,事君能致其身③,与朋友交言而有信。虽曰未学,吾必谓之学矣。"

——《学而》

【注释】

①子夏:孔子的学生,姓卜,名商,字子夏。孔子死后,他在魏国宣传孔子的学说。 ②贤贤易色:尊重贤者,看轻女色。第一个"贤"字用作动词,尊重的意思。"贤贤"即尊重贤者。易:轻视,看轻。 ③致其身:把生命奉献给君主。致:献纳、贡献。

——《学而》

子曰:"君子不重则不威①,学则不固②。主忠信③。无友不如己者④。过则勿惮改⑤。"

——《学而》

【注释】

①重:庄重自持。 ②学则不固:学习就可以不固塞鄙陋。固:鄙陋 ③主忠信:坚持忠信,以忠信为主。 ④无友不如己者:不要结交不如自己的朋友。无:通"毋",不要。友:用作动词。

⑤过:犯错误。惮(dàn):害怕、畏惧。

曾子曰:"慎终追远①,民德归厚矣。"

——《学而》

【注释】

①慎终:完全按照礼仪为父母治丧、尽哀。人死为终,这里指父母的去世。追远:诚心诚意地祭祀先人。远,指祖先。

有子曰:"礼之用,和为贵。先王之道①,斯为美。小大由之,有所不行。知和而和②,不以礼节之③,亦不可行也。"

——《学而》

【注释】

①先王之道:指尧、舜、禹、汤、文、武等古代帝王的治世之道。　②知和而和:知道和谐可贵而刻意追求和谐。　③节:规定;约束。

子曰:"君子食无求饱,居无求安,敏于事而慎于言,就有道而正焉①,可谓好学也已。"

——《学而》

【注释】

①就:接近,靠近。有道:指有道德的人。正:匡正、纠正,这里有"指点、指导"的意思。

子贡曰:"贫而无谄①,富而无骄,何如?"子曰:"可也。未若贫而乐道,富而好礼者也。"子贡曰:"《诗》云,'如切如磋! 如琢如磨②',其斯之谓与?"子曰:"赐也③! 始可与言《诗》已矣——告诸往而知来者④。"

——《学而》

【注释】

①谄(chǎn):巴结、奉承。　②如切如磋,如琢如磨:见于《诗经·卫风·淇澳》,分别指对兽

骨、象牙、玉璞和石头四种不同材料的加工。意为精益求精。　③赐:端木赐,字子贡,孔门弟子。孔子对其学生都称名。　④告诸往而知来者:告之以过去的事情就能推知以后。即举一反三。

子曰:"不患人之不己知①,患不知人也。"

——《学而》

【注释】

①患:忧虑,担心。不己知:不知己。

子曰:"为政以德,譬如北辰①,居其所而众星共之②。"

——《为政》

【注释】

①北辰:北极星。　②所:处所,位置。共:同"拱",环绕。

子曰:"道之以政①,齐之以刑②,民免而无耻③;道之以德,齐之以礼,有耻且格④。"

——《为政》

【注释】

①道:同"導"("导"的繁体字),引导。政:正确的法度。　②齐:整齐、约束。　③免而无耻:虽免于刑罚却没有羞耻之心。　④格:正。

子游问孝①,子曰:"今之孝者,是谓能养。至于犬马,皆能有养,不敬,何以别乎?"

——《为政》

【注释】

①子游:孔子的学生。姓言名偃,字子游。

子曰:"吾与回言①,终日不违②,如愚。退而省其私③,亦足以发④。回也不愚!"

——《为政》

【注释】

①回:鲁国人,孔子最得意的学生。姓颜名回,字子渊。　②不违:不提相反的意见或自己的看法。　③退而省其私:考察颜回私下里的言行。这句当中"退"的主语是颜回,"省"的主语是孔子。　④发:阐发,发挥。

子曰:"温故而知新,可以为师矣。"

——《为政》

子曰:"君子不器①。"

——《为政》

【注释】

①不器:不是机械的工具。器:器具,工具。"器"往往只有某一方面的功能,而君子应有多方面的才干。

子曰:"君子周而不比①,小人比而不周②。"

——《为政》

【注释】

①周:合于一般人。　②比:勾结。在这个意义上旧读 bì。

子张学干禄①。子曰:"多闻阙疑②,慎言其余,则寡尤③;多见阙殆④,慎行其余,则寡悔。言寡尤,行寡悔,禄在其中矣。"

——《为政》

【注释】

①子张:孔子的学生。姓颛孙名师,字子张。干禄:求取官职。干(gān):求取。禄:俸禄。②阙疑:存疑,把疑问先放置一边。阙:同"缺"。　③尤,过错。　④多见阙殆:见多识广而避

开危险。

子曰:"人而无信,不知其可也。大车无輗①,小车无軏②,其何以行之哉?"

——《为政》

【注释】

①輗(ní):大车车辕前面横木上的插销。　②軏(yuè):小车车辕前面横木上的插销。

子入大庙①,每事问。或曰:"孰谓鄹人之子知礼乎②?入大庙,每事问。"子闻之,曰:"是礼也。"

——《八佾》

【注释】

①大(tài)庙:君主的祖庙,即祭祀鲁先祖周公旦的地方。"大"同"太"。　②鄹(zōu):春秋时鲁国地名,又作"陬",在今山东曲阜附近。"鄹人之子"指孔子。

子曰:"不仁者不可以久处约①,不可以长处乐。仁者安仁,知者利仁②。"

——《里仁》

【注释】

①约:窘困。　②安仁:安于仁道;利仁:认为施行仁有利于自己。

子曰:"人之过也,各于其党①观过,斯知仁矣②。"

——《里仁》

【注释】

①各于其党:每个人的错误和同类的人一样。党,指同类。　②仁,同"人"。

子曰:"士志于道,而耻恶衣恶食者,未足与议也①。"

——《里仁》

【注释】

①未足与议:不值得和他谈论道。

子曰:"君子怀德,小人怀土;君子怀刑,小人怀惠。①"

——《里仁》

【注释】

①怀:安于。土:乡土。刑:法度,法则。

子曰:"参乎!吾道一以贯之①。"曾子曰:"唯②。"
子出,门人问曰:"何谓也?"曾子曰:"夫子之道,忠恕而已矣③。"

——《里仁》

【注释】

①贯:贯穿。　②唯:应答之辞。　③恕:己所不欲,勿施于人。

子曰:"见贤思齐焉①,见不贤而内自省也。"

——《里仁》

【注释】

①齐:看齐。

子曰:"父母之年①,不可不知也。一则以喜,一则以惧。②"

——《里仁》

【注释】

①年:年寿。　②一则以喜,一则以惧:一则为父母寿诞而高兴,一则为父母衰老而忧惧。

子曰:"以约失之者鲜矣①。"

——《里仁》

【注释】

①约:约束;俭朴。

子曰:"君子欲讷于言而敏于行①。"

——《里仁》

【注释】

①讷(nè):不善于言辞。

子曰:"德不孤,必有邻。"

——《里仁》

子谓子贡曰:"女与回也孰愈①?"对曰:"赐也何敢望回?回也闻一以知十②,赐也闻一以知二。"子曰:"弗如也。吾与女弗如也③。"

——《公冶长》

【注释】

①愈:超过。这里指更胜一筹。　②以:而,连词。　③与女弗如:同意你不如他的看法。与(yù):赞同。女:同"汝"。

宰予昼寝①。子曰:"朽木不可雕也,粪土之墙不可杇也②,于予与何诛③!"子曰:"始吾于人也,听其言而信其行;今吾于人也,听其言而观其行。于予与改是。"

——《公冶长》

【注释】

①宰予:人名,字子我。鲁国人,孔子的学生。昼寝:白天睡觉。　②粪土:脏土。杇:音 wū,抹墙用的工具。这里用作动词,指粉刷墙壁。　③于予与何诛:对宰予还责备他什么呢! 与:语

气词。诛:批评,责备。

　　子贡问曰:"孔文子何以谓之文也①?"子曰:"敏而好学②,不耻下问,是以谓之'文'也。"

　　　　　　　　　　　　　　　　　　　　　　　　　　——《公冶长》

【注释】

　　①孔文子:卫国大夫孔圉(yǔ)。"文"(还有"武")是谥号。谥"文(武)"表示被谥者功业、德行等都不错。"子"是尊称。　②敏:勤勉。

　　子曰:"宁武子①,邦有道则知②,邦无道则愚。其知可及也,其愚不可及也。"

　　　　　　　　　　　　　　　　　　　　　　　　　　——《公冶长》

【注释】

　　①宁武子:姓宁(nìng)名俞,卫国大夫,"武"谥号。　②知:同"智"。

　　子曰:"巧言令色足恭①,左丘明耻之②,丘亦耻之。匿怨而友其人③,左丘明耻之,丘亦耻之。"

　　　　　　　　　　　　　　　　　　　　　　　　　　——《公冶长》

【注释】

　　①巧言令色足恭:花言巧语,面色谦卑,过分恭敬。　②左丘明:鲁国人,姓左丘名明。相传是《左传》一书的作者。　③匿怨:藏起怨恨。友其人:与其人(怨恨的人)结交。

　　子曰:"十室之邑①,必有忠信如丘者焉,不如丘之好学也。"

　　　　　　　　　　　　　　　　　　　　　　　　　　——《公冶长》

【注释】

　　①十室之邑:指人口不多的小城。

　　哀公问:"弟子孰为好学?"孔子对曰:"有颜回者好学,不迁怒①,不贰过②。不幸短命死矣③。今也则亡④,未闻好学者也。"

——《雍也》

【注释】

①不迁怒:不把怒气发泄到无关者身上。 ②不贰过:这是说不犯同样的错误。"贰"是动词,重复的意思。 ③短命死矣:颜回死时年仅31岁。 ④亡:同"无"。

子华使于齐①,冉子为其母请粟②。子曰:"与之釜③。"请益④。曰:"与之庾⑤。"冉子与之粟五秉⑥。子曰:"赤之适齐也,乘肥马,衣轻裘⑦。吾闻之也:君子周急不济富⑧。"

——《雍也》

【注释】

①子华:孔子的学生。姓公西,名赤,字子华。 ②冉子:孔子的学生冉有。粟:带壳的谷粒,这里指米。 ③釜:古代量器。一釜约合六斗四升。 ④益:增加。 ⑤庾(yǔ):古代量器。一庾约合二斗四升。 ⑥秉:古代量器。一秉合十六斛,一斛合十斗。 ⑦衣(yì):穿。 ⑧周:周济、救济。

子曰:"回也,其心三月不违仁①。其余则日月至焉而已矣②。"

——《雍也》

【注释】

①三月:指很长的时间。 ②其余:指其他人。日月:一天或一月。指较短的时间。

子曰:"贤哉回也! 一箪食①,一瓢饮,在陋巷②,人不堪其忧,回也不改其乐③。贤哉回也!"

——《雍也》

【注释】

①箪(dān):古代盛饭用的竹器。 ②陋巷:指简陋的住宅。巷是里弄的小路。 ③乐:指学习圣贤之道的乐趣。

子曰:"知之者不如好之者,好之者不如乐之者。"

——《雍也》

樊迟问知①。子曰:"务民之义②,敬鬼神而远之,可谓知矣。"问仁。曰:"仁者先难而后获③,可谓仁矣。"

——《雍也》

【注释】

①知:同"智"。　②务:致力于。义:指教化百姓之道。　③先难而后获:吃苦在前,享受在后。

子曰:"知者乐水①,仁者乐山;知者动,仁者静;知者乐,仁者寿。"

——《雍也》

【注释】

①乐:喜欢。旧读 yào。

子贡曰:"如有博施于民而能济众,何如?可谓仁乎?"子曰:"何事于仁?必也圣乎!尧舜其犹病诸①。夫仁者,己欲立而立人②,己欲达而达人③。能近取譬④,可谓仁之方也已⑤。"

——《雍也》

【注释】

①病诸:对此感到忧虑。病:担忧;诸:之乎。　②立:立身成名。　③达:得志,显贵。④能近取譬:能够就自身打比方。即推己及人的意思。　⑤方:标准,方法。

子曰:"默而识①之,学而不厌②,诲人不倦,何有于我哉③?"

——《述而》

43

【注释】

①识(zhì):记住。　②厌:满足。　③何有于我哉:对我有什么难呢?

子曰:"德之不修,学之不讲,闻义不能徙①,不善不能改,是吾忧也。"

——《述而》

【注释】

①徙:迁移。这里指靠近。

子曰:"自行束脩以上①,吾未尝无诲焉。"

——《述而》

【注释】

①束脩(xiū):十条干肉。束:小捆儿;脩:肉干儿。

子曰:"不愤不启①,不悱不发②。举一隅不以三隅反③,则不复也④。"

——《述而》

【注释】

①愤:冥思苦想而不得。　②悱(fěi):似乎懂了又表达不出来。　③隅(yú):角落。反:连类而及。　④复:指重复讲解。

子谓颜渊曰:"用之则行,舍之则藏①,惟我与尔有是夫②!"子路曰:"子行三军③,则谁与④?"子曰:"暴虎冯河⑤,死而无悔者,吾不与也。必也临事而惧⑥,好谋而成者也。"

——《述而》

【注释】

①舍之则藏:不用就保存自己。　②夫:语气词。近似于现代汉语的"吧"。　③行三军:从

事大国军队的指挥管理。"三军"是当时大国的军队编制,每军约一万二千五百人。 ④与(yù):赞同,支持,帮助。 ⑤暴虎:赤手与老虎搏斗。冯(píng)河:无船而徒步渡河。冯:同"凭",涉水。 ⑥惧:谨慎、担忧。

子在齐闻《韶》^①,三月不知肉味。曰:"不图为乐之至于斯也。"

——《述而》

【注释】

①《韶》:相传舜帝时的古乐曲名。

子曰:"饭疏食^①,饮水,曲肱而枕之^②,乐亦在其中矣。不义而富且贵,于我如浮云。"

——《述而》

【注释】

①饭疏食:吃粗粮。 ②曲肱(gōng):弯着胳膊。

子所雅言^①,《诗》、《书》、执礼,皆雅言也。

——《述而》

【注释】

①雅言:标准语,官话。孔子平时用鲁方言,但在诵读《诗》、《书》和进行礼仪活动时,则用官话。

子曰:"我非生而知之者;好古,敏以求之者也。^①"

——《述而》

【注释】

①敏:勤勉。

子不语怪、力、乱、神。^①

——《述而》

【注释】

①语:谈论。

子曰:"仁远乎哉?我欲仁,斯仁至矣。"

——《述而》

子曰:"若圣与仁,则吾岂敢!抑为之不厌^①,诲人不倦,则可谓云^③?尔已矣^④。"公西华曰:"正唯弟子不能学也。"

【注释】

①抑:表转折的语气词,"只不过"的意思。 ②为之不厌:指按圣与仁的标准行事而不自满。厌:满足 ③云:句尾语气词。 ④尔已矣:如此罢了。

子曰:"君子坦荡荡^①,小人长戚戚^②。"

——《述而》

【注释】

①坦荡荡:心胸宽广。 ②戚戚:忧愁的样子。

子温而厉^①,威而不猛,恭而安。

——《述而》

【注释】

①厉:严肃。

曾子曰:"以能问于不能,以多问于寡,有若无,实若虚,犯而为校^①,昔者吾友尝从事于斯矣^②。"

——《泰伯》

【注释】

①犯:遭到冒犯。校(jiào):同"较",计较。为校:不计较。 ②吾友:古人一般认为指颜渊。

曾子曰:"士不可以不弘毅①,任重而道远。仁以为己任,不亦重乎?死而后已,不亦远乎?"

【注释】

①弘毅:心胸开阔,强毅果敢。

子曰:"兴①于诗,立于礼,成于乐。民可②,使由之;不可,使知之"

——《泰伯》

【注释】

①兴:开始。 ②可:指掌握了诗、礼、乐。

子绝四——毋意①,毋必②,毋固③,毋我④。

——《子罕》

【注释】

①意:无端猜忌。 ②必:完全肯定。 ③固:固执己见。 ④我:过于自我。

太宰问于子贡曰①:"夫子圣者与?何其多能也!"子贡曰:"固天纵之将圣②,又多能也。"子闻之,曰:"太宰知我乎?吾少也贱,故多能鄙事③。君子多乎哉?不多也。"

——《子罕》

【注释】

①太宰:官名,掌握宫廷事务。 ②纵:使。 ③鄙事:雕虫小技。

子曰:"吾有知乎哉?无知也。有鄙夫问于我①,空空如也②。我叩其两端而竭焉③。"

——《子罕》

【注释】

①鄙夫:村野之人。　②如:形容词词尾,表示"……的样子"。　③叩:询问。两端:两头。竭:穷尽。

颜渊喟然叹曰①:"仰之弥高②,钻之弥坚③,瞻之在前,忽焉在后。夫子循循然善诱人④,博我以文,约我以礼,欲罢不能。既竭吾才,如有所立卓尔⑥。虽欲从之,末由也已⑦。"

——《子罕》

【注释】

①喟然(kuì):叹息的样子。　②弥:更加,越发。　③钻之弥坚:钻研起来感觉越发坚固厚重。　④循循然:次序井然。　⑤卓尔:高大的样子。　⑥末由:没有捷径。末:无;由:途径。

子贡曰:"有美玉于斯,韫匵而藏诸①? 求善贾而沽诸②?"子曰:"沽之哉③! 沽之哉! 我待贾者也。"

——《子罕》

【注释】

①韫匵:收进柜子。韫(yùn):收藏;匵(dú):同"椟",柜子。　②善贾:识货的商人。贾(gǔ):商人。　③沽:卖。

子欲居九夷①。或曰:"陋②,如之何?"子曰:"君子居之,何陋之有?"

——《子罕》

【注释】

①九夷:中国古代对于不开化民族的通称。　②陋:闭塞,不开化。

子曰:"吾未见好德如好色者也。"

——《子罕》

子曰:"譬如为山,未成一篑①,止,吾止也;譬如平地,虽覆一篑,进,吾往也。"

——《子罕》

【注释】

①篑(kuì):土筐。

子曰:"三军可夺帅也,匹夫不可夺志也①。"

——《子罕》

【注释】

①匹夫:平民男子。

子曰:"岁寒,然后知松柏之后彫也①。"

——《子罕》

【注释】

①彫(diāo):草木衰落。

厩焚①。子退朝,曰:"伤人乎?"不问马。

——《乡党》

【注释】

①厩:马圈。

季路问事鬼神①。子曰:"未能事人,焉能事鬼?"曰:"敢问死。"曰:"未知生,焉知死？”

——《先进》

【注释】

①事：侍奉。

子贡问：“师与商也孰贤①？”子曰：“师也过，商也不及。”曰：“然则师愈与②？”子曰：“过犹不及。”

——《先进》

【注释】

①师与商：孔子的学生颛孙师和卜商，即子张和子夏。　②愈：胜过。

子路问：“闻斯行诸①？”子曰：“有父兄在，如之何其闻斯行之？”冉有问：“闻斯行诸？”子曰：“闻斯行之。”公西华曰：“由也问闻斯行诸，子曰‘有父兄在’；求也问闻斯行诸，子曰‘闻斯行之’。赤也惑，敢问。”子曰：“求也退，故进之；由也兼人②，故退之。”

——《先进》

【注释】

①闻斯行诸：听到了就去做。斯：副词，有“就”的意思。　②兼人：好勇过人。

子曰：“君子成人之美，不成人之恶。小人反是。”

——《颜渊》

樊迟问仁。子曰：“爱人。”问知。子曰：“知人。”樊迟未达。子曰：“举直错诸枉①，能使枉者直。”樊迟退，见子夏曰：“乡也吾见于夫子而问知②，子曰‘举直错诸枉，能使枉者直’，何谓也？”子夏曰：“富哉言乎③！舜有天下，选于众，举皋陶④，不仁者远矣。汤有天下⑤，选于众，举伊尹⑥，不仁者远矣。”

——《颜渊》

【注释】

①举直错诸枉:把正直的人置于不正派的人之上。错:同"措",放置;枉:不正直。②乡(xiàng):同"向",过去。 ③富哉言乎:这番话意思丰富啊。 ④皋陶(gāoyáo):传说中舜时掌握刑罚的大臣。 ⑤汤:商朝的第一个君主。 ⑥伊尹:汤的宰相,辅佐汤灭夏兴商。

子曰:"其身正,不令而行;其身不正,虽令不从。"

——《子路》

子夏为莒父宰①,问政。子曰:"无欲速,无见小利。欲速则不达,见小利则大事不成。"

——《子路》

【注释】

①莒(jǔ)父:鲁国的一个城邑,位于今山东省莒县。宰:采邑的长官。

子曰:"君子和而不同①,小人同而不和。"

——《子路》

【注释】

①和:虽有差异但和谐相处。同:完全相同,毫无差异。

子贡问曰:"乡人皆好之,何如?"子曰:"未可也①。""乡人皆恶之,何如?"子曰:"未可也。不如乡人之善者好之,其不善者恶之。"

——《子路》

【注释】

①未可也:还不能确定。可:肯定,确定。

子曰:"君子易事而难说也①。说之不以道,不说也;及其使人也,器之②。小人

51

难事而易说也。说之虽不以道,说也。及其使人也,求备焉③。"

——《子路》

【注释】

①易事:易于相处共事。说:同"悦"。 ②器:量才而用之。 ③求备:求全责备。

子曰:"刚毅木讷近仁。"

——《子路》

子曰:"邦有道,危言危行①;邦无道,危行言孙②。"

——《宪问》

【注释】

①危:直,正直。 ②孙:同"逊"。

子路问事君。子曰:"勿欺也,而犯之①。"

——《宪问》

【注释】

①犯:冒犯,指直言劝谏。

子曰:"君子耻其言而过其行。"

——《宪问》

子曰:"君子道者三,我无能焉:仁者不忧,知者不惑,勇者不惧。"子贡曰:"夫子自道也①。"

——《宪问》

【注释】

①自道:说自己;形容自己。

子路宿于石门①。晨门曰②:"奚自?"子路曰:"自孔氏。"曰:"是知其不可而为之者与?"

——《宪问》

【注释】

①石门:鲁国都城的外门。　②晨门:负责早上看守城门的人。

在陈绝粮,从者病,莫能兴①。子路愠②,见曰:"君子亦有穷乎③?"子曰:"君子固穷④,小人穷斯滥矣⑤。"

——《卫灵公》

【注释】

①兴(xīng):起来。　②愠(yùn):生气,恼怒。　③穷:困窘,困厄,不得志。　④固穷:于困境中坚持。　⑤斯滥矣:就胡作非为了。斯:就。滥:指胡作非为。

子贡问为仁。子曰:"工欲善其事①,必先利其器。居是邦也,事其大夫之贤者,友其士之仁者。"

——《卫灵公》

【注释】

①工:工匠。

子曰:"人无远虑,必有近忧。"

——《卫灵公》

子曰:"君子病①无能焉,不病人之不己知也。"

——《卫灵公》

【注释】

①病:担心,忧虑。

子贡问曰:"有一言而可以终身行之者乎?"子曰:"其'恕'乎!己所不欲,勿施于人。"

——《卫灵公》

子曰:"巧言乱德。小不忍则乱大谋。"

——《卫灵公》

子曰:"过而不改,是谓过矣①!"

——《卫灵公》

【注释】

①是谓过矣:这才真叫错误啊!

子曰:"当仁,不让于师。"

——《卫灵公》

孔子曰:"益者三友,损者三友。友直,友谅①,友多闻,益矣。友便辟②,友善柔③,友便佞④,损矣。"

——《季氏》

【注释】

①谅:诚实守信。　②便(pián)辟:善于逢迎谄媚。　③善柔:和颜悦色,阿谀奉承。
④便(pián)佞:擅长花言巧语。

54　　子曰:"小子何莫学夫诗①。诗,可以兴②,可以观③,可以群④,可以怨⑤。迩之事父⑥,远之事君;多识于鸟兽草木之名。"

——《阳货》

【注释】

①何莫:何不。　②兴:激发情感。　③观:观察万象。　④群:与众和谐相处。　⑤怨:讽谏君上。　⑥迩(ěr):近。

子贡曰:"君子之过也,如日月之食焉①。过也,人皆见之;更也②,人皆仰之。"

——《子张》

【注释】

①日月之食:日食月食。　②更(gēng):改正。

孔子曰:"不知命,无以为君子也;不知礼,无以立也;不知言,无以知人也。"

——《尧曰》

(四)《孟子》*

梁惠王曰:"寡人愿安承教①。"

孟子对曰:"杀人以梃与刃②,有以异乎?"

曰:"无以异也。"

"以刃与政③,有以异乎?"

曰:"无以异也。"

曰:"庖有肥肉,厩有肥马,民有饥色,野有饿莩④,此率兽而食人也。兽相食,且人恶之⑤。为民父母,行政,不免于率兽而食人——恶在其为民父母也⑥?仲尼曰:'始作俑者⑦,其无后乎!'为其象人而用之也。如之何其使斯民饥而死也?"

梁惠王曰:"晋国,天下莫强焉⑧,叟之所知也。及寡人之身,东败于齐,长子死焉⑨;西丧地于秦七百里;南辱于楚。寡人耻之,愿比死者壹洒之⑩,如之何则可?"

孟子对曰:"地方百里而可以王⑪。王如施仁政于民,省刑罚,薄税敛,深耕易耨⑫。壮者以暇日修其孝悌忠信,入以事其父兄,出以事其长上,可使制梃以挞秦

---

* 版本参照《孟子译注》,中华书局1963年版。

楚之坚甲利兵矣⑬。彼夺其民时⑭，使不得耕耨以养其父母，父母冻饿，兄弟妻子离散。彼陷溺其民，王往而征之，夫谁与王敌⑯？故曰：'仁者无敌。'王请勿疑！"

——《梁惠王上》

【注释】

①安：安静地，诚心诚意地。承教：接受教诲。　②梃(tǐng)：木棒。　③政：政事，政治。④庖(páo)：厨房。厩(jiù)：马圈。饿莩(piǎo)：饿死的人，也作"饿殍(piǎo)"。"莩""殍"单用时都有"饿死"的意思。　⑤且人恶(wù)之：即"人且恶之"。且：尚且；恶：厌恶。　⑥行政：主持政事，履行政务。恶(wū)：表疑问的词，与"何"相似，"哪里""怎么"的意思。　⑦俑：殉葬用的木偶或陶人。　⑧莫强焉：没有国家比它更强大。莫：没有谁（人或物）；焉：于此；叟：老丈，老先生。　⑨东败于齐，长子死焉：马陵之战中，齐军在田忌、孙膑统率下，大败庞涓和魏太子申带领的魏军，太子申被俘。　⑩愿比死者壹洒之：希望替死难者洗雪前耻。比(旧读bì)：介词，"替代"的意思。壹：表示强调的副词，无实义。洒(xǐ)：洗雪。　⑪地方百里：土地面积长、宽各百里。"地方"不是一个词。"方"若干，就是长和宽各若干。　⑫易耨：抓紧除草。易：疾，速；耨(nòu)：除草。妻子：妻子儿女。　⑬坚甲利兵：坚固的铠甲，锐利的武器。　⑭夺其民时：剥夺它们（指秦楚）的百姓农耕的时间。　⑮陷溺其民：使其百姓陷入深渊。敌：抗衡。

孟子见梁襄王。出，语人曰："望之不似人君，就之而不见所畏焉①。卒然问曰：'天下恶乎定②？'吾对曰：'定于一③。''孰能一之？'对曰：'不嗜杀人者能一之。''孰能与之④？'对曰：'天下莫不与也。王知夫苗乎？七八月之间旱，则苗槁矣⑤。天油然作云，沛然下雨，则苗浡然兴之矣⑥。其如是，孰能御之？今夫天下之人牧⑦，未有不嗜杀人者也！如有不嗜杀人者，则天下之民皆引领而望之矣⑧。诚如是也，民归之，由水之就下⑨，沛然谁能御之？'"

——《梁惠王上》

【注释】

①就：靠近　②卒(cù)然：即"猝然"，突然地。恶(wū)乎：怎么。　③一：指一统天下。④与：追随，赞同。旧读yù。　⑤槁(gǎo)：枯萎。　⑥油然：云气上升的样子。沛然：充足的样子。浡(bó)然：兴起的样子。　⑦人牧：人民的统治者。　⑧领：脖子。　⑨由：即"犹"。

齐宣王问曰："文王之囿方七十里，有诸①？"
孟子对曰："于传有之②。"
曰："若是其大乎③？"
曰："民犹以为小也。"

曰："寡人之囿方四十里,民犹以为大,何也?"

曰："文王之囿方七十里,刍荛者往焉,雉兔者往焉④,与民同之。民以为小,不亦宜乎? 臣始至于境,问国之大禁⑤,然后敢入。臣闻郊关之内有囿方四十里⑥,杀其麋鹿者如杀人之罪,则是方四十里为阱于国中⑦。民以为大,不亦宜乎?"

——《梁惠王下》

【注释】

①囿(yòu):畜养禽兽的园林。方七十里:长宽各七十里。诸:"之乎"的合音。 ②传(zhuàn):指文献记载。 ③若是其大:"其",这里用法同"之",有强调的意味。 ④刍(chú)荛(ráo):割草砍柴。雉兔:猎捕野鸡野兔。 ⑤子大禁:重要的禁令。 ⑥郊关:国都城外百里内的地方。 ⑦阱:陷阱。

孟子谓齐宣王曰："王之臣有托其妻子于其友而之楚游者,比其反也,则冻馁其妻子①,则如之何?"

王曰："弃之。"

曰："士师不能治士②,则如之何?"

王曰："已之③。"

曰："四境之内不治,则如之何?"

王顾左右而言他④。

——《梁惠王下》

【注释】

①比:及至、等到。旧读bì。反:同"返"。馁(něi):饥饿。 ②士师:司法官员。 ③已:停止,指罢免、撤换。 ④顾:张望。

孟子见齐宣王,曰："所谓故国者,非谓有乔木之谓也,有世臣之谓也。王无亲臣矣,昔者所进,今日不知其亡也①。"

王曰："吾何以识其不才而舍之?"

曰："国君进贤,如不得已,将使卑逾尊,疏逾戚②,可不慎与? 左右皆曰贤,未可也;诸大夫皆曰贤,未可也;国人皆曰贤,然后察之;见贤焉,然后用之。左右皆曰不可,勿听;诸大夫皆曰不可,勿听;国人皆曰不可,然后察之;见不可焉,然后去之。左右皆曰可杀,勿听;诸大夫皆曰可杀,勿听;国人皆曰可杀,然后察之,见可杀焉,然后杀之。故曰国人杀之也。如此,然后可以为民父母。"

——《梁惠王下》

【注释】

①亡:去向。　②戚:亲近。

齐宣王问曰:"汤放桀,武王伐纣,有诸①?"

孟子对曰:"于传有之。"

曰:"臣弑其君,可乎?"

曰:"贼仁者谓之'贼'②,贼义者谓之'残'。残贼之人谓之'一夫'③。闻诛一夫纣矣,未闻弑君也。"

——《梁惠王下》

【注释】

①汤放桀:汤,商朝的建立者。桀,夏朝最后一个君主,暴虐无道。相传商汤灭夏后,把桀流放到南巢(今安徽省巢县一带)。武王伐纣:武王,周武王。纣,商朝最后一个君主,昏聩残暴。周武王起兵讨伐,灭掉商朝,纣自焚而死。诸:之乎。　②贼仁者:残害仁德的人。贼:动词,残害。　③一夫:独夫,众叛亲离者。

孟子曰:"以力假仁者霸①,霸必有大国。以德行仁者王,王不待大②——汤以七十里,文王以百里。以力服人者,非心服也,力不赡也③;以德服人者,中心悦而诚服也,如七十子之服孔子也。《诗》云④:'自西自东,自南自北,无思不服⑤,'此之谓也。"

——《公孙丑上》

【注释】

①假:借助,凭借。　②待:等待,这里指依靠。　③赡(shàn):充足。　④《诗》云:出自《诗经·大雅·文王有声》。　⑤思:语助词,无义。

孟子曰:"子路,人告之以有过,则喜。禹闻善言,则拜。大舜有大焉①。善与人同②,舍己从人,乐取于人以为善。自耕稼、陶、渔,以至为帝,无非取于人者。取诸人以为善,是与人为善者也③。故君子莫大乎与人为善。"

——《公孙丑上》

【注释】

①有:同"又"。　②善与人同:善事与人同做。　③与人为善:与,偕同。

景春曰:"公孙衍、张仪岂不诚大丈夫哉①?一怒而诸侯惧,安居而天下息②。"

孟子曰:"是焉得为大丈夫乎?子未学礼乎?丈夫之冠也,父命之③;女子之嫁也,母命之,往送之门,戒之曰:'往之女家④,必敬必戒,无违夫子⑤!'以顺为正者,妾妇之道也。居天下之广居,立天下之正位,行天下之大道⑥。得志,与民由之⑦;不得志,独行其道。富贵不能淫⑧,贫贱不能移,威武不能屈,此之谓大丈夫。"

——《滕文公下》

【注释】

①景春:人名,纵横家的信徒。公孙衍:人名,魏国人,著名的说客。张仪:魏国人,与苏秦同为纵横家的主要代表。　②息:指战火熄灭,天下太平。　③丈夫之冠也,父命之:古代男子到二十岁被认为成年,行加冠礼。丈夫:成年男子。冠(guàn):动词,行加冠(guān)礼。命之:父亲训导他。　④之:动词,去、到。女:汝。　⑤夫子:指丈夫。　⑥广居、正位、大道:三者都是比喻的说法。朱熹注释为:"广居,仁也;正位,礼也;大道,义也。"　⑦由之:遵从仁、礼、义。由:遵从,遵照。　⑧淫:过分奢靡;无节制。

孟子谓戴不胜曰①:"子欲子之王之善与②?我明告子。有楚大夫于此,欲其子之齐语也③,则使齐人傅诸④?使楚人傅诸?"

曰:"使齐人傅之。"

曰:"一齐人傅之,众楚人咻之⑤,虽日挞而求其齐也,不可得矣;引而置之庄、岳之间数年⑥,虽日挞而求其楚⑦,亦不可得矣。子谓薛居州⑧,善士也,使之居于王所。在于王所者,长幼卑尊皆薛居州也,王谁与为不善?在王所者,长幼卑尊皆非薛居州也,王谁与为善?一薛居州,独如宋王何?"

——《滕文公下》

【注释】

①戴不胜:人名,宋国大夫。　②之善:向善。之,动词。　③之齐语:学习齐国语言。之:去、往、到,这里指学习。　④傅:教导;辅佐。　⑤咻(xiū):喧哗。　⑥引:带着。庄、岳:齐国都城内的街巷里弄名。　⑦挞:用鞭或棍责打。　⑧薛居州:宋国人。

戴盈之曰①："什一②，去关市之征③，今兹未能④，请轻之，以待来年，然后已，何如？"

孟子曰："今有人日攘其邻之鸡者⑤，或告之曰：'是非君子之道。'曰：'请损之⑥，月攘一鸡，以待来年，然后已。'——如知其非义，斯速已矣⑦，何待来年？"

——《滕文公下》

【注释】

①戴盈之：人名，宋国大夫。 ②什(shí)一：十分之一。 ③关市之征：关卡和市场的赋税。 ④今兹：现在。指今年。 ⑤攘(rǎng)：盗窃。 ⑥损：减少。 ⑦斯：那么，就。

孟子曰："三代之得天下也以仁①，其失天下也以不仁。国之所以废兴存亡者亦然。天子不仁，不保四海；诸侯不仁，不保社稷②；卿大夫不仁，不保宗庙③；士庶人不仁，不保四体④。今恶死亡而乐不仁，是犹恶醉而强酒⑤。"

——《离娄上》

【注释】

①三代：夏、商、周。 ②社稷：土地神和五谷神，用以代指国家。 ③宗庙：祭祀祖先的场所，这里指封邑。卿大夫先有封邑才能建宗庙。 ④四体：四肢，代指身体、性命。 ⑤恶(wù)：厌恶。强酒：勉强喝酒。强(qiǎng)：勉强。

孟子曰："桀纣之失天下也，失其民也；失其民者，失其心也。得天下有道：得其民，斯得天下矣；得其民有道：得其心，斯得民矣；得其心有道：所欲与之聚之，所恶勿施，尔也。民之归仁也，犹水之就下、兽之走圹也①。故为渊驱鱼者，獭也；为丛驱爵者，鹯也②；为汤武驱民者，桀与纣也。今天下之君有好仁者，则诸侯皆为之驱矣。虽欲无王，不可得已。今之欲王者，犹七年之病求三年之艾也③。苟为不畜④，终身不得。苟不志于仁，终身忧辱，以陷于死亡。"

——《离娄上》

【注释】

①走圹：向旷野奔跑。圹：(kuàng)旷野。 ②爵：同"雀"。鹯(zhān)：一种猛禽。 ③艾：治病用的艾草。古人认为，艾草干的时间越长疗效越佳。"三年之艾"指好药。 ④畜：同"蓄"，储备。

孟子曰:"自暴者①,不可与有言也;自弃者,不可与有为也。言非礼义②,谓之自暴也;吾身不能居仁由义③,谓之自弃也。仁,人之安宅也;义,人之正路也。旷安宅而弗居④,舍正路而不由,哀哉!"

——《离娄上》

【注释】

①暴:残害。　②非:诋毁。　③居仁由义:恪守仁,遵循义。　④旷安宅:使舒适的住宅空着。

孟子曰:"存乎人者①,莫良于眸子。眸子不能掩其恶。胸中正,则眸子了焉②;胸中不正,则眸子眊焉③。听其言也,观其眸子,人焉廋哉④!"

——《离娄上》

【注释】

①存:观察。　②了(liǎo):明亮。　③眊(mào):暗淡无光。　④廋(sōu):隐匿,躲藏。

淳于髡曰①:"男女授受不亲②,礼与?"

孟子曰:"礼也。"

曰:"嫂溺,则援之以手乎③?"

曰:"嫂溺不援,是豺狼也。男女授受不亲,礼也;嫂溺,援之以手者,权也④。"

曰:"今天下溺矣,夫子之不援,何也?"

曰:"天下溺,援之以道;嫂溺,援之以手。子欲手援天下乎?"

——《离娄上》

【注释】

①淳于髡(kūn):人名,齐国人。　②授受不亲:给予和接受东西时手不接触。　③援:拉,拽。　④权:变通。

公孙丑曰:"君子之不教子,何也?"

孟子曰:"势不行也,教者必以正。以正不行,继之以怒。继之以怒,则反夷矣①。'夫子教我以正,夫子未出于正也。'则是父子相夷也。父子相夷,则恶矣。古者易子而教之②,父子之间不责善③。责善则离,离则不祥莫大焉。"

——《离娄上》

【注释】

①夷:伤害。　②易子:交换孩子。易:交换。　③责善:督责他人为善。

人之患在好为人师。

——《离娄上》

孟子告齐宣王曰:"君之视臣如手足,则臣视君如腹心;君之视臣如犬马,则臣视君如国人①;君之视臣如土芥②,则臣视君如寇雠③。"

——《离娄下》

【注释】

①国人:普通人。　②土芥:尘土、草芥。　③寇雠(chóu):盗匪和仇敌。

孟子曰:"人有不为也,而后可以有为。"

——《离娄下》

徐子曰①:"仲尼亟称于水②,曰:'水哉,水哉!'何取于水也?"
孟子曰:"源泉混混③,不舍昼夜,盈科而后进④,放乎四海⑤。有本者如是,是之取尔。苟为无本,七八月之间雨集⑥,沟浍皆盈⑦;其涸也,可立而待也。故声闻过情⑧,君子耻之。"

——《离娄下》

【注释】

①徐子:孟子弟子徐辟。　②亟(qì):屡次。称:称赞。　③混混:同"滚滚",水流旺盛的样子。　④科:坎。　⑤放:流到。　⑥七八月之间:周历的七八月,相当于农历的五六月,是北方的多雨季节。　⑦浍(kuài):田间的排水道。　⑧声闻:名声。闻:声誉,名声,旧读 wèn。情:实际,真实。

孟子曰："西子蒙不洁①,则人皆掩鼻而过之;虽有恶人②,斋戒沐浴,则可以祀上帝③。"

——《离娄下》

【注释】

①西子:即西施,春秋末年的越国美女。　②恶人:指面貌丑陋的人。　③祀:祭祀。上帝:天帝。

禹、稷当平世,三过其门而不入①,孔子贤之。颜子当乱世②,居于陋巷,一箪食,一瓢饮;人不堪其忧,颜子不改其乐,孔子贤之。孟子曰:"禹、稷、颜回同道。禹思天下有溺者,由己溺之也③;稷思天下有饥者,由己饥之也,是以如是其急也。禹、稷、颜子易地则皆然④。今有同室之人斗者,救之,虽被发缨冠而救之⑤,可也;乡邻有斗者,被发缨冠而往救之,则惑也;虽闭户可也。"

——《离娄下》

【注释】

①平世:太平的世道。"三过其门不入"是禹的事迹。　②颜子:即孔子的弟子颜渊。以下"居于陋巷"等语见于《论语·雍也》。　③由:同"犹"。　④易地:变换位置、处境。　⑤被发缨冠:头发散乱地戴着冠帽。"被"同"披","缨"是系在脖子上的帽带,这里用作动词。

昔者有馈生鱼于郑子产①,子产使校人畜之池②。校人烹之,反命曰③:"始舍之,圉圉焉④;少则洋洋焉⑤——攸然而逝⑥。"子产曰:"得其所哉! 得其所哉!"校人出,曰:"孰谓子产智? 予既烹而食之,曰,'得其所哉! 得其所哉!'"故君子可欺以其方⑦,难罔以非其道。

——《万章上》

【注释】

①馈:赠送。子产:春秋时郑国贤相,名公孙侨,字子产。　②校人:管池塘的小吏。　③反命:回来复命。　④圉圉(yǔ):拘束不舒展的样子。　⑤洋洋:舒缓摆尾的样子。　⑥攸然:迅疾的样子。　⑦方:方正,刚直。

齐宣王问卿。孟子曰:"王何卿之问也?"王曰:"卿不同乎?"曰:"不同,有贵戚之卿①,有异姓之卿。"王曰:"请问贵戚之卿。"曰:"君有大过则谏;反复之而不听,则易位②。"王勃然变乎色。曰:"王勿异也。王问臣,臣不敢不以正对③。"王色定,然后请问异姓之卿。曰:"君有过则谏,反复之而不听,则去。"

——《万章下》

【注释】

①贵戚之卿:与君王同宗族的卿大夫。　②易位:换个位置,指废掉原诸侯另立新君。
③正:诚。

告子曰:"性犹湍水也①,决诸东方则东流②,决诸西方则西流。人性之无分于善不善也,犹水之无分于东西也。"

孟子曰:"水信无分于东西③。无分于上下乎? 人性之善也④,犹水之就下也。人无有不善,水无有不下。今夫水,搏而跃之⑤,可使过颡⑥;激而行之,可使在山。是岂水之性哉? 其势则然也。人之可使为不善,其性亦犹是也。"

——《告子上》

【注释】

①湍(tuān):水势急。　②决:打开缺口排水。　③信:确实。　④之:动词。之善:向善。
⑤搏:拍打。　⑥颡(sǎng):额头。

孟子曰:"今有无名之指,屈而不信①,非疾痛害事也。如有能信之者,则不远秦、楚之路③,为指之不若人也。指不若人,则知恶之;心不若人,则不知恶——此之谓不知类也④。"

——《告子上》

【注释】

①信:同"伸"。　②害:妨碍。　③不远秦、楚之路:不以去秦、楚(治病)为远。　④类:类推。

孟子曰:"仁之胜不仁也,犹水胜火。今之为仁者,犹以一杯水救一车薪之火也;不熄,则谓之水不胜火。此又与于不仁之甚者也①,亦终必亡而已矣。"

——《告子上》

【注释】

①与于不仁之甚者：和非常不仁的人相同。与：同。

孟子曰："羿之教人射，必志于彀①，学者亦必志于彀。大匠诲人必以规矩，学者亦必以规矩。"

——《告子上》

【注释】

①彀（gòu）：把弓拉满。

孟子曰："今之事君者皆曰：'我能为君辟土地，充府库。'今之所谓良臣，古之所谓民贼也①。君不乡道②，不志于仁，而求富之，是富桀也③。'我能为君约与国④，战必克。'今之所谓良臣，古之所谓民贼也。君不乡道，不志于仁，而求为之强战，是辅桀也。由今之道⑤，无变今之俗，虽与之天下，不能一朝居也。"

——《告子下》

【注释】

①民贼：残害百姓的人。　②乡：同"向"。　③桀：夏桀。富桀：意为"替残暴的统治着积累财富"。　④与国：交好的国家。　⑤由今之道：沿着现在的路走下去。

（五）《墨子》①

兼爱（上）

圣人以治天下为事者也，必知乱之所自起，焉②能治之；不知乱之所自起，则不能治。譬之如医之攻人之疾者然：必知疾之所自起，焉能攻之；不知疾之所自起，则弗能攻。治乱者何独不然？必知乱之所自起，焉能治之；不知乱之所自起，则弗能治。圣人以治天下为事者也，不可不察乱之所自起。

当③察乱何自起？起不相爱。臣子之不孝君父，所谓乱也。子自爱，不爱父，故亏④父而自利；弟自爱，不爱兄，故亏兄而自利；臣自爱，不爱君，故亏君而自利：此所谓乱也。虽父之不慈子，兄之不慈弟，君之不慈臣，此亦天下之所谓乱也。父自爱也，不爱子，故亏子而自利；兄自爱也，不爱弟，故亏弟而自利；君自爱也，不爱臣,故亏臣而自利。是何也? 皆起不相爱。

虽至⑤天下之为盗贼者亦然:盗爱其室,不爱其异室,故窃异室以利其室。贼爱其身,不爱人,故贼⑥人以利其身。此何也? 皆起不相爱。

虽至大夫之相乱家,诸侯之相攻国者亦然:大夫各爱其家,不爱异家,故乱异家以利其家。诸侯各爱其国,不爱异国,故攻异国以利其国。天下之乱物,具此而已矣。察此何自起? 皆起不相爱。

若使天下兼相爱,爱人若爱其身,犹有不孝者乎? 视父兄与君若其身,恶⑦施不孝? 犹有不慈者乎? 视弟子与臣若其身,恶施不慈? 故不孝不慈亡⑧有。犹有盗贼乎? 故视人之室若其室,谁窃? 视人身若其身,谁贼? 故盗贼亡有。犹有大夫之相乱家,诸侯之相攻国者乎? 视人家若其家,谁乱? 视人国若其国,谁攻? 故大夫之相乱家,诸侯之相攻国者亡有。若使天下兼相爱,国与国不相攻,家与家不相乱,盗贼无有,君臣父子皆能孝慈,若此则天下治。

故圣人以治天下为事者,恶得不禁恶而劝⑨爱。故天下兼相爱则治,交相恶则乱。故子墨子曰:"不可以不劝爱人者,此也。"

【注释】

①墨子名翟,鲁国人。春秋战国之际著名的思想家,墨家学派的创始人。墨家力主"兼爱""非攻",提倡"节用""节葬",主张"尚贤""尚同",是先秦与儒相对立的最大的一个学派,并列称为"显学"。《韩非子·显学》记载:"世之显学,儒墨也。儒之所至,孔丘也;墨之所至,墨翟也。""兼爱"是墨家学派最有代表性的理论之一,其本质是要求人们爱人如己,彼此之间不要有亲疏贵贱之别。墨子认为,当时一切社会混乱和罪恶的根源是人与人之间"不相爱",只有通过"兼相爱,交相利",才能使社会长治久安。本文体现了墨子文章"意显而语质"的特点。现存《墨子》五十三篇,通行本有孙诒让的《墨子闲诂》。   ②焉:乃,则。   ③当:读为"尝",尝试。
④亏:毁坏,损害。   ⑤虽至:虽,纵然,即使;至,至于。   ⑥贼:伤害。   ⑦恶:(wū),何;怎么。   ⑧亡:通"无"。   ⑨劝:勉励。

非攻(上)①

今有一人,入人园圃,窃其桃李,众闻则非之,上为政者得则罚之②。此何也? 以亏人自利也。至攘③人犬豕鸡豚者,其不义又甚入人园圃窃桃李。是何故也? 以亏人愈多,其不义兹④甚,罪益厚。至入人栏厩,取人马牛者,其不义又甚攘人犬豕鸡豚。此何故也? 以其亏人愈多。苟⑤亏人愈多,其不仁兹甚,罪益厚。至杀不辜⑥人也,扡⑦其衣裘、取戈剑者,其不义又甚入人栏厩,取人马牛。此何故也? 以其亏人愈多。苟亏人愈多,其不仁兹甚矣,罪益厚。当此,天下之君子皆知而非之,谓之不义。今至大为攻国,则弗知非,从而誉之,谓之义,此可谓知义与不义之别乎?

杀一人,谓之不义,必有一死罪矣。若以此说往⑧,杀十人,十重不义,必有十死罪矣;杀百人,百重不义,必有百死罪矣。当此,天下之君子皆知而非之,谓之不义。今至大为不义,攻国,则弗知非,从而誉之,谓之义。情⑨不知其不义也,故书其言以遗后世⑩;若知其不义也,夫奚说⑪书其不义以遗后世哉?

今有人于此,少见黑曰黑,多见黑曰白,则必以此人为不知白黑之辩矣;少尝苦曰苦,多尝苦曰甘,则必以此人为不知甘苦之辩矣。今小为非,则知而非之;大为非,攻国,则不知非,从而誉之,谓之义,此可谓知义与不义之辩乎?是以知天下之君子也,辩义与不义之乱⑫也。

【注释】

①《非攻》,分上中下三篇,系统阐释了墨家针对当时诸侯国的兼并战争而提出的反战理论。"非攻"就是非难或责备攻伐的意思。墨子认为,战争是天下的"巨害",对战争的双方而言,无论胜败,都会造成巨大损害,因此既不合于"圣王之道",也不合于"百姓之利"。 ②为政者:执政的人;得:这里指捕获。 ③攘:"凡六畜自来而取之曰攘",与盗近义。 ④兹:同滋,更加。 ⑤苟:假如。 ⑥辜:罪。 ⑦扡:同拖,拽。 ⑧若以此说往:如果以此类推。 ⑨情:诚,实在。 ⑩故书其言以遗后世:所以记载称赞攻国的话遗留给后世。 ⑪奚说:如何解释。 ⑫乱:混乱。

(六)《荀子》

性恶(节选)①

人之性恶,其善者伪②也。

今③人之性,生而有好利焉,顺是,故争夺生而辞让亡焉;生而有疾④恶焉,顺是,故残贼生而忠信亡焉;生而有耳目之欲,有好声色焉,顺是,故淫乱生而礼义文理⑤亡焉。然则从⑥人之性,顺人之情,必出于争夺,合于犯分乱理而归于暴。故必将有师法之化、礼义之道⑦,然后出于辞让,合于文理而归于治。用此观之,然则人之性恶明矣,其善者伪也。

故枸⑧木必将待檃栝⑨烝⑩矫然后直,钝金必将待砻厉⑪然后利。今人之性恶,必将待师法然后正,得礼义然后治。今人无师法,则偏险⑫而不正;无礼义,则悖乱而不治。古者圣王以人之性恶,以为偏险而不正、悖乱而不治,是以为之起礼义、制法度,以矫饰⑬人之情性而正之,以扰⑭化人之情性而导之也。使皆出于治、合于道者也。今之人,化师法、积文学、道礼义者为君子,纵性情、安恣睢⑮而违礼义者为小人。用此观之,然则人之性恶明矣,其善者伪也。

孟子曰:"人之学者,其性善。"⑯曰:是不然。是不及⑰知人之性,而不察乎人之性伪之分者也。凡性者，天之就也，不可学，不可事[18]。礼义者，圣人之所生也，人之所学而能、所事而成者也。不可学、不可事而在人者，谓之性；可学而能、可事而成之在人者，谓之伪：是性、伪之分也。今人之性，目可以见，耳可以听。夫可以见之明不离目，可以听之聪不离耳，目明而耳聪，不可学明矣。

孟子曰："今人之性善，将皆失丧其性故也[19]。"曰：若是则过矣。今人之性，生而离其朴[20]，离其资[21]，必失而丧之，用此观之，然则人之性恶明矣。所谓性善者，不离其朴而美之，不离其资而利之也。使夫资朴之于美、心意之于善，若夫可以见之明不离目、可以听之聪不离耳，故曰目明而耳聪也。

今人之性，饥而欲饱，寒而欲暖，劳而欲休，此人之情性也。今人饥，见长而不敢先食者，将有所让也；劳而不敢求息者，将有所代[22]也。夫子之让乎父，弟之让乎兄；子之代乎父，弟之代乎兄：此二行者，皆反于性而悖于情也。然而孝子之道、礼义之文理也。故顺情性则不辞让矣，辞让则悖于情性矣。用此观之，然则人之性恶明矣，其善者伪也。

【注释】

①荀子(约前313—前230)，名况，赵国人。时人尊称为卿。汉人避宣帝讳(宣帝名询)，称为孙卿。战国末期思想家、教育家，先秦诸子思想的集大成者。他反对迷信，主张顺应自然规律。认为人性本恶，但后天的环境可以使它改变，所以特别强调学习。提出法后王的思想，在政治上主张兼用礼、法来维持社会秩序，对后世法家思想的发展有很大影响。其文章用喻贴切，论证严谨，语言整饬，开骈文之先河。现存《荀子》三十二篇，通行的注本是清代王先谦的《荀子集解》。　②伪：人为。　③今：犹"夫"，发语词。参见裴学海《古书虚字集释》。　④疾：同"嫉"，嫉妒。　⑤文理：典章制度。　⑥从：通"纵"，放纵。　⑦道：同"导"，引导。　⑧枸(gōu)：弯曲。　⑨檃栝(yǐnkuò)：矫正弯曲木材的工具。　⑩烝(zhēng)：同"蒸"，用蒸气加热，使弯曲的木材柔软以便矫直。　⑪砻(lóng)厉：磨砺。砻，磨；厉，同"砺"。　⑫险：邪。　⑬饰：通"饬"，整治。　⑭扰：训。　⑮恣睢：放纵任情。　⑯孟子：即孟轲。这里的引语，不见于今本《孟子》。　⑰及：达到，能够。　⑱事：为，造作。　⑲将：犹"必"。一说"故"下当有"恶"字。一说上句"性善"当作"性恶"。　⑳朴：质朴，敦厚。　㉑资：素质，天生的性情。　㉒代：代替尊长。

（七）《韩非子》

显学[①]

世之显学，儒、墨也。儒之所至，孔丘也；墨之所至，墨翟也。自孔子之死也，有子张[②]之儒，有子思[③]之儒，有颜氏[④]之儒，有孟氏[⑤]之儒，有漆雕氏[⑥]之儒，有仲良氏[⑦]之儒，有孙氏[⑧]之儒，有乐正氏[⑨]之儒。自墨子之死也，有相里氏[⑩]之墨，有相夫氏⑪之墨,有邓陵氏⑫之墨。故孔、墨之后,儒分为八,墨离为三,取舍相反不同,而皆自谓真孔、墨;孔;墨不可复生,将谁使定后世之学乎?孔子、墨子俱道尧、舜,而取舍不同,皆自谓真尧、舜,尧、舜不复生,将谁使定儒、墨之诚⑬乎?殷、周七百余岁,虞、夏二千余岁⑭,而不能定儒、墨之真;今乃欲审尧、舜之道于三千岁之前,意者其不可必⑮乎!无参验⑯而必之者,愚也;弗能必而据之⑰者,诬也。故明据先王,必定尧、舜者,非愚则诬也。愚诬之学,杂反⑱之行,明主弗受也。

墨者之葬也,冬日冬服,夏日夏服,桐棺三寸,服丧三月⑲,世主以为俭而礼之。儒者破家而葬,赁子而偿,服丧三年,大毁扶杖⑳,世主以为孝而礼之。夫是㉑墨子之俭,将非孔子之侈也;是孔子之孝,将非墨子之戾㉒也。今孝、戾、侈、俭俱在儒、墨,而上兼礼之。

漆雕之议:不色挠㉓,不目逃㉔,行曲则违于臧获㉕,行直则怒于诸侯,世主以为廉㉖而礼之。宋荣子㉗之议:设不斗争㉘,取不随仇㉙,不羞囹圄㉚,见侮不辱㉛,世主以为宽而礼之。夫是漆雕之廉㉜,将非宋荣之恕也;是宋荣之宽,将非漆雕之暴也。今宽、廉、恕、暴俱在二子,而人主兼礼之。自愚诬之学、杂反之辞争,而人主俱听之,故海内之士,言无定术,行无常议。夫冰炭不同器而久,寒暑不兼时而至,杂反之学不两立而治。今兼听杂学、缪行同异之辞,安得无乱乎?听行如此,其于治人又必然矣。

今世之学士语治者,多曰:"与贫穷地,以实无资㉜。"今夫与人相若㉝也,无丰年旁入㉞之利,而独以完给者,非力则俭也;与人相若也,无饥馑、疾疚、祸罪之殃,独以贫穷者,非侈则堕也。侈而堕者贫,而力而俭者富。今上征敛于富人以布施于贫家,是夺力俭而与侈堕也,而欲索民之疾作㉟而节用,不可得也。

今有人于此,义㊱不入危城,不处军旅,不以天下大利易其胫一毛㊲,世主必从而礼之,贵其智而高其行,以为轻物重生之士也。夫上所以陈良田大泽,设爵禄,所以易民死命也。今上尊贵轻物重生之士,而索民之出死而重殉上事㊳,不可得也。藏书策,习谈论,聚徒役,服㊴文学而议说,世主必从而礼之,曰:"敬贤士,先王之道也。"夫吏之所税,耕者也;而上之所养,学士也。耕者则重税,学士则多赏,而索民之疾作而少言谈,不可得也。立节参明㊵,执操不侵,怨言过于耳,必随之以剑,世主必从而礼之,以为自好之士。夫斩首之劳㊶不赏,而家斗之勇尊显,而索民之疾战距敌而无私斗,不可得也。国平则养儒侠,难至则用介士㊷。所养者非所用,所用者非所养,此所以乱也。且夫人主于听学士也,若是其言,宜布㊸之官而用其身;若非其言,宜去其身而息其端㊹。今以为是也,而弗布于官;以为非也,而不息其端。是而不用,非而不息,乱亡之道也。

澹台子羽㊺,君子之容也,仲尼几㊻而取之,与处久而行不称其貌。宰予㊼之辞,雅而文也,仲尼几而取之,与处久而智不充其辩。故孔子曰:"以容取人乎,失之子羽;以言取人乎,失之宰予。"故以仲尼之智而有失实之声。今之新辩滥㊽乎宰予,而世主之听眩乎仲尼。为悦其言，因任其身，则焉得无失乎？是以魏任孟卯之辩，而有华下之患⑭；赵任马服之辩，而有长平之祸⑮。此二者，任辩之失也。夫视锻锡而察青黄，区冶不能以必剑㉛；水击鹄雁，陆断驹马，则臧获不疑钝利。发齿吻而相形容，伯乐不能以必马；授车就驾，而观其末涂㉜，则臧获不疑驽良。观容服，听辞言，仲尼不能以必士；试之官职，课其功伐，则庸人不疑于愚智。故明主之吏，宰相必起于州部，猛将必发于卒伍。夫有功者必赏，则爵禄厚而愈劝㉝；迁官袭级，则官职大而愈治。夫爵禄劝而官职治，王之道也。

磐石千里，不可谓富；象人㉞百万，不可谓强。石非不大，数非不众也，而不可谓富强者，磐不生粟，象人不可使距敌也。今商官㉟技艺之士亦不垦而食，是地不垦，与磐石一贯也。儒侠毋㊱军劳，显而荣者，则民不使，与象人同事也。夫知祸㊲磐石、象人，而不知祸商官儒侠为不垦之地、不使之民，不知事类者也。故敌国之君王虽说㊳吾义，弗入贡而臣；关内之侯虽非吾行，吾必使执禽而朝㊴。是故力多则人朝，力寡则朝于人，故明君务力。夫严家无悍虏，而慈母有败子。吾以此知威势之可以禁暴，而德厚之不足以止乱也。

夫圣人之治国，不恃人之为吾善也，而用其不得为非也㊵。恃人之为吾善也，境内不什数；用人不得为非，一国可使齐。为治者用众而舍寡，故不务德而务法。夫必恃自直之箭，百世无矢；恃自圜㊶之木，千世无轮矣。自直之箭，自圜之木，百世无有一，然而世皆乘车射禽者何也？隐栝之道用也。虽有不恃隐栝而有自直之箭、自圜之术，良工弗贵也。何则？乘者非一人，射者非一发也。不恃赏罚而恃自善之民，明主弗贵也。何则？国法不可失，而所治非一人也。故有术之君，不随适然之善，而行必然之道㊷。

今或谓人曰："使子必智而寿"，则世必以为狂㊸。夫智，性也；寿，命也。性命者，非所学于人也，而以人之所不能为说人，此世之所以谓之为狂也。谓之不能然，则是谕㊹也。夫谕，狂也。以仁义教人，是以智与寿说人也，有度之主弗受也。故善㊺毛嫱、西施之美，无益吾面；用脂泽粉黛，则倍其初。言先王之仁义，无益于治；明吾法度，必吾赏罚者，亦国之脂泽粉黛也。故明主急其功而缓其颂，故不道仁义。

今巫祝㊻之祝人曰："使若㊼千秋万岁。"千秋万岁之声聒耳，而一日之寿无征㊽于人，此人所以简㊾巫祝也。今世儒者之说人主，不言今之所以为治，而语已治之功；不审官法之事，不察奸邪之情，而皆道上古之传誉、先王之成功。儒者饰辞曰："听吾言，则可以霸王。"此说者之巫祝，有度之主不受也。故明主举实事，去无用，不道仁义者故㊿，不听学者之言。

今不知治者必曰："得民之心。"欲得民之心而可以为治，则是伊尹、管仲○所无所用也，将听民而已矣。民智之不可用，犹婴儿之心也。夫婴儿不剔首则复痛○，不副痤则浸益○。剔首、副痤，必一人抱之，慈母治之，然犹啼呼不止；婴儿子不知犯其所小苦，致其所大利也。今上急耕田垦草以厚民产也，而以上为酷；修刑重罚以为禁邪也，而以上为严；征赋钱粟以实仓库，且⑭以救饥馑、备军旅也，而以上为贪；境内必知介而无私解⑮，并力疾斗，所以禽虏也，而以上为暴。此四者，所以治安也，而民不知悦也。夫求圣通之士者，为民知之不足师用。昔禹决江浚河，而民聚瓦石⑯；子产开亩树桑⑰，郑人谤訾⑱。禹利天下，子产存郑人，皆以受谤，夫民智之不足用亦明矣。故举士而求贤智，为政而期适民，皆乱之端，未可与为治也。

【注释】

①韩非(约前281年—前233年)，战国末期韩国人(今河南省新郑)。出身韩国贵族，后世称"韩子"或"韩非子"。著名的哲学家、政论家，法家思想的集大成者。与李斯同为荀子的学生。曾向韩王提出变法图强主张，不为所用。后出使秦国，其主张受到秦王嬴政的赏识。因遭李斯嫉恨，受其谗害，被杀于秦。反对以血统为中心的等级制度，提倡"贵族"与"民萌"(氓)平等；反对"用人唯亲"提倡"用人唯贤"；反对儒家的"礼治"，提倡"法治"；提出以"法"为中心，法、术、势相辅相成的君主统治术，强调中央集权，对后世影响深远。其文章具有善用比喻、严刻峻峭、周密细致的特点。现存《韩非子》五十五篇，通行本是清代王先慎的《韩非子集解》。　②子张：孔子的弟子。姓颛(zhuān)孙，名师，字子张，春秋末陈国阳城(今河南省淮阳)人。　③子思：孔子之孙。名伋，字子思，相传曾授业于曾子。孟子受业于子思的门人，发挥子思的思想，形成思孟学派。　④颜氏：指颜回，孔子最得意的弟子，字子渊，春秋末鲁国人。　⑤孟氏：指孟子(约前372—前289)。战国时期思想家、教育家，名轲，字子舆，邹(今山东邹县)人。受业于孔子之孙子思的门人。孔子之后儒家学派的最有影响的人物，封建时代被尊为"亚圣"，又与孔子并称"孔孟"。　⑥漆雕氏：指漆雕开，孔子的弟子。姓漆雕，名开，字子开，又称子启，春秋末鲁国人，少孔子十一岁。据《汉书艺文志》记载，他的后代著有《漆雕子》十三篇，成为儒家的一派。⑦仲良氏：无考。梁启超疑即《孟子》中提到的陈良。一说：良一作梁，即《礼记·檀弓》中的仲梁子，鲁人。　⑧孙氏：疑脱一"公"字，应为公孙尼子。据《汉书·艺文志》记载，有《公孙尼子》二十八篇。　⑨乐正氏：指乐正子，名克，孟子的弟子，曾在鲁国为官。《孟子·梁惠王下》："乐正子入见。"《孟子·告子下》："鲁欲使乐正子为政。"　⑩相里氏：孙诒让《墨子闲诂墨学传授考》："相里子，名勤，南方之墨师也。"　⑪相夫氏：《元和姓纂》引《韩子》作"伯夫氏"。　⑫邓陵子：南方之墨者，诵《墨经》，见《庄子天下篇》，据《元和姓纂》，邓陵子为楚人。　⑬诚：真实。⑭"殷、周七百余岁"两句，是说自殷、周之际到当时为七百余年，自虞、夏之际到当时为两千余年。　⑮必：确定。　⑯参验：比较检验。　⑰据之：以为根据。　⑱杂：驳杂不纯；反：互相矛盾。　⑲服丧三月：墨子提倡节葬，故缩短丧期，以三月改革儒家三年之丧。　⑳大毁扶杖：《墨子·节葬篇》：上士之操丧也，必扶而能起，杖而能行，以此共三年。　㉑是：以……为是；表赞成之意。　㉒戾：《字林》："戾，乖背也。"这里用为违逆之意。　㉓不色挠：面色不屈于人。《孟子·公孙丑上》作："不肤挠"。　㉔不目逃：目光不避其敌。　㉕臧获：奴婢。㉖廉：刚正，正直。㉗宋荣子：庄子《天下篇》作宋钘，其学说主张"以禁攻寝兵为外，以情欲寡浅为内。"㉘设：主张；设不斗争，《庄子·天下篇》评论宋钘："见侮不辱，救民之斗，禁攻寝兵，救世之战。以此周行天下，上说下教，虽天下不取，强聒而不舍者也。"　㉙取：采取；不随仇：犹言不报仇。　㉚图圄：监狱。不羞图圄，不以坐监牢为羞。㉛见侮不辱：不以受人欺负为辱。　㉜"与贫穷地"二句，分给穷人土地，以充实他们的资财。　㉝相若：相似；言条件差不多。　㉞旁入：意外收入。　㉟索：求；

71

疾作:勤奋工作。　㊱义:与议通,主张。　㊲"不以天下"句,不肯为万民的大力而牺牲他个人的小利。胫上一毛,形容其利极微小。这是杨朱学派的主张,该学派以"为我"为中心,属道家。
㊳出死:舍死,拼命。重殉上事:勇于为君主的事牺牲自己。重:看得很重,含有勇义。　㊴服:习。
㊵参明:高明之意。　㊶斩首之劳:指为国家作战杀敌的功绩。　㊷介:甲胄;介士:披甲的武士。　㊸布:施予。　㊹端:事物初起发生时叫做"端"。　㊺澹台子羽:孔子的弟子。姓澹台,名灭明,字子羽。　㊻几:同"讥"。《广雅》:"讥,问也。"这里用为查问之意。　㊼宰予:孔子的弟子,字子我,名予。以能言善辩著称。　㊽辩:言论;滥:过度。　㊾"是以魏任孟卯之辩"二句,孟卯,一作芒卯、昭卯,战国时齐国人,能言善辩,曾为魏安釐王的将领。"华下之患",事在秦昭王二十四年,魏将芒卯伐韩,秦用白起救韩,大破孟卯率领的魏军于华阳之下,魏被迫割修武之地求和。华阳,即华下,亭名。　㊿"赵任马服之辩"二句,战国时期赵国名将赵奢以功被封为马服君。这里指赵奢的儿子赵括。赵括熟读兵书,但只会纸上谈兵。公元前260年,秦将白起攻赵,与赵军战于长平(位于今山西省高平市),赵王中了秦的反间计,任用赵括为大将,以代廉颇,结果赵军四十余万被全歼,赵括被箭射死。　(51)"夫视锻锡"二句,单看剑的材料与颜色,虽欧冶也不能断定剑是否锋利。当时的青铜剑用铜锡合金铸成;青黄:铸剑时的火色。区冶:又作欧冶,春秋时越国人,善铸剑。　(52)末涂:终途。　(53)劝:勉励。　(54)象人:即俑人,用草木、陶土等材料制的偶像。　(55)商官:商人用钱买的官衔。　(56)毋:与"无"通。　(57)祸:读为"过",作动词用。　(58)说:同"悦"。
(59)执禽而朝:表示服役之意。《战国策·魏策》越王使大夫种行成于吴,请男为臣,女为仆,身执禽而随诸御。　(60)"不恃人"二句,意谓不依赖人们为我的善意所感而做好事,而是要用严厉的法治使人不敢做坏事。　(61)圜:同"圆"。　(62)"不随适然之善"二句,不依从偶然为善的人,而施行必然有效的方法　(63)狂:与"诳"通。　(64)谕:与"喻"通。　(65)善:羡慕,称赞。　(66)巫祝:古代以歌舞降神,为人祈祷的人。　(67)若:你。　(68)征:验。　(69)简:轻视。　(70)者:与"诸"通;诸:之。故:事。不道仁义者故,即不谈仁义之事。　(71)伊尹、管仲:均为古代名臣。伊尹,殷王太甲之相;管仲,齐桓公之相。　(72)剔首:剃发;复痛:更加痛。旧说:婴儿头痛,剃发可以减轻,不剃发则更加疼痛。　(73)副痤:副,剖开;痤,痈疮。潗益:渐重。　(74)且:将。　(75)"境内必知介而无私解"句:国内民众一定要知晓必须要披甲上阵,为国作战,而不得私逃兵役。　(76)民聚瓦石:民众用瓦石击禹。
(77)"子产开亩树桑"句:子产,春秋时郑国执政大夫,在郑国实行了一系列改革措施,鼓励开垦土地,种桑养蚕。　(78)訾:诋毁、指责。

三、两汉史传

（一）《史记》

项羽本纪①

项籍者，下相②人也，字羽。初起时，年二十四。其季父③项梁，梁父即楚将项燕，为秦将王翦所戮④者也。项氏世世为楚将，封于项，故姓项氏。

项籍少时，学书不成，去学剑⑤，又不成。项梁怒之。籍曰："书足以记名姓而已。剑一人敌，不足学，学万人敌。"于是项梁乃教籍兵法，籍大喜，略知其意，又不肯竟学。项梁尝有栎阳逮⑥，乃请蕲狱掾曹咎书抵栎阳狱掾司马欣，以故事得已⑦。项梁杀人，与籍避仇于吴中⑧，吴中贤士大夫皆出项梁下。每吴中有大繇役⑨及丧，项梁常为主办，阴以兵法部勒⑩宾客及子弟，以是知其能。秦始皇帝游会稽，渡浙江⑪，梁与籍俱观。籍曰："彼可取而代也。"梁掩其口，曰："毋妄言，族⑫矣！"梁以此奇籍。籍长八尺余，力能扛鼎，才气过人，虽吴中子弟皆已惮籍⑬矣。

秦二世元年七月，陈涉等起大泽中⑭。其九月，会稽守通⑮谓梁曰："江西⑯皆反，此亦天亡秦之时也。吾闻先即制人，后则为人所制。吾欲发兵，使公及桓楚将。"是时桓楚亡⑰在泽中。梁曰："桓楚亡，人莫知其处，独籍知之耳。"梁乃出，诫⑱籍持剑居外待。梁复入，与守坐，曰："请召籍，使受命召桓楚。"守曰："诺。"梁召籍入。须臾，梁眴⑲籍曰："可行矣！"于是籍遂拔剑斩守头。项梁持守头，佩其印绶。门下大惊，扰乱，籍所击杀数十百人。一府中皆慑伏⑳，莫敢起。梁乃召故所知豪吏，谕以所为起大事，遂举吴中兵。使人收下县㉑，得精兵八千人。梁部署吴中豪杰为校尉、候、司马。有一人不得用，自言于梁。梁曰："前时某丧使公主某事，不能办，以此不任用公。"众乃皆伏㉒。于是梁为会稽守，籍为裨将，徇下县㉓。

广陵人召平于是为陈王徇广陵㉔，未能下。闻陈王败走，秦兵又且至，乃渡江矫陈王命，拜梁为楚王上柱国㉕。曰："江东已定，急引兵西击秦。"项梁乃以八千人渡江而西……

　　居鄛㉖人范增，年七十，素居家，好奇计，往说项梁曰："陈胜败固当。夫秦灭六国，楚最无罪。自怀王入秦不反㉗，楚人怜之至今，故楚南公㉘曰：'楚虽三户，亡秦必楚'也。今陈胜首事，不立楚后而自立，其势不长。今君起江东，楚蜂午㉙之将皆争附君者，以君世世楚将，为能复立楚之后也。"于是项梁然其言，乃求楚怀王孙心民间，为人牧羊，立以为楚怀王，从民所望也。陈婴为楚上柱国，封五县，与怀王都盱台㉚。项梁自号为武信君。

　　……

　　项梁起东阿，西，比㉛至定陶，再破秦军，项羽等又斩李由，益轻秦，有骄色。宋义㉜乃谏项梁曰："战胜而将骄卒惰者败。今卒少㉝惰矣，秦兵日益，臣为君畏之。"项梁弗听。乃使宋义使于齐。道遇齐使者高陵君显，曰："公将见武信君乎？"曰："然。"曰："臣论武信君军必败。公徐行即免死，疾行则及祸。"秦果悉起兵益章邯，击楚军，大破之定陶，项梁死。沛公、项羽去外黄攻陈留㉞，陈留坚守不能下。沛公、项羽相与谋曰："今项梁军破，士卒恐。"乃与吕臣㉟军俱引兵而东，吕臣军彭城东，项羽军彭城西，沛公军砀㊱。

　　章邯已破项梁军，则以为楚地兵不足忧，乃渡河㊲击赵，大破之。当此时，赵歇为王，陈馀为将，张耳为相，皆走入巨鹿城㊳。章邯令王离、涉间㊴围巨鹿，章邯军其南，筑甬道而输之粟。陈馀为将，将卒数万人而军巨鹿之北，此所谓河北之军也。

　　楚兵已破于定陶，怀王恐，从盱台之彭城，并项羽、吕臣军自将之。以吕臣为司徒㊵，以其吕青为令尹㊶，以沛公为砀郡长，封为武安侯，将砀郡兵。

　　初，宋义所遇齐使者高陵君显在楚军，见楚王曰："宋义论武信君之军必败，居数日，军果败。兵未战而先见败征，此可谓知兵矣。"王召宋义与计事而大说之，因置以为上将军，项羽为鲁公㊷，为次将，范增为末将，救赵。诸别将皆属宋义，号为卿子冠军㊸。行至安阳，留四十六日不进。项羽曰："吾闻秦军围赵王巨鹿，疾引兵渡河，楚击其外，赵应其内，破秦军必矣。"宋义曰："不然。夫搏牛之虻不可以破虮虱。今秦攻赵，战胜则兵罢㊹，我承其敝；不胜，则我引兵鼓行而西，必举秦矣。故不如先斗秦赵㊺。夫被坚执锐，义不如公；坐而运策，公不如义。"因下令军中曰："猛如虎，很㊻如羊，贪如狼，强不可使者㊼，皆斩之！"乃遣其子宋襄相齐，身送之至无盐㊽，饮酒高会。天寒大雨，士卒冻饥。项羽曰："将戮力而攻秦，久留不行。今岁饥民贫，士卒食芋菽㊾，军无见粮㊿，乃饮酒高会，不引兵渡河因○51赵食，与赵并力攻秦，乃曰：'承其敝'。夫以秦之强，攻新造之赵，其势必举赵。赵举而秦强，何敝之承！且国兵新破，王坐不安席，埽○52境内而专属于将军，国家安危，在此一举。今不恤士卒而徇○53其私，非社稷之臣！"项羽晨朝上将军宋义，即其帐中斩宋义头，出令军中曰："宋义与齐谋反楚，楚王阴令羽诛之。"当是时，诸将皆慴服，莫敢枝梧○54。皆曰："首立楚者，将军家也。今将军诛乱。"乃相与共立羽为假○55上将军。使人追宋义子，及之齐，杀之。使桓楚报命于怀王。怀王因使项羽为上将军。当阳君、蒲将军皆属项羽。

项羽已杀卿子冠军，威震楚国，名闻诸侯。乃遣当阳君、蒲将军将卒二万渡河[56]，救巨鹿。战少利，陈馀复请兵。项羽乃悉引兵渡河，皆沉船，破釜甑[57]，烧庐舍，持三日粮，以示士卒必死，无一还心。于是至则围王离，与秦军遇，九战[58]，绝其甬道，大破之，杀苏角，虏王离。涉间不降楚，自烧杀。当是时，楚兵冠诸侯。诸侯军救巨鹿下者十余壁[59]，莫敢纵兵。及楚击秦，诸将皆从壁上观。楚战士无不一以当十。楚兵呼声动天，诸侯军无不人人惴恐。于是已破秦军，项羽召见诸侯将，入辕门，无不膝行而前[60]，莫敢仰视。项羽由是始为诸侯上将军，诸侯皆属焉。

……

章邯使人见项羽，欲约。项羽召军吏谋曰："粮少，欲听其约。"军吏皆曰："善。"项羽乃与期洹水南殷虚上[61]。已盟，章邯见项羽而流涕，为言赵高。项羽乃立章邯为雍[62]王，置楚军中。使长史欣为上将军，将秦军为前行。

到新安[63]。诸侯吏卒异时故徭使屯戍过秦中，秦中吏卒遇之多无状[64]；及秦军降诸侯，诸侯吏卒乘胜多奴虏使之，轻折辱[65]秦吏卒。秦吏卒多窃言曰："章将军等诈吾属降诸侯，今能入关破秦，大善；即不能，诸侯虏吾属而东，秦必尽诛吾父母妻子。"诸将微[66]闻其计，以告项羽。项羽乃召黥布、蒲将军计曰："秦吏卒尚众，其心不服，至关中不听，事必危。不如击杀之，而独与章邯、长史欣、都尉翳[67]入秦。"于是楚军夜击坑秦卒二十余万人新安城南。

行略定[68]秦地。函谷关有兵守关，不得入。又闻沛公已破咸阳，项羽大怒，使当阳君等击关，项羽遂入，至于戏西[69]。沛公军霸上[70]，未得与项羽相见。沛公左司马曹无伤使人言于项羽曰："沛公欲王关中，使子婴为相，珍宝尽有之。"项羽大怒，曰："旦日飨[71]士卒，为击破沛公军！"当是时，项羽兵四十万，在新丰鸿门[72]，沛公兵十万，在霸上。范增说项羽曰："沛公居山东[73]时，贪于财货，好美姬。今入关，财物无所取，妇女无所幸，此其志不在小。吾令人望其气，皆为龙虎，成五彩，此天子气也。急击勿失。"

楚左尹项伯者，项羽季父也，素善留侯张良。张良是时从沛公，项伯乃夜驰之沛公军，私见张良，具告以事。欲呼张良与俱去，曰："毋从俱死也。"张良曰："臣为韩王送沛公[74]，沛公今事有急，亡去不义，不可不语。"良乃入，具告沛公。沛公大惊，曰："为之奈何？"张良曰："谁为大王为此计者？"曰："鲰生[75]说我曰'距关，毋内[76]诸侯，秦地可尽王也。'故听之。"良曰："料大王士卒足以当项王乎？"沛公默然，曰："固不如也，且为之奈何？"张良曰："请往谓项伯，言沛公不敢背项王也。"沛公曰："君安与项伯有故？"张良曰："秦时与臣游，项伯杀人，臣活之。今事有急，故幸来告良。"沛公曰："孰与君少长？"良曰："长于臣。"沛公曰："君为我呼入，吾得兄事之。"张良出，要[77]项伯。项伯即入见沛公。沛公奉卮酒为寿[78]，约为婚姻，曰："吾入关,秋毫⑦不敢有所近,籍吏民⑧,封府库,而待将军。所以遣将守关者,备他盗之出入与非常也。日夜望将军至,岂敢反乎!愿伯具言臣之不敢倍德也。"项伯许诺,谓沛公曰:"且日不可不蚤自来谢项王㉛。"沛公曰:"诺。"于是项伯复夜去,至军中,具以沛公言报项王,因言曰:"沛公不先破关中,公岂敢入乎?今人有大功而击之,不义也,不如因善遇之。"项王许诺。

沛公旦日从百余骑来见项王,至鸿门,谢曰:"臣与将军戮力而攻秦,将军战河北,臣战河南,然不自意㉜能先入关破秦,得复见将军于此。今者有小人之言,令将军与臣有郤。"项王曰:"此沛公左司马曹无伤言之;不然,籍何以至此?"项王即日因留沛公与饮。项王、项伯东向坐,亚父南向坐。亚父者,范增也。沛公北向坐,张良西向侍。范增数目项王,举所佩玉玦以示之者三,项王默然不应。范增起,出召项庄㉝,谓曰:"君王为人不忍,若入前为寿,寿毕,请以剑舞,因击沛公于坐,杀之。不者㉞,若属皆且为所虏。"庄则入为寿。寿毕,曰:"君王与沛公饮,军中无以为乐,请以剑舞。"项王曰:"诺。"项庄拔剑起舞,项伯亦拔剑起舞,常以身翼蔽沛公,庄不得击。于是张良至军门,见樊哙㉟。樊哙曰:"今日之事何如?"良曰:"甚急!今者项庄拔剑舞,其意常在沛公也。"哙曰:"此迫矣,臣请入,与之同命㊱。"哙即带剑拥盾入军门。交戟之卫士欲止不内,樊哙侧其盾以撞,卫士仆地,哙遂入,披帷西向立,瞋目视项王,头发上指,目眦㊲尽裂。项王按剑而跽㊳曰:"客何为者?"张良曰:"沛公之参乘㊴樊哙者也。"项王曰:"壮士!赐之卮酒。"则与斗卮酒。哙拜谢,起,立而饮之。项王曰:"赐之彘肩㊵。"则与一生彘肩。樊哙覆其盾于地,加彘肩上,拔剑切而啖㊶之。项王曰:"壮士,能复饮乎?"樊哙曰:"臣死且不避,卮酒安足辞!夫秦王有虎狼之心,杀人如不能举,刑人如不恐胜,天下皆叛之。怀王与诸将约曰:'先破秦入咸阳者王之'。今沛公先破秦入咸阳,豪毛不敢有所近,封闭宫室,还军霸上,以待大王来。故遣将守关者,备他盗出入与非常也。劳苦而功高如此,未有封侯之赏,而听细说㊷,欲诛有功之人。此亡秦之续耳,窃为大王不取也。"项王未有以应,曰:"坐!"樊哙从良坐。坐须臾,沛公起如厕,因招樊哙出。

沛公已出,项王使都尉陈平㊸召沛公。沛公曰:"今者出,未辞也,为之奈何?"樊哙曰:"大行不顾细谨,大礼不辞小让。如今人方为刀俎,我为鱼肉,何辞为!"于是遂去。乃令张良留谢。良问曰:"大王来何操㊹?"曰:"我持白璧一双,欲献项王;玉斗一双,欲与亚父。会其怒,不敢献。公为我献之。"张良曰:"谨诺。"当是时,项王军在鸿门下,沛公军在霸上,相去四十里。沛公则置车骑,脱身独骑,与樊哙、夏侯婴、靳彊、纪信㊺等四人持剑盾步走。从郦山下,道芷阳间行㊻。沛公谓张良曰:"从此道至吾军,不过二十里耳。度我至军中,公乃入。"沛公已去,间至军中。张良入谢,曰:"沛公不胜桮杓㊼,不能辞。谨使臣良奉白璧一双,再拜献大王足下;玉斗一双,再拜奉大将军足下。"项王曰:"沛公安在?"良曰:"闻大王有意督过之,脱身独去,已至军矣。"项王则受璧,置之坐上。亚父受玉斗,置之地,拔剑撞而破之,曰："唉! 竖子^⑱不足与谋。夺项王天下者,必沛公也。吾属今为之虏矣。"沛公至军,立诛杀曹无伤。

居数日,项羽引兵西屠咸阳,杀秦降王子婴,烧秦宫室,火三月不灭;收其货宝妇女而东。人或说项王曰:"关中阻山河四塞^㊾,地肥饶,可都以霸。"项王见秦宫室皆以^⑩烧残破,又心怀思欲东归,曰:"富贵不归故乡,如衣绣夜行,谁知之者!"说者曰:"人言楚人沐猴而冠^⑩耳,果然。"项王闻之,烹说者。

项王使人致命^⑫怀王,怀王曰:"如约。"乃尊怀王为义帝。项王欲自王,先王诸将相。谓曰:"天下初发难时,假立^⑬诸侯后以伐秦。然身被坚执锐首事,暴露于野三年,灭秦定天下者,皆将相诸君与籍之力也。义帝虽无功,故当分其地而王之。"诸将皆曰:"善!"乃分天下,立诸将为侯王。项王、范增疑沛公之有天下,业已讲解,又恶负约,恐诸侯叛之^⑭,乃阴谋曰:"巴、蜀^⑮道险,秦之迁人皆居蜀。"乃曰:"巴、蜀亦关中地也。"故立沛公为汉王,王巴、蜀、汉中^⑯,都南郑……项王自立为西楚霸王^⑰,王九郡^⑱,都彭城。

汉之元年四月,诸侯罢戏下,各就国^⑲。项王出之国,使人徙义帝,曰:"古之帝者地方千里,必居上游。"乃使使徙义帝长沙郴县^⑩。趣^⑪义帝行,其群臣稍稍背叛之,乃阴令衡山、临江王击杀之江中^⑫。韩王成无军功,项王不使之国,与俱至彭城,废以为侯,已又杀之。臧荼之国,因逐韩广之辽东,广弗听,荼击杀广无终^⑬,并王其地。

田荣闻项羽徙齐王市胶东,而立齐将田都为齐王,乃大怒,不肯遣齐王之胶东,因以齐反,迎击田都。田都走楚。齐王市畏项王,乃亡之胶东就国。田荣怒,追击杀之即墨^⑭。荣因自立为齐王,而西杀击济北田安,并王三齐^⑮。荣与彭越将军印,令反梁地。陈馀阴使张同、夏说说齐王田荣曰:"项羽为天下宰,不平。今尽王故王于丑地,而王其群臣诸将善地,逐其故主赵王,乃北居代,馀以为不可。闻大王起兵,且不听不义,愿大王资馀兵,请以击常山^⑯,以复赵王,请以国为扞蔽^⑰。"齐王许之,因遣兵之赵。陈馀悉发三县兵,与齐并力击常山,大破之。张耳走归汉。陈馀迎故赵王歇于代,反之赵。赵王因立陈馀为代王。

是时,汉还定三秦^⑱。项羽闻汉王皆已并关中,且东^⑲,齐、赵叛之:大怒。乃以故吴令郑昌为韩王,以距汉。令萧公角^⑳等击彭越。彭越败萧公角等。汉使张良徇韩,乃遗项王书曰:"汉王失职^㉑,欲得关中,如约即止,不敢东。"又以齐、梁反书遗项王曰:"齐欲与赵并灭楚。"楚以此故无西意,而北击齐。征兵九江王布。布称疾不往,使将将数千人行。项王由此怨布也。汉之二年冬,项羽遂北至城阳,田荣亦将兵会战。田荣不胜,走至平原^㉒,平原民杀之。遂北烧夷齐城郭室屋,皆阬田荣降卒,系房其老弱妇女。徇齐至北海^㉓,多所残灭。齐人相聚而叛之。于是田荣弟田横收齐亡卒得数万人,反城阳。项王因留,连战未能下。

春,汉王部五诸侯兵^㉔,凡五十六万人,东伐楚。项王闻之,即令诸将击齐,而自以精兵三万人南从鲁出胡陵⑫。四月，汉皆已入彭城，收其货宝美人，日置酒高会。项王乃西从萧⑫，晨击汉军而东，至彭城，日中，大破汉军。汉军皆走，相随入穀、泗水⑫，杀汉卒十馀万人。汉卒皆南走山，楚又追击至灵璧东睢水上⑫。汉军却，为楚所挤，多杀，汉卒十余万人皆入睢水，睢水为之不流。围汉王三匝⑫。于是⑬大风从西北而起，折木发屋，扬沙石，窈冥昼晦⑬，逢迎楚军。楚军大乱，坏散，而汉王乃得与数十骑遁去。欲过沛，收家室而西；楚亦使人追之沛，取汉王家。家皆亡，不与汉王相见。汉王道逢得孝惠、鲁元⑬，乃载行。楚骑追汉王，汉王急，推堕孝惠、鲁元车下，滕公⑬常下收载之。如是者三。曰："虽急不可以驱，奈何弃之？"于是遂得脱。求太公、吕后⑭不相遇。审食其⑬从太公、吕后间行，求汉王，反遇楚军。楚军遂与归，报项王，项王常置军中。

是时吕后兄周吕侯为汉将兵居下邑⑭，汉王间往从之，稍稍收其士卒。至荥阳⑬，诸败军皆会，萧何亦发关中老弱未傅悉诣荥阳⑬，复大振。楚起于彭城，常乘胜逐北，与汉战荥阳南京、索间⑬，汉败楚，楚以故不能过荥阳而西。

......

当此时，彭越数反梁地，绝楚粮食，项王患之。为高俎⑭，置太公其上，告汉王曰："今不急下⑭，吾烹太公。"汉王曰："吾与项羽俱北面受命怀王，曰'约为兄弟'，吾翁即若翁，必欲烹而翁，则幸分我一杯⑭羹。"项王怒，欲杀之。项伯曰："天下事未可知，且为天下者不顾家，虽杀之无益，只益祸耳。"项王从之。

楚汉久相持未决，丁壮苦军旅，老弱罢转漕⑭。项王谓汉王曰："天下匈匈⑭数岁者，徒以吾两人耳，愿与汉王挑战决雌雄，毋徒苦天下之民父子为也。"汉王笑谢曰："吾宁斗智，不能斗力。"项王令壮士出挑战。汉有善骑射者楼烦⑭，楚挑战三合，楼烦辄射杀之。项王大怒，乃自被甲持戟挑战。楼烦欲射之，项王瞋目叱之，楼烦目不敢视，手不敢发，遂走还入壁，不敢复出。汉王使人间问之⑭，乃项王也。汉王大惊。于是项王乃即汉王相与临广武间而语⑭。汉王数之⑭，项王怒，欲一战。汉王不听，项王伏弩射中汉王。汉王伤，走入成皋。

项王闻淮阴侯已举河北，破齐、赵，且欲击楚，乃使龙且往击之。淮阴侯与战，骑将灌婴击之，大破楚军，杀龙且。韩信因自立为齐王。项王闻龙且军破，则恐，使盱台人武涉往说淮阴侯。淮阴侯弗听。是时，彭越复反，下梁地，绝楚粮。项王乃谓海春侯大司马曹咎等曰："谨守成皋，则汉欲挑战，慎勿与战，毋令得东而已。我十五日必诛彭越，定梁地，复从将军。"乃东，行击陈留、外黄。

......

是时，汉兵盛食多，项王兵罢食绝。汉遣陆贾⑭说项王，请太公，项王弗听。汉王复使侯公往说项王，项王乃与汉约，中分天下，割鸿沟⑮以西者为汉，鸿沟而东者为楚。项王许之，即归汉王父母妻子。军皆呼万岁。汉王乃封侯公为平国君。匿弗肯复见。曰："此天下辩士，所居倾国⑮，故号为平国君。"项王已约，乃引兵解而东归。

汉欲西归，张良、陈平说曰："汉有天下太半，而诸侯皆附之。楚兵罢食尽，此天亡楚之时也，不如因其机而遂取之。今释弗击，此所谓'养虎自遗患'也。"汉王听之。汉五年，汉王乃追项王至阳夏南⑤，止军，与淮阴侯韩信、建成侯彭越期会而击楚军。至固陵⑤，而信、越之兵不会。楚击汉军，大破之。汉王复入壁，深堑而自守。谓张子房曰："诸侯不从约，为之奈何？"对曰："楚兵且破，信、越未有分地，其不至固宜。君王能与共分天下，今可立致也。即不能，事未可知也。君王能自陈以东傅海⑤，尽与韩信；睢阳以北至谷城⑤，以与彭越；使各自为战，则楚易败也。"汉王曰："善。"于是乃发使者告韩信、彭越曰："并力击楚。楚破，自陈以东傅海与齐王，睢阳以北至谷城与彭相国。"使者至，韩信、彭越皆报曰："请今进兵。"韩信乃从齐往，刘贾军从寿春并行⑤，屠城父，至垓下⑤。大司马周殷叛楚，以舒屠六⑤，举九江兵，随刘贾、彭越皆会垓下，诣项王。

项王军壁垓下，兵少食尽，汉军及诸侯兵围之数重。夜闻汉军四面皆楚歌⑤，项王乃大惊曰："汉皆已得楚乎？是何楚人之多也！"项王则夜起，饮帐中。有美人名虞，常幸从；骏马名骓⑯，常骑之。于是项王乃悲歌忼慨，自为诗曰："力拔山兮气盖世，时不利兮骓不逝。骓不逝兮可奈何，虞兮虞兮奈若何！"歌数阕，美人和之。项王泣数行下，左右皆泣，莫能仰视。

于是项王乃上马骑，麾下壮士骑从者八百馀人，直夜⑯溃围南出，驰走。平明，汉军乃觉之，令骑将灌婴以五千骑追之。项王渡淮，骑能属⑯者百馀人耳。项王至阴陵，迷失道，问一田父，田父绐⑯曰"左"。左，乃陷大泽中。以故汉追及之。项王乃复引兵而东，至东城⑯，乃有二十八骑。汉骑追者数千人。项王自度不得脱。谓其骑曰："吾起兵至今八岁矣，身七十余战，所当者破，所击者服，未尝败北，遂霸有天下。然今卒困于此，此天之亡我，非战之罪也。今日固决死，愿为诸君快战⑯，必三胜之，为诸君溃围，斩将，刈旗，令诸君知天亡我，非战之罪也。"乃分其骑以为四队，四向。汉军围之数重。项王谓其骑曰："吾为公取彼一将。"令四面骑驰下，期山东为三处⑯。于是项王大呼驰下，汉军皆披靡，遂斩汉一将。是时，赤泉侯⑯为骑将，追项王，项王瞋目而叱之，赤泉侯人马俱惊，辟易⑯数里，与其骑会为三处。汉军不知项王所在，乃分军为三，复围之。项王乃驰，复斩汉一都尉，杀数十百人，复聚其骑，亡其两骑耳。乃谓其骑曰："何如？"骑皆伏⑯曰："如大王言。"

于是项王乃欲东渡乌江⑰。乌江亭长舣船⑰待，谓项王曰："江东虽小，地方千里，众数十万人，亦足王也。愿大王急渡。今独臣有船，汉军至，无以渡。"项王笑曰："天之亡我，我何渡为！且籍与江东子弟八千人渡江而西，今无一人还，纵江东父兄怜而王我，我何面目见之？纵彼不言，籍独不愧于心乎？"乃谓亭长曰："吾知公长者。吾骑此马五岁，所当无敌，尝一日行千里，不忍杀之，以赐公。"乃令骑皆下马步行，持短兵接战。独籍所杀汉军数百人。项王身亦被十余创。顾见汉骑司马⑫吕马童，曰："若非吾故人乎？"马童面之，指王翳曰："此项王也。"项王乃曰："吾闻汉购我头千金，邑万户，吾为若德⑱。"乃自刎而死。王翳取其头，余骑相蹂践争项王，相杀者数十人。最其后，郎中骑杨喜，骑司马吕马童，郎中吕胜、杨武各得其一体。五人共会其体，皆是。故分其地为五：封吕马童为中水侯，封王翳为杜衍侯，封杨喜为赤泉侯，封杨武为吴防侯，封吕胜为涅阳侯⑭。

项王已死，楚地皆降汉，独鲁不下。汉乃引天下兵欲屠之，为其守礼义，为主死节，乃持项王头视鲁⑮，鲁父兄乃降。始，楚怀王初封项籍为鲁公，及其死，鲁最后下，故以鲁公礼葬项王谷城。汉王为发哀，泣之而去。

诸项氏枝属⑯，汉王皆不诛。乃封项伯为射阳侯⑰。桃侯、平皋侯、玄武侯皆项氏⑱，赐姓刘。

太史公曰：吾闻之周生曰"舜目盖重瞳子⑲"，又闻项羽亦重瞳子。羽岂其苗裔邪？何兴之暴⑱也！夫秦失其政，陈涉首难，豪杰蜂起，相与并争，不可胜数。然羽非有尺寸，乘势起陇亩之中⑱，三年，遂将五诸侯灭秦，分裂天下，而封王侯，政由羽出，号为"霸王"，位虽不终，近古以来未尝有也。及羽背关怀楚⑱，放逐义帝而自立，怨王侯叛己，难矣。自矜功伐⑱，奋其私智而不师古，谓霸王之业，欲以力征经营天下，五年卒亡其国，身死东城，尚不觉寤而不自责，过矣。乃引"天亡我，非用兵之罪也"，岂不谬哉！

【注释】

①司马迁的《史记》是我国古代最杰出的历史著作，也是我国古代最杰出的文学著作之一，被誉为"史家之绝唱，无韵之离骚"。《史记》上起黄帝下至汉武帝，记述了三千年的历史发展情况。它开创了我国第一部"纪传体"史书体裁，全书包括十二本纪、八书、十表、三十世家、七十列传，共一百三十篇。"本纪"记帝王之事，是叙述历代最高统治者的传记。《项羽本纪》为《史记》中的文学名篇之一。作者在战争背景下，塑造了项羽丰满复杂的悲剧英雄的形象，如钱锺书所言："《史记》写人物性格，无复综如此者。"　②下相：秦县名。县治在今江苏省宿迁市西南。③季父：小叔夫。　④王翦：秦之名将。项燕立昌平君为楚王，王翦等破楚军，昌平君死，项燕自杀。事详《秦始皇本纪》。　⑤去：离开。离开学书的地方，另往学剑。　⑥栎（yuè）阳：秦县名，县治在今西安市阎良区。栎阳逮：因罪被栎阳县逮捕。　⑦蕲（qí），秦县名，县治在今安徽省宿州市南。狱掾（yuàn），主管监狱的吏员。抵：送到。事得已：事情得以了结。　⑧吴：秦县名，为会稽郡治，即今江苏省苏州市。　⑨大縣役：縣通"徭"。　⑩阴：暗中。部勒：部署，组织。⑪会稽：山名，在今浙江省绍兴东南。浙江：此处指钱塘江。　⑫族：被族诛。　⑬虽：即使。惮：畏惧。　⑭秦二世元年：前209年。秦二世，名胡亥，秦始皇的第十八子。陈涉等起大泽中：陈涉、吴广为谪戍渔阳，遇雨失期，于大泽乡起义。大泽：蕲县乡名，今安徽省宿县东南刘村集。⑮会稽守通：会稽郡的郡守殷通。　⑯江西：长江自九江到南京的一段，由西南流向东北，今皖北地区被称为"江西"，皖南、苏南一带被称为"江东"。　⑰亡：潜逃。　⑱诚：告知。　⑲眴（shùn）：使眼色。　⑳慴（shè）服：惊吓得趴在地上。"慴"同"慑"，惊吓、恐惧之意。　㉑下县：指会稽郡下属各县。　㉒伏：通"服"。　㉓裨将：副将。徇（xùn）：兼有夺取、招降和安抚的意

思。 ㉔陈王:即陈涉,起义后称王,国号张楚。广陵:秦县名,县治为今江苏省扬州市。 ㉕矫:假托。上柱国:战国时楚官名。 ㉖居鄛:秦县名,县治在今安徽省桐城南。 ㉗怀王入秦不反:公元前299年,楚怀王被骗入秦,被秦昭王幽禁,客死秦国。 ㉘楚南公:《史记集解》:"徐广曰:楚人也,善言阴阳。" ㉙蜂午:蜂拥而起。午:纵横交错的样子。 ㉚盱台:同盱眙(xūyí),秦县名,县治在今江苏省盱眙东北。 ㉛比(bì):等到。 ㉜宋义:凌稚隆引《汉纪》云:"宋义,故楚令尹。" ㉝少:通"稍",渐渐。 ㉞去外黄攻陈留:撤出围攻外黄的军队转攻陈留。陈留:秦县名,县治在今河南省开封市东南。 ㉟吕臣:原为陈涉侍从,后归项梁。 ㊱砀:秦县名,在今河南省夏邑县东。 ㊲河:黄河。 ㊳赵歇:战国时赵国诸侯的后代,被张耳、陈馀拥立为赵王,都邯郸。巨鹿:秦县名,在今河北省平乡西南。 ㊴王离:秦国名将王翦之孙。涉间:秦将。 ㊵司徒:官名,掌管教化,为古代的"三公"之一。 ㊶令尹:战国时楚官名。 ㊷鲁公:鲁县县令。鲁县即今山东省曲阜市。 ㊸卿子冠军:卿子,当时对男子的尊称。冠军:在诸军之上。 ㊹罢(pí):通"疲",疲劳,疲乏。 ㊺斗秦、赵:使秦国和赵国互相争斗。 ㊻很:《说文》:"很,不听从也。"徐锴《系传》:"羊之性,愈牵愈不进。" ㊼强(jiàng):倔强。此指倔强不听指挥之人。 ㊽无盐:秦县名,县治在今山东省东平县东南。 ㊾芋:芋头,此处代指蔬菜、野菜。菽:豆类。 ㊿见粮:现存的粮食。 51因:依靠,凭借。 52埽:同"扫",尽,全部。 53徇:谋求。 54枝梧:即"支吾"。 55假:代理。 56河:指漳河。 57釜:锅。甑:做饭用的瓦器。 58九战:多次作战。 59下:《汉书·陈胜项籍传》无"下"字,疑衍。壁:壁垒,营垒。 60辕门:营门之义。膝行而前:跪着前进。 61期:约期会晤。洹水:今河南省安阳市北的安阳河。虚:通"墟"。殷虚:殷朝故都的废墟,在今安阳市西小屯村。 62雍:秦县名,县治在今陕西省凤翔县南。 63新安:秦县名,县治在今河南省渑池城东。 64异时:从前,指秦朝统治时期。秦中:汉时人们对关中地区的习惯称呼,秦王朝的老根据地。无状:无礼。 65轻折辱:轻易随便地加以侮辱。 66微:暗地。 67都尉翳:即董翳,原在章邯部下任都尉。 68行:将要。略定:夺取,平定。 69戏西:戏水以西。戏水在今陕西临潼东。 70霸上:今陕西西安市东。 71旦日:明天。飨:犒劳。 72新丰:秦时称骊邑,在今陕西省临潼区东。鸿门:山坡名,在临潼区东北。 73山东:战国时泛指秦以外六国,因在崤山、华山之东而得名。 74为韩王送沛公:指在薛时,张良说项梁立韩公子成为韩王,张良为韩申徒(即司徒)。刘邦从洛阳南出轘辕,张良引兵从刘邦,后刘邦令韩王成留守阳翟,与张良西入武关。 75鲰(zōu)生:浅陋之人。 76内:通"纳"。 77要:通"邀"。 78卮:圆底酒杯。寿:向长者敬酒祝福。 79豪:通"毫",毫毛。 80籍吏民:登记户口册。 81蚤:通"早"。谢:道歉,谢罪。 82不自意:自己没想到。 83项庄:项羽的堂弟。 84不(fǒu)者:不然的话。 85樊哙:沛人,与刘邦一同起兵,在灭秦及楚汉战争中多有战功。 86同命:同生死。 87眦(zì):眼角。 88跽(jì):直身而跪。 89参乘:亦称陪乘。乘车时立于车右,相当于卫士。 90彘肩:猪腿。 91啖(dàn):吃。 92细说:谗言。

93陈平:时为项羽手下的都尉。后投奔刘邦,汉初任丞相。 94操:执持。何操:带来了什么礼物。 95夏侯婴:沛人,与刘邦同起兵,后封汝阳侯。靳彊、纪信都是刘邦手下的将领。 96芷阳:在今陕西长安东。间行:抄小路走。 97桮杓:酒器代称,桮,同"杯"。不胜桮杓:意为已喝醉。 98竖子:小子。此处明指项庄,暗指项羽。 99阻山河四塞:以山河为险阻,四面都有关塞屏障。《史记集解》引徐广曰:"东函谷,南武关,西散关,北萧关。" 100以:同"已"。 101沐猴:猕猴。沐猴而冠:言沐猴即使戴上人的帽子,也办不成人事。 102致命:禀命,请示。 103假立:姑且设立。诸侯后:六国诸侯的后代。 104疑沛公之有天下四句:担心刘邦趁机夺取天下，但是由于已经讲和了，(如果还对刘邦不好，)就要承担违背条约的罪名，怕诸侯们由此背叛自己。　⑩巴、蜀：秦郡名，巴郡辖今重庆市一带地区，郡治江州(今重庆市东北)；蜀郡辖今四川省西部地区，郡治成都。　⑩汉中：秦郡名，辖今陕西省秦岭以南地区，郡治南郑(今汉中市)。　⑩西楚霸王：旧称江陵(今湖北省江陵县)一带为南楚，吴县(今江苏省苏州市)一带为东楚，彭城(今徐州市)一带为西楚。项羽建都彭城，故称西楚霸王。　⑩九郡：具体说法不一，大致相当于战国时的梁国和楚国的部分地区，即今河南省东部、山东省西南部和邻近的安徽、江苏两省的大部分地区。　⑩汉之元年：刘邦称汉王的第一年，即公元前206年。各就国：各自到自己的封地上去。　⑩郴州：即今湖南省郴县。　⑪趣：通"促"。　⑪乃阴令衡山、临江王击杀之江中：此文击杀义帝者是衡山王吴芮与临江王共敖，而《黥布列传》言杀义帝者为黥布，且杀于郴县。　⑪无终：秦县名，县治在今河北省蓟县。　⑪即墨：秦县名，县治在今山东省平度东南。　⑮三齐：指齐、胶东、济北三国，其地均属战国齐地。　⑯击常山：指迎击常山王张耳，不使其入赵地称王。　⑰请以国为扞蔽：一赵国伟齐国的屏障。扞，同"捍"，屏障。　⑱三秦：雍王章邯、塞王欣、翟王翳的封地都在秦国地区，故称三秦。　⑲且东：即将出兵东下。　⑳萧公角：曾任萧县县令，起名为角者，姓氏不详。　㉑失职：没有得到应有的职位，即关中王。　㉒平原：秦郡名，郡治在今山东省平原西南。　㉓北海：即渤海，这里指今山东省潍坊市、昌乐、寿光、昌邑等一带地区。　㉔部：统领。五诸侯兵：说法不一，此处犹言"率天下之兵"。　㉕鲁：鲁县，秦县名，县治即今山东曲阜。出：经由。胡陵：秦县名，县治在今山东鱼台东南。　㉖萧：秦县名，在今安徽省萧县西北。　㉗谷、泗水：谷水和泗水，都在彭城东北面。　㉘灵璧：古邑名，在今安徽省淮北市西。　㉙三匝：三层。匝：周遭。　㉚于是：此时。　㉛窈冥昼晦：昏暗得犹如黑夜。窈冥：幽黑的样子。　㉜孝惠：刘邦的嫡子，名盈，吕后所生，即日后的孝惠帝。鲁元：刘邦之女，孝惠之姐。　㉝滕公：即夏侯婴，为刘邦御车。因其曾为滕令，故称。　㉞太公：刘邦之父。吕后：刘邦之妻，名雉。　㉟审食其(yì jī)：沛人，因侍奉吕雉受到重用，后被封为辟阳侯，官至左丞相。　㊱周吕侯：吕泽。刘邦即位后，被封为周吕侯。下邑：秦县名，县治在今安徽省砀山县东。　㊲荥阳：秦县名，县治在今河南省荥阳市东北。　㊳萧何：秦时为沛县吏，后成为刘邦的开国功臣，官至相国。未傅：尚未登入丁壮册籍的少年。悉诣：全部送到。　㊴京：秦县名，在今河南省荥阳市东南。索：古城名，在当时的京县境内。　⑭高俎：古代祭祀时放置牲肉的高案子。　⑭下：投降。　⑭杯：通"杯"。　⑭转漕：运粮。车运为转，船运为漕。　⑭匈匈：烦苦劳扰的样子。　⑭楼烦：古代北方少数民族，善于骑射，故号善射者为楼烦。　⑭间问：暗中打听。　⑭即：靠近。广武间：即广武涧。间，同"涧"。　⑭数之：罗列指明项羽罪状。　⑭陆贾：楚人，从刘邦定天下。　⑮鸿沟：战国时开凿的沟通黄河和淮水的运河。　⑮倾：倾覆。　⑮阳夏：秦县名，县治即今河南省太康。　⑮固陵：秦县名，在今河南省太康南。　⑮自陈以东傅海：自陈郡一直东到海边，大体包括今河南省东部，山东省西南部，和安徽江苏两省的北部地区。傅：贴近。　⑮睢阳以北至谷城：大体包括今河南省东北部和山东省西部一带地区。谷城：秦县名，在今山东省平阴西南。　⑯寿春：秦县名，县治即今安徽省寿县，当时为九江郡郡治。　⑰城父(fǔ)：秦县名，县治在今安徽亳县东南。垓下：在今安徽省灵璧县东南之沱河北岸。　⑱周殷：项羽的将领，叛楚归汉。以舒屠六：带领舒县(在今安徽省庐江西南)之众北行，沿途灭了六县(在今安徽省六安东北)。　⑲楚歌：楚地的民间歌谣。　⑳骓(zhuī)：毛色黑白相间的马。　㉑直夜：中夜，半夜。　㉒属：跟随。　㉓绐(dài)：欺骗。　㉔东城：秦县名，县治在今安徽省定远县东南。　㉕快战：痛痛快快打一仗。　㉖期山东为三处：约定好突围后在山东面的三个地点集合。　⑯赤泉侯:杨喜,刘邦的部将,因获项羽尸体后被封为赤泉侯。赤泉,在今河南省淅川西。　⑱辟易:因畏惧而退避。辟,同"避"。易,易地,挪动了地方。　⑩伏:同"服"。　⑩东渡乌江:从乌江浦渡长江东去。乌江,渡口名,在今安徽省和县东北之长江西岸。　⑰舣船:拢船靠岸。　⑫骑司马:骑兵中主管法纪的官。　⑬吾为若德:我为你做点好事。　⑭中水:在今河北省献县西北。杜衍:在今河南省南阳西南。吴防:今河南省遂平。涅阳:今河南省镇平南。　⑮视鲁:让鲁人看。视,同"示"。　⑯枝属:宗族,亲戚。　⑰射阳:在今江苏省淮安东南。　⑱桃侯:名襄,封地桃县,县治在今山东省汶上东北。平皋侯名佗,封地平皋在今河南温县东。玄武侯名字不详。　⑲周生:周先生,汉时学者,名字不详。重瞳子:眼中有两个瞳孔。　⑱暴:突然。　⑱非有尺寸:没有尺寸之地(为根基)。陇亩之中:田野之间,指民间。　⑱背关怀楚:顾炎武《日知录》:"谓舍关中形胜之地,而都彭城也。"　⑱矜:夸耀。功伐:犹言"功勋"。

留侯世家①

　　留侯张良者,其先韩人也②。大父开地,相韩昭侯、宣惠王、襄哀王③。父平,相釐王、悼惠王④。悼惠王二十三年,平卒。卒二十岁,秦灭韩。良年少,未宦事⑤韩。韩破,良家僮三百人,弟死不葬,悉以家财求客刺秦王,为韩报仇,以大父、父五世相韩故。

　　良尝学礼淮阳⑥。东见仓海君⑦。得力士,为铁椎重百二十斤⑧。秦皇帝东游,良与客狙击秦皇帝博浪沙⑨中,误中副车。秦皇帝大怒,大索天下,求贼甚急,为张良故也。良乃更名姓,亡匿下邳⑩。

　　良尝闲从容步游下邳圯上⑪,有一老父,衣褐⑫,至良所,直⑬堕其履圯下,顾谓良曰:"孺子,下取履!"良愕然,欲殴之。为其老,强忍,下取履。父曰:"履我!"良业为取履,因长跪履之。父以足受,笑而去。良殊大惊,随目之。父去里所⑭,复还,曰:"孺子可教矣。后五日平明,与我会此。"良因怪之,跪曰:"诺。"五日平明,良往。父已先在,怒曰:"与老人期,后,何也?"去,曰:"后五日早会。"五日鸡鸣,良往。父又先在,复怒曰:"后,何也?"去,曰:"后五日复早来。"五日,良夜未半往。有顷,父亦来,喜曰:"当如是。"出一编书⑮,曰:"读此则为王者师矣。后十年兴。十三年孺子见我济北,谷城山下黄石即我矣⑯。"遂去,无他言,不复见。旦日视其书,乃《太公兵法》也。良因异之,常习诵读之。

　　居下邳,为任侠⑰。项伯常杀人⑱,从良匿。

　　后十年⑲,陈涉等起兵,良亦聚少年百馀人。景驹自立为楚假王⑳,在留。良欲往从之,道遇沛公㉑。沛公将数千人,略地下邳西㉒,遂属焉。沛公拜良为厩将㉓。良数以《太公兵法》说沛公,沛公善之,常用其策。良为他人言,皆不省㉔。良曰:"沛公殆天授㉕。"故遂从之,不去见景驹。

　　及沛公之薛,见项梁㉖。项梁立楚怀王。良乃说项梁曰:"君已立楚后,而韩诸公子横阳君成贤，可立为王，益树党㉗。”项梁使良求㉘韩成，立以为韩王。以良为韩申徒㉙，与韩王将千馀人西略韩地，得数城，秦辄复取之，往来为游兵颍川㉚。

沛公之从雒阳南出轘辕㉛，良引兵从沛公，下韩十余城，击破杨熊㉜军。沛公乃令韩王成留守阳翟，与良俱南，攻下宛，西入武关㉝。沛公欲以兵二万人击秦峣下㉞军，良说曰：“秦兵尚强，未可轻。臣闻其将屠者子，贾竖㉟易动以利。愿沛公且留壁㊱，使人先行，为五万人具食，益为张旗帜诸山上，为疑兵，令郦食其持重宝啖秦将㊲。”秦将果畔，欲连和俱西袭咸阳㊳，沛公欲听之。良曰：“此独其将欲叛耳，恐士卒不从。不从必危，不如因其解㊴击之。”沛公乃引兵击秦军，大破之。逐北至蓝田㊵，再战，秦兵竟败。遂至咸阳，秦王子婴㊶降沛公。

沛公入秦宫，宫室帷帐狗马重宝妇女以千数，意欲留居之。樊哙谏沛公出舍㊷，沛公不听。良曰：“夫秦为无道，故沛公得至此。夫为天下除残贼，宜缟素为资㊸。今始入秦，即安其乐，此所谓‘助桀为虐’。且‘忠言逆耳利于行，毒药苦口利于病’，愿沛公听樊哙言。”沛公乃还军霸上㊹。

项羽至鸿门下，欲击沛公，项伯乃夜驰入沛公军，私见张良，欲与俱去。良曰：“臣为韩王送沛公，今事有急，亡去不义。”乃具以语沛公。沛公大惊，曰：“为将奈何？”良曰：“沛公诚欲倍项羽邪㊺？”沛公曰：“鲰生教我距关无内诸侯㊻，秦地可尽王，故听之。”良曰：“沛公自度能却项羽乎？”沛公默然良久，曰：“固不能也。今为奈何？”良乃固要㊼项伯。项伯见沛公。沛公与饮为寿，结宾婚㊽。令项伯具言沛公不敢倍项羽，所以距关者，备他盗也。及见项羽后解，语在项羽事中㊾。

汉元年正月，沛公为汉王，王巴蜀。汉王赐良金百溢㊿，珠二斗，良具以献项伯。汉王亦因令良厚遗项伯，使请汉中地(51)。项王乃许之，遂得汉中地。汉王之国，良送至褒中(52)，遣良归韩。良因说汉王曰：“王何不烧绝所过栈道，示天下无还心，以固(53)项王意。”乃使良还。行，烧绝栈道。

良至韩，韩王成以良从汉王故，项王不遣成之国，从与俱东。良说项王曰：“汉王烧绝栈道，无还心矣。”乃以齐王田荣反书告项王。项王以此无西忧汉心，而发兵北击齐。

项王竟不肯遣韩王，乃以为侯，又杀之彭城(54)。良亡，间行归汉王，汉王亦已还定三秦矣(55)。复以良为成信侯，从东击楚。至彭城，汉败而还。至下邑，汉王下马踞鞍而问曰：“吾欲捐关以东(56)等弃之，谁可与共功者？”良进曰：“九江王黥布，楚枭将，与项王有郄(57)；彭越与齐王田荣反梁地(58)：此两人可急使。而汉王之将独韩信可属(59)大事，当一面。即欲捐之，捐之此三人，则楚可破也。”汉王乃遣随何(60)说九江王布，而使人连彭越。及魏王豹(61)反，使韩信将兵击之，因举燕、代、齐、赵。然卒破楚者，此三人力也。

张良多病，未尝特将也，常为画策臣，时时从汉王。

……

汉四年,韩信破齐而欲自立为齐王,汉王怒。张良说汉王,汉王使良授齐王信印,语在淮阴事中⁶²。

其秋,汉王追楚至阳夏南⁶³,战不利而壁固陵,诸侯期不至⁶⁴。良说汉王,汉王用其计,诸侯皆至。语在项籍事中⁶⁵。

汉六年正月,封功臣。良未尝有战斗功,高帝曰:"运筹策帷帐中,决胜千里外,子房功也。自择齐三万户。"良曰:"始臣起下邳,与上会留,此天以臣授陛下。陛下用臣计,幸而时中⁶⁶,臣愿封留足矣,不敢当三万户。"乃封张良为留侯,与萧何等俱封。

……

刘敬⁶⁷说高帝曰:"都关中。"上疑之。左右大臣皆山东人⁶⁸,多劝上都雒阳:"雒阳东有成皋,西有崤黾,倍河,向伊雒⁶⁹,其固亦足恃。"留侯曰:"雒阳虽有此固,其中小,不过数百里,田地薄,四面受敌,此非用武之国也。夫关中左崤函,右陇蜀⁷⁰,沃野千里,南有巴蜀之饶,北有胡苑⁷¹之利,阻三面而守,独以一面东制诸侯。诸侯安定,河渭漕挽天下⁷²,西给京师;诸侯有变,顺流而下,足以委输。此所谓金城千里,天府之国也,刘敬说是也。"于是高帝即日驾,西都关中。

留侯从入关。留侯性多病,即道引不食谷,杜门不出岁余⁷³。

上欲废太子⁷⁴,立戚夫人⁷⁵子赵王如意。大臣多谏争,未能得坚决者也。吕后恐,不知所为。人或谓吕后曰:"留侯善画计策,上信用之。"吕后乃使建成侯吕泽劫留侯⁷⁶,曰:"君常为上谋臣,今上欲易太子,君安得高枕而卧乎?"留侯曰:"始上数在困急之中,幸用臣策。今天下安定,以爱欲易太子,骨肉之间,虽臣等百余人何益。"吕泽强要⁷⁷曰:"为我画计。"留侯曰:"此难以口舌争也。顾上有不能致者,天下有四人。四人者年老矣,皆以为上慢侮人,故逃匿山中,义不为汉臣。然上高此四人。今公诚能无爱金玉璧帛,令太子为书,卑辞安车⁷⁸,因使辩士固请,宜来。来,以为客,时时从入朝,令上见之,则必异而问之。问之,上知此四人贤,则一助也。"於是吕后令吕泽使人奉太子书,卑辞厚礼,迎此四人。四人至,客建成侯所。

汉十一年,黥布反,上病,欲使太子将,往击之。四人相谓曰:"凡来者,将以存太子。太子将兵,事危矣。"乃说建成侯曰:"太子将兵,有功则位不益太子;无功还,则从此受祸矣。且太子所与俱诸将,皆尝与上定天下枭将也。今使太子将之,此无异使羊将狼也,皆不肯为尽力,其无功必矣。臣闻'母爱者子抱',今戚夫人日夜待御,赵王如意常抱居前。上曰'终不使不肖子⁷⁹居爱子之上',明乎其代太子位必矣。君何不急请吕后承间⁸⁰为上泣言:'黥布,天下猛将也,善用兵。今诸将皆陛下故等夷⁸¹,乃令太子将此属,无异使羊将狼,莫肯为用。且使布闻之,则鼓行而西耳。上虽病,强载辎车,卧而护之,诸将不敢不尽力。上虽苦,为妻子自强⁸²。'"於是吕泽立夜见吕后,吕后承间为上泣涕而言,如四人意。上曰:"吾惟竖子固不足遣,而公自行耳⁸³。"於是上自将兵而东,群臣居守,皆送至灞上。留侯病,自强起,至曲邮⑧，见上曰："臣宜从，病甚。楚人剽疾⑧，愿上无与楚人争锋。"因说上曰："令太子为将军，监关中兵。"上曰："子房虽病，强卧而傅⑧太子。"是时叔孙通为太傅，留侯行少傅事⑧。

汉十二年，上从击破布军归，疾益甚，愈欲易太子。留侯谏，不听，因疾不视事⑧。叔孙太傅称说引古今，以死争太子。上详⑧许之，犹欲易之。及燕⑧，置酒，太子侍。四人从太子，年皆八十有余，须眉皓白，衣冠甚伟。上怪之，问曰："彼何为者？"四人前对，各言名姓，曰东园公，角里⑨先生，绮里季，夏黄公。上乃大惊，曰："吾求公数岁，公辟⑨逃我，今公何自从吾儿游乎？"四人皆曰："陛下轻士善骂，臣等义不受辱，故恐而亡匿。窃闻太子为人仁孝，恭敬爱士，天下莫不延颈欲为太子死者，故臣等来耳。"上曰："烦公幸卒调护太子。"

四人为寿已毕，趋去。上目送之，召戚夫人指示⑧四人者曰："我欲易之，彼四人辅之，羽翼已成，难动矣。吕后真而主矣。"戚夫人泣，上曰："为我楚舞，吾为若⑨楚歌。"歌曰："鸿鹄高飞，一举千里。羽翮已就，横绝四海。横绝四海⑤，当可奈何！虽有矰缴，尚安所施⑧！"歌数阕，戚夫人嘘唏流涕，上起去，罢酒。竟不易太子者，留侯本招此四人之力也。

留侯从上击代，出奇计马邑下⑨，及立萧何相国，所与上从容言天下事甚众，非天下所以存亡，故不著。留侯乃称曰："家世相韩，及韩灭，不爱万金之资，为韩报仇强秦，天下振动。今以三寸舌为帝者师，封万户，位列侯，此布衣之极，于良足矣。愿弃人间事，欲从赤松子⑧游耳。"乃学辟谷，道引轻身。会高帝崩，吕后德⑨留侯，乃强食之，曰："人生一世间，如白驹过隙，何至自苦如此乎！"留侯不得已，强听而食。

后八年卒，谥为文成侯。子不疑代侯。

子房始所见下邳圯上老父与太公书者，后十三年从高帝过济北，果见谷城山下黄石，取而葆祠之⑩。留侯死，并葬黄石。每上冢伏腊⑩，祠黄石。

留侯不疑，孝文帝五年坐不敬，国除⑩。

太史公曰：学者多言无鬼神，然言有物⑩。至如留侯所见老父予书，亦可怪矣。高祖离困⑩者数矣，而留侯常有功力焉，岂可谓非天乎？上曰："夫运筹策帷帐之中，决胜千里外，吾不如子房。"余以为其人计魁梧奇伟⑩，至见其图，状貌如妇人好女。盖孔子曰："以貌取人，失之子羽⑩。"留侯亦云。

【注释】

①"世家"主要叙述贵族侯王的历史。《留侯世家》记述了张良筹谋划策，佐刘邦灭秦灭项，以及刘邦建汉后，协助刘邦在稳定王朝秩序上进行的种种活动。　②留侯：张良的封号。留，秦县名，县治在今江苏省沛县东南。先：祖先。张良的先代是战国时韩国的公族。　③大父：祖父。韩昭侯：公元前362—前333在位。宣惠王：昭侯之子，公元前332—前312在位，韩国从此

改侯称王。襄哀王:宣惠王之子,公元前311—前296在位。 ④釐(xǐ)王:襄哀王之子,公元前295—前273在位。悼惠王:釐王之子,公元前272—前239在位。 ⑤宦事:为官做事。 ⑥淮阳:秦县名,在今河南省淮阳县,秦时为楚郡的郡治所在地。 ⑦仓海君:隐士,姓名不详。 ⑧铁椎:武器。椎,通"锤"。百二十斤:相当于今六十余斤。 ⑨博浪沙:古地名,今河南原阳县东南。 ⑩亡匿:逃亡躲避。下邳:秦县名,在今江苏省睢宁西北。 ⑪从容:随意。圯(yí):桥。 ⑫衣褐:穿粗布短衣。 ⑬直:故意。 ⑭里所:一里来地。所,许,左右。 ⑮一编书:一册书。 ⑯济北:秦郡名,郡治博阳(今山东省泰安市东南)。谷城山:也称黄山,在今山东省东阿县东南,当时属济北郡。 ⑰任侠:重然诺、轻生死、抑强扶弱的行为。 ⑱项伯:项羽叔父。常,通"尝",曾经。 ⑲后十年:秦二世元年(公元前209)。 ⑳景驹:楚国王族的后裔。假王:暂时代理为王。 ㉑沛公:刘邦。陈胜起义,沛县吏民杀沛令,立刘邦为沛公。 ㉒略:攻占。 ㉓厩将:管理军马的军官。 ㉔省(xǐng):领会,明白。 ㉕殆:大概,差不多。天授:天赐。 ㉖薛:秦县名,县治在今山东省滕县东南。项梁:项羽叔父。 ㉗诸公子:韩国各公子。横阳君成:即韩成,横阳君为他的封号。益:更加。党:同伙。 ㉘求:访察,寻找。 ㉙申徒:即"司徒",职守略同于丞相。 ㉚为游兵:游动作战之兵。颍川:秦郡名,郡治阳翟(今河南禹县)。 ㉛雒(luò)阳:都邑名,在今河南省洛阳市东北。轘(huàn)辕:山名。在进河南省偃师县东南。 ㉜杨熊:秦将名。 ㉝宛:秦县名,县治及进河南省南阳市。武关:关名,在今陕西省丹凤县东南。 ㉞峣关:旧址在今陕西商县西北。 ㉟贾(gǔ)竖:对商人的贬称。 ㊱壁:军营的围墙,泛指营垒。 ㊲郦食其(lìyìjī):刘邦的谋士,以口才闻名。啖:吃、喂,此处为引诱,收买的意思。 ㊳畔:通"叛"。咸阳:秦朝国都,在今陕西省咸阳市东北。 ㊴解:通"懈",懈怠,松懈。 ㊵逐北:追击败军。北,败逃。蓝田:秦县名,县治在今陕西省蓝田县西。 ㊶子婴:秦始皇的孙子。秦二世被赵高杀死后,继立为秦王。 ㊷出舍:搬出居住。 ㊸缟素:白色生绢,服饰不用文绣,引申为朴素。资:凭借。 ㊹霸上:古地名,在今陕西省临潼以东。 ㊺诚:果真,的确。倍:通"背",背叛。 ㊻鲰(zōu)生:犹言"竖子"、"小子",骂人话。鲰,小鱼。距:通"拒"。内:通"纳"。 ㊼固要:坚决邀请。要:通"邀"。 ㊽结宾婚:结为朋友与儿女亲家。 ㊾解:和解。语在项羽事中:意即详见《项羽本纪》。 ㊿溢:通"镒",重量单位,一镒为二十四两。 51厚遗(wèi):厚赠。汉中:秦郡名,郡治南郑,即今之陕西省汉中市。 52褒中:古邑名,在今陕西省汉中市西北。 53固:稳定,坚定,使动用法。 54竟:最终。遣:遣其去韩国就任。彭城:今江苏省徐州市,当时为项羽的国都。 55三秦:统指关中地区。项羽为防汉王东出,将秦朝故地关中三分,封给秦朝的三个降将——章邯为雍王,司马欣为塞王,董翳为翟王。雍、塞、翟三国合称"三秦"。 56捐:弃。关:指函谷关。 57黥布:安徽六安人,原名英布,因受过黥刑,被称为"黥布"。初属楚,被封为九江王。郄:通"隙"。 58彭越:秦末聚众起兵。楚汉战争中归汉,被封为梁王。田荣:战国时齐国王族的后代。梁地:约当今之河南省东北部一带地区,战国时属于魏国。 59属(zhǔ):通"嘱",托付。 60随何:刘邦的谋士,善辩。 61魏王豹:魏国贵族。曾自立为魏王,项羽大封诸侯时,改封为西魏王。汉王平定三秦后,他背楚归汉。彭城之战后,又背汉与楚和。刘邦使韩信破虏之。 62淮阴:指《淮阴侯列传》。 63阳夏(jiǎ):秦县名,县治即今河南省太康。 64固陵:地名,在今河南省太康县南。诸侯:指韩信、彭越。期:相约。 65项籍:指《项羽本纪》。 66幸:侥幸。时中:偶尔料中。 67刘敬:本姓娄,献策有功,刘邦赐姓刘氏。 68山东:地区名,崤山(或曰华山)以东,泛指今河南、河北南部以及山东西部等地区。 69成皋:古邑名,在今河南省荥阳市。崤黾:指崤山和渑池。黾,通"渑"。崤山在今河南洛宁县西北。渑池：秦县名，县治在今河南省渑池县城西。倍河：北倚黄河。向伊雒：向南面对伊、雒二水。 ⑦左崤函：东侧有崤山及函谷关。右陇蜀：西侧有陇山与岷山。陇山在今陕西省陇县西，岷山在今四川省与甘肃省界上。 ⑦胡苑：胡指匈奴等北部边境上的少数民族，苑谓牧场。 ⑦河渭漕挽天下：通过黄河、渭水运来天下各地的粮食。漕挽：水陆运输。 ⑦性多病：身体多病。道引：也作"导引"，道家养生法，呼吸俯仰，使血气充足。不食谷：也称"辟谷"，不吃粮食。 ⑦太子：指惠帝刘盈，吕后所生。 ⑦戚夫人：刘邦宠爱的妃子，刘邦死后被吕后残杀。 ⑦建成侯吕泽：吕泽当作吕释之，吕后的次兄。劫：挟持、强迫。 ⑦强要：强迫要求。 ⑦卑辞：谦逊的言辞。安车：一种小型坐车。 ⑦不肖：不类（其父），指儿子不似父亲那样贤能。 ⑧承间(jiàn)：趁机，找机会。 ⑧故等夷：过去的平辈。 ⑧自强：强制自己，勉强坚持。 ⑧惟：思，考虑。而公：你老子。 ⑧曲邮：古村落名，在今陕西省临潼之北。 ⑧剽疾：勇猛敏捷。 ⑧傅：辅佐。 ⑧叔孙通：当时有名的儒生，原为秦博士，后归依刘邦。太傅、少傅皆为太子的辅导官。 ⑧视事：就职，办公。 ⑧详：通"佯"，假装。 ⑨燕：通"宴"。 ⑨角(lù)里：也写作"甪里"，音同。 ⑨辟：通"避"。 ⑨指示：指给人看。 ⑨若：同"而"，你。 ⑨鸿鹄(hú)：天鹅。羽翮(hé)：羽翼。横绝：横穿，横越。 ⑨矰缴(zēng jiǒ)：泛指射具。施：设置，布设。 ⑨击代：代相陈豨反叛，自立为代王，刘邦率军前往征伐。代，国名，地在今山西省北部和河北省西北角。马邑：县名，今陕西朔县。 ⑨赤仙子：传说中的仙人。 ⑨德：感激，感念。 ⑩葆：通"宝"。祠：祭祀。 ⑩上冢：扫墓。伏腊：夏季伏日与冬季腊月之祭。 ⑩坐：由于。不敬：对皇帝或天地神灵不敬。国除：爵位、封地被取消。 ⑩物：神怪。 ⑩离困：陷入困境。离，通"罹"，遭遇。 ⑩计：估计。 ⑩子羽：孔子弟子澹台灭明的表字。相传他貌丑而有贤德。

淮阴侯列传①

淮阴侯韩信者，淮阴②人也。始为布衣时，贫无行，不得推择为吏③，又不能治生商贾，常从人寄食饮，人多厌之者，常数从其下乡南昌④亭长寄食，数月，亭长妻患之，乃晨炊蓐食⑤。食时信往，不为具食。信亦知其意，怒，竟绝去。

信钓於城下，诸母漂⑥，有一母见信饥，饭信，竟漂数十日。信喜，谓漂母曰："吾必有以重报母。"母怒曰："大丈夫不能自食⑦，吾哀王孙而进食，岂望报乎！"

淮阴屠中少年有侮信者，曰："若虽长大，好带刀剑，中情怯耳。"众辱之曰："信能死，刺我；不能死，出我袴⑧下。"于是信孰视之，俛出袴下，蒲伏⑨。一市人皆笑信，以为怯。

及项梁渡淮，信杖剑从之，居戏下⑩，无所知名。项梁败，又属项羽，羽以为郎中⑪。数以策干⑫项羽，羽不用。汉王之入蜀，信亡楚归汉，未得知名，为连敖⑬。坐法当斩，其辈十三人皆已斩，次至信，信乃仰视，适见滕公⑭，曰："上不欲就天下乎？何为斩壮士！"滕公奇其言，壮其貌，释而不斩。与语，大说⑮之。言於上，上拜以为治粟都尉⑯，上未之奇也。

信数与萧何语，何奇之。至南郑⑰，诸将行道亡者数十人，信度何等已数言上，上不我用，即亡。何闻信亡，不及以闻，自追之。人有言上曰："丞相何亡。"上大怒，如失左右手。居一二日，何来谒上，上且怒且喜，骂何曰："若亡，何也？"何曰："臣不敢亡也，臣追亡者。"上曰："若所追者谁何？"曰："韩信也。"上复骂曰："诸将亡者以十数，公无所追；追信，诈也。"何曰："诸将易得耳。至如信者，国士无双。王必欲长王汉中，无所事信；必欲争天下，非信无所与计事者。顾王策安所决耳⑱。"王曰："吾亦欲东耳，安能郁郁久居此乎？"何曰："王计必欲东，能用信，信即留；不能用，信终亡耳。"王曰："吾为公以为将。"何曰："虽为将，信必不留。"王曰："以为大将。"何曰："幸甚。"於是王欲召信拜之。何曰："王素慢无礼，今拜大将如呼小儿耳，此乃信所以去也。王必欲拜之，择良日，斋戒，设坛场，具礼，乃可耳。"王许之。诸将皆喜，人人各自以为得大将。至拜大将，乃韩信也，一军皆惊。

　　信拜礼毕，上坐。王曰："丞相数言将军，将军何以教寡人计策？"信谢，因问王曰："今东乡⑲争权天下，岂非项王邪？"汉王曰："然。"曰："大王自料勇悍仁强孰与项王？"汉王默然良久，曰："不如也。"信再拜贺曰："惟信亦为大王不如也。然臣尝事之，请言项王之为人也。项王喑噁叱咤，千人皆废⑳，然不能任属贤将，此特匹夫之勇耳。项王见人恭敬慈爱，言语呕呕㉑，人有疾病，涕泣分食饮，至使人有功当封爵者，印刓敝，忍不能予㉒，此所谓妇人之仁也。项王虽霸天下而臣诸侯，不居关中而都彭城。有背义帝之约，而以亲爱王㉓，诸侯不平。诸侯之见项王迁逐义帝置江南，亦皆归逐其主而自王善地。项王所过无不残灭者，天下多怨，百姓不亲附，特劫㉔于威强耳。名虽为霸，实失天下心。故曰其强易弱。今大王诚能反其道：任天下武勇，何所不诛㉕！以天下城邑封功臣，何所不服！以义兵从思东归之士，何所不散！且三秦王为秦将，将秦子弟数岁矣，所杀亡不可胜计，又欺其众降诸侯，至新安，项王诈阬秦降卒二十余万，唯独邯、欣、翳得脱，秦父兄怨此三人，痛入骨髓。今楚强以威王此三人，秦民莫爱也。大王之入武关㉖，秋豪无所害，除秦苛法，与秦民约，法三章耳，秦民无不欲得大王王秦者。于诸侯之约，大王当王关中，关中民咸知之。大王失职㉗入汉中，秦民无不恨者。今大王举而东，三秦可传檄而定㉘也。"于是汉王大喜，自以为得信晚。遂听信计，部署诸将所击。

　　八月，汉王举兵东出陈仓㉙，定三秦。汉二年，出关㉚，收魏、河南，韩、殷王皆降㉛。合齐、赵㉜共击楚。四月，至彭城，汉兵败散而还。信复收兵与汉王会荥阳，复击破楚京、索㉝之间，以故楚兵卒不能西。

　　汉之败却彭城，塞王欣、翟王翳亡汉降楚，齐、赵亦反汉与楚和。六月，魏王豹谒归视亲疾，至国，即绝河关反汉㉞，与楚约和。汉王使郦生说豹，不下。其八月，以信为左丞相，击魏。魏王盛兵蒲坂，塞临晋㉟，信乃益为疑兵，陈船欲度临晋，而伏兵从夏阳以木罂缻渡军，袭安邑㊱。魏王豹惊，引兵迎信，信遂虏豹，定魏为河东郡㊲。汉王遣张耳㊳与信俱，引兵东，北击赵、代㊴。后九月，破代兵，禽夏说阏与㊵。信之下魏破代，汉辄使人收其精兵，诣荥阳以距楚。

　　信与张耳以兵数万，欲东下井陉㊶击赵。赵王、成安君陈馀闻汉且袭之也，聚兵井陉口，号称二十万。广武君李左车说成安君曰："闻汉将韩信涉西河[42]，虏魏王，禽夏说，新喋血阏与，今乃辅以张耳，议欲下赵，此乘胜而去国远斗，其锋不可当。臣闻千里馈粮，士有饥色，樵苏后爨，师不宿饱[43]。今井陉之道，车不得方轨，骑不得成列，行数百里，其势粮食必在其后。愿足下假臣奇兵三万人，从间道绝其辎重；足下深沟高垒，坚营勿与战。彼前不得斗，退不得还，吾奇兵绝其后，使野无所掠，不至十日，而两将之头可致於戏下。愿君留意臣之计。否，必为二子所禽矣。"成安君，儒者也，常称义兵不用诈谋奇计，曰："吾闻兵法十则围之，倍则战。今韩信兵号数万，其实不过数千。能千里而袭我，亦已罢极。今如此避而不击，后有大者，何以加之！则诸侯谓吾怯，而轻来伐我。"不听广武君策，广武君策不用。

韩信使人间视[44]，知其不用，还报，则大喜，乃敢引兵遂下。未至井陉口三十里，止舍。夜半传发，选轻骑二千人，人持一赤帜，从间道革[45]山而望赵军，诫曰："赵见我走，必空壁逐我，若疾入赵壁，拔赵帜，立汉赤帜。"令其裨将传飧[46]，曰："今日破赵会食！"诸将皆莫信，详应曰："诺。"谓军吏："赵已先据便地为壁，且彼未见吾大将旗鼓，未肯击前行，恐吾至阻险而还。"信乃使万人先行，出，背水陈。赵军望见而大笑。平旦，信建大将之旗鼓，鼓行出井陉口，赵开壁击之，大战良久。于是信、张耳详弃鼓旗，走水上军。水上军开入之，复疾战。赵果空壁争汉鼓旗，逐韩信、张耳。韩信、张耳已入水上军，军皆殊死战，不可败。信所出奇兵二千骑，共候赵空壁逐利，则驰入赵壁，皆拔赵旗，立汉赤帜二千。赵军已不胜，不能得信等，欲还归壁，壁皆汉赤帜，而大惊，以为汉皆已得赵王将矣，兵遂乱，遁走，赵将虽斩之，不能禁也。于是汉兵夹击，大破虏赵军，斩成安君泜水[47]上，禽赵王歇。

信乃令军中毋杀广武君，有能生得者购千金。於是有缚广武君而致戏下者，信乃解其缚，东乡坐，西乡对，师事之。

诸将效首虏[48]，毕贺，因问信曰："兵法右倍山陵，前左水泽，今者将军令臣等反背水陈，曰破赵会食，臣等不服。然竟以胜，此何术也？"信曰："此在兵法，顾诸君不察耳。兵法不曰'陷之死地而后生，置之亡地而后存'？且信非得素拊循[49]士大夫也，此所谓'驱市人而战之'，其势非置之死地，使人人自为战；今予之生地，皆走，宁尚可得而用之乎！"诸将皆服曰："善。非臣所及也。"

于是信问广武君曰："仆欲北攻燕，东伐齐，何若而有功？"广武君辞谢曰："臣闻败军之将，不可以言勇，亡国之大夫，不可以图存。今臣败亡之虏，何足以权大事乎！"信曰："仆闻之，百里奚[50]居虞而虞亡，在秦而秦霸，非愚于虞而智于秦也，用与不用，听与不听也。诚令成安君听足下计，若信者亦已为禽矣。以不用足下，故信得侍耳。"因固问曰："仆委心归计，愿足下勿辞。"广武君曰："臣闻智者千虑，必有一失；愚者千虑，必有一得。故曰'狂夫之言，圣人择焉'。顾恐臣计未必足用，愿效愚忠。夫成安君有百战百胜之计，一旦而失之，军败鄗下[51]，身死洮上。今将军涉西河，虏魏王，禽夏说阏与，一举而下井陉，不终朝㉜破赵二十万众，诛成安君。名闻海内，威震天下，农夫莫不辍耕释耒，褕衣甘食㉝，倾耳以待命者。若此，将军之所长也。然而众劳卒罢，其实难用。今将军欲举倦弊之兵，顿之燕坚城之下，欲战恐久力不能拔，情见势屈㉞，旷日粮竭，而弱燕不服，齐必距境以自强也。燕齐相持而不下，则刘项之权未有所分也。若此者，将军所短也。臣愚，窃以为亦过矣。故善用兵者不以短击长，而以长击短。"韩信曰："然则何由？"广武君对曰："方今为将军计，莫如案甲休兵，镇赵抚其孤㉟，百里之内，牛酒日至，以飨士大夫醳兵㊱，北首燕路㊲，而后遣辩士奉咫尺之书，暴其所长於燕，燕必不敢不听从。燕已从，使喧言者㊳东告齐，齐必从风而服，虽有智者，亦不知为齐计矣。如是，则天下事皆可图也。兵固有先声而后实者，此之谓也。"韩信曰："善。"从其策，发使使燕，燕从风而靡。乃遣使报汉，因请立张耳为赵王，以镇抚其国。汉王许之，乃立张耳为赵王。

楚数使奇兵渡河击赵，赵王耳、韩信往来救赵，因行定赵城邑，发兵诣汉。楚方急围汉王于荥阳，汉王南出，之宛、叶㊴间，得黥布，走入成皋㊵，楚又复急围之。六月，汉王出成皋，东渡河，独与滕公俱，从张耳军修武㊶。至，宿传舍㊷。晨自称汉使，驰入赵壁。张耳、韩信未起，即其卧内上夺其印符，以麾召诸将，易置之。信、耳起，乃知汉王来，大惊。汉王夺两人军，即令张耳备守赵地。拜韩信为相国，收赵兵未发者击齐。

信引兵东，未渡平原㊸，闻汉王使郦食其已说下齐，韩信欲止。范阳辩士蒯通㊹说信曰："将军受诏击齐，而汉独发间使下齐，宁有诏止将军乎？何以得毋行也！且郦生一士，伏轼㊺掉三寸之舌，下齐七十余城，将军将数万众，岁余乃下赵五十余，为将数岁，反不如一竖儒㊻之功乎？"于是信然之，从其计，遂渡河。齐已听郦生，即留纵酒，罢备汉守御。信因袭齐历下军，遂至临菑㊼。齐王田广以郦生卖己，乃亨之，而走高密㊽，使使之楚请救。韩信已定临菑，遂东追广至高密西。楚亦使龙且㊾将，号称二十万，救齐。

齐王广、龙且并军与信战，未合㊿。人或说龙且曰："汉兵远斗穷战，其锋不可当。齐、楚自居其地战，兵易败散。不如深壁，令齐王使其信臣招所亡城，亡城闻其王在，楚来救，必反汉。汉兵二千里客居，齐城皆反之，其势无所得食，可无战而降也。"龙且曰："吾平生知韩信为人，易与耳。且夫救齐不战而降之，吾何功？今战而胜之，齐之半可得，何为止！"遂战，与信夹潍水陈㉑。韩信乃夜令人为万余囊，满盛沙，壅水上流，引军半渡，击龙且，详不胜，还走。龙且果喜曰："固知信怯也。"遂追信渡水。信使人决壅囊，水大至。龙且军大半不得渡，即急击，杀龙且。龙且水东军散走，齐王广亡去。信遂追北至城阳㉒，皆虏楚卒。

汉四年，遂皆降平齐。使人言汉王曰："齐伪诈多变，反覆之国也，南边楚，不为假王以镇之，其势不定。愿为假王便。"当是时，楚方急围汉王於荥阳，韩信使者至，发书,汉王大怒,骂曰:"吾困于此,旦暮望若来佐我,乃欲自立为王!"张良、陈平蹑⑦汉王足,因附耳语曰:"汉方不利,宁能禁信之王乎? 不如因而立,善遇之,使自为守。不然,变生。"汉王亦悟,因复骂曰:"大丈夫定诸侯,即为真王耳,何以假为!"乃遣张良往立信为齐王,征其兵击楚⑭。

……

汉王之困固陵⑮,用张良计,召齐王信,遂将兵会垓下。项羽已破,高祖袭夺齐王军。汉五年正月,徙齐王信为楚王,都下邳⑯。

信至国,召所从食漂母,赐千金。及下乡南昌亭长,赐百钱,曰:"公,小人也,为德不卒⑰。"召辱己之少年令出胯下者以为楚中尉⑱。告诸将相曰:"此壮士也。方辱我时,我宁不能杀之邪? 杀之无名,故忍而就于此。"

项王亡将钟离眜家在伊庐⑲,素与信善。项王死后,亡归信。汉王怨眜,闻其在楚,诏楚捕眜。信初之国,行⑳县邑,陈兵出入。汉六年,人有上书告楚王信反。高帝以陈平计,天子巡狩会诸侯,南方有云梦㉑,发使告诸侯会陈㉒:"吾将游云梦。"实欲袭信,信弗知。高祖且至楚,信欲发兵反,自度无罪,欲谒上,恐见禽。人或说信曰:"斩眜谒上,上必喜,无患。"信见眜计事。眜曰:"汉所以不击取楚,以眜在公所。若欲捕我以自媚于汉,吾今日死,公亦随手亡矣。"乃骂信曰:"公非长者㉓!"卒自刭。信持其首,谒高祖于陈。上令武士缚信,载后车。信曰:"果若人言,'狡兔死,良狗亨;高鸟尽,良弓藏;敌国破,谋臣亡。'天下已定,我固当亨!"上曰:"人告公反。"遂械系信。至雒阳,赦信罪,以为淮阴侯。

信知汉王畏恶其能,常称病不朝从。信由此日夜怨望,居常鞅鞅,羞与绛、灌等列㉔。信尝过樊将军哙㉕,哙跪拜送迎,言称臣,曰:"大王乃肯临臣!"信出门,笑曰:"生乃与哙等为伍!"上常从容与信言诸将能不㉖,各有差。上问曰:"如我能将几何?"信曰:"陛下不过能将十万。"上曰:"于君何如?"曰:"臣多多而益善耳。"上笑曰:"多多益善,何为为我禽?"信曰:"陛下不能将兵,而善将将,此乃信之所以为陛下禽也。且陛下所谓天授,非人力也。"

陈豨拜为钜鹿守,辞于淮阴侯。淮阴侯挈其手,辟左右与之步於庭,仰天叹曰:"子可与言乎? 欲与子有言也。"豨曰:"唯将军令之。"淮阴侯曰:"公之所居,天下精兵处也;而公,陛下之信幸㉗臣也。人言公之畔㉘,陛下必不信;再至,陛下乃疑矣;三至,必怒而自将。吾为公从中起,天下可图也。"陈豨素知其能也,信之,曰:"谨奉教!"汉十年,陈豨果反。上自将而往,信病不从。阴使人至豨所,曰:"弟㉙举兵,吾从此助公。"信乃谋与家臣夜诈诏赦诸官徒奴㉚,欲发以袭吕后、太子。部署已定,待豨报。其舍人得罪于信,信囚,欲杀之。舍人弟上变,告信欲反状于吕后。吕后欲召,恐其党㉛不就,乃与萧相国谋,诈令人从上所来,言豨已得死,列侯群臣皆贺。相国绐㉜信曰:"虽疾,强入贺。"信入,吕后使武士缚信,斩之长乐钟室㉝。信方斩,曰:"吾悔不用蒯通之计,乃为儿女子所诈,岂非天哉!"

遂夷信三族。

高祖已从豨军来,至,见信死,且喜且怜之,问:"信死亦何言?"吕后曰:"信言恨不用蒯通计。"高祖曰:"是齐辩士也。"乃诏齐捕蒯通。蒯通至,上曰:"若教淮阴侯反乎?"对曰:"然,臣固教之。竖子不用臣之策,故令自夷于此。如彼竖子用臣之计,陛下安得而夷之乎!"上怒曰:"亨之。"通曰:"嗟乎,冤哉亨也!"上曰:"若教韩信反,何冤?"对曰:"秦之纲绝而维弛⑭,山东大扰,异姓并起,英俊乌集。秦失其鹿,天下共逐之,于是高材疾足者先得焉。跖之狗吠尧⑮,尧非不仁,狗因吠非其主。当是时,臣唯独知韩信,非知陛下也。且天下锐精持锋欲为陛下所为者甚众,顾力不能耳。又可尽亨之邪?"高帝曰:"置之。"乃释通之罪。

太史公曰:吾如淮阴,淮阴人为余言,韩信虽为布衣时,其志与众异。其母死,贫无以葬,然乃行营⑯高敞地,令其旁可置万家。余视其母冢,良然。假令韩信学道谦让,不伐⑰己功,不矜其能,则庶几⑱哉,于汉家勋可以比周、召、太公之徒⑲,后世血食⑳矣。不务出此,而天下已集,乃谋畔逆,夷灭宗族,不亦宜乎!

【注释】

①"列传"主要是各种不同类型、不同阶层、不同职业人物的传记。《淮阴侯列传》记载了韩信一生的事迹,突出了他的军事才能和累累战功。作者歌颂了韩信运筹帷幄之中而决胜于千里之外的军事才干,对他被诬而族灭的结局寄予深切同情。　②淮阴:秦县名,在今江苏省淮安县。　③无行:行为不检点。推择:推举选择。　④数(shuò):屡次。下乡:淮阴属下的一个乡名。南昌:下乡属下的一个亭名。秦时十里一亭。　⑤蓐:草席。蓐食:在睡觉的草席上吃了饭。　⑥母:古时对老年妇女的通称。漂:用水冲洗(粗丝绵)。　⑦食(sì):同"饲"。　⑧绔:通"胯",两股之间。　⑨孰:通"熟",仔细,反复。俛:同"俯"。蒲伏:通"匍匐"。　⑩戏(huī)下:通"麾下",部下。　⑪郎中:秦汉时掌管车、骑、门户的小官。　⑫干:求取。　⑬连敖:管仓库粮饷的小官。　⑭滕公:滕县县令,即夏侯婴。　⑮说:通"悦"。　⑯治粟都尉:管理粮饷的军需官。　⑰南郑:在今陕西南郑。　⑱顾:转折语词,只是。安所决:如何决定。　⑲乡:通"向"。　⑳喑噁(yìn wù)叱咤:怒喝声。废:僵服之意。　㉑呕呕(xū xū):和颜悦色的样子。㉒刓(wán)敝:磨损。忍:舍不得。㉓以亲爱王:封自己亲近的人为王。㉔特:只是。劫:被逼迫。㉕诛:灭。㉖武关:古代通往关中的重要关口,约在今陕西丹凤县东南。㉗失职:失去应有的职位。㉘传檄而定:不用兵戈即可征服。檄,檄文,用作征召、声讨的文书。㉙陈仓:在今陕西宝鸡东。㉚关:指函谷关。㉛魏:魏豹领有的魏地,今山西省的西南部。河南:申阳领有的河南地,今河南省洛阳一带。韩:韩王郑昌。殷:殷王司马卬。㉜齐:齐王田荣。赵:赵王赵歇。㉝京:京县,在今河南省荥阳市东南。索:索亭,即今之荥阳市。㉞谒归:请假回家。绝:断绝。河关:指临晋关,关下有蒲津渡口,是由秦入晋的险要之地。㉟蒲坂:渡口名,在今山西永济西蒲州镇。塞临晋:以临晋为边界上的要塞。塞,此作动词。临晋,在今陕西大荔东。㊱夏阳:秦县名,在今陕西省韩城西南。木罂缻(yīng fǒu):用木头连起一些可以浮起的瓶罐为渡河器材。安邑:当时魏国的重镇,在今山西省夏县西北。㊲河东郡:治所在今山西夏县北。㊳张耳:曾被项羽封为常山王,后归刘邦,被封为赵王。㊴赵:时赵歇为王,

陈馀为相,都襄国(今河北省邢台)。代:赵歇封陈馀为代王,陈馀留赵国为相,派夏说(yuè)为代相,都代县(今河北省蔚县东北)。　⑩禽:通"擒"。夏说,陈馀的丞相。阏(yù)与:秦县名,在今山西和顺西北。　⑪井陉(xíng):太行山的险隘之一,在今河北省井陉县西北。　⑫西河:即龙门河,在今陕西大荔东。　⑬樵苏:打柴割草。爨(cuàn):烧火做饭。　⑭间视:暗中窥视。　⑮草:通"蔽"。　⑯裨(pí)将:副将。飧(sūn):小食。　⑰泜(chí)水:源于河北临城县西,东入滏阳河。　⑱效首房:呈献自己所斩获的敌人的首级。　⑲拊循:抚爱,顺从。　⑳百里奚:春秋时虞国大夫,未被重用。后被秦穆公重用,辅佐秦穆公称霸西戎。　㉑鄗:今河北柏乡北。　㉒终朝:从天亮到吃午饭的时间,喻时间很短。　㉓辍耕:停止农耕。释耒:放下农具。榆(yú)衣:美好的衣服。甘食:可口的食物。　㉔情见势屈:(疲敝)真情显露出来,威势受到挫减。　㉕抚其孤:抚养赵国死者的孤儿。　㉖醳(yì):酒食慰劳。　㉗首:向着。北首燕路,(作出)向北攻(燕)的样子。　㉘喧言者:指辩士。　㉙宛:秦县名,县治即今河南省南阳市。叶:在今河南省叶县南。　㉚黥布:黥布原为项羽猛将,入关后被封为九江王。后叛楚归汉,封淮南王。成皋:秦县名,县治在今河南省荥阳市西北。　㉛修武:秦县名,县治在今河南省获嘉。　㉜传(zhuàn)舍:客舍。　㉝平原:黄河渡口平原津,在今山东平原县西南。　㉞范阳:今山东省梁山县西北。蒯(kuǎi)通:秦汉时著名辩士。　㉟伏轼:坐车时伏于车厢前的横木上,意指乘车。㊱竖儒:犹言陋儒,"臭书生"。　㊲历下:在今山东济南市西。临菑:齐国国都,在今山东淄博市。　㊳亨:同"烹"。高密:在今山东高密西。　㊴龙且:项羽手下将领。　㊵未合:尚未交锋。㊶潍水:源于今山东省诸城市西。陈:同"阵"。　㊷城阳:郡治在今山东省。　㊸蹑:踩踏。㊹此下略去项羽说客武涉劝韩信与项羽联合;齐人蒯通劝说韩信与刘邦、项羽鼎足三立而韩信不肯的四段共一千多字。　㊺固陵:今河南省太康南。　㊻下邳:秦县名,县治在今江苏省邳州西南。　㊼为德不卒:好事不能做到底。　㊽中尉:掌管巡城、捕盗等事的武官。　㊾钟离眛(mò):项羽的名将。伊庐:县名,在今江苏省灌云北。　㊿行:巡行,视察。　51云梦:古泽名,指古时湖北南部、湖南北部长江两岸的大片湖泽之地。　52陈:在今河南淮阳。　53长者:生性厚道的人。　54鞅鞅:通"怏怏",不快。绛:绛侯周勃。灌:颍阴侯灌婴。　55樊将军哙:樊哙,刘邦的元老功臣。　56常:同"尝",曾经。不(fǒu):通"否"。　57信幸:亲信宠幸。　58畔:通"叛"。　59弟:通"第",只管。　60官徒奴:为官府服役的罪犯和奴隶。　61党:通"傥",倘若,或许。　62绐(dài):欺骗。　63长乐钟室:长乐宫中的悬钟之室。　64纲绝而维弛:指法度混乱。纲维,皆大绳,犹言法度政令。　65跖:柳下跖,古代著名大盗。尧:传说中五帝之一。　66行营:寻找,谋求。　67伐:夸耀。　68庶几:差不多。　69周:周公旦。召:召公奭(shì)。周、召都是武王弟弟,对周的创建有功绩。太公:吕望,辅助武王灭殷。　70血食:指享受后世子孙的祭祀。

(二)《汉书》

高帝纪①

高祖,沛丰邑中阳里人也②,姓刘氏。母媪尝息大泽之陂③,梦与神遇。是时雷电晦冥，父太公往视，则见交龙于上。已而有娠，遂产高祖。

高祖为人，隆准④而龙颜，美须髯，左股有七十二黑子。宽仁爱人，意豁如也。常有大度，不事家人生产作业。及壮，试吏，为泗上亭长⑤，廷中吏无所不狎侮⑥。好酒及色。常从王媪、武负贳酒⑦，时饮醉卧，武负、王媪见其上常有怪。高祖每酤留饮，酒雠数倍⑧。及见怪，岁竟，此两家常折券弃责⑨。

高祖常繇咸阳⑩，纵观秦皇帝，喟然大息⑪，曰："嗟乎，大丈夫当如此矣！"

单父⑫人吕公善沛令，辟仇，从之客，因家焉。沛中豪杰吏闻令有重客，皆往贺。萧何为主吏，主进⑬，令诸大夫曰："进不满千钱，坐之堂下。"高祖为亭长，素易诸吏，乃给为谒曰"贺钱万"⑭，实不持一钱。谒入，吕公大惊，起，迎之门。吕公者，好相人，见高祖状貌，因重敬之，引入坐上坐。萧何曰："刘季固多大言，少成事。"高祖因狎侮诸客，遂坐上坐，无所诎⑮。酒阑，吕公因目固留高祖。竟酒，后。吕公曰："臣少好相人，相人多矣，无如季相，愿季自爱。臣有息女，愿为箕帚妾⑯。"酒罢，吕媪怒吕公："公始常欲奇此女，与贵人。沛令善公，求之不与，何自妄许与刘季？"吕公曰："此非儿女子所知。"卒与高祖。吕公女即吕后也，生孝惠帝、鲁元公主。

高祖尝告归之田，吕后与两子居田中，有一老父过请饮，吕后因餔之⑰。老父相后曰："夫人天下贵人也。"令相两子，见孝惠帝，曰："夫人所以贵者，乃此男也。"相鲁元公主，亦皆贵。老父已去，高祖适从旁舍来，吕后具言客有过，相我子母皆大贵。高祖问，曰："未远。"乃追及，问老父。老父曰："乡者⑱夫人儿子皆以君，君相贵不可言。"高祖乃谢曰："诚如父言，不敢忘德。"及高祖贵，遂不知老父处。

高祖为亭长，乃以竹皮为冠，令求盗之薛治⑲，时时冠之，及贵常冠，所谓"刘氏冠"也。

高祖以亭长为县送徒骊山⑳，徒多道亡。自度比至皆亡之，到丰西泽中亭，止饮，夜皆解纵所送徒。曰："公等皆去，吾亦从此逝矣！"徒中壮士愿从者十余人。高祖被酒，夜径泽中，令一人行前。行前者还报曰："前有大蛇当径，愿还。"高祖醉，曰："壮士行，何畏！"乃前，拔剑斩蛇，蛇分为两，道开。行数里，醉困卧。后人来至蛇所，有一老妪夜哭。人问妪何哭，妪曰："人杀吾子。"人曰："妪子何为见杀？"妪曰："吾子，白帝子也，化为蛇，当道，今者赤帝子斩之，故哭。"人乃以妪为不诚，欲苦之，妪因忽不见。后人至，高祖觉。告高祖，高祖乃心独喜，自负。诸从者日益畏之。

秦始皇帝尝曰"东南有天子气"，于是东游以厌当之㉑。高祖隐于芒、砀㉒山泽间，吕后与人俱求，常得之。高祖怪，问之。吕后曰："季所居上常有云气，故从往常得季。"高祖又喜。沛中子弟或闻之，多欲附者矣。

秦二世元年，秋七月，陈涉起蕲，至陈㉓，自立为楚王，遣武臣、张耳、陈余略赵地。八月，武臣自立为赵王。郡县多杀长吏以应涉。九月，沛令欲以沛应之。

掾^㉔、主吏萧何、曹参曰："君为秦吏,今欲背之,帅沛子弟,恐不听。愿君召诸亡在外者,可得数百人,因以劫众,众不敢不听。"乃令樊哙召高祖。高祖之众已数百人矣。

于是樊哙从高祖来。沛令后悔,恐其有变,乃闭城城守,欲诛萧、曹。萧、曹恐,逾城保^㉕高祖。高祖乃书帛射城上,与沛父老曰："天下同苦秦久矣。今父老虽为沛令守,诸侯并起,今屠沛。沛今共诛令,择可立立之,以应诸侯,即室家完。不然,父子俱屠。无为也。"父老乃帅子弟共杀沛令,开城门迎高祖,欲以为沛令。高祖曰:"天下方扰,诸侯并起,今置将不善,一败涂地。吾非敢自爱,恐能薄,不能完父兄子弟。此大事,愿更择可者。"萧、曹皆文吏,自爱,恐事不就,后秦种族其家^㉖,尽让高祖。诸父老皆曰:"平生所闻刘季奇怪,当贵,且卜筮之,莫如刘季最吉。"高祖数让,众莫肯为,高祖乃立为沛公。祠黄帝,祭蚩尤于沛廷,而衅鼓旗^㉗。帜皆赤,由所杀蛇白帝子,杀者赤帝子故也。于是少年豪吏如萧、曹、樊哙等皆为收沛子弟,得三千人。

是月,项梁与兄子羽起吴^㉘。田儋与从弟荣、横起齐,自立为齐王。韩广自立为燕王。陈涉之将周章西入关,至戏^㉙,秦将章邯距破之。

秦二年十月,沛公攻胡陵、方与^㉚,还守丰。秦泗川监平^㉛将兵围丰。二日出与战,破之。令雍齿守丰。十一月,沛公引兵之薛。秦泗川守壮兵败于薛,走至戚^㉜,沛公左司马得杀之。沛公还军亢父^㉝,至方与。赵王武臣为其将所杀。十二月,楚王陈涉为其御庄贾所杀。魏人周市略地丰沛,使人谓雍齿曰:"丰,故梁徙也^㉞,今魏地已定者数十城。齿今下魏,魏以齿为侯守丰;不下,且屠丰。"雍齿雅^㉟不欲属沛公,及魏招之,即反为魏守丰。沛公攻丰,不能取。沛公还之沛,怨雍齿与丰子弟畔之。

正月,张耳等立赵后赵歇为赵王。东阳宁君、秦嘉立景驹为楚王,在留^㊱。沛公往从之,道得张良,遂与俱见景驹,请兵以攻丰。时章邯从陈,别将司马夷将兵北定楚地,屠相,至砀。东阳宁君、沛公引兵西,与战萧西,不利,还收兵聚留。二月,攻砀,三日拔之。收砀兵,得六千人,与故合九千人。三月,攻下邑^㊲,拔之。还击丰,不下。四月,项梁击杀景驹、秦嘉,止薛,沛公往见之。项梁益沛公卒五千人,五大夫将^㊳十人。沛公还,引兵攻丰,拔之。雍齿奔魏。

五月,项羽拔襄城^㊴还。项梁尽召别将。六月,沛公如薛,与项梁共立楚怀王孙心为楚怀王。……

项梁再破秦军,有骄色。宋义谏,不听。秦益章邯兵。九月,章邯夜衔枚击项梁定陶^㊵,大破之,杀项梁。时连雨自七月至九月。沛公、项羽方攻陈留^㊶,闻梁死,士卒恐,乃与将军吕臣引兵而东,徙怀王自盱台都彭城^㊷。吕臣军彭城东,项羽军彭城西,沛公军砀。魏咎弟豹自立为魏王。后九月^㊸,怀王并吕臣、项羽军自将之。以沛公为砀郡长,封武安侯,将砀郡兵。以羽为鲁公,封长安侯,吕臣为司徒,其父吕青为令尹。

章邯已破项梁，以为楚地兵不足忧，乃渡河，北击赵王歇，大破之。歇保巨鹿城，秦将王离围之。赵数请救，怀王乃以宋义为上将，项羽为次将，范增为末将，北救赵。

初，怀王与诸将约，先入定关中者王之。当是时，秦兵强，常乘胜逐北，诸将莫利先入关。独羽怨秦破项梁，奋势，愿与沛公西入关。怀王诸老将皆曰："项羽为人慓悍祸贼㊹，尝攻襄城，襄城无噍类㊺，所过无不残灭。且楚数进取，前陈王、项梁皆败，不如更遣长者扶义而西。告谕秦父兄。秦父兄苦其主久矣，今诚得长者往，毋侵暴，宜可下。项羽不可遣，独沛公素宽大长者。"卒不许羽，而遣沛公西收陈王、项梁散卒。乃道砀至城阳与杠里，攻秦军壁，破其二军。

……

二月，沛公从砀北攻昌邑㊻，遇彭越。越助攻昌邑，未下。沛公西过高阳，郦食其为里监门㊼，曰："诸将过此者多，吾视沛公大度。"乃求见沛公。沛公方踞床，使两女子洗。郦生不拜，长揖曰："足下必欲诛无道秦，不宜踞见长者。"于是沛公起，摄衣谢之，延上坐。食其说沛公袭陈留。沛公以为广野君，以其弟商为将，将陈留兵。三月，攻开封，未拔。西与秦将杨熊会战白马，又战曲遇东㊽，大破之。杨熊走之荥阳，二世使使斩之以徇。四月，南攻颍川，屠之。因张良遂略韩地。

……

八月，沛公攻武关㊾，入秦。秦相赵高恐，乃杀二世，使人来，欲约分王关中，沛公不许。九月，赵高立二世兄子子婴为秦王。子婴诛灭赵高，遣将将兵距峣关㊿。沛公欲击之，张良曰："秦兵尚强，未可轻。愿先遣人益张旗帜于山上为疑兵，使郦食其、陆贾往说秦将，啗以利㉛。"秦将果欲连和，沛公欲许之。张良曰："此独其将欲叛，恐其士卒不从，不如因其怠懈击之。"沛公引兵绕峣关，逾蒉山㉜，击秦军，大破之蓝田南。遂至蓝田，又战其北，秦兵大败㉝。

……

二月，羽自立为西楚霸王，王梁、楚地九郡㉞，都彭城。背约，更立沛公为汉王，王巴、蜀、汉中四十一县，都南郑㉟。三分关中，立秦三将：章邯为雍王，都废丘；司马欣为塞王，都栎阳；董翳为翟王，都高奴㊱。……汉王怨羽之背约，欲攻之，丞相萧何谏，乃止。

……

十二月，围羽垓下。羽夜闻汉军四面皆楚歌，知尽得楚地。羽与数百骑走，是以兵大败。灌婴追斩羽东城。

……

于是诸侯上疏曰："楚王韩信、韩王信、淮南王英布、梁王彭越、故衡山王吴芮、赵王张敖、燕王臧荼昧死再拜言大王陛下：先时，秦为亡道，天下诛之。大王先得秦王，定关中，于天下功最多。存亡定危，救败继绝，以安万民，功盛德厚。又加惠于诸侯王有功者，使得立社稷。地分已定，而位号比拟，亡上下之分，大王功德之著，于后世不宣。昧死再拜上皇帝尊号。"汉王曰:"寡人闻帝者贤者有也,虚言亡实之名,非所取也。今诸侯王皆推高寡人,将何以处之哉?"诸侯王皆曰:"大王起于细微,灭乱秦,威动海内。又以辟陋之地,自汉中行威德,诛不义,立有功,平定海内,功臣皆受地食邑,非私之地。大王德施四海,诸侯王不足以道之,居帝位甚实宜,愿大王以幸天下。"汉王曰:"诸侯王幸以为便于天下之民,则可矣。"于是诸侯王及太尉长安侯臣绾等三百人,与博士稷嗣君叔孙通㊿谨择良日二月甲午,上尊号。汉王即皇帝位于氾水㊽之阳。尊王后曰皇后,太子曰皇太子,追尊先媪曰昭灵夫人。

......

帝乃西都洛阳。夏五月,兵皆罢归家。......

帝置酒雒阳㊾南宫。上曰:"通侯㊿诸将毋敢隐朕,皆言其情。吾所以有天下者何?项氏之所以先天下者何?"高起、王陵对曰:"陛下嫚而侮人㊽,项羽仁而敬人。然陛下使人攻城略地,所降下者,因以与之,与天下同利也。项羽妒贤嫉能,有功者害之,贤者疑之,战胜而不与人功,得地而不与人利,此其所以失天下也。"上曰:"公知其一,未知其二。夫运筹帷幄之中,决胜千里之外,吾不如子房㊼;填国家㊽,抚百姓,给饷馈,不绝粮道,吾不如萧何;连百万之众,战必胜,攻必取,吾不如韩信。三者皆人杰,吾能用之,此吾所以取天下者也。项羽有一范增而不能用,此所以为我禽也。"群臣说服㊽。

......

十二年冬十月,上破布军于会缶㊽。布走,令别将追之。

上还,过沛,留,置酒沛宫,悉召故人父老子弟佐酒。发沛中儿得百二十人,教之歌。酒酣,上击筑㊽自歌曰:"大风起兮云飞扬,威加海内兮归故乡,安得猛士兮守四方!"令儿皆和习之。上乃起舞,忼慨伤怀,泣数行下。谓沛父兄曰:"游子悲故乡。吾虽都关中,万岁之后吾魂魄犹思沛。且朕自沛公以诛暴逆,遂有天下,其以沛为朕汤沐邑㊽,复其民,世世无有所与。"沛父老诸母故人日乐饮极欢,道旧故为笑乐。十余日,上欲去,沛父兄固请。上曰:"吾人众多,父兄不能给。"乃去。沛中空县皆之邑西献。上留止,张饮三日㊽。沛父兄皆顿首曰:"沛幸得复,丰未得,唯陛下哀矜。"上曰:"丰者,吾所生长,极不忘耳。吾特以其为雍齿故反我为魏。"沛父兄固请之,乃并复丰,比沛。

汉别将击布军洮水南北㊽,皆大破之,追斩布番阳㊿。

......

夏四月甲辰,帝崩于长乐宫。

......

五月丙寅,葬长陵㊿。已下,皇太子群臣皆反至太上皇庙。群臣曰:"帝起细微,拨乱世反之正,平定天下,为汉太祖,功最高。"上尊号曰高皇帝。

初,高祖不修文学,而性明达,好谋,能听,自监门戍卒,见之如旧。初顺民心作三章之约。天下既定,命萧何次律令⑦,韩信申军法,张苍定章程⑦,叔孙通制礼仪,陆贾造《新语》⑦。又与功臣剖符作誓⑦,丹书铁契,金匮石室,藏之宗庙。虽日不暇给,规摹弘远⑦矣。

【注释】

①班固编著的《汉书》(也称《前汉书》)叙述了西汉一代的历史,是我国第一部纪传体的断代史。全书帝纪十二篇,表八篇,志十篇,列传七十篇,共一百篇。《高帝纪》上、下两分卷叙述了开创西汉基业之汉高帝刘邦一生的经历和功业,也写了他为人为政的特点。《高帝纪》承袭了《史记·高祖本纪》一部分文字和内容,但又有删改和增补,能见出班固独特的创作理念和特色。此文节选自《高帝纪》上、下。　②沛:县名。今江苏沛县。丰邑:当时属沛县,今江苏丰县。③媪(ǎo):老年妇女之通称。陂:水边,岸。　④隆准:高鼻梁.　⑤泗上:地名,在今江苏沛县东。亭长:秦时乡村十里一亭,亭有亭长。　⑥狎侮:亲近而不庄重。　⑦负:同"妇"。贳(shì):赊欠。　⑧雠:同"售"。　⑨折券弃债:毁帐单,免债务。责,通"债"。　⑩常:通"尝",曾经。繇:通"徭",服劳役。咸阳:秦都,在今陕西咸阳市东。　⑪喟然:叹气的样子。大息:即"太息",叹息。　⑫单父(shànfǔ):秦县名,在今山东单县。　⑬主吏:县令的属官。进,通"赆",送礼的钱财。　⑭易:轻视。绐(dài):欺骗。谒:名帖。　⑮诎(qū):退让。　⑯箕帚妾:打扫清洁的婢妾,这里是许以为妻之谦词。　⑰餔:以食物与人。　⑱乡:通"向"。向者,刚才。⑲求盗:负责捕"盗贼"。薛:县名,在今山东滕县。　⑳徒:指服劳役的犯人。骊山:在今陕西临潼区境。　㉑厌(yā)当:用迷信方法,抵制压服将来可能出现的灾殃。　㉒芒、砀:二县名,在今河南永城市北。　㉓陈涉:即陈胜。蕲(qí):县名,在今安徽宿县南。陈:县名,在今河南淮阳县。　㉔掾(yuàn):属官的通称。当时曹参为沛县狱掾。　㉕保:依靠。　㉖种族:灭族。㉗衅鼓旗:杀牲以血涂于鼓旗。　㉘吴:县名,在今江苏苏州市。　㉙戏:水名,在今陕西临潼东。　㉚胡陵:秦县名,在今山东鱼台县东南。方与:地名,在今山东鱼台县北。　㉛泗川:郡名,在今江苏西北部和安徽西北部。监平:郡监名平。　㉜戚:县名,在今山东微山县。　㉝亢父(gāngfǔ):古邑名,在今山东济宁市南。　㉞故梁徙:言梁(即战国时的魏国)曾从都于丰。㉟雅:平素。　㊱留:秦县名,在今江苏沛县东南。　㊲下邑:邑名,在今安徽砀山县。　㊳五大夫将:有五大夫爵位(秦爵第九级)的将领。　㊴襄城:县名,今河南襄城。㊵衔枚:以小棒系于口上,以免喧哗。定陶:县名,在山东西南部。　㊶陈留:县名,在今河南开封市东南。　㊷盱台(xūyí):县名,在今江苏盱眙东北。彭城:县名,在今江苏徐州市。　㊸后九月:闰九月。㊹慄悍:慄,迅疾;悍,骁勇。祸贼:好作祸,像盗贼一样残忍。　㊺襄城:地名,在进河南襄城县。无噍类:没有吃饭的人,言全杀光。噍(jiào):同"嚼"。　㊻昌邑:县名,在今山东巨野县南。㊼高阳:邑名,在今河南杞县西南。里门监:看守里门的小吏。　㊽白马:县名。在今河南滑县东。曲遇:邑名,在今河南中牟县境内。　㊾武关:关名,在今陕西丹凤县东南。　㊿峣(yáo)关:关名,在今陕西蓝田县东南。　51咁(dàn):以利诱人。　52蓝田:县名,今陕西蓝田县。53以下描写楚汉之争的省略部分可与《史记·高祖本纪》和《史记·项羽本纪》相互参看。54西楚:当时称江陵为南楚,彭城为西楚。项羽主持分封,自王梁、楚,都于彭城,故称西楚霸王。梁、楚地九郡:历来说法不一,有说是梁、泗水、薛、东海、黔中、会稽、南阳、砀、东郡等九郡。55巴、蜀、汉中:皆郡名。巴郡治江州(今四川重庆市),蜀郡治成都(今四川成都市),汉中治南郑

（今陕西汉中市）。　㊶废丘：县名，在今陕西兴平市东南。栎阳：县名，在今陕西临潼东北。高奴：县名，在今陕西延安东。　㊷博士：秦汉均设博士，博士是有专门知识及品行合乎统治者要求的士人。　㊸汜（fàn）水：济水的支流，在山东省。　㊹雒阳：同"洛阳"。　㊺通侯：即彻侯，第二十级爵位名，后称列侯。　㊻嫚：通"慢"，轻慢。　㊼子房：张良之字。　㊽填：同"镇"，镇守。　㊾说：同"悦"。　㊿布：淮南王英布，与韩信、彭越并称汉初三大名将。会䣝：乡名，属蕲县。　㊿筑：古弦乐器名，十三弦，用竹尺敲击。　㊿汤沐邑：古时给予帝王贵族的封地，收取赋税以供汤沐之费的私邑。　㊿张饮：设帐聚饮。张，通"帐"，帷帐。　㊿洮水：湘水支流，在今湖南省。　㊿番（bō）阳：县名，在今江西鄱阳县。　㊿长陵：汉高祖墓，又为县名。在今陕西咸阳市东北。　㊿次：编列。　㊿章程：有关历数及度、量、衡等的规章制度。　㊿《新语》：刘邦命陆贾著书总结历来兴亡成败的经验教训，书成名为《新语》。　㊿剖符：一种竹制的凭证，剖分为二，各执其一。　㊿规摹：规模，规划。

霍光传①

霍光字子孟，票骑将军去病弟也②。父中孺，河东平阳人也③，以县吏给事平阳侯家，与侍者卫少儿私通而生去病。中孺吏毕归家，娶妇生光，因绝不相闻。久之，少儿女弟子夫得幸于武帝④，立为皇后，去病以皇后姊子贵幸。既壮大，乃自知父为霍中孺，未及求问。会为票骑将军击匈奴，道出河东，河东太守郊迎，负弩矢先驱，至平阳传舍，遣吏迎霍中孺。中孺趋入拜谒，将军迎拜，因跪曰："去病不早自知为大人遗体也。"中孺扶服⑤叩头，曰："老臣得托命将军，此天力也。"去病大为中孺买田宅奴婢而去。还，复过焉，乃将光西至长安，时年十余岁，任光为郎⑥，稍迁诸曹侍中⑦。去病死后，光为奉车都尉光禄大夫⑧，出则奉车，入侍左右，出入禁闼⑨二十余年，小心谨慎，未尝有过，甚见亲信。

征和二年⑩，卫太子为江充所败，而燕王旦、广陵王胥皆多过失⑪。是时上年老，宠姬钩弋赵倢伃有男⑫，上心欲以为嗣，命大臣辅之。察群臣唯光任大重，可属社稷⑬。上乃使黄门画者画周公负成王朝诸侯以赐光⑭。后元二年春⑮，上游五柞宫⑯，病笃，光涕泣问曰："如有不讳⑰，谁当嗣者？"上曰："君未谕前画意邪？立少子，君行周公之事。"光顿首让曰："臣不如金日磾⑱。"日磾亦曰："臣外国人，不如光。"上以光为大司马大将军，日磾为车骑将军⑲，及太仆上官桀为左将军，搜粟都尉桑弘羊为御史大夫⑳，皆拜卧内床下，受遗诏辅少主。明日，武帝崩，太子袭尊号，是为孝昭皇帝。帝年八岁，政事壹决于光。

……

光为人沉静详审，长财七尺三寸㉑，白皙，疏眉目，美须髯。每出入下殿门，止进有常处，郎仆射窃识视之㉒，不失尺寸，其资性端正如此。初辅幼主，政自己出，天下想闻其风采。殿中尝有怪，一夜群臣相惊，光召尚符玺郎㉓，郎不肯授光。光欲夺之，郎按剑曰："臣头可得，玺不可得也！"光甚谊之㉔。明日，诏增此郎秩二等㉕。众庶莫不多光㉖。

光与左将军桀结婚相亲㉗，光长女为桀子安妻，有女，年与帝相配。桀因帝姊鄂邑盖主内安女后宫为倢伃㉘，数月立为皇后。父安为票骑将军，封桑乐侯。光时休沐出，桀辄入代光决事。桀父子既尊盛，而德长公主㉙。公主内行不修，近幸河间丁外人㉚。桀、安欲为外人求封，幸依国家故事以列侯尚公主者，光不许。又为外人求光禄大夫，欲令得召见，又不许。长主大以是怨光。而桀、安数为外人求官爵弗能得，亦惭。自先帝时，桀已为九卿，位在光右㉛。及父子并为将军，有椒房中宫之重㉜，皇后亲安女，光乃其外祖，而顾专制朝事，繇是与光争权㉝。

燕王旦自以昭帝兄，常怀怨望。及御史大夫桑弘羊建造酒榷盐铁㉞，为国兴利，伐其功，欲为子弟得官，亦怨恨光。于是盖主、上官桀、安及弘羊皆与燕王旦通谋，诈令人为燕王上书言："光出都肄郎、羽林㉟，道上称跸㊱，太官先置。"又引："苏武前使匈奴，拘留二十年不降，还乃为典属国㊲，而大将军长史敞亡功为搜粟都尉㊳，又擅调益莫府校尉㊴；光专权自恣，疑有非常，臣旦愿归符玺，入宿卫，察奸臣变。"候司光出沐日奏之。桀欲从中下其事，桑弘羊当与诸大臣共执退光。书奏，帝不肯下。

明旦，光闻之，止画室中不入㊵。上问："大将军安在？"左将军桀对曰："以燕王告其罪，故不敢入。"有诏召大将军。光入，免冠顿首谢，上曰："将军冠。朕知是书诈也，将军亡罪。"光曰："陛下何以知之？"上曰："将军之广明，都郎属耳㊶。调校尉以来未能十日，燕王何以得知之？且将军为非，不须校尉。"是时帝年十四，尚书左右皆惊㊷，而上书者果亡，捕之甚急。桀等惧，白上："小事不足遂㊸。"上不听。

后桀党与有谮光者㊹，上辄怒曰："大将军忠臣，先帝所属以辅朕身，敢有毁者，坐之。"自是桀等不敢复言，乃谋令长公主置酒请光，伏兵格杀之，因废帝，迎立燕王为天子。事发觉，光尽诛桀、安、弘羊、外人宗族。燕王、盖主皆自杀。光威震海内。昭帝既冠，遂委任光，讫十三年，百姓充实，四夷宾服。

元平元年㊺，昭帝崩，亡嗣。武帝六男独有广陵王胥在，群臣议所立，咸持广陵王。王本以行失道，先帝所不用。光内不自安。郎有上书言："周太王废太伯立王季，文王舍伯邑考立武王㊻，唯在所宜，虽废长立少可也。广陵王不可以承宗庙。"言合光意。光以其书视丞相敞等，擢郎为九江太守㊼，即日承皇太后诏，遣行大鸿胪事少府乐成、宗正德、光禄大夫吉、中郎将利汉迎昌邑王贺㊽。

贺者，武帝孙，昌邑哀王子也㊾。既至，即位，行淫乱。光忧懑，独以问所亲故吏大司农田延年㊿。延年曰："将军为国柱石，审此人不可，何不建白太后，更选贤而立之？"光曰："今欲如是，于古尝有此否？"延年曰："伊尹相殷，废太甲以安宗庙[51]，后世称其忠。将军若能行此，亦汉之伊尹也。"光乃引延年给事中[52]，阴与车骑将军张安世图计，遂召丞相、御史、将军、列侯、中二千石、大夫、博士会议未央宫[53]。光曰："昌邑王行昏乱，恐危社稷，如何？"群臣皆惊鄂失色[54]，莫敢发言，但唯唯而已。田延年前，离席按剑，曰："先帝属将军以幼孤，寄将军以天下，以将军忠贤能安刘氏也。今群下鼎沸，社稷将倾，且汉之传谥常为孝者(55)，以长有天下，令宗庙血食也(56)。如令汉家绝祀，将军虽死，何面目见先帝于地下乎？今日之议，不得旋踵(57)。群臣后应者，臣请剑斩之。"光谢曰："九卿责光是也。天下匈匈不安(58)，光当受难。"于是议者皆叩头，曰："万姓之命在于将军，唯大将军令。"

光即与群臣俱见白太后，具陈昌邑王不可以承宗庙状。皇太后乃车驾幸未央承明殿，诏诸禁门毋内昌邑群臣。王入朝太后还，乘辇欲归温室(59)，中黄门宦者各持门扇(60)，王入，门闭，昌邑群臣不得入。王曰："何为？"大将军跪曰："有皇太后诏，毋内昌邑群臣。"王曰："徐之，何乃惊人如是！"光使尽驱出昌邑群臣，置金马门外。车骑将军安世将羽林骑收缚二百余人，皆送廷尉诏狱(61)。令故昭帝侍中中臣侍守王(62)。光敕左右："谨宿卫，卒有物故自裁(63)，令我负天下，有杀主名。"王尚未自知当废，谓左右："我故群臣从官安得罪，而大将军尽系之乎？"顷之，有太后诏召王。王闻召，意恐，乃曰："我安得罪而召我哉！"太后被珠襦，盛服坐武帐中，侍御数百人皆持兵，期门武士陛戟(64)，陈列殿下。群臣以次上殿，召昌邑王伏前听诏。光与群臣连名奏王，尚书令读奏曰：……

皇太后诏曰："可。"光令王起拜受诏，王曰："闻天子有争臣七人，虽无道不失天下(65)。"光曰："皇太后诏废，安得天子！"乃即持其手，解脱其玺组，奉上太后，扶王下殿，出金马门，群臣随送。王西面拜，曰："愚戆不任汉事。"起就乘舆副车。大将军光送至昌邑邸，光谢曰："王行自绝于天，臣等驽怯，不能杀身报德。臣宁负王，不敢负社稷。愿王自爱，臣长不复见左右。"光涕泣而去。群臣奏言："古者废放之人屏于远方，不及以政，请徙王贺汉中房陵县(66)。"太后诏归贺昌邑，赐汤沐邑二千户。昌邑群臣坐亡辅导之谊，陷王于恶，光悉诛杀二百余人。出死，号呼市中曰："当断不断，反受其乱。"

光坐庭中，会丞相以下议定所立。广陵王已前不用，及燕刺王反诛，其子不在议中。近亲唯有卫太子孙号皇曾孙在民间(67)，咸称述焉。光遂复与丞相敞等上奏曰："《礼》曰：'人道亲亲故尊祖，尊祖故敬宗。'大宗亡嗣，择支子孙贤者为嗣。孝武皇帝曾孙病已，武帝时有诏掖庭养视(68)，至今年十八，师受《诗》、《论语》、《孝经》，躬行节俭，慈仁爱人，可以嗣孝昭皇帝后，奉承祖宗庙，子万姓。臣昧死以闻。"皇太后诏曰："可。"光遣宗正刘德至曾孙家尚冠里(69)，洗沐赐御衣，太仆以軨猎车迎曾孙就斋宗正府(70)，入未央宫见皇太后，封为阳武侯(71)。已而光奉上皇帝玺绶，谒于高庙，是为孝宣皇帝。明年，下诏曰："夫褒有德，赏元功，古今通谊也。大司马大将军光宿卫忠正，宣德明恩，守节秉谊，以安宗庙。其以河北、东武阳益封光万七千户(72)。"与故所食凡二万户。赏赐前后黄金七千斤，钱六千万，杂缯三万匹(73)，奴婢百七十人，马二千匹，甲第一区(74)。

自昭帝时，光子禹及兄孙云皆中郎将(75)，云弟山奉车都尉侍中，领胡越兵(76)。光两女婿为东西宫卫尉,昆弟诸婿外孙皆奉朝请⑦,为诸曹大夫,骑都尉、给事中。党亲连体,根据于朝廷。光自后元秉持万机,及上即位,乃归政。上谦让不受,诸事皆先关白光㉘,然后奏御天子。光每朝见,上虚己敛容,礼下之已甚。

光秉政前后二十年。地节二年春病笃㉙,车驾自临问光病㉚,上为之涕泣。光上书谢恩曰:"愿分国邑三千户,以封兄孙奉车都尉山为列侯,奉兄骠骑将军去病祀。"事下丞相御史,即日拜光子禹为右将军。

光薨㉛,上及皇太后亲临光丧……

【注释】

①西汉政治家霍光在汉武帝死后辅佐昭帝、宣帝,执政二十年,权倾一时。《霍光传》展示了霍光的政治风采,大力称誉他对汉王朝的忠诚,但也指出霍氏党亲连体、盘踞朝廷,伏下了霍氏覆灭之机。本文有所删节。　②票骑:汉代将军名号,同"骠骑"。去病:霍去病(前140—前117),西汉名将。事迹见《汉书·霍去病传》。　③中:通仲。河东平阳:河东郡平阳县,在今山西临汾西南。　④女弟:即妹。子夫:人名。幸:宠爱。　⑤扶(pú)服:同匍匐。　⑥郎:帝王侍从官。　⑦稍:逐渐。诸曹:指分科办事的官署。侍中:为加官。　⑧奉车都尉:为天子掌管乘舆的武官。光禄大夫:官名,掌顾问应对。　⑨禁闼(tà):宫禁之中,皇帝居住之处。　⑩征和:汉武帝年号。征和二年即公元前91年。　⑪卫太子:卫皇后所生,名据。江充:武帝末任直指绣衣使者。江充诬告卫太子用邪术致武帝得病。卫太子发兵讨伐江充,兵败自杀。燕王旦:汉武帝第三子。广陵王胥:武帝第四子。　⑫钩弋赵倢伃:昭帝的母亲。钩弋:官名。倢伃(jié yú):也作婕好。汉代女官名。　⑬属(zhǔ):同"嘱"。　⑭黄门画者:宫廷画工。　⑮后元二年:公元前87年。　⑯五柞(zuó)宫:汉武帝所造离宫,在今陕西省周至县东南,有五棵三人合抱的柞树,故名。　⑰不讳:死的婉辞。　⑱日磾(mì dí):金日磾,西汉大将。本为匈奴休屠王太子,武帝时从昆邪王归汉,后被武帝重用,赐姓金。　⑲大司马:官名,是冠于大将军衔上的加衔。车骑将军:汉代将军名号。　⑳太仆:掌舆马的官。搜粟都尉:官名,负责催索军粮。御史大夫:官名,主管监察、执法、文书图籍。　㉑财:通"才",仅仅。七尺三寸:汉制,约合今1.68米。　㉒郎仆射(yè):郎官的首长。识(zhì):标记。　㉓尚符玺郎:官名,掌管帝王符节、玉玺。　㉔谊:通"义"。　㉕秩:官吏的俸禄,引申为职位、品级。　㉖众庶:老百姓。多:赞美。　㉗结婚:结为姻亲。　㉘鄂邑盖主:武帝长女,封为鄂邑公主;因嫁给盖侯,又称盖主。内(nà):同"纳"。　㉙德:感恩,感激,用如动词。　㉚河间:今属河北省。丁外人:姓丁,名外人。　㉛右:上。　㉜椒房:汉代后妃所居,以椒和泥涂壁,取其性温,有香,多子之义。椒房中宫:皇后所居。　㉝繇(yóu):通"由"。　㉞酒榷(què)盐铁:酒类和盐铁专营专卖。　㉟都:汇聚。肆:练习,操练。羽林:皇帝的护卫军。　㊱称跸:传令戒严。　㊲典属国:官名,主管来归附的各外族属国。　㊳长史:官名。敞:霍光府中长史杨敞。　㊴莫府:即幕府,将军的府署。校尉:汉代军职,位略次于将军。　㊵画室:指殿前西阁之室,西阁图古帝王像,故名。　㊶之:到。广明:亭名。霍光练兵处。汉代十里一亭。属(zhǔ):近,近日。　㊷尚书:皇帝左右掌管文书章奏的官。　㊸遂:竟,指追究到底。　㊹谮(zèn):诬陷。　㊺元平元年:公元前74年。　㊻周太王:周文王的祖父。大伯:周太王的长子。王季:周太王的少子,文王的父亲。伯邑考:文王长子。武王:周文王的次子。　㊼视:同"示"。擢:提拔。九江:郡名,包括今江西全省及江苏、安

徽的长江北岸一带。　㊽皇太后:即昭帝上官皇后。大鸿胪:官名,主管朝贺庆吊的赞礼司仪。少府:官名,掌握山海池泽的税收。宗正:官名,掌管皇室亲属的事务。中郎将:统领皇帝侍卫的武官。　㊾昌邑哀王:昭帝的哥哥刘髆(bó),武帝第五子。　㊿大司农:官名,掌管租税、盐铁和国家的财政收支。　51伊尹:商代汤的贤相。太甲:商汤长孙,即位后无道,被伊尹放逐到桐官。后悔改,复位。　52引:推荐。给事中:加官名,供职殿中,掌顾问应对。　53中二千石:汉代九卿的俸禄都是中二千石。博士:掌古今史事待问及书籍典守。未央官:汉高祖七年萧何所造,遗址在今陕西西安西北汉长安故城内西南隅。　54鄂:通“愕”。　55汉之传谥(shì)常为孝:汉代自惠帝以下,谥号皆冠以“孝”字。　56血食:得到享祭。　57旋踵:转动脚跟,比喻踌躇犹豫。　58匈匈:同“汹汹”,纷扰不安。　59温室:殿名,在未央官内,武帝时建。　60中黄门宦者:在后官服役的宦官。　61廷尉:掌管刑狱的官。诏狱:专门处置皇帝特旨交审的案犯的监狱。　62中臣侍:应作“中常侍”,侍从皇帝的加官。　63卒:通“猝”。物故:亡故。自裁:自杀。　64期门:官名,负责护卫皇帝出入。陛戟:执戟卫于陛下。　65争臣:直言谏诤之臣。争(zhèng),通“诤”。此两句出自《孝经·谏诤章》,原文为:“昔者天子有争臣七人,虽无道,不失其天下。”　66房陵县:今湖北房县。　67皇曾孙:汉武帝曾孙,在民间名病已,即位后改名刘询。　68掖庭:官署名。　69尚冠里:长安城内里名。　70轺猎车:射猎时使用的一种轻便车。　71阳武侯:阳武,在今河南原阳东南。古代不立庶民为皇帝,因此先封皇曾孙为阳武侯。　72河北:县名,在今山西省芮城县东北。东武阳:县名,在今山东省莘县西。　73杂缯:杂色丝绸。　74甲第一区:上等住宅一所。　75中郎将:官名,统率羽林军。　76胡越兵:指外族归附的军队。　77奉朝请:定期朝见皇帝。　78关白:禀告请示。　79地节:汉宣帝年号。地节二年,公元前68年。　80车驾:此处代指皇帝。　81薨(hōng):周代诸侯死亡称薨,秦汉以后也用于高级官员的死。

四、魏晋笔记

（一）《世说新语》①

华、王优劣②

华歆、王朗俱乘船避难，有一人欲依附，歆辄难之③。朗曰："幸尚宽，何为不可？"后贼追至④，王欲舍所携人。歆曰："本所以疑⑤，正为此耳。既已纳其自托，宁可以急相弃邪⑥？"遂携拯如初。世以此定华、王之优劣。

【注释】

①《世说新语》产生于南朝宋时期，相传为临川王刘义庆组织文人编写，因书名与刘向所著《世说》同名，后人增"新书"或"新语"二字以示区别。此书是我国古代志人笔记小说的代表作，记述了汉末以至两晋士族阶层的许多逸闻趣事，很好地反映了当时士族人物的言行、风貌和社会风尚，"记言则玄远冷峻，记行则高简瑰奇"（鲁迅《中国小说史略》）。 ②本章至第三章选自《德行》篇，《德行》篇反映的是当时士族阶层的道德观念。每章标题为编者所加。 ③辄：立即，就。难(nán)：表示为难。 ④贼：古代把对国家和百姓造成极大危害的人称为贼。 ⑤疑：迟疑，犹豫。 ⑥宁可：难道能够。以：因为。邪：语气词。

庾公乘马

庾公乘马有的卢①，或语令卖去②。庾云："卖之必有买者，即当害其主，宁可不安己而移于他人哉？昔孙叔敖杀两头蛇以为后人，古之美谈。效之，不亦达乎③？"

【注释】

①庾公：庾亮，字元规，历任征西大将军，荆州刺史。的(dì)卢：据伯乐《相马经》，的卢又叫

榆雁,额头至牙齿为白色,迷信的说法认为的卢是不祥之马,主人会因马得祸。 ②或:有人。《语林》中有殷浩劝庾亮卖马的记载。 ③达:放达,旷达。

身无长物

王恭从会稽①还,王大看之②。见其坐六尺簟③,因语恭:"卿东来,故应有此物④,可以一领及我⑤。"恭无言。大去后,即举所坐者送之。既无余席,便坐荐上⑥。后大闻之,甚惊,曰:"吾本谓卿多,故求耳⑦。"对曰:"丈人不悉恭⑧,恭作人无长物⑨。"

【注释】

①会(kuài)稽:地名,郡治在今浙江绍兴。 ②王大:王恭的同族叔父。看:看望。 ③簟(diàn):竹席。 ④故:通"固",本来。 ⑤领:量词,一领即一条。 ⑥荐:草席。 ⑦谓:认为。卿:古代长辈对晚辈的称谓。耳:语气词。 ⑧丈人:古代晚辈对长辈的尊称。 ⑨长(zhàng)物:多余的东西。

覆巢完卵①

孔融被收,中外惶怖②。时融儿大者九岁,小者八岁。二儿故琢钉戏,了无遽容③。融谓使者曰:"冀罪止于身,二儿可得全不?"儿徐进曰:"大人岂见覆巢之下,复有完卵乎④?"寻亦收至⑤。

【注释】

①本章至第六章选自《言语》篇,《言语》篇记述当时文人的巧言妙对。 ②收:拘捕。中外:指朝廷内外,中央和地方。惶怖:恐惧。 ③琢钉戏:古代儿童的一种游戏。了:完全。遽(jù)容:恐惧的脸色。 ④大人:古代对长辈的尊称。覆:倾覆。 ⑤寻:不久。

吴牛喘月

满奋畏风①。在晋武帝坐,北窗作琉璃屏,实密似疏,奋有难色②。帝笑之,奋答曰:"臣犹吴牛,见月而喘③。"

【注释】

①满奋:字武秋,历任魏吏部郎,冀州刺史。 ②难色:为难的表情。 ③吴牛:水牛,因多生于南方江淮之间,所以称之为吴牛。南方炎热,水牛怕热,看见月亮误以为是太阳,因而见月而喘。

桓公北征

桓公北征①,经金城②,见前为琅邪时种柳,皆已十围③,慨然曰:"木犹如此,人何以堪!"攀枝执条,泫然流泪④。

【注释】

①桓公:指桓温,历任琅邪(yá)内史,征西大将军,东晋太和四年(公元369年)率兵伐燕。 ②金城:地名,为南琅邪郡治。 ③围:计量周长的约略单位,两手的食指和拇指合拢的圆周为一围。 ④泫(xuàn)然:形容流泪的样子。

郑玄训奴①

郑玄家奴婢皆读书②。尝使一婢,不称旨,将挞之③。方自陈说,玄怒,使人曳着泥中。须臾,复有一婢来,问曰:"胡为乎泥中④?"答曰:"薄言往诉,逢彼之怒⑤。"

【注释】

①本章选自《文学》篇。 ②郑玄:字康成,东汉末经学大师。 ③尝:曾经。称旨:符合尊长的意图。挞:用鞭子或棍子打。 ④"胡为"句:出自《诗经·邶风·式微》,意思是为什么在泥水中。 ⑤"薄言"句:出自《诗经·邶风·柏舟》,意思是去诉说,反而惹得他发火。"薄言"是助词,无实在意义。

嵇康临刑①

嵇中散临刑东市②,神气不变。索琴弹之,奏《广陵散》。曲终,曰:"袁孝尼尝请学此散,吾靳固不与③,《广陵散》于今绝矣!"太学生三千人上书,请以为师,不许。文王亦寻悔焉④。

【注释】

①本章至第十章选自《雅量》篇。 ②嵇中散:嵇康,曾任中散大夫。 ③靳固:吝惜。 ④寻:不久。

东床快婿

郗太傅在京口,遣门生与王丞相书,求女婿①。丞相语郗信②:"君往东厢,任意选之。"门生归,白郗曰③:"王家诸郎,亦皆可嘉,闻来觅婿,咸自矜持。唯有一郎,在东床上坦腹食④,如不闻。"郗公云:"正此好!"访之,乃是逸少⑤,因嫁女与焉。

【注释】

①郗太傅:郗鉴,以车骑将军兼任徐州刺史,镇守京口。京口在今江苏丹徒。　②信:使者,即前文所说的门生。　③白:告诉,禀报。　④坦腹:敞开上衣,露出腹部。　⑤逸少:王羲之,字逸少,丞相王导的侄子。

孝武夜饮

太元末,长星见,孝武心甚恶之①。夜,华林园中饮酒,举杯属星云②:"长星!劝尔一杯酒,自古何时有万岁天子!"

【注释】

①"太元"句:太元是晋孝武帝的年号。长星即彗星,古人迷信,认为彗星出现预示着兵灾或帝王死亡。见(xiàn),出现。恶(wù):厌恶。　②属(zhǔ):斟酒相劝。

张翰弃官①

张季鹰辟齐王东曹掾②,在洛,见秋风起,因思吴中菰菜羹、鲈鱼脍,曰:"人生贵得适意尔,何能羁宦③数千里以要名爵?"遂命驾便归。俄而齐王败④,时人皆谓见机⑤。

【注释】

①本章选自《识鉴》篇。　②张季鹰:张翰,字季鹰,吴人。辟(bì):征召。掾(yuàn):古代官府中属官的统称。　③羁宦:离家在外做官。　④俄而:不久。　⑤见机:洞察事情的苗头。

王氏兄弟①

王黄门兄弟三人俱诣谢公,子猷、子重多说俗事,子敬寒温而已②。既出,坐客问谢公:"向三贤孰愈?"谢公曰:"小者最胜。"客曰:"何以知之?"谢公曰:"吉人之辞寡,躁人之辞多③。推此知之。"

【注释】

①本章选自《品藻》篇,《品藻》篇反映了当时的品评人物之风。　②王黄门:王徽之,字子猷。子重是王操之的字。子敬是王献之的字。诣:拜访。　③"吉人"句:语出《易经·系辞下》,吉人指善良的人,贤明的人,躁人指急躁的人。

卫瓘醉谏①

晋武帝既不悟太子之愚,必有传后意,诸名臣亦多献直言②。帝尝在陵云台上坐,卫瓘在侧,欲申其怀,因如醉跪帝前,以手抚床曰③:"此坐可惜!"帝虽悟,因笑曰:"公醉邪?"

【注释】

①本章与第十四章选自《规箴》篇。 ②"晋武帝"句:武帝即位初年,立第二子司马衷为皇太子。太子当时九岁,没有才智,又不肯学习,朝廷百官认为他不能亲理政事,所以太子少傅卫瓘总想奏请废太子,后来武帝拿尚书省的政务令太子处理,太子不知该怎样回答,太子妃贾氏请人代作答,呈送武帝,武帝看了很高兴,废立的事便作罢。 ③床:古代的坐具。

阿堵物

王夷甫雅尚玄远,常嫉其妇贪浊,口未尝言"钱"字。妇欲试之,令婢以钱绕床,不得行。夷甫晨起,见钱阂行①,呼婢曰:"举却阿堵物②!"

【注释】

①阂(hé):阻碍,妨碍。 ②阿堵物:这东西。后来被人们用作"钱"的代称。

明帝妙对①

晋明帝数岁,坐元帝膝上②。有人从长安来,元帝问洛下消息,潸然流涕③。明帝问何以致泣,具以东渡意告之④。因问明帝:"汝意谓长安何如日远⑤?"答曰:"日远。不闻人从日边来,居然可知⑥。"元帝异之。明日,集群臣宴会,告以此意,更重问之。乃答曰:"日近。"元帝失色,曰:"尔何故异昨日之言邪?"答曰。"举目见日,不见长安。"

【注释】

①本章选自《夙惠》篇。 ②"晋明帝"句:晋元帝司马睿,晋明帝司马绍,为元帝长子。③潸然:流泪的样子。涕:眼泪。 ④东渡意:晋元帝为琅邪王时,住在洛阳。他的好友王导知天下将要大乱,就劝他回到自己的封国,后来又劝他镇守建康,意欲经营一个复兴帝室的基地。这就是所谓东渡。 ⑤"汝意"句:你认为长安和太阳哪一个更远? ⑥居然:显然。

何晏食饼①

何平叔美姿仪②,面至白,魏明帝疑其傅粉③。正夏月,与热汤饼④。既啖⑤,大汗出,以朱衣自拭,色转皎然⑥。

【注释】

①本章至第十八章选自《容止》篇。　②何平叔:何晏,三国魏玄学家。其父早逝,曹操纳其母尹氏为妾,何晏亦被曹操收养。　③傅:通"敷"。傅粉即搽粉。　④汤饼:汤面。　⑤啖:吃。　⑥皎然:明亮洁白。

左思效颦

潘岳妙有姿容,好神情①。少时,挟弹出洛阳道,妇人遇者,莫不连手共萦之②。左太冲绝丑,亦复效岳游遨,于是群妪齐共乱唾之,委顿而返③。

【注释】

①潘岳:西晋文学家,字安仁。杜甫《花底》诗:"恐是潘安县,堪留卫玠车",后人遂以"潘安"称之。神情:神态风度。　②弹:弹弓。连手:手拉手。萦:围绕。　③绝:最,极。妪:妇女。委顿:颓丧。

看杀卫玠

卫玠从豫章至下都①,人久闻其名,观者如堵墙。玠先有羸疾②,体不堪劳,遂成病而死,时人谓看杀卫玠③。

【注释】

①卫玠:字书宝,西晋玄学家,是著名的美男子,有"璧人"之称。　②羸疾:体弱生病。　③看杀:看死。

文帝驴鸣①

王仲宣好驴鸣②,既葬,文帝临其丧,顾语同游曰③:"王好驴鸣,可各作一声以送之。"赴客皆一作驴鸣。

【注释】

①本章选自《伤逝》篇。　②王仲宣:王粲,字仲宣,建安七子之一。　③顾:回头。语:告诉。

桓冲着新①

桓车骑不好着新衣,浴后,妇故送新衣与②。车骑大怒,催使持去。妇更持还,传语云:"衣不经新,何由而故?"桓公大笑,着之。

【注释】

①本章选自《贤媛》篇。 ②桓车骑:桓冲,桓温之弟,曾任东晋车骑将军。着(zhuó),穿。

阮籍饮酒①

阮公邻家妇。有美色,当垆酤酒②。阮与王安丰常从妇饮酒③。阮醉,便眠其妇侧。夫始殊疑之,伺察,终无他意④。

【注释】

①本章和二十二章选自《任诞》篇。 ②阮公:阮籍,字嗣宗,魏晋诗人,著有《咏怀》诗82首。阮籍崇尚老庄之学,志气宏放,任性不羁。垆(lú):古代酒店里安放酒瓮的炉形土台子,借指酒店。酤(gū)酒:卖酒。 ③王安丰:王戎,西晋名士,封为安丰县侯,与阮籍同属竹林七贤。 ④他:别的,另外的。

一往深情

桓子野每闻清歌①,辄唤:"奈何!②"谢公闻之③,曰:"子野可谓一往有深情。"

【注释】

①桓子野:桓伊,字子野,东晋军事将领,善吹笛,好音乐。清歌:没有乐器伴奏的清唱。 ②奈何:《古今乐录》:"奈何,曲调之遗音也",即一人唱,众人唤"奈何"帮腔相和。 ③谢公:谢安,常和桓子野讨论音乐。

渐至佳境①

顾长康啖甘蔗②,先食尾。人问所以,云:"渐至佳境。"

【注释】

①本章选自《排调》篇。 ②顾长康:顾恺之,东晋画家。啖:吃。

魏武游侠①

魏武少时,尝与袁绍好为游侠②。观人新婚,因潜入主人园中,夜叫呼云:"有偷儿贼!"青庐中人皆出观③,魏武乃入,抽刀劫新妇。与绍还出,失道,坠枳棘中,绍不能得动④。复大叫云:"偷儿在此!"绍遑迫自掷出⑤,遂以俱免。

【注释】

①本章选自《假谲》篇。 ②魏武:魏武帝曹操。尝:曾经。游侠:侠义的行为。 ③青庐:据《酉阳杂俎》记载,北朝婚俗,用青布做帐幕,设于门旁,叫做青庐,新婚夫妇在里面行交拜礼。 ④还(xuán):迅速,立即。失道:迷失道路。枳棘:枳树和棘树,都多刺。 ⑤遑迫:惶急不安。掷:腾跳,纵跃。

蓝田性急①

王蓝田性急②。尝食鸡子,以箸刺之③,不得,便大怒,举以掷地。鸡子于地圆转未止,仍下地以屐齿蹍之④,又不得。瞋甚,复于地取内口中,啮破即吐之⑤。王右军闻而大笑曰⑥:"使安期有此性,犹当无一豪可论,况蓝田邪⑦?"

【注释】

①本章选自《忿狷》篇。 ②王蓝田:王述,东晋政治家,世袭蓝田侯。 ③鸡子:鸡蛋。箸:筷子。 ④屐(jī):木板鞋。底部前后有两块突出的木头,就是齿。 ⑤瞋:生气。内:同"纳",放入。 ⑥王右军:东晋书法家王羲之,曾任会稽内史,兼右将军。 ⑦安期:王安期,王述之父。无一豪可论:没有一点儿值得称道的。

卿卿我我①

王安丰妇常卿安丰②。安丰曰:"妇人卿婿,于礼为不敬,后勿复尔③。"妇曰:"亲卿爱卿,是以卿卿;我不卿卿,谁当卿卿?"遂恒听之。

【注释】

①本章选自《惑溺》篇。 ②卿:"卿"本是尊者对卑者的称谓,六朝时期,平辈之间使用这个称谓表示亲热或不拘礼法。本句的卿作动词用,"卿安丰"即称安丰为卿。 ③复:再。尔:代词,这样。

（二）《搜神记》①

董永娶妻②

汉董永，千乘人③。少偏孤，与父居，肆力田亩，鹿车载自随④。父亡，无以葬，乃自卖为奴，以供丧事。主人知其贤，与钱一万，遣之⑤。永行三年丧毕⑥，欲还主人，供其奴职。道逢一妇人曰："愿为子妻⑦。"遂与之俱。主人谓永曰："以钱与君矣。"永曰："蒙君之惠，父丧收藏。永虽小人，必欲服勤致力，以报厚德。"主曰："妇人何能？"永曰："能织。"主曰："必尔者，但令君妇为我织缣百匹⑧。"于是永妻为主人家织，十日而毕。女出门，谓永曰："我，天之织女也。缘君至孝，天帝令我助君偿债耳。"语毕，凌空而去，不知所在。

【注释】

①《搜神记》是我国古代志怪小说的代表作，东晋史学家干宝著。今本《搜神记》20卷，共有故事400多个，内容丰富，篇幅短小，情节简单，设想奇幻，语言雅致清峻，曲尽幽情，极富浪漫主义色彩。《搜神记》保留了相当一部分我国古代神话传说和民间故事，为后世文学创作提供了素材和借鉴。作者干宝在东晋元帝时担任著作郎，著《晋记》30卷，时称"良史"。各篇标题为编者所加。　②南戏《董永遇仙记》、黄梅戏《天仙配》就是在本篇故事的基础上发展而来。　③千乘（shèng）：古县名，治所在今山东高苑。　④偏孤：幼年丧父或丧母。肆力：尽力。鹿车：古代的一种小车。　⑤遣：打发。　⑥毕：完成，结束。　⑦子：古代对男子的尊称。　⑧缣（jiān）：双丝织的浅黄色细绢。

郭璞施计

郭璞，字景纯，行至庐江，劝太守胡孟康急回南渡，康不从①。璞将促装去之，爱其婢②，无由得，乃取小豆三斗，绕主人宅散之。主人晨起，见赤衣人数千围其家，就视则灭③，甚恶之。请璞为卦，璞曰："君家不宜畜此婢④，可于东南二十里卖之，慎勿争价，则此妖可除也。"璞阴令人贱买此婢⑤。复为投符于井中，数千赤衣人一一自投于井。主人大悦。璞携婢去，后数旬而庐江陷⑥。

【注释】

①郭璞：晋河东闻喜人，博学多才，注《尔雅》《山海经》等，又精通天文五行卜筮之术。《晋书·郭璞传》："庐江太守胡孟康被丞相召为军咨祭酒，时江淮清宴，孟康安之，无心南渡。"②促装：急忙整理行装。去：离开。爱：舍不得。　③就：靠近。　④畜：蓄养。　⑤阴：暗暗地，偷偷地。　⑥陷：沦陷。

杨公种玉①

杨公伯雍,洛阳县人也,本以侩卖为业②。性笃孝,父母亡,葬无终山,遂家焉③。山高八十里,上无水,公汲水,作义浆于坂头,行者皆饮之④。三年,有一人就饮,以一斗石子与之,使至高平好地有石处种之,云:"玉当生其中。"杨公未娶,又语云:"汝后当得好妇。"语毕不见。乃种其石。数岁,时时往视,见玉子生石上,人莫知也。

有徐氏者,右北平著姓,女甚有行,时人求,多不许⑤。公乃试求徐氏。徐氏笑以为狂,因戏云:"得白璧一双来,当听为婚⑥。"公至所种玉田中,得白璧五双,以聘。徐氏大惊,遂以女妻公。

天子闻而异之,拜为大夫。乃于种玉处,四角作大石柱,各一丈,中央一顷地,名曰"玉田"。

【注释】

①古人称孝行为"种玉",称两家结为婚姻为"种玉之缘",典故即出于此篇。　②公:对人的尊称。侩卖:介绍买卖。　③笃孝:纯孝,十分孝顺。家:安家,古人有在父母坟墓旁结庐守孝的习俗。　④义浆:免费的茶水。坂:斜坡。　⑤右北平:地名,在今河北境内。著姓:有声望的族姓。行:德行,品行。　⑥听:允许。

孝妇蒙冤①

汉时,东海孝妇养姑甚谨②。姑曰:"妇养我勤苦。我已老,何惜余年,久累年少?"遂自缢死。其女告官云:"妇杀我母。"官收系之,拷掠毒治③。孝妇不堪苦楚,自诬服之④。时于公为狱吏⑤,曰:"此妇养姑十余年,以孝闻彻⑥,必不杀也。"太守不听。于公争不得理⑦,抱其狱词,哭于府而去。

自后郡中枯旱,三年不雨。后太守至,于公曰:"孝妇不当死,前太守枉杀之,咎当在此⑧。"太守即时身祭孝妇冢,因表其墓⑨。天立雨,岁大熟。

长老传云:"孝妇名周青。青将死,车载十丈竹竿,以悬五幡⑩,立誓于众曰:'青若有罪,愿杀,血当顺下;青若枉死,血当逆流。'既行刑已,其血青黄,缘幡竹而上极标,又缘幡而下云⑪。"

【注释】

①关汉卿的《窦娥冤》就是在本篇故事的基础上发展而来的。　②东海:古郡名,治所在今山东郯城一带。姑:丈夫的母亲,即婆婆。　③收系:拘禁。拷掠:拷打。毒治:严惩。　④诬服:无罪而被迫认罪。　⑤于公:西汉廷尉于定国之父。　⑥闻彻:闻名四方。　⑦争(zhèng):

规劝。　⑧咎:灾祸。　⑨身:亲自。表:立碑。　⑩五旛:青黄赤白黑五色旗帜,以与五行相应。　⑪缘:沿着。极:达到顶点。标:原指树梢,这里指竹竿的顶端。云:句末助词,无义。

巨伯捉鬼

琅琊秦巨伯①,年六十。尝夜行饮酒,道经蓬山庙②,忽见其两孙迎之。扶持百余步,便捉伯颈着地③,骂:"老奴! 汝某日捶我,我今当杀汝!"伯思惟某时信捶此孙④。伯乃佯死,乃置伯去。伯归家,欲治两孙,两孙惊惋,叩头言:"为子孙,宁可有此? 恐是鬼魅,乞更试之。"伯意悟。

数日,乃诈醉,行此庙间。复见两孙来,扶持伯。伯乃急持,鬼动作不得。达家,乃是两人也⑤。伯着火炙之,腹背俱焦坼⑥。出着庭中,夜皆亡去⑦。伯恨不得杀之⑧。

后月余,又佯酒醉夜行,怀刃以去,家不知也。极夜不还,其孙恐又为此鬼所困,乃俱往迎伯。伯竟刺杀之。

【注释】

①琅琊:古郡名,治所在今山东境内。　②蓬山庙:祭祀海上仙山蓬莱山的庙。　③捉:抓着,握着。　④信:确实。　⑤汪绍楹先生怀疑"两"字后丢失了一个"偶"字,偶人即鬼神的木偶像。　⑥焦坼:烧焦裂开。　⑦亡:逃跑。　⑧恨:遗憾。不得:不能够。

夫差小女

吴王夫差小女,名曰紫玉,年十八,才貌俱美。童子韩重,年十九,有道术①。女悦之,私交信问,许为之妻②。重学于齐、鲁之间。临去,属其父母使求婚③。王怒,不与女。玉结气死,葬阊门之外④。

三年重归,诘其父母。父母曰:"王大怒,玉结气死,已葬矣。"重哭泣哀恸,具牲币⑤,往吊于墓前。玉魂从墓出,见重,流涕谓曰:"昔尔行之后,令二亲从王相求,度必克从大愿⑥。不图别后⑦,遭命奈何!"玉乃左顾宛颈而歌曰:

南山有乌,北山张罗⑧。

乌既高飞,罗将奈何!

意欲从君,谗言孔多⑨。

悲结生疾,没命黄垆⑩。

命之不造⑪,冤如之何!

羽族之长,名为凤凰。

一日失雄,三年感伤。

虽有众鸟，不为匹双。

故见鄙姿，逢君辉光。

身远心近，何当暂忘？

歌毕，歔欷流涕⑫，要重还冢。重曰："死生异路，惧有尤愆⑬，不敢承命。"玉曰："死生异路，吾亦知之，然今一别，永无后期。子将畏我为鬼而祸子乎？欲诚所奉，宁不相信？"重感其言，送之还冢。玉与之饮燕⑭，留三日三夜，尽夫妇之礼。临出，取径寸明珠以送重，曰："既毁其名，又绝其愿，复何言哉⑮！时节自爱。若至吾家，致敬大王。"

重既出，遂诣王⑯，自说其事。王大怒曰："吾女既死，而重造讹言，以玷秽亡灵！此不过发冢取物⑰，托以鬼神。"趣收重⑱。重走脱，至玉墓所诉之。玉曰："无忧，今归白王。"王妆梳，忽见玉，惊愕悲喜，问曰："尔缘何生？"玉跪而言曰："昔诸生韩重来求玉，大王不许。玉名毁义绝，自致身亡。重从远还，闻玉已死，故赍牲币，诣冢吊唁。感其笃终⑲，辄与相见，因以珠遗之。不为发冢，愿勿推治⑳。"夫人闻之，出而抱之，玉如烟然。

【注释】

①童子：未成年男子，古代十九岁一下皆称为童子。道术：道德，学问。　②问：音讯。　③属(zhǔ)：嘱咐。　④结气：气血郁结。阊(chāng)门：吴国都城的西门。　⑤牲币：祭祀用的物品。牲，家畜。币：缯帛。　⑥度(duó)：揣度。克：能够。　⑦图：料想。　⑧罗：网罗。　⑨孔：很。　⑩黄垆：黄泉。　⑪造：吉祥，吉利。　⑫歔欷：哭泣，抽噎。　⑬尤愆：罪过。　⑭饮燕：聚在一起饮酒吃饭。　⑮"既毁"句：既毁坏了名声，又断绝了希望，还有什么好说的呢。　⑯诣：造访。　⑰发：开启。　⑱趣(cù)：催促。　⑲笃终：古代送葬的礼制。　⑳推治：审问治罪。

老狗成精

司空南阳来季德停丧在殡①，忽然见形，坐祭床上②，颜色服饰声气，熟是也③。孙儿妇女，以次教戒，事有条贯。鞭扑奴婢，皆得其过④。饮食既绝，辞诀而去。家人大小，哀割断绝⑤。如是数年，家益厌苦⑥。其后饮酒过多，醉而形露，但得老狗，便共打杀。因推问之，则里中沽酒家狗也⑦。

【注释】

①司空：官职名。来季德：据《后汉书·来歙传》，来季德名艳，汉灵帝时担任司空。停丧在殡：死人装入棺材后，灵柩暂时停放在那里不葬。　②祭床：摆放祭品的案桌。　③熟是：依旧，跟以前一样。　④鞭扑：鞭打。得其过：指与其犯的过错相当，意思是惩罚得当。　⑤哀割断绝：不再悲哀。　⑥厌苦：厌烦以为苦事。　⑦推问：推求寻问。里：乡里。

千日之醉

狄希，中山人也。能造千日酒，饮之千日醉。时有州人姓刘，名玄石，好饮酒，往求之。希曰："我酒发来未定，不敢饮君①。"石曰："纵未熟，且与一杯，得否?"希闻此语，不免饮之。复索曰："美哉! 可更与之。"希曰："且归，别日当来，只此一杯，可眠千日也。"石别，似有作色②。至家，醉死③。家人不之疑，哭而葬之。

经三年，希曰："玄石必应酒醒，宜往问之。"既往石家，语曰："石在家否?"家人皆怪之，曰："玄石亡来，服以阕矣④"。希惊曰："酒之美矣，而致醉眠千日，今合醒矣⑤。"乃命其家人凿冢破棺看之。

冢上汗气彻天，遂命发冢。方见开目张口，引声而言曰："快哉，醉我也!"因问希曰："尔作何物也，令我一杯大醉，今日方醒⑥! 日高几许⑦?"墓上人皆笑之。被石酒气冲入鼻中，亦各醉卧三月。

【注释】

①发:发酵。定:指酒味稳定。饮(yìn):给人喝水或喝酒。 ②作色:改变脸色，指酒上脸。 ③死:此处指失去知觉。 ④服:服丧期。阕:终了，停止。 ⑤合:应当。 ⑥方:才。 ⑦几许:多少。

隋侯珠

隋县溠水侧①，有断蛇丘。隋侯出行②，见大蛇被伤中断，疑其灵异，使人以药封之，蛇乃能走，因号其处"断蛇丘"。岁余，蛇衔明珠以报之。珠盈径寸③，纯白，而夜有光明，如月之照，可以烛室④，故谓之"隋侯珠"。亦曰"灵蛇珠"，又曰"明月珠"。丘南有隋季良大夫池⑤。

【注释】

①隋县:即今随县，在湖北省北部。溠(zhà)水:即扶恭河，在随县西北。 ②隋侯:西周时期的诸侯国隋国的国君，姬姓，封国在今湖北随县。 ③盈:超过。 ④烛:照亮。 ⑤季良:又作季梁，隋国大夫。

焦尾琴

汉灵帝时，陈留蔡邕以数上书陈奏①，忤上旨意，又内宠恶之②，虑不免③，乃亡命江海，远迹吴会④。至吴，吴人有烧桐以爨者⑤，邕闻火烈声，曰："此良材也。"因请之，削以为琴，果有美音。而其尾焦，因名"焦尾琴"。

【注释】

①蔡邕:东汉文学家,又精通音律、书法。数(shuò):屡次。 ②忤:违逆,触犯。内宠:指宫廷里得宠的宦官。 ③不免:无法幸免。 ④远迹:远逃。吴会:吴郡和会稽郡。 ⑤爨:烧火做饭。

吴氏梦月

孙坚夫人吴氏,孕而梦月入怀,已而生策①。及权在孕,又梦日入怀。以告坚曰:"妾昔怀策②,梦月入怀;今又梦日,何也?"坚曰:"日月者,阴阳之精③,极贵之象。吾子孙其兴乎④!"

【注释】

①已而:不久。 ②昔:从前。 ③精:精华。 ④其:大概,或许。

干将莫邪

楚干将、莫邪为楚王作剑①,三年乃成。王怒,欲杀之。剑有雌雄。其妻重身当产②,夫语妻曰:"吾为王作剑,三年乃成。王怒,往必杀我。汝若生子是男,大,告之曰:'出户望南山,松生石上,剑在其背。'"于是即将雌剑往见楚王③。王大怒,使相之④:"剑有二,一雄一雌。雌来,雄不来。"王怒,即杀之。

莫邪子名赤比,后壮,乃问其母曰:"吾父所在?"母曰:"汝父为楚王作剑,三年乃成。王怒杀之。去时嘱我:'语汝子:出户望南山,松生石上,剑在其背。'"于是子出户南望,不见有山,但睹堂前松柱下,石低之上⑤,即以斧破其背,得剑。日夜思欲报楚王⑥。

王梦见一儿,眉间广尺,言欲报仇。王即购之千金⑦。儿闻之,亡去⑧,入山行歌。客有逢者⑨,谓:"子年少,何哭之甚悲耶?"曰:"吾干将、莫邪子也。楚王杀吾父,吾欲报之!"客曰:"闻王购子头千金,将子头与剑来,为子报之。"儿曰:"幸甚!"即自刎,两手捧头及剑奉之,立僵。客曰:"不负子也。"于是尸乃仆⑩。

客持头往见楚王,王大喜。客曰:"此乃勇士头也。当于汤镬煮之⑪。"王如其言。煮头三日三夕,不烂,头踔出汤中⑫,踬目大怒⑬。客曰:"此儿头不烂,愿王自往临视之,是必烂也。"王即临之。客以剑拟王⑭,王头随堕汤中。客亦自拟己头,头复堕汤中。三首俱烂,不可识别。乃分其汤肉葬之,故通名"三王墓"。今在汝南北宜春县界⑮。

【注释】

①干将、莫邪:相传是春秋时期吴国人,干将是铸剑名匠,莫邪是其妻,后人以他们的名字作为雌雄二剑之名。 ②重(chóng)身:身中有身,即怀孕。 ③即:就。将:拿着。 ④相:察看。 ⑤低:当作"砥",石础。 ⑥报:报复。 ⑦购:悬赏征求。 ⑧亡:逃亡。去:离开。 ⑨客:指侠客。 ⑩仆:倒下。 ⑪汤镬(huò):古代的一种大锅,常用来作为刑具煮人。 ⑫踔(chuō):腾跃、跳跃。汤:开水。 ⑬踬(zhì):当为"瞋",瞠大眼睛。 ⑭拟:指向,比划,这里是指拿着剑向楚王砍去。 ⑮汝南:古郡名,治所在今河南汝南县东南。北宜春:西汉时名宜春,东汉时改为北宜春,在今河南汝南县西南。

五、唐宋诗词

（一）唐诗

王勃诗

送杜少府之任蜀川①

城阙辅三秦，风烟望五津②。
与君离别意，同是宦游人。
海内存知已，天涯若比邻③。
无为在歧路，儿女共沾巾。

【注释】

①王勃（650—676），字子安，初唐诗人，与杨炯、卢照邻、骆宾王并称"初唐四杰"。杜少府：名不详，唐人称县尉为少府。蜀川：蜀地，今四川。　②城阙：指长安。辅三秦：以三秦为辅，言在三秦的中枢。陕西一带古为秦国，项羽灭秦后分其地为雍、塞、翟三国，故称三秦。五津：蜀中长江自湔堰至犍（qián）为一段有五个渡口。这里泛指蜀地。　③比邻：近邻。

杨炯诗

从军行①

烽火照西京，心中自不平。
牙璋辞凤阙，铁骑绕龙城②。
雪暗凋旗画，风多杂鼓声。
宁为百夫长，胜作一书生③。

【注释】

①杨炯,初唐"四杰"之一。这首诗用乐府旧题,表现诗人慷慨从军的豪情壮志。　②牙璋:兵符。凤阙:指长安。龙城:地名,汉代匈奴大会之所,此借指敌方要地。　③百夫长:下级军官。

张若虚诗

春江花月夜①

春江潮水连海平,海上明月共潮生。
滟滟随波千万里,何处春江无月明②。
江流宛转绕芳甸,月照花林皆似霰③。
空里流霜不觉飞,汀上白沙看不见④。
江天一色无纤尘,皎皎空中孤月轮。
江畔何人初见月?江月何年初照人?
人生代代无穷已,江月年年只相似。
不知江月待何人,但见长江送流水。
白云一片去悠悠,青枫浦上不胜愁⑤。
谁家今夜扁舟子,何处相思明月楼⑥?
可怜楼上月徘徊,应照离人妆镜台。
玉户帘中卷不去,捣衣砧上拂还来⑦。
此时相望不相闻,愿逐月华流照君。
鸿雁长飞光不度,鱼龙潜跃水成文⑧。
昨夜闲潭梦落花,可怜春半不还家⑨。
江水流春去欲尽,江潭落月复西斜。
斜月沉沉藏海雾,碣石潇湘无限路⑩。
不知乘月几人归,落月摇情满江树。

【注释】

①张若虚,初唐诗人,与贺知章、张旭、包融并称"吴中四士"。《春江花月夜》是乐府旧题,原曲为陈后主所制。此诗围绕题中五种事物,将春江月夜美景、离别相思之情与对宇宙人生的哲理思索融为一体,构织出令人神往的艺术境界。　②滟滟(yàn):光影闪烁的样子。　③芳甸:遍生花草的原野。甸:郊外之地。霰(xiàn):小冰粒。　④流霜:指月光。　⑤青枫浦:地名,这里泛指离别之地。　⑥"谁家"、"何处"二句互文见义,关联两地双方。　⑦砧(zhēn):捣衣石。　⑧鸿雁、鱼龙都是传递书信之物,这里说二者纵然飞、跃也是徒然,无法传递音信。　⑨"昨夜"以下写

游子之情。可怜:可叹。花落幽潭,春光将逝,人却远隔天涯,故有叹。　⑩碣石:山名,在今河北昌黎县。潇湘:水名,在今湖南省。这里碣石指北,潇湘指南。无限路:言相距之远。

宋之问诗

渡汉江①

岭外音书断,经冬复历春。
近乡情更怯,不敢问来人②。

【注释】

①宋之问(约 656—712),初唐诗人,与沈佺期齐名,并工律体。这首诗是宋之问从泷州(今广东罗定市)贬所北归途中所作。②后二句写久别还乡的矛盾心理。

张九龄诗

望月怀远

海上生明月,天涯共此时。
情人怨遥夜,竟夕起相思①。
灭烛怜光满,披衣觉露滋②。
不堪盈手赠,还寝梦佳期③

【注释】

①竟夕:通宵。　②怜:爱。　③结尾二句谓,思以月光相赠而不可得,所以回屋安睡,希望在梦中相会。

王昌龄诗①

出塞(其一)

秦时明月汉时关,万里长征人未还。
但使龙城飞将在,不教胡马度阴山②。

【注释】

①王昌龄(698—757),字少伯,太原人。其诗以绝句成就最高,有"七绝圣手"之称。　②龙

城飞将:西汉李广为右北平太守,人称"飞将军"。龙城:在今辽宁省,为汉右北平辖区。

从军行(其一)

烽火城西百尺楼,黄昏独坐海风秋。
更吹羌笛关山月,无那金闺万里愁①。

【注释】

①无那:无奈。

长信秋词(其三)①

奉帚平明金殿开,暂将团扇共徘徊②。
玉颜不及寒鸦色,犹带昭阳日影来③。

【注释】

①长信:汉宫殿名。诗写失宠妃嫔的孤独苦闷。　②奉帚:捧着扫帚,指打扫宫殿。将:拿起。　③二句以人不如物,极写失宠宫人的落寞与委屈。

闺怨

闺中少妇不知愁,春日凝妆上翠楼①。
忽见陌头杨柳色,悔教夫婿觅封侯。

【注释】

①凝妆:盛妆,精心打扮。

孟浩然诗

宿建德江①

移舟泊烟渚,日暮客愁新。
野旷天低树,江清月近人。

【注释】

①孟浩然(689—740),盛唐山水田园诗人,与王维并称"王孟"。建德江:指新安江流经建德(今属浙江)的一段。

过故人庄

故人具鸡黍,邀我至田家①。
绿树村边合,青山郭外斜。
开轩面场圃,把酒话桑麻②。
待到重阳日,还来就菊花。

【注释】

①鸡黍:农家待客的丰盛饭食。具,备办。　②轩:窗的别称。场:打谷的场地。圃:种植蔬菜或花卉的园地。

王维诗①

渭川田家

斜阳照墟落,穷巷牛羊归②。
野老念牧童,倚杖候荆扉。
雉雊麦苗秀,蚕眠桑叶稀③。
田夫荷锄至,相见语依依。
即此羡闲适,怅然吟《式微》④。

【注释】

①王维(701—761),字摩诘,太原人。曾官大乐丞、尚书右丞。中年后居辋川,奉佛参禅。王维通音乐,长绘画,其诗描摹田园、山水风光,精炼自然,意境高妙。苏轼评曰:"观摩诘之画,画中有诗;味摩诘之诗,诗中有画。"　②墟落:村庄。　③雉雊(gòu):野鸡鸣叫。　④《式微》:《诗经·邶风》有《式微》篇:"式微,式微,胡不归?"这里借以表现诗人对归隐的向往。

汉江临泛

楚塞三湘接,荆门九派通①。
江流天地外,山色有无中②。
郡邑浮前浦,波澜动远空③。
襄阳好风日,留醉与山翁④。

【注释】

①首二句写汉江一带众水交汇。楚塞:指古代楚国地界。三湘:湘水与漓水、蒸水、潇水汇合,故称三湘。九派:九条支流。 ②二句写纵目远望,汉江滔滔远去,好像一直流到天地之外,两岸青山迷蒙,时隐时现。二句极富画意。 ③二句写两岸的都市、村庄随江上波澜一起晃动,一直绵延到水天相接的远方。 ④山翁:晋代人山简,曾镇守襄阳。二句说要与山简共谋一醉,流露出诗人对江山风物的流连欣赏之情。

终南别业①

中岁颇好道,晚家南山陲②。
兴来每独往,胜事空自知。
行到水穷处,坐看云起时。
偶然值林叟,谈笑无还期。

【注释】

①终南:终南山。别业:指辋川别墅。 ②好道:指信奉佛教。

辛夷坞①

木末芙蓉花,山中发红萼②。
涧户寂无人,纷纷开且落。

【注释】

①这是王维《辋川集》二十首中的一首,于自然景物的描写中透出诗人空寂落寞的内心世界。 ②木末:指树梢。芙蓉花:指辛夷花。

鸟鸣涧^①

人闲桂花落,夜静春山空。
月出惊山鸟,时鸣春涧中。

【注释】

①这首诗写春山月景。

送元二使安西^①

渭城朝雨浥轻尘,客舍青青柳色新^②。
劝君更尽一杯酒,西出阳关无故人^③。

【注释】

①这是一首送人赴边地从军的诗,后因谱入乐曲,取首句二字题作《渭城曲》。 ②浥:濡湿。 ③阳关:在今甘肃省敦煌市西南。

送沈子福之江东^①

杨柳渡头行客稀,罟师荡桨向临圻^②。
惟有相思似春色,江南江北送君归

【注释】

①沈子福:身份不详,这首诗当是诗人在长江上游送友人归江东之作。 ②罟(gǔ)师:渔人,此指船夫。

高适诗

封丘作^①

我本渔樵孟诸野,一生自是悠悠者^②。
乍可狂歌草泽中,宁堪作吏风尘下^③!
只言小邑无所为,公门百事皆有期^④。
拜迎官长心欲碎,鞭挞黎庶令人悲^⑤。

归来向家问妻子,举家尽笑今如此。

生事应须南亩田,世情付与东流水。

梦想旧山安在哉,为衔君命且迟回⑥。

乃知梅福徒为尔,转忆陶潜归去来⑦。

【注释】

①高适(约702—765),字达夫,渤海蓨(今河北景县)人,官至散骑常侍,唐代著名边塞诗人。其诗情意真挚,气势充沛。这首诗是天宝年间高适初任封丘(在今河南)县尉时所作。②渔樵:打鱼采樵。孟诸:大泽名,在今河南一带。悠悠者:无拘束的人。 ③乍可:只可。④期:期限。 ⑤黎庶:平民百姓。 ⑥衔君命:奉君命。迟回:徘徊,欲去又止。 ⑦梅福:西汉人,曾为官,后弃官归家。徒为尔:只是为了这个缘故。

别董大①

千里黄云白日曛,北风吹雁雪纷纷②。

莫愁前路无知己,天下谁人不识君!

【注释】

①董大:名不详,一般认为是唐玄宗时的琴客。 ②曛:曛黄,夕阳西沉时的昏黄景色。

岑参诗

走马川行奉送封大夫出师西征①

君不见走马川、雪海边,平沙莽莽黄入天。

轮台九月风夜吼,一川碎石大如斗,随风满地石乱走。

匈奴草黄马正肥,金山西见烟尘飞,汉家大将西出师②。

将军金甲夜不脱,半夜军行戈相拨,风头如刀面如割。

马毛带雪汗气蒸,五花连钱旋作冰,幕中草檄砚水凝③。

虏骑闻之应胆慑,料知短兵不敢接,车师西门伫献捷④。

【注释】

①岑参(715—770),南阳(今河南省南阳市)人。唐代著名的边塞诗人,其诗多写边塞的奇丽风光,洋溢着积极乐观的情绪。这首诗是岑参任安西节度制官时送封常清出征播仙所作。封

大夫:封常清,时为北庭都护使。走马川:即左末河,在今新疆。行:一种诗歌体裁。　②金山:即新疆境内的阿尔泰山。　③草檄:起草声讨敌人的文书。　④慑:恐惧。车师:安西都护府所在地,在今新疆吐鲁番市。伫:等待。

送李副使赴碛西官军①

火山六月应更热,赤亭道口行人绝。
知君惯度祁连城,岂能愁见轮台月②。
脱鞍暂入酒家垆,送君万里西击胡。
功名只向马上取,真是英雄一丈夫。

【注释】

①李副使:名不详。碛西:即安西都护府(今新疆库车附近)。　②祁连城:在今甘肃张掖县西南。

碛中作①

走马西来欲到天,辞家见月两回圆。
今夜不知何处宿,平沙万里绝人烟。

【注释】

①碛:沙漠。

李白诗

蜀道难①

噫吁嚱,危乎高哉! 蜀道之难难于上青天②!
蚕丛及鱼凫,开国何茫然!③
尔来四万八千岁,不与秦塞通人烟④。
西当太白有鸟道,可以横绝峨眉颠⑤。
地崩山摧壮士死,然后天梯石栈相钩连⑥。
上有六龙回日之高标,下有冲波逆折之回川⑦。
黄鹤之飞尚不得过,猿猱欲度愁攀援。
青泥何盘盘,百步九折萦岩峦。

扪参历井仰胁息，以手抚膺坐长叹⑧。

问君西游何时还？畏途巉岩不可攀⑨。

但见悲鸟号古木，雄飞雌从绕林间。

又闻子规啼夜月，愁空山。

蜀道之难难于上青天，使人听此凋朱颜！

连峰去天不盈尺，枯松倒挂倚绝壁。

飞湍瀑流争喧豗，砯崖转石万壑雷⑩。

其险也若此，嗟尔远道之人，胡为乎来哉！

剑阁峥嵘而崔嵬，一夫当关，万夫莫开⑪。

所守或匪亲，化为狼与豺。

朝避猛虎，夕避长蛇。磨牙吮血，杀人如麻⑫。

锦城虽云乐，不如早还家。

蜀道之难难于上青天，侧身西望长咨嗟！

【注释】

①李白(701—762)，字太白，祖籍陇西成纪(今甘肃省秦安县)，出生于安西都护府之碎叶城(今吉尔吉斯斯坦境内)，幼时随父迁至绵州(今四川江油市)之青莲乡，故又号青莲居士。李白青年时漫游全国各地，天宝年间因人推荐供奉翰林，后因参加永王李璘兵变被流放夜郎。晚年漂泊，病殁于当涂。其诗想象丰富，风格或雄奇，或飘逸，具有浪漫主义色彩。《蜀道难》是乐府旧题，此诗根据旧题传统描绘由秦入蜀路上山川的雄奇险峻，表现了诗人杰出的艺术才能和丰富的想象力。　②噫吁(xū)嚱(xī)：感叹词，蜀地方言。　③蚕丛、鱼凫：传说中古蜀国开国君主的名字。茫然：指时间久远。　④秦：今陕西省地。通人烟：相互往来。战国时秦惠王灭蜀，置蜀郡，自此蜀地才开始与秦地交通。　⑤太白：山名。鸟道：高入云霄的小路。横绝：横渡。　⑥石栈：在山崖上凿石架木而建成的栈道。　⑦六龙回日之高标：传说羲和每天用六条龙驾着日神的座车出发，到名悬车的地方转回去。这里极言蜀山之高，成为羲和回车的标志。⑧扪参历井：参、井，均为星宿名。这里是说自秦入蜀途中山极高，行人仰头可以摸到天上的星宿。胁息：敛住呼吸。膺：胸口。　⑨巉岩：险峻的山岩。　⑩湍：急流。喧豗(huī)：哄闹声。砯(pēng)：水击岩石声。转石：水流击打石块。万壑雷：形容声音宏大，好像万壑雷鸣。　⑪剑阁：在今四川剑阁县北，又名剑门关。峥嵘：高峻的样子。崔嵬：高而不平的样子。　⑫猛虎、长蛇：指蜀地山中多害人的野兽。一说比喻割据一方、不服从朝廷的人。

将进酒①

君不见黄河之水天上来,奔流到海不复回。
君不见高堂明镜悲白发,朝如青丝暮成雪②。
人生得意须尽欢,莫使金樽空对月。
天生我材必有用,千金散尽还复来。
烹羊宰牛且为乐,会须一饮三百杯③。
岑夫子,丹丘生,将进酒,杯莫停④。
与君歌一曲,请君为我倾耳听。
钟鼓馔玉不足贵,但愿长醉不复醒⑤。
古来圣贤皆寂寞,惟有饮者留其名。
陈王昔时宴平乐,斗酒十千恣欢谑⑥。
主人何为言少钱,径须沽取对君酌⑦。
五花马,千金裘,呼儿将出换美酒,与尔同销万古愁。

【注释】

①《将进酒》是乐府旧题,古辞多写饮酒放歌之情。李白此诗题材与古辞相近,而表现出一种鄙弃世俗、蔑视富贵的傲岸精神。同时也流露出人生短暂、及时行乐的消极态度。　②开篇两组排比长句,极写时光如流水、人生短暂之悲,如天风海雨,气势逼人。　③会须:一定要。　④岑夫子、丹丘生:指岑勋、元丹丘,都是李白的好友。　⑤钟鼓馔玉:形容饮食精美。这里代指富贵。　⑥陈王:指曹植。其《名都篇》言:"归来宴平乐,美酒斗十千。"平乐:观名,在今河南洛阳。恣:纵情。　⑦径须:直须。

行路难(其一)①

金樽清酒斗十千,玉盘珍羞直万钱②。
停杯投箸不能食,拔剑四顾心茫然③。
欲渡黄河冰塞川,将登太行雪满山④。
闲来垂钓碧溪上,忽复乘舟梦日边⑤。
行路难,行路难,多歧路,今安在?
长风破浪会有时,直挂云帆济沧海。

【注释】

①《行路难》是乐府旧题,古辞多写世路艰难及离别悲伤之意。李白此诗题材沿承古辞,而充满政治上遭遇挫折的抑郁不平之气。　②珍羞:珍贵的菜肴。羞:同"馐"。直:同"值"。

③箸:筷子。茫然:没有着落的样子。　④二句比喻人生事与愿违。　⑤闲来二句:吕尚未遇见周文王时,曾在河边垂钓。伊尹受商汤聘用之前,曾梦见自己乘船在日月旁经过。这里二典故合用,表明诗人对政治生活仍有期待。

江上吟①

木兰之枻沙棠舟,玉箫金管坐两头。
美酒樽中置千斛,载妓随波任去留②。
仙人有待乘黄鹤,海客无心随白鸥③。
屈平词赋悬日月,楚王台榭空山丘④。
兴酣落笔摇五岳,诗成笑傲凌沧洲⑤。
功名富贵若长在,汉水亦应西北流。

【注释】

①这首诗表现诗人藐视富贵的傲兀精神,同时也流露出任情行乐的消极情绪。　②这四句写泛舟江上、挟妓饮酒之乐。枻:船桨。玉箫金管:指船上所载的吹箫笛等乐器的人。　③《列子·黄帝篇》载,古时有一个人喜欢鸥鸟,每天清晨到海边,都有成百的鸥鸟飞集他身边。一次他的父亲要他捉一只鸥鸟来玩,他再去海边,鸥鸟就不飞来了。二句形容诗人逍遥自在,毫无机心的生活。　④二句说,楚王的权势只能显赫一时,如今徒然剩下山丘,而屈原的光辉辞赋,则可与日月并存。　⑤二句表现诗人的狂放和对才华的自信。

月下独酌

花间一壶酒,独酌无相亲。
举杯邀明月,对影成三人。
月既不解饮,影徒随我身①。
暂伴月将影,行乐须及春②。
我歌月徘徊,我舞影零乱。
醒时同交欢,醉后各分散。
永结无情游,相期邈云汉③。

【注释】

①不解:不懂。　②将:和。　③无情游:月、影本没有情感,而人与之交游,故称无情游。相期:相约。

渡荆门送别①

渡远荆门外,来从楚国游②。
山随平野尽,江入大荒流③。
月下飞天镜,云生结海楼④。
仍怜故乡水,万里送行舟⑤。

【注释】

①诗描绘蜀地雄奇开阔的江山,表现诗人倜傥不群的胸怀。　②荆门:山名,在今湖北省宜都市西北长江南岸。楚国:今湖北一带。　③山随二句:自荆门以东,地势平坦。大荒:广阔无际的原野。　④飞天镜:月亮映入江水,好像镜子从天空飞下。海楼:形容海上云气变幻。⑤怜:爱,这里含有留恋之意。故乡水,指长江。

独坐敬亭山①

众鸟高飞尽,孤云独去闲。
相看两不厌,只有敬亭山。

【注释】

①敬亭山:在今安徽省宣城市北。

闻王昌龄左迁龙标遥有此寄①

杨花落尽子规啼,闻道龙标过五溪②。
我寄愁心与明月,随君直到夜郎西③。

【注释】

①左迁:古人尚右,左迁指贬官。龙标:今湖南省洪江市。这首诗是李白送王昌龄左迁龙标尉时所作。　②子规:杜鹃鸟。五溪:在今湖南省西部。　③夜郎:古国名,此泛指西南偏远地区。

清平调词三首(其一)①

云想衣裳花想容,春风拂槛露华浓②。
若非群玉山头见,会向瑶台月下逢③。

【注释】

①《清平调词》是李白在长安供奉翰林时所作。诗咏杨贵妃之美，借花映衬而将人与花打成一片，风流华美，不露阿谀之态。　②首句以云、花写人之美，想象奇妙。槛：栏杆。露华浓：指带露的牡丹花娇艳欲滴，以花喻人。　③群玉：山名，传说中西王母所居之处。会：当。二句赞杨贵妃之美，只能在仙界见到。

杜甫诗①

望岳

岱宗夫如何？齐鲁青未了②。
造化钟神秀，阴阳割昏晓③。
荡胸生层云，决眦入归鸟④。
会当凌绝顶，一览众山小⑤。

【注释】

①杜甫(712—770)，字子美，曾官左拾遗、工部员外郎，世称杜少陵、杜工部。其诗抒写个人情怀，往往能密切结合时事，深刻反映了唐代由盛转衰的时代形势，后世称为"诗史"。　②岱宗：即泰山。齐鲁句：谓泰山居齐鲁之间，峰峦青苍之色，齐鲁之外还可望见。未了：没完。③造化句：谓大自然把神奇和秀美都赋予了泰山。钟：聚集。阴阳句：山南山北判若清晓与黄昏，极言泰山之高。割：划分。　④荡胸句：谓望见山上层云叠生，舒展飘拂，心胸亦为之开豁舒朗。决眦句：谓凝神远望，目送山中飞鸟归林。眦：眼眶。入：犹言没。　⑤会当：定要。

奉赠韦左丞丈二十二韵①

纨绔不饿死，儒冠多误身②。
丈人试静听，贱子请具陈：
甫昔少年日，早充观国宾③。
读书破万卷，下笔如有神。
赋料扬雄敌，诗看子建亲④。
李邕求识面，王翰愿卜邻⑤。
自谓颇挺出，立登要路津。
致君尧舜上，再使风俗淳⑥。
此意竟萧条，行歌非隐沦⑦。
骑驴三十载，旅食京华春⑧。

133

朝扣富儿门,暮随肥马尘。

残杯与冷炙,到处潜悲辛。

主上顷见征,欻然欲求伸⑨。

青冥却垂翅,蹭蹬无纵鳞⑩。

甚愧丈人厚,甚知丈人真。

每于百僚上,猥诵佳句新⑪。

窃效贡公喜,难甘原宪贫⑫。

焉能心怏怏,只是走踆踆⑬。

今欲东入海,即将西去秦。

尚怜终南山,回首清渭滨⑭。

常拟报一饭,况怀辞大臣⑮。

白鸥没浩荡,万里谁能驯⑯!

【注释】

①这是杜甫困守长安时期(公元746—755)的作品。韦左丞丈:韦济,天宝七载(748)任尚书左丞。 ②首二句以富贵子弟与读书人处境的对比,揭示当时贤愚倒置的社会现实。 ③自"甫昔"以下十二句回忆自己早年得志的生活及远大抱负。观国宾,指杜甫开元二十三年(735)二十四岁时参加进士考试来到京城。 ④二句自负文才,说作赋可与西汉杨雄相比,写诗堪比曹植。 ⑤二句说自己早年以文才得到前辈的赏识。李邕、王翰都是杜甫的前辈。 ⑥四句写早年踌躇满志,一心想辅佐君王建立一番盖世的功业。挺出:特出。要路津:比喻重要职位。杜甫早年向玄宗献《三大礼赋》,得到玄宗召见。其诗言:"忆献三赋蓬莱宫,自怪一日声辉赫。集贤学士如堵墙,观我落笔中书堂。往时文彩动人主,此日饥寒趋路旁。"(《莫相疑行》) ⑦"此意"以下十二句写现实遭际。萧条:冷落。行歌句:行歌于路,有点像隐士,但自己并不是逃避现实的人。 ⑧三十载:当是十三载。 ⑨欻:同"忽"。伸:伸展志向。 ⑩两句以鸟儿垂翅、鱼儿不能纵鳞游弋比喻自己志向难伸。青冥:天空。蹭蹬:失势的样子。 ⑪猥:承蒙。诵佳句:吟诵杜甫的诗句,旨在称引举荐。 ⑫贡公:汉代禹贡。禹贡与王吉为友,听说王吉当官,高兴得弹冠,因为知道对方会引荐自己。杜甫这里以禹贡自比,以王吉期待韦济。原宪:孔子学生,家里很穷。这句说自己不愿甘于原宪那样的贫穷。 ⑬怏怏:气愤不平的样子。踆踆:cún,且行且退的样子。 ⑭"今欲"四句,写欲离开长安又迟迟不忍的矛盾心理。秦:指长安。终南山和渭水都在长安。怜:怜爱。 ⑮大臣:指韦济。一饭之德,尚不忘报,何况远辞大臣,又是文章知己,哪能就此离去? ⑯白鸥两句:写白鸥飞翔消失在浩渺的烟波之间,无人可以拘束,有自比之意。

兵车行①

车辚辚,马萧萧,行人弓箭各在腰。

耶娘妻子走相送,尘埃不见咸阳桥。

牵衣顿足拦道哭,哭声直上干云霄②。

道傍过者问行人,行人但云点行频③。

或从十五北防河,便至四十西营田④。

去时里正与裹头,归来头白还戍边⑤。

边庭流血成海水,武皇开边意未已⑥。

君不闻汉家山东二百州,千村万落生荆杞⑦。

纵有健妇把锄犁,禾生陇亩无东西。

况复秦兵耐苦战,被驱不异犬与鸡⑧。

长者虽有问,役夫敢申恨⑨?

且如今年冬,未休关西卒⑩。

县官急索租,租税从何出?

信知生男恶,反是生女好。

生女犹得嫁比邻,生男埋没随百草⑪。

君不见青海头,古来白骨无人收。

新鬼烦冤旧鬼哭,天阴雨湿声啾啾⑫。

【注释】

①这是杜甫创制的一首新题乐府诗。行:古诗的一种体裁。　②首六句描绘出一幅震人心弦的离别场景:兵车隆隆,战马嘶鸣,一队队被抓来的穷苦百姓佩带弓箭,在官吏的押送下准备出征。他们的爹娘、妻子在队伍中寻找、呼叫,扯着亲人的衣衫,捶胸顿足,呼号哭泣。夸张的手法和传神的动作描绘,给读者视觉、听觉及情感上的强烈震撼。耶娘:同"爷娘"。　③过者:指作者自己。点行频:频繁地征兵。点行,按名强制征调。自"点行频"以下转述"行人"之言。　④防河:玄宗时为防备吐蕃,常调集兵力驻扎西河(今甘肃及宁夏一带),称为"防河"。营田:戍边士卒平时垦荒种田,有事作战。　⑤里正:唐地方官名称,百家为里,置里正一人。与裹头:新兵入伍,须装束整齐。被征者年纪小,所以里正给他裹头。　⑥两句指出,最高统治者以武力开辟疆土,是造成百姓妻离子散痛苦生活的根源。武皇:汉武帝,此指唐玄宗。　⑦汉家:以汉代唐。山东:华山以东地区。两句写由于频繁征兵造成田园荒芜。　⑧秦兵:指这次应征出发的士兵。秦,关中地区。
⑨长者:征夫对诗人的尊称。役夫:士卒自称。　⑩两句说且以今冬事为例,由于战事不断,所以被征调的士卒都不得还家。　⑪四句说由于战争,大量男子被征入伍,以致改变了人们以往重男轻女的看法。比邻:犹近邻。　⑫结四句描绘青海边古战场阴风凄惨、白骨森森的情景,与开头离别场景对照,对统治者穷兵黩武带来的恶果给予有力地控诉。

丽人行①

三月三日天气新,长安水边多丽人②。

态浓意远淑且真,肌理细腻骨肉匀③。

绣罗衣裳照暮春,蹙金孔雀银麒麟④。

头上何所有,翠为匐叶垂鬓唇。

背后何所见,珠压腰衱稳称身⑤。

就中云幕椒房亲,赐名大国虢与秦⑥。

紫驼之峰出翠釜,水精之盘行素鳞⑦。

犀箸厌饫久未下,鸾刀缕切空纷纶⑧。

黄门飞鞚不动尘,御厨络绎送八珍⑨。

箫鼓哀吟感鬼神,宾从杂遝实要津⑩。

后来鞍马何逡巡,当轩下马入锦茵⑪。

杨花雪落覆白蘋,青鸟飞去衔红巾⑫。

炙手可热势绝伦,慎莫近前丞相嗔⑬。

【注释】

①这是杜甫创制的一首新题乐府,大概作于天宝十二载(753)。诗从曲江春游的贵族妇女写起,故以《丽人行》名篇。同时也揭露出当时政治阴暗的侧面。唐玄宗宠爱杨贵妃,杨氏兄妹都因裙带关系而显贵。 ②三月三日:古时风俗,以三月三日为上巳节,人们于此日到水边洗濯以祓除不洁,后来发展为一个游春宴饮的节日。 ③两句写游春的贵族妇女身段匀称,肌肤细腻,神态举止娴静优雅。 ④绣罗两句:罗衣上有金、银线绣的孔雀、麒麟图案。蹙(cù),刺绣的一种手法。 ⑤翠为匐(è)叶:用翠玉制成的花饰。鬓唇:鬓边。腰衱(jié):齐腰的衣裙。 ⑥就中:其中。云幕、椒房:后妃所居之处。虢与秦:杨贵妃的姐妹分别被封为虢国夫人和秦国夫人。 ⑦紫驼两句:写宴饮时肴馔的珍贵及器用的精美。
⑧犀箸:犀牛角制作的筷子。厌饫(yù):饱足,厌,同餍。鸾刀:装有鸾铃的刀。纷纶:忙乱的样子。两句说贵妇们面对珍贵的肴馔久不下箸,厨中赶制出很多精美的食品,也是白费功夫。 ⑨黄门:即宦官。飞鞚:飞驰的马。鞚,马勒。不动尘:马行快速而又平稳。
⑩杂遝(tà):众多。实要津:在朝廷占据要职。 ⑪后来鞍马:最后骑马来的人,此指杨国忠,即下文的"丞相"。逡巡:欲进不进貌。这里形容神态舒缓、大模大样。锦茵:锦制的地毯。 ⑫杨花两句:两句隐语,讽刺杨国忠与从妹虢国夫人关系暧昧。青鸟:神话中西王母的使者。红巾:妇女所用的手帕。青鸟衔红巾:指双方暗通消息。 ⑬炙手可热两句:指杨氏权势煊赫,气焰灼人,无人敢惹。

春望①

国破山河在,城春草木深②。

感时花溅泪,恨别鸟惊心③。

烽火连三月,家书抵万金④。

白头搔更短,浑欲不胜簪⑤。

【注释】

①公元756年,唐肃宗在灵武即位,杜甫投奔肃宗途中被叛军俘获,带到长安,诗即作于此时。　②首两句写望中所见,意极沉痛。　③两句拟人,言花溅泪、鸟惊心,乃由于人移情于物。　④两句写出战火纷争时人们盼望亲人音讯的普遍心理。　⑤白头两句谓,于极无聊赖之际搔首踟蹰,本想借此解愁,不想短发稀疏,几不胜簪。

羌村三首①

峥嵘赤云西,日脚下平地②。

柴门鸟雀噪,归客千里至③。

妻孥怪我在,惊定还拭泪④。

世乱遭飘荡,生还偶然遂。

邻人满墙头,感叹亦歔欷。

夜阑更秉烛,相对如梦寐。

晚岁迫偷生,还家少欢趣。

娇儿不离膝,畏我复却去⑤。

忆昔好追凉,故绕池边树。

萧萧北风劲,抚事煎百虑。

赖知禾黍收,已觉糟床注⑥。

如今足斟酌,且用慰迟暮。

群鸡正乱叫,客至鸡斗争。

驱鸡上树木,始闻叩柴荆。

父老四五人,问我久远行⑦。

手中各有携,倾榼浊复清⑧。

苦辞酒味薄,黍地无人耕。

兵革既未息,儿童尽东征⑨。

请为父老歌,艰难愧深情⑩。

137

歌罢仰天叹,四座泪纵横。

【注释】

①公元 757 年,杜甫到凤翔投奔肃宗,被授予左拾遗,不久因上疏救房琯,触怒肃宗,被放还家探亲。此诗作于还家后。羌村:在鄜州(今陕西富县南)。 ②峥嵘:山高峻貌,这里用以形容云彩。日脚:从云层斜射下来的日光。 ③千里至:写出长途跋涉后终于到家的艰辛。 ④妻孥:妻子。怪:写妻子初见自己时出乎意外的情景。 ⑤两句写出孩子与自己长期分别后既亲热又害怕的情景。却去:走开。 ⑥赖知:幸而知道。糟床:制酒之具。 ⑦问:慰问。 ⑧榼:盛酒的器具。 ⑨儿童:父老们称丁壮之词。 ⑩艰难:意谓此酒来之不易,自己对乡邻携酒来访,倍觉惭愧而感慨万千。

新婚别①

兔丝附蓬麻,引蔓故不长。
嫁女与征夫,不如弃路旁②。
结发为妻子,席不暖君床。
暮婚晨告别,无乃太匆忙③!
君行虽不远,守边赴河阳④。
妾身未分明,何以拜姑嫜⑤?
父母养我时,日夜令我藏。
生女有所归,鸡狗亦得将⑥。
君今往死地,沉痛迫中肠。
誓欲随君去,形势反苍黄⑦。
勿为新婚念,努力事戎行。
妇人在军中,兵气恐不扬⑧。
自嗟贫家女,久致罗襦裳。
罗襦不复施,对君洗红妆⑨。
仰视百鸟飞,大小必双翔。
人事多错迕,与君永相望⑩。

【注释】

①这首诗以第一人称的口吻,写新婚女子与参军的丈夫生离死别的哀伤,表现人物心绪细腻曲折,极为感人。 ②兔丝:即菟丝子,一种蔓生植物,缠绕在其他植物上生长。蓬麻:蓬麻都是矮小植物,菟丝附于其上,自然引蔓不长。此两句起兴,以兔丝附蓬麻引蔓不长,引出女子与丈夫新婚即离别之事。 ③无乃:岂不是。 ④君行两句:意谓河阳虽离家不远,但在当

时却是前线,暗示此次生离,可能就是死别。 ⑤姑嫜:公婆。 ⑥归:女子出嫁。将:随。即俗语所谓"嫁鸡随鸡,嫁狗随狗。" ⑦形势:犹言情势。苍黄:犹仓皇。两句谓本来决心要随你前去,又怕这样反把事情弄得更糟糕。写女子内心矛盾,极为真切。 ⑧"勿为"以下四句写女子宽慰、鼓励丈夫。 ⑨"自嗟"四句:女子说,因为家贫,嫁衣置办不易。好不容易做成了,丈夫离去,又不能穿了。 ⑩人事句:意谓人间事往往错迕难如人意,但尽管如此,我还是会永远等你回来。

月夜①

今夜鄜州月,闺中只独看②。
遥怜小儿女,未解忆长安。
香雾云鬟湿,清辉玉臂寒③。
何时倚虚幌,双照泪痕干④。

【注释】

①此诗写诗人月夜对妻子儿女的思念之情。 ②鄜州:治所在今陕西富县。 ③两句想象妻子夜里独自倚门望月的情景。 ④虚幌:轻薄透明的帘帷。

月夜忆舍弟①

戍鼓断人行,秋边一雁声。
露从今夜白,月是故乡明。
有弟皆分散,无家问死生。
寄书长不达,况乃未休兵。

【注释】

①这是杜甫流寓秦州(今甘肃天水)时所作。舍弟:犹言"家兄"。

春日忆李白①

白也诗无敌,飘然思不群。
清新庾开府,俊逸鲍参军②。
渭北春天树,江东日暮云③。
何时一樽酒,重与细论文。

【注释】

①此诗作于天宝五载(746)或六载杜甫居长安时。　②庾开府:庾信。鲍参军:鲍照。庾信、鲍照都是南北朝时的著名诗人。　③渭北:指杜甫所住的长安一带。江东:指李白当时正在漫游的江浙一带。

<h3 style="text-align:center">旅夜书怀①</h3>

细草微风岸,危樯独夜舟②。

星垂平野阔,月涌大江流③。

名岂文章著,官因老病休④。

飘飘何所似? 天地一沙鸥⑤。

【注释】

①这是杜甫晚年离开成都草堂沿长江东下时所作。　②首两句写景:月色中,微风吹拂着江岸上的细草,竖着高高樯杆的小船孤独地停泊着。　③两句写远景:平野空旷,大江浩荡,星空也显得低了。　④两句说,有点名声,哪里是因为文章写得好呢? 官职倒是应该因为年老多病而辞掉。这是自嘲。　⑤末联即景抒情,表现诗人内心漂泊无依的感伤。

<h3 style="text-align:center">江汉①</h3>

江汉思归客,乾坤一腐儒②。

片云天共远,永夜月同孤③。

落日心犹壮,秋风病欲苏④。

古来存老马,不必取长途⑤。

【注释】

①这是杜甫晚年漂泊湖北江陵、公安等地时所作。　②江汉两句:写诗人晚年滞留他乡的感伤,自嘲又兼自负。　③两句言与云共远,与月同孤,即景写思归之情。　④落日:比喻暮年。病欲苏:病都要好了。　⑤谓老马以智而不以力胜,自己虽然年老,但壮心犹存。

曲江二首①

一片飞花减却春,风飘万点正愁人②。
且看欲尽花经眼,莫厌伤多酒入唇③。
江上小堂巢翡翠,苑边高冢卧麒麟④。
细推物理须行乐,何用浮名绊此身⑤。

朝回日日典春衣,每日江头尽醉归⑥。
酒债寻常行处有,人生七十古来稀⑦。
穿花蛱蝶深深见,点水蜻蜓款款飞⑧。
传语风光共流转,暂时相赏莫相违⑨。

【注释】

①这是安史之乱后杜甫在长安时所作。 ②两句写诗人惜春、伤春之情。 ③且看:姑且看。两句谓花将尽,只能姑且看,酒已伤多,但仍要接着喝。 ④两句写安史之乱后曲江的荒凉景象。 ⑤物理:指事物盛衰变化的道理。浮名:虚名。 ⑥朝回:退朝回家。典:典当。⑦前句说,随便走到哪儿都有酒债。后句说,人生短暂,当及时行乐。这是无奈之言。 ⑧深深见:忽隐忽现。款款飞:犹缓缓飞,写蜻蜓游戏从容。 ⑨传语:传话。

江村①

清江一曲抱村流,长夏江村事事幽。
自去自来堂上燕,相亲相近水中鸥。
老妻画纸为棋局,稚子敲针作钓钩。
但有故人供禄米,微躯此外更何求②

【注释】

①这首诗作于唐肃宗上元元年(760)前后,时杜甫经过四年流离生活后来到成都,受朋友接济,在成都郊外浣花溪畔营建草堂,暂时栖身。此诗即写当时的生活。 ②"但有"两句:杜甫初到成都时,曾受在当地为官的朋友严武接济。"故人供禄米",当指此。这两句看似喜幸,实则内含悲苦与隐忧。

狂夫^①

万里桥西一草堂,百花潭水即沧浪^②。
风含翠筱娟娟静,雨裛红蕖冉冉香^③。
厚禄故人书断绝,恒饥稚子色凄凉^④。
欲填沟壑唯疏放,自笑狂夫老更狂^⑤。

【注释】

①这首诗作于杜甫客居成都时。　②万里桥:在成都南门外。百花潭:即浣花溪,在万里桥东。　③翠筱:绿竹。娟娟:美好貌。净:光洁。裛:通"浥",湿。红蕖:荷花。两句写草堂美景:微风细雨中,翠竹轻摇,枝叶明净,荷花红艳,冉冉飘香。　④厚禄故人:指曾接济自己的友人,时在成都为官。此时音书断绝,可知生活困窘。恒:常。　⑤填沟壑:指死。

蜀相^①

丞相祠堂何处寻?锦官城外柏森森。
映阶碧草自春色,隔叶黄鹂空好音^②。
三顾频烦天下计,两朝开济老臣心^③。
出师未捷身先死,长使英雄泪满襟。

【注释】

①这首诗是杜甫在成都时游武侯祠所作。武侯祠在成都城南。　②"自""空"二字含情,谓碧草春色、黄鹂鸣声虽美,而人并无心欣赏、倾听。　③两句总括诸葛亮一生才德。三顾:指刘备三次到隆中请诸葛亮出山。天下计:天下大计。两朝开济:指诸葛亮先辅佐刘备开创基业,后辅佐刘禅济美守成。

登楼^①

花近高楼伤客心,万方多难此登临。
锦江春色来天地,玉垒浮云变古今^②。
北极朝廷终不改,西山寇盗莫相侵^③。
可怜后主还祠庙,日暮聊为梁甫吟^④。

【注释】

①这首诗作于代宗广德二年(764)杜甫在成都的第五个年头,写诗人登楼远望、忧心国

事之情。　②两句写登临所见,场景阔大。锦江:源出灌县,经成都流入岷江。玉垒:山名,在今茂汶羌族自治县。　③两句写登楼所想。北极:北辰,此指大唐政权。西山寇盗:指入侵的吐蕃。　④末两句咏怀寄慨。后主:蜀后主刘禅。成都锦官门外有先主(刘备)庙,西有武侯祠,东有后主祠。梁甫吟:古乐府题,相传诸葛亮好吟诵此诗,这里即指诗人自己这首《登楼》诗。

又呈吴郎①

堂前扑枣任西邻,无食无儿一妇人。
不为困穷宁有此,只缘恐惧转须亲②。
即防远客虽多事,便插疏篱却甚真③。
已诉征求贫到骨,正思戎马泪盈巾④。

【注释】

　①杜甫到夔州后住在瀼西草堂,邻居一位寡妇常来草堂旁边打枣。后来杜甫将草堂让给一个姓吴的亲戚住,亲戚在房子周围插上篱笆,不让人打枣。杜甫为此写了这首诗。②两句谓对方如果不是为穷困所迫,也不会来打枣。她打枣时肯定心怀恐惧和不安,正因为如此,我们更应当对她多些亲善。　③两句谓她见你插篱笆就认为你不让她打枣,虽是多心,但你这样做,却也很像是真的(禁止她打枣)呢!这里对吴郎提及此事,措辞很委婉。　④征求:即诛求、剥削。两句由此事拓展开来,指出百姓贫困的根源,在于统治者的剥削和常年的战事。

秋兴八首①(原第一首)

玉露凋伤枫树林,巫山巫峡气萧森②。
江间波浪兼天涌,塞上风云接地阴③。
丛菊两开他日泪,孤舟一系故园心④。
寒衣处处催刀尺,白帝城高急暮砧⑤。

【注释】

　①这组诗是杜甫晚年流寓夔州时所作。诗以心念长安为线索,抒写遭逢兵乱、滞留他乡的客中秋感。情感苍凉悲壮,意境深闳,代表了杜甫晚年律诗的成就。　②玉露:白露。萧森:萧瑟阴森。　③两句写巫山巫峡的萧森气象,也寄寓诗人世乱时艰之慨。　④两句自伤滞留他乡、不得北归。丛菊两开:两年。从永泰元年(765)离开成都算起。他日泪:犹往日泪,流了多年的老泪。　⑤两句由砧声想到人们都在忙着赶制寒衣。

登高①

风急天高猿啸哀,渚清沙白鸟飞回②。
无边落木萧萧下,不尽长江滚滚来。
万里悲秋常作客,百年多病独登台。
艰难苦恨繁霜鬓,潦倒新停浊酒杯③。

【注释】

①这首诗是杜甫大历二年(767)秋在夔州时所作。诗写秋日登高所见,表现诗人常年漂泊、老病孤愁的复杂情意,对仗精工,意境苍凉雄阔,后人推为古今七律之冠。　②百年:犹一生。"万里"、"百年"与上句"无边"、"不尽"相呼应,将诗人年老、多病、羁旅他乡的愁绪与苍凉的秋景融为一体,构成雄浑的意境。　③潦倒句:指因病戒酒。

韩愈诗

左迁至蓝关示侄孙湘①

一封朝奏九重天,夕贬潮州路八千②。
欲为圣明除弊事,肯将衰朽惜残年③!
云横秦岭家何在?雪拥蓝关马不前④。
知汝远来应有意,好收吾骨瘴江边⑤。

【注释】

①韩愈(768—824),字退之,又称韩昌黎、韩文公,河内河阳(今河南省孟州市)人。唐代古文运动的领袖,其诗笔力雄健,用语新奇,时杂以散文句法,在当时自成一家。韩愈于元和十四年(819)上书宪宗皇帝谏迎佛骨,被贬潮州(今广东潮阳区),此诗为南贬途中所作。蓝关,即蓝田关,在今陕西省蓝田县南。侄孙湘,指韩愈侄子韩老成(韩十二郎)的长子韩湘。　②"朝奏"、"夕贬",言得罪之速。九重天,指皇帝。　③二句说想要为皇帝除弊,肯豁出性命。衰朽、残年,指年老。韩愈时年五十二岁。　④秦岭,此指终南山。二句写诗人立马蓝关,见大雪寒天,联想前路艰危。　⑤汝,你,此指韩湘。

柳宗元诗

登柳州城楼寄漳、汀、封、连四州刺史①

城上高楼接大荒,海天愁思正茫茫②。
惊风乱飐芙蓉水,密雨斜侵薜荔墙③。

岭树重遮千里目,江流曲似九回肠④。
共来百越文身地,犹自音书滞一乡⑤。

【注释】

①柳宗元(773—819),字子厚,河东(今山西省永济市)人。因参加王叔文集团政治革新活动(永贞革新)被贬永州司马,后调任柳州刺史,卒于柳州,故又称柳柳州。其诗明净幽峭,苏轼评为"发纤秾于简古,寄至味于澹泊。"这首诗是柳宗元于宪宗元和十年(815)被贬十年后调任柳州(州治马平,今广西壮族自治区柳江县)刺史时所作。漳、汀、连、封四州刺史分别为韩泰、韩晔、刘禹锡、陈谏,均为与作者一同遭贬的王叔文政治集团成员。　②接,连接。一说,目接,看到。大荒,泛指荒僻地区。　③飐(zhǎn),吹动。芙蓉,荷花。薛荔,一种蔓生的香草。　④重岭密林,遮断千里之目;江流曲折,有似九回之肠。二句写远景,属对工整,景中寓情。　⑤百越,即百粤,泛指南方少数民族。文身,身上刺花纹,古时少数民族的习俗。

别舍弟宗一①

零落残魂倍黯然,双垂别泪越江边②。
一身去国六千里,万死投荒十二年③。
桂岭瘴来云似墨,洞庭春尽水如天④。
欲知此后相思梦,长在荆门郢树烟⑤。

【注释】

①此诗为元和十一年(816)柳宗元在柳州送别堂弟宗一所作。诗抒发贬谪之苦和政治失意之悲,感情浓烈,境界雄阔。　②开篇点题,言贬谪在外又逢离别,倍觉神伤。越江,即粤江,这里指柳江。　③二句既是写遭贬的现实处境,亦包含着无限郁愤不平之气。　④前句写柳州地区瘴气弥漫,环境险恶,后句遥想行人所去之地。　⑤二句说今后山川阻隔,只能寄希望于梦中才能相见。郢,今湖北江陵一带,指行人所去之地。

刘禹锡诗①

秋词(其一)

自古逢秋悲寂寥,我言秋日胜春朝②。
晴空一鹤排云上,便引诗情到碧霄③。

【注释】

①刘禹锡(772—842),字梦得,洛阳(今河南省洛阳市)人。早年与柳宗元等人参与王叔文

集团的政治革新活动,后历任地方官,晚年在洛阳与白居易互相唱和,并称"刘白"。其诗沉着稳炼,有豪迈之气。尤善于学习民歌,风调自然。　②首二句说,自古人们均逢秋而悲,但我认为秋天的美好还要胜过春天。　③后二句以秋日晴空振翅高飞的大鹤,抒写豪迈健拔的精神气概。

竹枝词(其二)①

山桃红花满上头,蜀江春水拍山流。
花红易衰似郎意,水流无限似侬愁。

【注释】

①竹枝词,是巴、渝(今重庆市一带)民歌的一种,歌词多咏当地风物和男女情爱,有浓郁的生活气息,这组诗是刘禹锡任职夔州时仿效民歌所作。

西塞山怀古①

西晋楼船下益州,金陵王气黯然收②。
千寻铁锁沉江底,一片降幡出石头③。
人世几回伤往事,山形依旧枕寒流。
今逢四海为家日,故垒萧萧芦荻秋④。

【注释】

①西塞山,在今湖北大冶东南的长江边,著名军事要塞。此诗因古迹而感慨前代兴亡,有以古鉴今之意。　②二句写晋太康年间晋武帝命王濬率水军讨伐东吴事。晋益州州治在今四川省成都市。　③二句写战事结果,据《晋书·王濬传》,东吴凭借长江天险,在江中暗置铁锥,上接铁链横锁江面,自以为万无一失。而王濬用大筏冲走铁锥,用火烧毁铁链,顺流鼓棹,直取金陵,吴主孙皓率众投降。降幡(fān):降旗。石头:城名,故址在今南京市附近。　④四海为家,意谓全国统一。结句以景收束,意味深厚。

酬乐天扬州初逢席上见赠①

巴山楚水凄凉地,二十三年弃置身②。
怀旧空吟闻笛赋,到乡翻似烂柯人③。
沉舟侧畔千帆过,病树前头万木春④。
今日听君歌一曲,暂凭杯酒长精神⑤。

【注释】

①此诗当作于唐敬宗宝历二年(826),时刘禹锡罢和州刺史任返洛阳,与白居易在扬州相逢。白居易在筵上作《醉赠刘二十八使君》:"为我引杯添酒饮,与君把箸击盘歌。诗称国手徒为尔,命压人头不奈何。举眼风光长寂寞,满朝官职独蹉跎。亦知合被才名折,二十三年折太多。"刘禹锡以此诗酬答。 ②首二句接应白居易诗,感慨自己谪居荒僻之地时间之久。 ③"怀旧"句用晋代向秀典故。向秀曾因闻笛声而作《思旧赋》,怀念友人嵇康、吕安。刘禹锡于永贞元年(805)贬连州,至此已二十三年,当年一同遭贬的柳宗元等人均已过世,诗人这里借以抒发对旧友的怀念之情。"到乡"句用晋人王质典故。《述异记》载,晋人王质入山砍柴,见二童子下棋,他在旁观看至结束,发现手中的斧柄已经腐烂。回到家中,才知已经过去百十来年,同辈人都已死去。这里用此典故表现自己久贬之后见到旧友的恍如隔世之感。 ④二句以"沉舟"、"病树"自比,感慨人生遭际,表现出诗人开阔的胸襟和达观的人生态度。 ⑤结二句再次回应白居易诗,表达振作精神、开始新生活的共勉之意。

张籍诗

节妇吟①

君知妾有夫,赠妾双明珠。
感君缠绵意,系在红罗襦②。
妾家高楼连苑起,良人执戟明光里③。
知君用心如日月,事夫誓拟同生死。
还君明珠双泪垂,恨不相逢未嫁时。

【注释】

①作者张籍(768—830),字文昌,吴郡(今江苏省苏州市)人,曾任水部郎中、国子司业,故又称张水部、张司业。工乐府诗,与王建并称"张王"。此诗题下原注"寄东平李司空师道"。李师道是当时割据今河北、山东等地藩镇,有意延揽张籍。这首诗即为张籍回复李师道所作。诗以女子口吻,借男女之情以示拒绝之意,含义婉转。 ②襦:短袄。 ③良人:古时妇女对丈夫的称谓。

朱庆馀诗

闺意上张水部①

洞房昨夜停红烛,待晓堂前拜舅姑②。
妆罢低声问夫婿,画眉深浅入时无③?

【注释】

①作者朱庆馀,闽中(今福建)人,一说越州(今浙江)人,官秘书省校书郎。唐人在科考前将自己的作品献给当时有声望的人以希求其称扬荐举,称为"行卷",这首诗就是朱庆馀给张籍的"行卷"之作。诗题一作《近试上张水部》。张籍有《酬朱庆馀》诗作答:"越女新妆出镜心,自知明艳更沉吟。齐纨未是人间贵,一曲菱歌敌万金。" ②舅姑:公婆。 ③二句写新娘子妆成后询问丈夫,自己的妆扮是否入时。实际是以新娘自比,询问自己的作品是否合于考官之意。

薛涛诗

筹边楼①

平临云鸟八窗秋,壮压西川四十州。
诸将莫贪羌族马,最高层处见边头!

【注释】

①薛涛,字洪度,中唐歌妓,有才思,与当时诗人元稹、王建等多有酬唱往还。王建《寄蜀中薛涛校书》诗言:"万里桥边女校书,枇杷花里闭门居。扫眉才子知多少,管领春风总不如。"元稹《寄赠薛涛》诗:"锦江滑腻蛾眉秀,幻出文君与薛涛。言语巧偷鹦鹉舌,文章分得凤凰毛。纷纷辞客多停笔,个个公卿欲梦刀。别后相思隔烟水,菖蒲花发五云高。" 筹边楼:在成都西郊。

李益诗

夜上受降城闻笛①

回乐峰前沙似雪,受降城下月如霜。
不知何处吹芦管,一夜征人尽望乡。

【注释】

①李益(748—827),字君虞,中唐前期诗人,其诗多边塞题材,当时多为人所传唱。受降城,唐高宗时所建,故址在今内蒙古一带。

写情

水纹珍簟思悠悠①,千里佳期一夕休。
从此无心爱良夜,任他明月下西楼。

【注释】

①簟:竹席。

孟郊诗①

游子吟

慈母手中线,游子身上衣。
临行密密缝,意恐迟迟归。
谁言寸草心,报得三春晖。

【注释】

①孟郊(751—814),字东野,湖州武康(今浙江省德清县)人。中唐诗人,其诗多写困顿失意之情,抒情悲苦,后世称为"诗囚"。

秋怀(其一)

秋月颜色冰,老客志气单①。
冷露滴破梦,峭风梳骨寒。
席上印病文,肠中转愁盘。
疑怀无所凭,虚听多无端②。
梧桐枯峥嵘,声响如哀弹③。

【注释】

①单:孤怯。　②凭:依托。　③峥嵘:突兀高耸貌。

白居易诗

赋得古原草送别①

离离原上草,一岁一枯荣②。
野火烧不尽,春风吹又生。
远芳侵古道,晴翠接荒城③。
又送王孙去,萋萋满别情④。

【注释】

①白居易(772—846),字乐天,晚年号香山居士。中唐著名诗人,与元稹并称"元白"。其诗语言浅近,风格通俗。唐张固《幽闲鼓吹》:"白尚书应举,初至京,以诗谒顾著作况,顾睹姓名,熟视白公,曰:'米价方贵,居亦弗易。'乃披卷首篇(即此诗),即嗟赏曰:'道得个语,居即易矣。'因为之延誉,声名大振。"古人为诗,凡预先指定、限定诗题,一般加"赋得"二字。②离离:草盛貌。③远芳句:蔓延的春草,沿着道路伸向远方。晴翠:阳光照在草上反射出明亮的翠色。④又送二句:用《楚辞·招隐士》"王孙游兮不归,春草生兮萋萋。"点明送别之意。王孙,贵族,此泛指出门远游的人。萋萋,草盛貌。

观刈麦①

田家少闲月,五月人倍忙。
夜来南风起,小麦覆陇黄。
妇姑荷箪食,童稚携壶浆。
相随饷田去,丁壮在南冈②。
足蒸暑土气,背灼炎天光。
力尽不知热,但惜夏日长③。
复有贫妇人,抱子在其旁。
右手秉遗穗,左臂悬弊筐④。
听其相顾言,闻者为悲伤:
"家田输税尽,拾此充饥肠"。
今我何功德,曾不事农桑⑤。
吏禄三百石,岁晏有余粮。
念此私自愧,尽日不能忘。

【注释】

①这首诗是元和二年(807)作者任周至(今陕西周至)县尉时所作。刈麦,割麦子。诗以叙述口吻写劳动者收麦时辛苦劳碌的情景,并以之与自己的生活对照,反映出一个有良知的封建士大夫可贵的反思精神。 ②妇姑:泛指妇女。荷(hè),扛、挑。箪食:用圆竹器盛的食物。饷田:给在田间劳动的人送饮食。 ③四句说劳动者冒着酷暑低头割麦,累得筋疲力尽还不觉炎热,为的是珍惜夏日白昼长可以多干点活。 ④秉:持。弊筐:破篮子。四句写一贫妇人抱着孩子在割麦者旁边拾麦。 ⑤曾不:乃不,却不。

轻肥①

意气骄满路，鞍马光照尘②。
借问何为者，人称是内臣③。
朱绂皆大夫，紫绶或将军④。
夸赴军中宴，走马去如云。
尊罍溢九酝，水陆罗八珍⑤。
果擘洞庭橘，脍切天池鳞⑥。
食饱心自若，酒酣气益振。
是岁江南旱，衢州人食人⑦。

【注释】

①此诗为白居易《秦中吟》组诗之一。其序云："贞元、元和之际，予在长安，闻见之间，有足悲者。因直歌其事，命为《秦中吟》。"组诗共十首，内容多反映当时权贵骄奢及百姓苦难，切中时弊。轻肥：指达官显贵。　②意气：意态神气。　③内臣：皇帝近臣，此指宦官。　④绂：朝服。绶：系印的丝织绳带。古时官员的朝服及佩饰因官阶而颜色不同，朱、紫都是高官才能用的颜色。　⑤尊、罍：酒器。九酝：泛指美酒。　⑤脍（kuài）：将鱼肉切成细丝。鳞，代指鱼。　⑦衢州：唐代州名，治所在今浙江衢江区。元和四年（809）春，江、淮一带曾发生严重旱灾。

杜陵叟①

杜陵叟，杜陵居，岁种薄田一顷余②。
三月无雨旱风起，麦苗不秀多黄死③。
九月降霜秋早寒，禾穗未熟皆青干。
长吏明知不申破，急敛暴征求考课④。
典桑卖地纳官租，明年衣食将何如。
剥我身上帛，夺我口中粟。
虐人害物即豺狼，何必钩爪锯牙食人肉！
不知何人奏皇帝，帝心恻隐知人弊。
白麻纸上书德音，京畿尽放今年税⑤。
昨日里胥方到门，手持敕牒牓乡村⑥。
十家租税九家毕，虚受吾君蠲免恩⑦。

【注释】

①此诗为白居易"新乐府"组诗之一，题下注："伤农夫之困也。"　②杜陵：在今陕西西安市

东南,秦代为杜县,汉宣帝葬于此,改为杜陵县。　③秀:植物开花。　④考课:封建时代考核官吏、分别等级。　⑤白麻:唐代诏书事关重大的用白麻纸,一般用黄麻纸。京畿,都城长安及周围辖区。　⑥里胥:里正。唐地方官。敕牒,皇帝的诏书。牓,张贴。　⑦蠲(juān):免除。

上阳白发人①

上阳人,上阳人,红颜暗老白发新。

绿衣监使守宫门,一闭上阳多少春。

玄宗末岁初选入,入时十六今六十②。

同时采择百余人,零落年深残此身③。

忆昔吞悲别亲族,扶入车中不教哭。

皆云入内便承恩,脸似芙蓉胸似玉。

未容君王得见面,已被杨妃遥侧目④。

妒令潜配上阳宫,一生遂向空房宿。

宿空房,秋夜长,夜长无寐天不明。

耿耿残灯背壁影,萧萧暗雨打窗声⑤。

春日迟,日迟独坐天难暮。

宫莺百啭愁厌闻,梁燕双栖老休妒⑥。

莺归燕去长悄然,春往秋来不记年。

唯向深宫望明月,东西四五百回圆。

今日宫中年最老,大家遥赐尚书号⑦。

小头鞋履窄衣裳,青黛点眉眉细长。

外人不见见应笑,天宝末年时世妆⑧。

上阳人,苦最多。

少亦苦,老亦苦,少苦老苦两如何。

君不见昔时吕向美人赋,又不见今日上阳白发歌⑨。

【注释】

①《新乐府》诗之一,题下注:"愍怨旷也。"上阳:上阳宫,唐高宗时建,在东都洛阳。诗写宫女被幽闭深宫之苦,揭露出封建时代后宫制度的残酷与罪恶。　②玄宗末岁:指天宝末年。③残:残余、剩下。　④侧目:指因嫉妒而斜着眼睛看人。　⑤"宿空房"以下五句,写她夜里孤苦寂寞。　⑥"春日迟"以下六句,写她白天百无聊赖。"老休妒",说宫女幽闭深宫,青春已逝,虽见梁燕双栖而不再羡妒。　⑦大家:宫中人对皇帝的一种称呼。尚书:掌管后宫事务的官职,这里是虚衔而非实职。　⑧四句说,这位宫女在宫中关了几十年,与外界隔绝,仍照入宫时的老样子打扮。　⑨吕向:盛唐人,有《美人赋》。题下自注:"天宝末,有密采艳色者,当时号花鸟使。吕向献《美人赋》以讽之。"

井底引银瓶①

井底引银瓶,银瓶欲上丝绳绝;

石上磨玉簪,玉簪欲成中央折②。

瓶沉簪折知奈何? 似妾今朝与君别。

忆昔在家为女时,人言举动有殊姿。

婵娟两鬓秋蝉翼,宛转双蛾远山色③。

笑随戏伴后园中,此时与君未相识。

妾弄青梅凭短墙,君骑白马傍垂杨④。

墙头马上遥相顾,一见知君即断肠。

知君断肠共君语,君指南山松柏树。

感君松柏化为心,暗合双鬟逐君去⑤。

到君家舍五六年,君家大人频有言⑥:

"聘则为妻奔是妾,不堪主祀奉蘋蘩"⑦。

终知君家不可住,其奈出门无去处。

岂无父母在高堂,亦有亲情满故乡。

潜来更不通消息,今日悲羞归不得。

为君一日恩,误妾百年身。

寄言痴小人家女,慎勿将身轻许人!

【注释】

①题下注:"止淫奔也。""淫奔",指男女未经父母之命、媒妁之言私下结合的。诗写一女子与男子相爱,私下结合后受对方家庭歧视、终遭遗弃的不幸命运。元代白朴根据这一题材创作了杂剧《墙头马上》。 ②井底四句:托物起兴,以"绳绝"、"簪折"引出爱情婚姻遭受摧折之事。银瓶:汲水的器具。 ③前句写女子鬓发蓬松,状如蝉翼。后句写女子眉毛如远山横翠。宛转:弯曲貌。 ④妾弄青梅四句:写女子与男子初识时的情景。 ⑤二句说,女子偷偷将头发梳成已婚的样式,随男子而去。 ⑥君家大人:指男方父母。 ⑦不堪主祀句:古时礼法规定只有经过明媒正娶的"妻"才有资格在男家祭祀祖先,"妾"则不可。蘋、蘩:两种植物,古代祭祀时用。

杭州春望①

望海楼明照曙霞,护江堤白蹋晴沙②。

涛声夜入伍员庙,柳色春藏苏小家③。

红袖织绫夸柿蒂,青旗沽酒趁梨花④。

谁开湖寺西南路,草绿裙腰一道斜⑤。

【注释】

　　①此诗为长庆三年(823)或四年春白居易任杭州刺史时作。　②首二句写清晨登楼远眺钱塘江所见。　③次联转向城内。伍员:字子胥,春秋时楚国人。因父兄被楚平王杀害,逃到吴国,帮助吴王阖庐打败楚国,又帮助夫差打败越国,后夫差听信谗言杀死伍员。相传他因怨恨吴王,死后驱水为涛,故钱塘江潮又称"子胥涛"。杭州城内伍公山上有"伍员庙"。苏小:南齐时钱塘名妓,西湖有苏小小墓。　④红袖:织绫女子。前句说,女工织的绫,以柿蒂花纹的为最好。青旗:酒馆招牌,代指酒馆。梨花:语义双关,作者自注:"其俗,酿酒趁梨花时熟,号为'梨花春'。""趁梨花"是说正好赶在梨花开时饮梨花春酒。　⑤末联写最能代表杭州山水之美的西湖。作者自注:"孤山寺在湖洲中,草绿时,望如裙腰。"

大林寺桃花①

人间四月芳菲尽,山寺桃花始盛开。
长恨春归无觅处,不知转入此中来。

【注释】

　　①这首诗作于元和十二年(817),时白居易在江州(今江西九江)司马任上。大林寺在庐山香炉峰顶。

后宫词①

泪湿罗巾梦不成,夜深前殿按歌声。
红颜未老恩先断,斜倚薰笼坐到明。

【注释】

　　①诗写失宠宫女的内心世界,极为细腻。

长恨歌①

汉皇重色思倾国,御宇多年求不得②。
杨家有女初长成,养在深闺人未识③。
天生丽质难自弃,一朝选在君王侧。
回眸一笑百媚生,六宫粉黛无颜色④。
春寒赐浴华清池,温泉水滑洗凝脂⑤。

侍儿扶起娇无力，始是新承恩泽时。
云鬓花颜金步摇，芙蓉帐暖度春宵⑥。
春宵苦短日高起，从此君王不早朝。
承欢侍宴无闲暇，春从春游夜专夜⑦。
后宫佳丽三千人，三千宠爱在一身。
金屋妆成娇侍夜，玉楼宴罢醉和春。
姊妹弟兄皆列土，可怜光彩生门户⑧。
遂令天下父母心，不重生男重生女。
骊宫高处入青云，仙乐风飘处处闻。
缓歌慢舞凝丝竹，尽日君王看不足。
渔阳鼙鼓动地来，惊破《霓裳羽衣曲》⑨。
九重城阙烟尘生，千乘万骑西南行⑩。
翠华摇摇行复止，西出都门百余里。
六军不发无奈何，宛转蛾眉马前死⑪。
花钿委地无人收，翠翘金雀玉搔头⑫。
君王掩面救不得，回看血泪相和流。
黄埃散漫风萧索，云栈萦纡登剑阁⑬。
峨眉山下少人行，旌旗无光日色薄⑭。
蜀江水碧蜀山青，圣主朝朝暮暮情。
行宫见月伤心色，夜雨闻铃肠断声⑮。
天旋日转回龙驭，到此踟蹰不能去⑯。
马嵬坡下泥土中，不见玉颜空死处⑰。
君臣相顾尽沾衣，东望都门信马归。
归来池苑皆依旧，太液芙蓉未央柳⑱。
芙蓉如面柳如眉，对此如何不泪垂。
春风桃李花开日，秋雨梧桐叶落时。
西宫南内多秋草，落叶满阶红不扫⑲。
梨园弟子白发新，椒房阿监青娥老⑳。
夕殿萤飞思悄然，孤灯挑尽未成眠。
迟迟钟鼓初长夜，耿耿星河欲曙天㉑。
鸳鸯瓦冷霜华重，翡翠衾寒谁与共。
悠悠生死别经年，魂魄不曾来入梦。
临邛道士鸿都客，能以精诚致魂魄㉒。
为感君王展转思，遂教方士殷勤觅㉓。

排空驭气奔如电,升天入地求之遍。

上穷碧落下黄泉,两处茫茫皆不见㉔。

忽闻海上有仙山,山在虚无缥缈间。

楼阁玲珑五云起,其中绰约多仙子㉕。

中有一人字太真,雪肤花貌参差是㉖。

金阙西厢叩玉扃,转教小玉报双成㉗。

闻道汉家天子使,九华帐里梦魂惊㉘。

揽衣推枕起徘徊,珠箔银屏迤逦开㉙。

云鬓半偏新睡觉,花冠不整下堂来。

风吹仙袂飘飘举,犹似《霓裳羽衣》舞。

玉容寂寞泪阑干,梨花一枝春带雨㉚。

含情凝睇谢君王,一别音容两渺茫㉛。

昭阳殿里恩爱绝,蓬莱宫中日月长。

回头下望人寰处,不见长安见尘雾。

唯将旧物表深情,钿合金钗寄将去㉜。

钗留一股合一扇,钗擘黄金合分钿㉝。

但教心似金钿坚,天上人间会相见㉞。

临别殷勤重寄词,词中有誓两心知。

七月七日长生殿,夜半无人私语时。

在天愿作比翼鸟,在地愿为连理枝。

天长地久有时尽,此恨绵绵无绝期!

【注释】

①这首诗作于元和元年(806),时作者任盩厔(今陕西周至)县尉。关于此诗的写作缘起及意图,陈鸿《长恨歌传》言:"元和元年冬十二月,太原白乐天自校书郎尉于盩厔,鸿与琅琊王质夫家于是邑,暇日相携游仙游寺,话及此事(唐玄宗与杨贵妃事),相与感叹。质夫举酒于乐天前曰:'夫希代之事,非遇出世之才润色之,则与时消没,不闻于世。乐天深于诗、多于情者也,试为歌之,如何?'乐天因为《长恨歌》。意者不但感其事,亦欲惩尤物,窒乱阶,垂于将来者也。"李杨之事在社会上广为流传,白居易诗据此而来,这里言"感其事"是指对二人生离死别遭际的同情,但作者同时又希望通过这一事件,对统治者因荒淫腐朽招致祸乱提出批评,重作历史教训。作者这种矛盾的态度,导致了这首诗主题思想的复杂性。关于此诗主题是歌咏爱情还是讽刺荒淫,后人多有争论。但就诗歌本身来看,对李杨爱情的歌咏显然超过了批判荒淫的力度,白居易把身为帝王妃子的李杨遭际,抒写为哀怨缠绵的爱情悲剧,尤其后半部分写唐玄宗的绵绵相思及二人仙界相会的情节,一气舒卷,有着令人荡气回肠的艺术效果。爱情悲剧、缠绵相思、曲折离奇的情节及鲜明的人物形象,与歌行体作品流畅优美的语言相结合,使这首诗长久以来保持着不衰的艺术魅力。 ②汉皇:汉武帝刘彻,此借指唐玄宗李隆基。以汉代唐,在唐人诗文中很

常见。倾国:美女的代称。 ③杨家句:杨贵妃(小名玉环)本为唐玄宗儿子寿王李瑁的妃子,玄宗喜其美貌,先安排她出家为女道士,后接入宫册封为贵妃。这里言"杨家有女初长成",是有意避讳此事。 ④六宫粉黛:泛指后宫嫔嫔。 ⑤华清池:在昭应县(今陕西临潼区)东南骊山上。 ⑥步摇:古时贵族妇女的首饰。 ⑦《新唐书·后妃传》:"……而太真得幸,善歌舞,邃晓音律,且智算警颖,迎意辄悟,帝大悦,遂专房宴。" ⑧《新唐书·后妃传》:"天宝初,进册贵妃。追赠父玄琰太尉、齐国公,擢叔玄珪光禄卿,宗兄铦鸿胪卿,锜侍御史,尚太华公主……而钊(杨国忠)亦寝显……三姊皆美劲,帝呼为姨,封韩、虢、秦三国,为夫人。出入宫掖,恩宠声焰震天下。"可怜:可羡。 ⑨渔阳句:指天宝十四年(755)安禄山在范阳郡(即幽州,辖区为今北京一带)起兵反叛。《霓裳羽衣曲》:舞曲名。 ⑩翠华句:天宝十五年六月,安禄山攻陷潼关,唐玄宗带着家眷和禁卫军仓皇逃往四川。翠华:指皇帝的车驾。 ⑪六军句:指玄宗迫于护卫军压力、下令赐死杨贵妃一事。六军:泛指护卫皇帝的羽林军。蛾眉,美貌的女子,这里指杨贵妃。 ⑫花钿:女子面部装饰。翠翘、金雀、玉搔头:女子头饰。 ⑬云栈:人工架起的高入云霄的小路。剑阁:在今四川剑阁县境内。 ⑭峨眉山:泛指蜀中高山,非实指。"黄埃"以下四句渲染逃难途中的慌乱情景和惨凄气氛。 ⑮行宫:皇帝出行时住的地方。夜雨句:唐·郑处诲《明皇杂录》载,玄宗在蜀中栈道闻铃声,与山相应,遂采其声为《雨霖铃曲》以寄思念悔恨之情。这句暗用其事。 ⑯天旋日转:指肃宗即位,朝中形势变化。龙驭:皇帝的车驾。 ⑰空死处:相传玄宗还京途中经过马嵬,派人备棺椁改葬杨贵妃,却只找到她佩戴的香囊。 ⑱太液:汉池名,在建章宫北。未央:汉宫名。这里借指唐代宫廷的池苑。"太液"以下四句写唐玄宗回宫后对杨贵妃的思念,睹物思人,触景生情。 ⑲西宫:太极宫。南内:指兴庆宫。椒房:后妃居住的宫殿,用椒和泥涂抹墙壁。阿监:宫中女官。 ㉑"迟迟"以下四句,写玄宗思念杨贵妃,自黄昏到天明,听更鼓声声,看星河耿耿,难以入眠。 ㉒鸿都:洛阳宫门名,这里借指长安。 ㉓方士:即上句的"道士"。 ㉔碧落:道家称天界为碧落。 ㉕绰约:轻盈美好貌。 ㉖太真:杨贵妃为女道士时的称号。参差:仿佛。 ㉗阙:宫门外的门楼。扃:门。小玉、双成:神话中的侍女。 ㉘汉家天子:代指唐玄宗。 ㉙珠箔:用珍珠穿成的帘子。迤逦:连延貌。 ㉚泪阑干:泪水纵横交错的样子。 ㉛凝睇:专注地看。 ㉜钿合:镶金的首饰盒。 ㉝"钗留"二句:将金钗、钿盒分开,一人一半。擘:用手分开。 ㉞会:一定。

元稹诗

离思(其四)①

曾经沧海难为水,除却巫山不是云。
取次花丛懒回顾,半缘修道半缘君。

【注释】

①作者元稹(778—831),字微之。中唐时人,时与白居易齐名,并称"元白"。一般认为此诗为元稹悼念亡妻韦丛之作。

李贺诗

李凭箜篌引①

吴丝蜀桐张高秋，空山凝云颓不流。
江娥啼竹素女愁，李凭中国弹箜篌②。
昆山玉碎凤凰叫，芙蓉泣露香兰笑③。
十二门前融冷光，二十三丝动紫皇④。
女娲炼石补天处，石破天惊逗秋雨⑤。
梦入神山教神妪，老鱼跳波瘦蛟舞⑥。
吴质不眠倚桂树，露脚斜飞湿寒兔⑦。

【注释】

①李贺(790—816)，字长吉，福昌(今河南省宜阳县)人。因避父讳不得参加进士科考试，郁郁而死，年仅二十七岁。他诗歌最突出的内容，是表现诗人对时间流逝和生命短暂的深刻感受。其诗想象丰富，形象诡谲，辞藻浓丽，风格独特。这首诗描绘箜篌的乐声，想象丰富而意象纷繁奇丽，有强烈的艺术感染力。清代人方扶南把这首诗和白居易《琵琶行》、韩愈《听颖师弹琴》相提并论，推许为"摹写声音之至文"。李凭，宫廷艺人，擅弹箜篌。　②这四句写箜篌的精美、乐声的魅力。吴丝蜀桐，写箜篌的质地精良。湘娥，湘水女神。素女，神话中的霜神。《史记·封禅书》："太帝使素女鼓五十弦瑟，悲，帝禁不止。"素女愁，化用其意，写乐声的感染力。中国，犹言国中，这里指当时的都城长安。　③昆山句，形容乐声高昂明亮；芙蓉句，形容乐声低回婉转，将听觉感受转化为视觉形象。　④十二门指长安，长安城共十二门。二十三丝，代指箜篌。紫皇，天帝。这两句说，人们陶醉在美妙的乐声中，以致连深秋时节的风寒露冷也感觉不到了。
⑤"女娲"二句说，乐声传到天上，使正在补天的女娲忘记了自己的职守，结果石破天惊，秋雨逗泄。　⑥"梦入"二句说，那美妙绝伦的乐声传入神山，令神妪为之感动，传入大海，令鱼龙起舞。

⑦结二句写月中伐桂的吴刚为乐声吸引，斜倚着桂树久久立在那儿，忘记了睡眠，玉兔蹲在他的脚下，任凭雨露打湿了皮毛，也不肯离去。这二句以静态物象，表现弹奏临近结束时乐声逐渐舒缓。

雁门太守行①

黑云压城城欲摧，甲光向日金鳞开②。
角声满天秋色里，寒上燕脂凝夜紫③。
半卷红旗临易水，霜重鼓寒声不起④。
报君黄金台上意，提携玉龙为君死⑤。

【注释】

①这首诗写一场悲壮惨烈的战斗。《雁门太守行》,乐府旧题。 ②首句写大军压城,来势凶猛。以黑云和战士铠甲反射的日光形成色彩、明暗的强烈对照,写出战前的危急形势和紧张气氛。 ③在深秋的沉寂中,突然号角长鸣,预示着一场战争即将开始。但接下来诗人并没有直接写战斗场面,而是转到一天战斗结束后的战场景象,而选择了暮色中战场上凝结的大块紫红色血迹这一画面,表现战争的惨烈。 ④"半卷红旗"、"霜重鼓寒"二句,暗示战争失利。不起,打不响。 ⑤黄金台,战国时燕昭王在易水东南筑台,置黄金于其上,表示不惜以重金招纳天下之士。这里借以表现将士们报效朝廷的决心。玉龙,指剑。

梦天①

老兔寒蟾泣天色,云楼半开壁斜白②。
玉轮轧露湿团光,鸾珮相逢桂香陌③。
黄尘清水三山下,更变千年如走马④。
遥望齐州九点烟,一泓海水杯中泻⑤。

【注释】

①这首诗写梦游月宫的奇丽情景,于此可见李贺诗歌丰富的想象和鲜明的浪漫主义风格。 ②"老兔"、"寒蟾",都指月。"云楼",是由云想象而来的空中楼阁。二句写秋日仰望夜空,见月光凄清,云彩变幻,仿佛听到月中的兔儿和蟾在哭泣。 ③"玉轮"二句,是由月亮而生的想象。说系着鸾珮的仙女乘着车子在天界遨游,路上桂香飘飘。车轮沾了露水从月亮碾过,所以月亮才变得迷蒙不清。团光,指月亮。 ④"三山",指传说中的蓬莱、方丈、瀛洲三座仙山。"黄尘清水",犹沧海桑田。二句说连仙界也有沧海桑田的变幻,千年犹如走马之速,更何况人间呢! ⑤"齐州",指中国。泓,水深而清的样子,一泓水,犹一汪水。二句说从天往下看,九州好像九点烟尘,大海也不过是泄在杯中的一泓水而已。

秋来①

桐风惊心壮士苦,衰灯络纬啼寒素②。
谁看青简一编书,不遣花虫粉空蠹③。
思牵今夜肠应直,雨冷香魂吊书客④。
秋坟鬼唱鲍家诗,恨血千年土中碧⑤。

【注释】

①这首诗写因秋来而感慨呕心苦吟、无人赏识。诗中香魂来吊、鬼唱鲍诗、恨血化碧等奇特

阴森的画面,正为表现诗人抑郁未伸的苦闷情怀。 ②壮士:有才志的人。络纬:又名莎鸡,俗称纺织娘。惊心:写诗人对时间流逝的敏感。寒:既指岁寒,寒素连用,也暗指诗人身份卑微。 ③青简:竹简。花虫:蠹虫。二句说自己呕心沥血写成的诗篇,又有谁来赏识而不致让蠹虫白白地蛀蚀成粉末呢? ④"思牵"句说,诗人为世无知音而愁思困苦,似乎九曲回肠都拉直了,想象新奇。香魂:指古代诗人才士的魂魄,也即下句唱诗的"鬼"。 ⑤鲍家诗:指南朝刘宋诗人鲍照的诗。鲍照有才志,却因出身寒微而郁郁不得志。"恨血"句,《庄子》载:"苌弘死于蜀,藏其血,三年化为碧。"这句用苌弘事,说自己将和古代诗人才士那样,将憾恨带入地下,历千年也不会消释。

南园十三首(其五)①

男儿何不带吴钩? 收取关山五十州②。
请君暂上凌烟阁,若个书生万户侯③!

【注释】

①这是李贺辞官回昌谷家中所作的组诗。 ②吴钩:这里泛指宝刀。 ③二句抒发感慨,说自古以来封侯拜相的人中,哪个是书生呢! 凌烟阁,唐太宗所建,阁上绘有唐开国功臣的图像。

杜牧诗

过华清宫绝句①

长安回望绣成堆,山顶千门次第开②。
一骑红尘妃子笑,无人知是荔枝来③。

【注释】

①作者杜牧(803—852),字牧之,京兆万年(今陕西西安)人,晚唐诗人,与李商隐并称"小李杜"。本题共三首,是杜牧经骊山华清宫有感而作。 ②绣成堆:骊山上布满楼台花木,故言。二句写从长安回望骊山的壮丽景象。 ③一骑红尘:一人骑马飞奔,一路卷起飞尘。

泊秦淮①

烟笼寒水月笼沙,夜泊秦淮近酒家。
商女不知亡国恨,隔江犹唱《后庭花》②。

【注释】

①建康(今南京)是六朝古都,秦淮河穿城而过,两岸酒家林立,是著名的游宴场所。 ②商女:酒家卖唱的歌女。《后庭花》,即《玉树后庭花》,南朝陈后主所作乐曲。言"商女"不知亡国恨,用意深隐。

九日齐山登高①

江涵秋影雁初飞,与客携壶上翠微②。
尘世难逢开口笑,菊花须插满头归。
但将酩酊酬佳节,不用登临叹落晖③。
古往今来只如此,牛山何必泪沾衣④。

【注释】

①齐山:在今安徽省贵池区东南。此诗写重阳节登临感慨,反映出诗人俊爽豪迈的个性气质。 ②江涵秋影:诗人由高处下望,看到空中景色映入澄澈的秋江。翠微,齐山上有翠微洞与翠微亭。 ③酩酊:大醉。 ④牛山:在今山东淄博市东。《晏子春秋》载,齐景公游牛山,北临其国城而流涕曰:"若何滂滂去此而死乎?"

赠别二首①

娉娉袅袅十三余,豆蔻梢头二月初②。
春风十里扬州路,卷上珠帘总不如③。

多情却似总无情,唯觉樽前笑不成④。
蜡烛有心还惜别,替人垂泪到天明。

【注释】

①这二首诗赠别的对象,当是歌妓。杜牧身处晚唐,虽有政治抱负却受到排挤,于是自请外放,流连声色以求慰藉,留下不少风流韵事。其《遣怀》诗言:"落魄江湖载酒行,楚腰纤细掌中轻。十年一觉扬州梦,赢得青楼薄幸名。"正是诗人放浪生活的写照。 ②这首重在写所赠别女子之美。娉娉袅袅:形容女子体态轻盈美好。豆蔻:南方的一种花,此处用以比喻少女。③"春风"句点明赠别的地点。珠帘:指歌女居处。 ④这首重在写惜别。"多情"句写女子情态,表现其不忍分别、却又不得不分别的复杂心绪。

李商隐诗

蝉①

本以高难饱,徒劳恨费声②。
五更疏欲断,一树碧无情③。
薄宦梗犹泛,故园芜已平④。
烦君最相警,我亦举家清⑤。

【注释】

①李商隐(812—约858),字义山,号玉谿生,怀州河内(今河南省沁阳市)人,晚唐著名诗人。这首咏物,写蝉而寄寓诗人的身世之感。　②这二句写蝉栖止高树,吸饮清露,在风中鸣叫,也只是徒劳无益。　③这二句写蝉鸣叫至深夜,力竭声疏,而树木则漠然无情,油然自绿。　④"薄宦"句,用《战国策·齐策》事:"桃梗(桃木制成的木偶)谓土偶人曰:‘子西岸之土也,挺子以为人。至岁八月,降雨下,淄水至,则汝残矣。’土偶曰:‘不然,吾西岸之土也,吾则复西岸耳。今子,东国之桃梗也,刻削子以为人,降雨下,淄水至,流子而去,则子飘飘者将何如耳!’"这句寄寓作者对漂泊身世的感慨。　⑤君:指蝉,与下句的"我"相对。举家清:一贫如洗。意谓自己和蝉一样,举家清贫。

无题①

相见时难别亦难,东风无力百花残②。
春蚕到死丝方尽,蜡炬成灰泪始干③。
晓镜但愁云鬓改,夜吟应觉月光寒④。
蓬山此去无多路,青鸟殷勤为探看⑤。

【注释】

①李商隐这类"无题"诗,内容多关自身恋情,不便明言,故题为"无题"。这类诗虽以诗人自身恋情经历为基础,但其所抒写的恋人间因种种原因而间阻分离、音讯难通的痛苦及深挚缠绵的相思之情,已超越了恋情本身而融合了诗人对人生、世事的深刻体验。　②这首诗写恋情受阻后愈加深挚缠绵的情意,回环曲折,而又如从肺腑中流出,故感人至深,最为人所传诵。相见难:言机会难得;别亦难:谓不忍分离。　③二句以春蚕吐丝至身死、蜡烛燃烧至成灰比喻相思之情意缠绵持久。　④晓镜:晓妆照镜。云鬓改:谓容颜改易,青春消逝。二句揣想对方思念自己的情形。　⑤蓬山:传说中的海上仙山,此借指对方的住处。青鸟:神话中为西王母传递信息的神鸟,此借指传递消息的人。探看:尝试着看。

无题二首（其一）①

昨夜星辰昨夜风，画楼西畔桂堂东。
身无彩凤双飞翼，心有灵犀一点通②。
隔座送钩春酒暖，分曹射覆蜡灯红③。
嗟余听鼓应官去，走马兰台类转蓬④。

【注释】

①此诗追忆昨夜灯红酒暖的筵席间与一女子相遇的情景。　②二句以彩凤、犀角设喻，言二人虽不能如彩凤比翼齐飞，，却心灵相通。　③送钩：古代一种游戏。游戏者分两组，一组将钩藏于手中，隔座传送，让另一组猜钩所在，不中罚酒。射覆：也是游戏的一种，即以杯覆物，令对方猜，近于占卜。　④二句感慨因自己外出做官而与对方分离。听鼓应官：唐代官吏应更鼓而上朝。应官：外出做官。兰台：指秘书省，唐代掌管图书秘籍的机构。

锦瑟①

锦瑟无端五十弦，一弦一柱思华年②。
庄生晓梦迷蝴蝶，望帝春心托杜鹃③。
沧海月明珠有泪，蓝田日暖玉生烟④。
此情可待成追忆，只是当时已惘然⑤。

【注释】

①此诗以首二字为题，相当于无题。关于其内容，历来众说纷纭，有以为悼念妻子王氏的，有以为怀念昔日恋情的，有以为自伤身世的，有以为总结其诗歌创作的。本文认为，自伤身世之说较为合理。诗以"锦瑟"起兴，以"思华年"总领，以"追忆"、"惘然"作结，诗中一系列朦胧而带有浓重感伤色彩的意象，正寄寓了诗人对自身命运的深切感受，其朦胧隐约的特点，也最能代表李商隐诗歌的一般特色。　②锦瑟：装饰华美的乐器。《汉书·郊祀志》："泰帝使素女鼓五十弦瑟，悲，帝禁不止，故破其瑟为二十五弦。"后代瑟多是二十五弦。无端：没有来由，不知为什么。柱：弦的支柱。二句由锦瑟联想到逝去的年华。　③"庄生"句，用"庄周梦蝶"事（《庄子·齐物论》）；"望帝"句，望帝是传说中古蜀国的君主，名杜宇，死后魂魄化为杜鹃鸟，啼声哀切，口中吐血。上句用庄子典故，言人生如梦；下句用望帝典故，喻身世之悲。　④沧海：水色清苍而浩渺无际的大海。《博物志》卷九："南海外有鲛人，不废织绩…泣而成珠满盘，以与主人。"蓝田：山名，在今陕西蓝田东南，是有名的产玉之地。洒泪成珠，见其哀伤，玉生烟霭，终成虚幻，二句借以写诗人对人生的感受。　⑤可待：岂待。只是：即便是。

马嵬^①

海外徒闻更九州,他生未卜此生休^②。
空闻虎旅传宵柝,无复鸡人报晓筹^③。
此日六军同驻马,当时七夕笑牵牛^④。
如何四纪为天子,不及卢家有莫愁^⑤。

【注释】

①马嵬:即马嵬坡,在今陕西省兴平市西。安史之乱中,唐玄宗与随从避难蜀地,行至马嵬,禁军不发,唐玄宗被迫下令赐死杨贵妃。李商隐此诗就李杨二人情事而发,讽刺辛辣而语调冷峻。 ②徒闻:空闻。这两句推翻《长恨歌》所言李杨二人于海上仙山重逢之事,说不管来世如何,至少此生是没有希望了。 ③虎旅:指皇宫的禁兵。宵柝:即刁斗,军中夜间巡逻时所敲。鸡人:宫中掌管时间、负责报时的人。"空闻""无复"相对,言杨妃已死,再也听不到宫中的木柝和报时之声了。 ④此日:指杨妃缢死之日。六军驻马:指禁军兵变、玄宗被迫赐死杨妃事件。二句言如今大难临头,也顾不得当年的海誓山盟了。 ⑤四纪:十二年为一纪,玄宗在位四十五年,近四纪。二句讽刺玄宗虽贵为天子,却不能保有杨妃性命,反不如民间夫妇能长相厮守,讽刺深隐。

夜雨寄北^①

君问归期未有期,巴山夜雨涨秋池^②。
何当共剪西窗烛,却话巴山夜雨时。

【注释】

①这首诗是作者滞留巴蜀、寄赠友人之作。诗开篇设为问答,融情入景,三、四句转出新境,遥想在他日重逢时回首今日。 ②巴山:泛指蜀地之山。

登乐游原^①

向晚意不适,驱车登古原^②。
夕阳无限好,只是近黄昏。

【注释】

①乐游原:即乐游苑,故址在今陕西西安市郊。 ②向晚:傍晚。

秦韬玉诗

贫女①

蓬门未识绮罗香,拟托良媒益自伤。
谁爱风流高格调,共怜时世俭梳妆②。
敢将十指夸针巧,不把双眉斗画长③。
苦恨年年压金线,为他人作嫁衣裳④。

【注释】

①秦韬玉,晚唐诗人。这首诗以独白的口吻,写一个未嫁贫女惆怅不平的心绪。今人俞陛云《诗境浅说》:"此篇语语皆贫女自伤,而实为贫士不遇者写牢愁抑塞之怀。" ②俭:通险;险梳妆:奇异险怪的穿着打扮。二句说,如今人们竞相追逐时髦的奇异装扮,而无人欣赏超脱流俗的高雅之美。 ③二句表明自己洁身自爱,不去迎合流俗。 ④压:手指按住,刺绣的一种手法。

杜荀鹤诗

再经胡城县①

去岁曾经此县城,县民无口不冤声。
今来县宰加朱绂,便是生灵血染成②。

【注释】

①杜荀鹤,唐末诗人。胡城县,唐时县名,在今安徽阜阳县西北。 ②朱绂:红色官服。

(二)宋诗

王禹偁诗

村行①

马穿山径菊初黄,信马悠悠野兴长。
万壑有声含晚籁②,数峰无语立斜阳。
棠梨叶落胭脂色,荞麦花开白雪香③。
何事吟余忽惆怅?村桥原树似吾乡④。

【注释】

①王禹偁(954—1001),字元之,北宋初诗人,诗风简古淡雅,有《小畜集》《小畜外集》。这首诗是他贬谪商州(今陕西省商县)时所作。　②万壑二句:写傍晚时分山间的声响及景象。③棠梨:即杜梨,落叶乔木。荞麦:一种农作物,开白花。　④原:原野。

林逋诗

山园小梅①

众芳摇落独暄妍,占尽风情向小园②。

疏影横斜水清浅,暗香浮动月昏黄③。

霜禽欲下先偷眼,粉蝶如知合断魂④。

幸有微吟可相狎,不须檀板共金尊⑤。

【注释】

①林逋(967—1028),字君复,钱塘(今浙江省杭州市)人。一生隐逸,长期居于西湖之孤山,诗风淡远。此诗为其代表作,写梅而寄寓清高幽逸之趣。　②暄妍:鲜丽。　③二句写梅花之姿态神韵,最为传神。　④霜禽二句:上句实写,下句虚写。霜禽:寒鸟。断魂:形容神往。⑤二句言,梅花如此清雅,只有诗人的低吟可与之相谐,用不着俗人饮酒唱歌来凑趣。狎(xiá):亲近。

梅尧臣诗

鲁山山行①

适与野情惬,千山高复低②。

好峰随处改,幽径独行迷。

霜落熊升树,林空鹿饮溪。

人家在何许?云外一声鸡。③

【注释】

①梅尧臣(1002—1060),字圣俞,宣城(今安徽省宣城市)人。诗风古淡,刘克庄《后村诗话》称其为宋诗的"开山祖师"。此诗为宋仁宗康定元年(1040)梅圣俞任职襄城县时所作。②野情:爱好山野景物的情趣。惬:适意。　③云外:形容遥远。一声鸡:暗示有人居住。

欧阳修诗

戏答元珍①

春风疑不到天涯,二月山城未见花。

残雪压枝犹有橘,冻雷惊笋欲抽芽。

夜闻归雁生乡思,病入新年感物华。

曾是洛阳花下客,野芳虽晚不须嗟②。

【注释】

①作者欧阳修,介绍见宋词部分。此诗为宋仁宗景祐三年(1036)欧阳修降职为峡州夷陵(今湖北省宜昌市)县令时所作。诗表现作者迁谪山乡的寂寞心绪及自为宽解之意。　②曾是二句:欧阳修曾任西京(洛阳)留守推官,宋时洛阳以花著称。

王安石诗

明妃曲①

明妃初出汉宫时,泪湿春风鬓脚垂。

低徊顾影无颜色,尚得君王不自持②。

归来却怪丹青手,入眼平生未曾有。

意态由来画不成,当时枉杀毛延寿③。

一去心知更不归,可怜着尽汉宫衣。

寄声欲问塞南事,只有年年鸿雁飞④。

家人万里传消息,好在毡城莫相忆⑤。

君不见咫尺长门闭阿娇,人生失意无南北⑥。

【注释】

①王安石(1021—1086),字介甫,号半山,临川(今江西省抚州市)人。北宋著名政治家、文学家。政治上厉行革新,推行新法。文学上亦为大家。其散文逻辑严谨,析理透辟;其诗亦长于说理,风格峭拔奇崛。有《临川集》。此诗咏王昭君身世遭遇,而寄寓作者人生感慨。当时欧阳修、司马光、刘敞都有和作。　②这四句所咏,本于《后汉书·南匈奴传》:"昭君字嫱,南郡人也。初,元帝时,以良家子选入掖庭。时呼韩邪来朝,帝敕以宫女五人赐之。昭君入宫数岁,不得见御,积悲怨,乃请掖庭令求行。呼韩邪临辞大会,帝召五女以示

之。昭君丰容靓饰,光明汉宫,顾影徘徊,竦动左右。帝见大惊,意欲留之,而难于失信,遂与匈奴,生二子。"晋时避司马昭讳,改称明君,即明妃。　③这四句所咏,见《西京杂记》卷二:"元帝后宫既多,不得常见,乃使画工图形,按图召幸之。诸宫人皆赂画工,多者十万,少者亦不减五万。独王嫱不肯,遂不得见。匈奴入朝,求美人为阏氏。于是上按图以昭君行。及去,召见,貌为后宫第一,善应对,举止闲雅。帝悔之,而名籍已定,帝重信于外国,故不复更人。乃穷案其事,画工皆弃市。籍其家资,皆巨万。画工有杜陵毛延寿,为人形,丑好老少必得其真。……同日弃市。"此事史书不载,但后世文人多咏之。　④塞南:指汉王朝。
⑤毡城:匈奴人居住的帐篷。　⑥君不见句:用汉武帝陈皇后因妒失宠、幽闭长门宫之事。

北陂杏花①

一陂春水绕花身,身影妖娆各占春。
纵被春风吹作雪,绝胜南陌碾成尘。

【注释】

①此诗咏杏花而寄寓自己的人格理想。陂(bēi),山坡。

泊船瓜洲①

京口瓜洲一水间,钟山只隔数重山②。
春风又绿江南岸,明月何时照我还。

【注释】

①瓜洲:亦作瓜州,在今江苏省邗江区南,隋唐时是水运交通的重要市镇。　②京口:今江苏省镇江市,同长江北岸的瓜洲隔水相望。钟山:即紫金山,在南京市东。

苏轼诗

六月二十七日望湖楼醉书①

黑云翻墨未遮山,白雨跳珠乱入船。
卷地风来忽吹散,望湖楼下水如天。

【注释】

①作者苏轼,介绍见宋词部分。此诗是宋神宗熙宁五年(1072)苏轼在杭州所作。望湖楼:

在杭州西湖边。

饮湖上初晴后雨①

水光潋滟晴方好,山色空濛雨亦奇②。
欲把西湖比西子,淡妆浓抹总相宜。

【注释】

①此诗为宋神宗熙宁六年(1073)苏轼在杭州作。诗集中屡以西湖比西子,遂有"西子湖"之称。原作二首,选录一首。　②潋滟:水光闪动貌。

新城道中①

东风知我欲山行,吹断檐间积雨声。
岭上晴云披絮帽,树头初日挂铜钲②。
野桃含笑竹篱短,溪柳自摇沙水清。
西崦人家应最乐,煮葵烧笋饷春耕③。

【注释】

①新城:今属浙江省桐庐县。诗作于宋神宗熙宁六年,原作二首,选录一首。　②絮帽:白丝绵制成的头巾,这里比喻山上白云。铜钲:铜锣,这里以钲喻日。　③西崦(yān):西山。饷(xiǎng):给在田间劳动的人送饭。

题西林壁①

横看成岭侧成峰,远近高低各不同。
不识庐山真面目,只缘身在此山中。

【注释】

①此诗为宋神宗元丰七年(1084)苏轼游庐山所作。西林:庐山寺名。

黄庭坚诗

登快阁①

痴儿了却公家事,快阁东西倚晚晴②。
落木千山天远大,澄江一道月分明。
朱弦已为佳人绝,青眼聊因美酒横③。
万里归船弄长笛,此心吾与白鸥盟。

【注释】

①黄庭坚(1045—1105),字鲁直,自号山谷道人,洪州分宁(今江西省修水县)人。"苏门四学士"之首,江西诗派宗师。其诗取法杜甫,注重格律,勤于锻炼,要求一字一句必有来历,诗风奇拗险僻,自成一家。此诗为黄庭坚任职吉州太和县时所作。快阁在太和县治东澄江(赣江)之上。 ②痴儿:作者自指。 ③朱弦句:谓世无知己,不再弹琴。青眼句:用晋阮籍之事,《晋书·阮籍传》:"籍又能为青白眼,见礼俗之士,以白眼对之。及嵇喜来吊,籍作白眼,喜不怿而退。喜弟康闻之,乃赍酒挟琴造焉。籍大悦,乃见青眼。"

寄黄几复①

我居北海君南海,寄雁传书谢不能。
桃李春风一杯酒,江湖夜雨十年灯。
持家但有四立壁,治病不蕲三折肱②。
想得读书头已白,隔溪猿哭瘴溪藤。

【注释】

①这首诗是宋神宗元丰八年(1085)黄庭坚任职德州(今山东省德州市)时所作。黄几复,黄庭坚少年交游,时知四惠县(今属广东省)。 ②持家句:谓家徒四壁,生活清苦。三折肱:喻阅历多。《左传》定公十三年:"三折肱:知为良医。"二句言黄几复虽生活清苦,但有治世的才干和经验。

陈师道诗①

舟中

恶风横江江卷浪,黄流湍猛风用壮。
疾如万骑千里来,气压三江五湖上。

岸上空荒火夜明,舟中坐起待残更。

少年行路今头白,不尽还家去国情②。

【注释】

①陈师道(1053—1102),字履常,一字无己,自号后山居士,彭城(今江苏省徐州市)人。诗受黄庭坚影响,风格简古。 ②不尽句:谓去国还家(被罢职)的苦闷无法充分表达。

范成大诗

四时田园杂兴(其三)①

昼出耘田夜绩麻,村庄儿女各当家②。

童孙未解供耕织,也傍桑荫学种瓜。

【注释】

①范成大(1126—1193),字致能,号石湖居士,吴郡(今江苏省苏州市)人。诗与尤袤、杨万里、陆游齐名,号称"南宋四大家"。此诗为范成大晚年在石湖养病时写的田园诗。题下注:"淳熙丙午(即宋孝宗淳熙十三年,公元1186年),病疠少纾,复至石湖旧隐。野外即事,辄书一绝,终岁得六十首,号《四时田园杂兴》。"这组诗真实地表现劳动者的生活,摹写景物及生活画面,真实自然,与之前田园诗多借以寄托作者隐逸思想有所不同。 ②当家:指撑持门户,管理家事。

州桥①

州桥南北是天街②,父老年年等驾回。

忍泪失声询使者:"几时真有六军来!"③

【注释】

①宋孝宗乾道六年(1170),范成大出使赴金,经中原旧地,有诗一卷及《揽辔录》。诗凡七十二首,就所见抒写怀念故国之情。此诗为过汴京时所作。州桥在汴京宫城南的汴河上。 ②天街:京城的街道。 ③六军:古时天子有六军,此指南宋军队。

杨万里诗

闲居初夏午睡起①

梅子留酸软齿牙,芭蕉分绿与窗纱。

日长睡起无情思,闲看儿童捉柳花。

【注释】

①杨万里(1127—1206),字廷秀,号诚斋,吉水(今江西省吉水县)人。其诗写景咏物,语言通俗,如脱口而出,风格活泼自然,时号"诚斋体"。

初入淮河(其一)①

船离洪泽岸头沙,人到淮河意不佳。

何必桑干方是远,中流以北即天涯②。

【注释】

①宋孝宗淳熙十六(1189)年,杨万里奉派为接伴金国贺正旦使,北行途中,多有吟咏。此组诗即作于当时。淮河为绍兴和议所规定的宋、金分界线,诗人经此,感慨颇深。原作四首,选录二首。 ②桑干:桑干河,即永定河上游,在河北省西北部和山西省北部。中流句:淮河中流以北即为金人统治区。

陆游诗

游山西村①

莫笑农家腊酒浑,丰年留客足鸡豚。

山重水复疑无路,柳暗花明又一村。

箫鼓追随春社近,衣冠简朴古风存②。

从今若许闲乘月,拄杖无时夜叩门。

【注释】

①陆游(1125—1210),字务观,号放翁,越州山阴(今浙江省绍兴市)人。南宋爱国诗人,现存诗近万首。这首诗是陆游罢职后在故乡山阴时所作。诗写山村社日风俗景物,极富生活气息。 ②箫鼓句:古时以立春节后第五个戊日为春社日,祭土地神以祈丰年。这句写将近社日,村民在箫鼓中来来往往,忙着迎神赛会的情景。

剑门道中遇微雨①

衣上征尘杂酒痕,远游无处不消魂。
此身合是诗人未?细雨骑驴过剑门。

【注释】

①这首诗是宋孝宗乾道八年(1172)陆游由南郑到成都任职时所作。剑门,地名,在今四川省剑阁县北。

关山月①

和戎诏下十五年,将军不战空临边。
朱门沉沉按歌舞,厩马肥死弓断弦。
戍楼刁斗催落月,三十从军今白发。
笛里谁知壮士心?沙头空照征人骨。
中原干戈古亦闻,岂有逆胡传子孙!
遗民忍死望恢复,几处今宵垂泪痕②。

【注释】

①此诗借守边士兵的口吻,怒斥统治者投降政策带来的恶果,同时也表现了中原百姓渴望收复失地的强烈要求。　②遗民:指金国统治下的汉族人民。

书愤①

早岁那知世事艰,中原北望气如山。
楼船夜雪瓜洲渡,铁马秋风大散关②。
塞上长城空自许,镜中衰鬓已先斑。
《出师》一表真名世,千载谁堪伯仲间!③

【注释】

①这是宋孝宗淳熙十三年(1186)陆游居山阴时所作。诗追述早年壮志,感慨世事多艰,词气慷慨。　②二句回顾自己早年带兵抗金之事。大散关,在今宝鸡市西南。当时南宋与金以大散关为界。　③二句赞诸葛亮坚持北伐,叹时下无人可与之相比。

临安春雨初霁^①

世味年来薄似纱,谁令骑马客京华?
小楼一夜听春雨,深巷明朝卖杏花。
矮纸斜行闲作草,晴窗细乳戏分茶^②。
素衣莫起风尘叹,犹及清明可到家。

【注释】

①临安:南宋都城,今浙江省杭州市。 ②二句谓春雨后闲居无事,以写字、分茶作为消遣。草,草体字。细乳,指沏茶时水面泛起的白色泡沫。

秋夜将晓出篱门迎凉有感

三万里河东入海,五千仞岳上摩天^①。
遗民泪尽胡尘里,南望王师又一年。

【注释】

①二句写中原地区河山的壮伟,痛心其沦丧敌手。

十一月四日风雨大作^①

僵卧荒村不自哀,尚思为国戍轮台^②。
夜阑卧听风吹雨,铁马冰河入梦来^③。

【注释】

①这诗作于宋光宗绍熙三年(1192),时诗人六十八岁。 ②轮台:在今新疆轮台县。盛唐时为西北边防重镇。 ③二句谓,夜听风雨声而梦到边地作战的情景。

沈园(二首)^①

城上斜阳画角哀,沈园非复旧池台。
伤心桥下春波绿,曾是惊鸿照影来。

梦断香消四十年,沈园柳老不吹绵。
此身行作稽山土,犹吊遗踪一泫然^②。

【注释】

①陆游与妻子唐琬感情深厚,但因母亲干涉,被迫离异。这是诗人晚年睹景思人之作。沈园,故址在今绍兴禹蹟寺南。 ②稽山:即会稽山,在今浙江省绍兴市东南。泫然:流泪貌。

示儿①

死去元知万事空,但悲不见九州同。
王师北定中原日,家祭无忘告乃翁。

【注释】

①这是陆游的绝笔,表达了诗人对偏安一隅的国势的悲愤及收复失地的强烈愿望。

林升诗

题临安邸①

山外青山楼外楼,西湖歌舞几时休!
暖风熏得游人醉,直把杭州作汴州。

【注释】

①林升,生平不详。这首诗批判南宋统治者沉溺享乐、不思收复失地的腐朽堕落,讽刺辛辣。邸,客店。

刘克庄诗

戊辰书事①

诗人安得有春衫? 今岁和戎百万缣②。
从此西湖休插柳,剩栽桑树养吴蚕!

【注释】

①刘克庄(1187—1269),字潜夫,号后村居士,莆田(今福建省莆田市)人。南宋后期诗人。戊辰为宋宁宗嘉定元年(1208)。时宋金议和,岁贡银三十万两。此诗即就此感慨,意极郁愤。
②缣(jiān):细绢。

文天祥诗

金陵驿①

草合离宫转夕晖,孤云漂泊复何依!
山河风景元无异,城郭人民半已非。
满地芦花和我老,旧家燕子傍谁飞?
从今别却江南路,化作啼鹃带血归。

【注释】

①文天祥(1286—1283),字履善,号文山,庐陵(今江西省吉安市)人。南宋爱国志士,有《文山先生全集》。这首诗是他兵败被俘押送北行途中过金陵时所作。诗写国家败亡之悲,结二句自明死志,意极沉痛。

(三)唐宋词

李白词

忆秦娥①

箫声咽,秦娥梦断秦楼月②。秦楼月,年年柳色,灞桥伤别③。　　乐游原上清秋节,咸阳古道音尘绝。音尘绝,西风残照,汉家陵阙④。

【注释】

①《忆秦娥》,词调名。此调始见于本篇,当是作者首创。　②秦娥:秦地(今陕西西安一带)女子。　③灞桥:唐时长安东灞水上有灞桥,唐人送客至此,有折柳赠别的风俗。　④乐游原:唐时游览胜地,在今西安市南。汉家陵阙:汉朝皇帝的陵墓都在长安周围。阙:陵墓前的牌楼。

张志和词①

渔歌子

西塞山前白鹭飞,桃花流水鳜鱼肥②。　　青箬笠,绿蓑衣,斜风细雨不须归。

【注释】

①张志和,唐肃宗时待诏翰林,后隐居江湖,自号烟波钓徒。　②鳜鱼:俗称桂鱼。

白居易词

忆江南①

江南好,风景旧曾谙②。日出江花红胜火,春来江水绿如蓝③。能不忆江南?

【注释】

①白居易《江南》三首,这是第一首。此所谓江南,指杭州、苏州一带。　②谙(ān):熟悉。
③蓝:兰草,可制青蓝色的染料。

敦煌曲子词①

菩萨蛮②

枕前发尽千般怨,要休且待青山烂。水面上秤锤浮,直待黄河彻底枯。　　白日参辰现,北斗回南面。休即未能休,且待三更见日头。③

【注释】

①清光绪二十六年(1900),在甘肃敦煌莫高窟石室中发现了大量唐五代手写卷子,其中一部分是燕乐曲子歌词,后人称为"敦煌曲子词"。这部分词多出自民间,内容广泛,为人们了解词的起源提供了重要线索。　②菩萨蛮:本唐教坊曲,后用为词牌。　③此词写一个人向其所爱者的陈词,主人公一口气举出六种不可能的事发愿,写对爱情的坚贞,情感激烈,有震撼心灵的效果。

温庭筠词①

菩萨蛮(其一)

小山重叠金明灭,鬓云欲度香腮雪②。懒起画蛾眉,弄妆梳洗迟。　　照花前后镜,花面交相映。新帖绣罗襦,双双金鹧鸪③。

【注释】

①温庭筠(812—870),字飞卿,太原祁(今山西祁县)人。温庭筠是唐代最早致力于词的诗

人,其词开启花间词风,人称"花间鼻祖"。　②小山句:写日光照在屏风上光影闪烁。小山:屏风上的图案。此词写一个贵族女子空虚的生活,对人物的形貌及内心刻画非常细致。　③鹧鸪:衣裙上金线绣的鹧鸪鸟。

菩萨蛮(其二)

水精帘里颇黎枕,暖香惹梦鸳鸯锦。江上柳如烟,雁飞残月天。　　藕丝秋色浅,人胜参差剪①。双鬓隔香红,玉钗头上风②。

【注释】

①人胜:剪彩作人形以插于鬓边的饰物。　②香红:指脸颊。

菩萨蛮(其六)①

玉楼明月长相忆,柳丝袅娜春无力。门外草萋萋,送君闻马嘶②。　　画罗金翡翠,香烛销成泪③。花落子规啼,绿窗残梦迷④。

【注释】

①此词写思妇因思念离人而梦魂颠倒的情景。　②三、四两句写送别。　③画罗二句写室内景象。　④花落二句写梦醒情景。

更漏子(其三)①

玉炉香,红蜡泪,偏照画堂秋思。眉翠薄,鬓云残,夜长衾枕寒。　　梧桐树,三更雨,不道离情正苦②。一叶叶,一声声,空阶滴到明。

【注释】

①这首词写一位女子秋夜独处闺中,长夜不眠的孤苦之情。　②不道:不顾。

韦庄词①

菩萨蛮(其二)

人人尽说江南好,游人只合江南老。春水碧于天,画船听雨眠。　　垆边人似月,皓腕凝霜雪。未老莫还乡,还乡须断肠②。

【注释】

①韦庄(836？—910)，字端己，韦应物四世孙。词坛上与温庭筠齐名，并称"温韦"。　②此词为韦庄避乱南方时所作。词写江南的可恋，结句流露世乱之悲。

冯延巳词①

鹊踏枝

谁道闲情抛掷久，每到春来，惆怅还依旧。日日花前常病酒，不辞镜里朱颜瘦。河畔青芜堤上柳②，为问新愁，何事年年有？独上小楼风满袖，平林新月人归后。

【注释】

①冯延巳(903—960)，字正中，广陵(江苏扬州)人。五代南唐词人，词深美婉约。　②青芜：青碧色的草。

李璟词①

浣溪沙

菡萏香销翠叶残，西风愁起绿波间②。还与韶光共憔悴，不堪看③！　　细雨梦回鸡塞远，小楼吹彻玉笙寒④。多少泪珠无限恨，倚阑干。

【注释】

①李璟(916—961)，史称南唐中主。　②菡萏(hǎn dàn)：荷花。　③韶光：美好的时光。韶，一作"容"。　④鸡塞：指边远地区。

李煜词①

虞美人

春花秋月何时了？往事知多少？小楼昨夜又东风，故国不堪回首月明中。雕栏玉砌应犹在，只是朱颜改②。问君能有几多愁？恰似一江春水向东流。

【注释】

①李煜(937—978),史称南唐后主,在位期间耽于享乐,苟且偷安,后为宋太祖所俘。其词多写亡国之痛,感情真挚,意境深远,在唐五代词中成就最高。 ②雕栏玉砌:借指宫殿。

破阵子

四十年来家国,三千里地山河。凤阁龙楼连霄汉,玉树琼枝作烟萝①。几曾识干戈? 一旦归为臣虏,沈腰潘鬓消磨②。最是仓皇辞庙日,教坊犹奏别离歌。垂泪对宫娥。

【注释】

①凤阁龙楼:指金陵的宫殿楼阁。 ②沈腰潘鬓消磨:指人瘦损憔悴。沈、潘:指南朝的沈约、潘岳。

浪淘沙

帘外雨潺潺,春意阑珊①。罗衾不耐五更寒。梦里不知身是客,一晌贪欢②。
独自莫凭栏,无限江山,别时容易见时难。流水落花春去也,天上人间。

【注释】

①阑珊:将尽。 ②一晌:片刻。

晏殊词①

浣溪沙

一曲新词酒一杯,去年天气旧亭台。夕阳西下几时回? 无可奈何花落去,似曾相识燕归来。小园香径独徘徊。②

【注释】

①晏殊(99—1055),字同叔,北宋词人,有《珠玉集》。 ②此词上片写思昔,下片写今日的感伤。

蝶恋花

槛菊愁烟兰泣露。罗幕轻寒,燕子双飞去。明月不谙离恨苦①,斜光到晓穿朱户。　　昨夜西风凋碧树,独上高楼,望尽天涯路。欲寄彩笺兼尺素^②,山长水阔知何处!

【注释】

①谙(ān):熟悉。　②彩笺:彩色的笺纸。可供题诗和写信之用。尺素:古人书写用素绢,通常长一尺,故称尺素,此用为书信代称。

张先词

天仙子

时为嘉禾小倅,以病眠,不赴府会^①

水调数声持酒听,午醉醒来愁未醒^②。送春春去几时回?临晚镜,伤流景。往事后期空记省^③。　　沙上并禽池上暝,云破月来花弄影。重重帘幕密遮灯。风不定,人初静。明日落红应满径。

【注释】

①嘉禾:宋代郡名,此指秀州(今浙江嘉兴)。倅(cuì):副职,张先时为秀州判官。　②水调:曲调名。　③流景:如流水般消逝的时光。

欧阳修词^①

蝶恋花

庭院深深深几许?杨柳堆烟,帘幕无重数。玉勒雕鞍游冶处,楼高不见章台路^②。　　雨横风狂三月暮,门掩黄昏,无计留春住。泪眼问花花不语,乱红飞过秋千去。^③

【注释】

①欧阳修(1007—1072),庐陵(江西吉安)人,官至兵部尚书,号醉翁、六一居士。　②玉勒雕鞍:指华贵的车马。章台路:指冶游所在。　③红,指花。

踏莎行

候馆梅残,溪桥柳细^①,草薰风暖摇征辔^②。离愁渐远渐无穷,迢迢不断如春水。　　寸寸柔肠,盈盈粉泪。楼高莫近危阑倚③。平芜尽处是春山,行人更在春山外④。

【注释】

①候馆:旅舍。　②辔:马缰绳。　③危栏:高楼上的栏杆。　④平芜:平远的草地。

生查子①

去年元夜时,花市灯如昼。月上柳梢头,人约黄昏后。　　今年元夜时,月与灯依旧。不见去年人,泪湿春衫袖。

【注释】

①这首词用今昔对照手法,抒写景是人非,旧情难续的感慨。

晏几道词

临江仙

梦后楼台高锁,酒醒帘幕低垂①。去年春恨却来时。落花人独立,微雨燕双飞。　　记得小苹初见,两重心字罗衣。琵琶弦上说相思。当时明月在,曾照彩云归②。

【注释】

①梦后二句:写梦觉酒醒时孤独愁闷的心情。　②彩云:比喻小苹。

鹧鸪天

彩袖殷勤捧玉钟,当年拚却醉颜红①。舞低杨柳楼心月,歌尽桃花扇底风。从别后,忆相逢。几回魂梦与君同。今宵剩把银钉照,犹恐相逢是梦中②。

【注释】

①彩袖二句:上句写歌女殷勤劝酒,下句写自己当年不惜一醉的豪情。拚(pàn):同"拼",不顾惜。　②剩把:再三把。钉(gāng):油灯。

柳永词①

雨霖铃

寒蝉凄切,对长亭晚,骤雨初歇。都门帐饮无绪,留恋处、兰舟催发②。执手相看泪眼,竟无语凝噎。念去去,千里烟波,暮霭沉沉楚天阔③。　　多情自古伤离别,更那堪,冷落清秋节!今宵酒醒何处?杨柳岸、晓风残月。此去经年,应是良辰好景虚设④。便纵有、千种风情,更与何人说!

【注释】

①作者柳永,字耆卿,初名三变,是北宋第一个大量创作慢词的词人,对词的发展有重要贡献。　②都门:京城,指汴京(今河南省开封市)。帐饮:在郊外张设帐幕宴饮饯别。　③去去:重复言之,表示行程之远。　④经年:经过一年或若干年。

蝶恋花

伫倚危楼风细细,望极春愁,黯黯生天际。草色烟光残照里,无言谁会凭阑意①。　　拟把疏狂图一醉,对酒当歌,强乐还无味。衣带渐宽终不悔。为伊消得人憔悴。

【注释】

①草色二句:写登楼远望所见之景。会:理解。

鹤冲天①

黄金榜上,偶失龙头望。明代暂遗贤,如何向?未遂风云便,争不恣狂荡。何须论得丧?才子词人,自是白衣卿相。　　烟花巷陌,依约丹青屏障。幸有意中人,堪寻访。且恁偎红依翠,风流事,平生畅,青春都一饷。忍把浮名,换了浅斟低唱。

【注释】

①这首词的本事,据胡仔《苕溪渔隐丛话》引《艺苑雌黄》:"柳三变喜作小词,薄于操行,当时有荐其才者,上曰:'得非填词柳三变乎?'曰'然。'上曰:'且去填词。'由是不得志,日与倡子纵游倡馆酒楼间,无复检率。自称'奉旨填词柳三变。'"

望海潮

东南形胜,三吴都会,钱塘自古繁华①。烟柳画桥,风帘翠幕,参差十万人家。云树绕堤沙。怒涛卷霜雪,天堑无涯。市列珠玑,户盈罗绮,竞豪奢。　　重湖叠巘清嘉②,有三秋桂子,十里荷花。羌管弄晴,菱歌泛夜,嬉嬉钓叟莲娃。千骑拥高牙③,乘醉听箫鼓,吟赏烟霞。异日图将好景,归去凤池夸④。

【注释】

①这三句写杭州地理位置优越,历史悠久,但一直保持繁华。三吴,吴兴郡、吴郡和会稽郡的合称。　②重湖:西湖以白堤为界,分外湖、里湖。叠巘(yǎn):重叠的山峰。清嘉:秀丽。③千骑句:指州郡长官,宋朝州郡长官兼知州军事。牙,牙旗,将军用的旗帜。　④凤池:此指朝廷。

苏轼词①

水调歌头

明月几时有?把酒问青天。不知天上宫阙,今夕是何年?我欲乘风归去,又恐琼楼玉宇,高处不胜寒。起舞弄清影,何似在人间②?　　转朱阁,低绮户,照无眠。不应有恨,何事长向别时圆?人有悲欢离合,月有阴晴圆缺,此事古难全。但愿人长久,千里共婵娟③。

【注释】

①苏轼(1036—1101),字子瞻,号东坡居士,眉州眉山(属四川)人。宋代杰出作家,诗、词、文均有突出成就,首开豪放词风。　②起舞二句:谓起舞翩翩如仙,仿佛已经离开人间,置身天上。③婵娟:指月。孟郊《婵娟篇》:"月婵娟,真可怜。"

念奴娇

大江东去,浪淘尽、千古风流人物。故垒西边,人道是、三国周郎赤壁。乱石穿空,惊涛拍岸,卷起千堆雪。江山如画,一时多少豪杰!　　遥想公瑾当年,小乔初嫁了,雄姿英发。羽扇纶巾,谈笑间、樯橹灰飞烟灭①。故国神游,多情应笑我,早生华发。人生如梦,一尊还酹江月②。

【注释】

①羽扇纶(guān)巾:魏晋时人的装束。纶巾,青丝带做的头巾。　②酹(lèi):把酒倒在地上

祭莫。

江城子

老夫聊发少年狂,左牵黄,右擎苍。锦帽貂裘,千骑卷平岗。为报倾城随太守,亲射虎,看孙郎①。　　酒酣胸胆尚开张,鬓微霜,又何妨。持节云中,何日遣冯唐②? 会挽雕弓如满月,西北望,射天狼③。

【注释】

①亲射虎二句:《三国志·吴志·孙权传》载,孙权曾乘马射虎,马为虎所伤,孙权投以双戟,虎遂退。　　②持节二句:意谓何时派遣冯唐去赦免云中太守魏尚呢? 这里作者自比魏尚。云中:汉郡名,在今内蒙古一带。持节:带着传达命令的符节。　　③天狼:星名,这里用以比喻侵犯北宋的辽与西夏。

秦观词①

鹊桥仙

纤云弄巧,飞星传恨,银汉迢迢暗度。金风玉露一相逢,便胜却人间无数。　　柔情似水,佳期如梦,忍顾鹊桥归路②? 两情若是久长时,又岂在朝朝暮暮!

【注释】

①秦观,字少游,与黄庭坚、晁补之、张耒并称"苏门四学士",词风婉约。　　②忍顾:不忍回顾。

踏莎行

雾失楼台,月迷津渡,桃源望断无寻处。可堪孤馆闭春寒,杜鹃声里斜阳暮。　　驿寄梅花,鱼传尺素,砌成此恨无重数。郴江幸自绕郴山,为谁流下潇湘去①?

【注释】

①幸自:本是。二句谓流水无情,不因人的愁绪而停留。

贺铸词①

青玉案

凌波不过横塘路,但目送,芳尘去②。锦瑟华年谁与度?月桥花院,琐窗朱户,只有春知处。　碧云冉冉蘅皋暮,彩笔新题断肠句。试问闲愁都几许?一川烟草,满城风絮,梅子黄时雨③。

【注释】

①贺铸,字方回,号庆湖遗老。其词兼豪放、婉约二派之长。②凌波二句:曹植《洛神赋》:"凌波微步,罗袜生尘。"后人即以凌波形容美人步履的轻盈。③一川三句:均以比喻写愁之多。

鹧鸪天①

重过阊门万事非,同来何事不同归②?梧桐半死清霜后,头白鸳鸯失伴飞。原上草,露初晞,旧栖新垅两依依③。空床卧听南窗雨,谁复挑灯夜补衣!

【注释】

①此为贺铸在苏州悼亡之作。②阊门:苏州城门,此指苏州。③晞:干。新垅:指亡妻的新坟。

周邦彦词①

六丑
蔷薇谢后作

正单衣试酒,恨客里、光阴虚掷。愿春暂留,春归如过翼,一去无迹。为问花何在?夜来风雨,葬楚宫倾国②。钗钿堕处遗香泽,乱点桃蹊,轻翻柳陌③。多情为谁追惜?但蜂媒蝶使,时叩窗隔。　东园岑寂,渐蒙笼暗碧。静绕珍丛底,成叹息。长条故惹行客,似牵衣待话,别情无极。残英小、强簪巾帻④。终不似、一朵钗头颤袅,向人欹侧。漂流处、莫趁潮汐⑤。恐断红、尚有相思字,何由见得!

【注释】

①周邦彦,自美成,号清真居士。精通音律,能自度曲,其词长于铺陈,风格富艳精工。

②楚宫倾国:楚宫美人,这里比喻蔷薇花。　③钿钗句:此以美人遗落的钿钗比喻飘落的花瓣。桃蹊:桃树下的小径。　④巾帻(zé):头巾。　⑤漂流二句:劝落花不要随流水俱去。

蝶恋花

月皎惊乌栖不定。更漏将残,辘轳牵金井。唤起两眸清炯炯①,泪花落枕红绵冷。　执手霜风吹鬓影。去意徊徨,别语愁难听。楼上阑干横斗柄②。露寒人远难相应。

【注释】

①唤起句:形容其因伤别而彻夜不眠的情态。　②阑干:纵横貌。斗柄:指北斗星。

李清照词①

一剪梅

红藕香残玉簟秋②。轻解罗裳,独上兰舟。云中谁寄锦书来?雁字回时,月满西楼。　花自飘零水自流。一种相思,两处闲愁。此情无计可消除,才下眉头,却上心头。

【注释】

①李清照,号易安居士,北宋著名女词人。其词擅长白描,字句精工。　②红藕:荷花。玉簟:竹席。

醉花阴

薄雾浓云愁永昼,瑞脑销金兽①。佳节又重阳,玉枕纱厨,半夜凉初透②。东篱把酒黄昏后,有暗香盈袖。莫道不消魂,帘卷西风,人比黄花瘦。

【注释】

①瑞脑:即龙脑,香料。金兽:兽形的香炉。　②纱厨:纱帐。

永遇乐

落日镕金,暮云合璧,人在何处①?染柳烟浓,吹梅笛怨,春意知几许②!元宵佳节,融和天气,次第岂无风雨? 来相召、香车宝马,谢他酒朋诗侣。 中州盛日,闺门多暇,记得偏重三五③。铺翠冠儿,捻金雪柳,簇带争济楚④。如今憔悴,风鬟雾鬓,怕见夜间出去。不如向、帘儿底下,听人笑语。

【注释】

①铺金:形容落日灿烂的色彩。人在句:感伤自己漂泊无依。 ②染柳二句:"烟染柳浓,笛吹梅怨"的倒文。梅:指《梅花落》曲调。 ③中州:今河南省属古豫州,居九州之中。此指宋朝东京开封。三五:指旧历正月十五,为元宵节。 ④捻金雪柳:古代妇女的饰品,以金装饰。簇带:满戴。济楚:整齐、漂亮。二句谓插戴满头,争相比美。

声声慢

寻寻觅觅,冷冷清清,凄凄惨惨戚戚。乍暖还寒时候,最难将息。三杯两盏淡酒,怎敌他、晚来风急! 雁过也,正伤心,却是旧时相识。 满地黄花堆积。憔悴损,如今有谁堪摘①! 守着窗儿,独自怎生得黑②! 梧桐更兼细雨,到黄昏、点点滴滴。这次第,怎一个愁字了得!

【注释】

①有谁堪摘:谓有谁堪与共摘。一说"有何堪摘"。 ②怎生:怎么。黑:天黑。

朱敦儒词①

鹧鸪天

我是清都山水郎②,天教懒慢带疏狂。曾批给露支风敕,累奏留云借月章③。诗万首,酒千觞,几曾着眼看侯王? 玉楼金阙慵归去,且插梅花醉洛阳。

【注释】

①朱敦儒,北宋词人,其词多反映其隐居生活,通俗而少艳语。 ②清都:神话中天帝的宫阙。山水郎:管理山水的郎官。 ③二句谓,是天帝批准我管理风云月露的。支:支取。敕:皇帝的诏书。章:臣子的奏章。

张元干词

贺新郎
送胡邦衡待制赴新州①

　　梦绕神州路②。怅秋风、连营画角,故宫离黍③。底事昆仑倾砥柱,九地黄流乱注?聚万落千村狐兔④。天意从来高难问,况人情老易悲难诉。更南浦,送君去⑤!　　凉生岸柳催残暑。耿斜河、疏星淡月,断云微度。万里江山知何处?回首对床夜语。雁不到,书成谁与?目尽青天怀今古,肯儿曹恩怨相尔汝⑥!举大白,听《金缕》⑦。

【注释】

　　①张元干,号芦川居士,其词多忧心国事,慷慨悲壮。这首词是为胡邦衡遭贬而作。新州,治所在今广东省新兴县。　②神州:此指中原地区。　③离黍:《诗经·王风》有《黍离》篇,此借以怀念沦陷的汴京。　④底事三句:大意为,为什么会天崩地塌、洪水泛滥,万千村落、狐兔成群呢?这是借天灾以言人祸。　⑤南浦:江淹《别赋》:"送君南浦,伤如之何!"这里指送别之处。⑥目尽二句:用韩愈"昵昵儿女语,恩怨相尔汝。"(《听颖师弹琴》)意谓我所关怀的是天下国家的大事,怎肯像小儿女那样彼此只谈些恩怨私情呢!　⑦举大白:喝酒。《金缕》:《贺新郎》词调的异名。

张孝祥词①

六州歌头

　　长淮望断,关塞莽然平②。征尘暗,霜风劲,悄边声。黯销凝!追想当年事,殆天数,非人力。洙泗上,弦歌地,亦膻腥③。隔水毡乡,落日牛羊下,区脱纵横④。看名王宵猎,骑火一川明⑤。笳鼓悲鸣,遣人惊。　　念腰间箭,匣中剑,空埃蠹,竟何成!时易失,心徒壮,岁将零。渺神京!干羽方怀远,静烽燧,且休兵⑥。冠盖使,纷驰骛,若为情?闻道中原遗老,常南望、翠葆霓旌⑦。使行人到此,忠愤气填膺,有泪如倾。

【注释】

　　①张孝祥,别号于湖居士。其词多爱国思想内容,亦有写景抒情之作,气势豪迈,境界阔大。②长淮:指淮河。宋高宗绍兴十一年(1141)与金订立和议,以淮河为宋、金的分界线。　③洙泗上三句:谓礼乐之邦沦陷于敌手。洙、泗:水名。膻腥:牛羊的腥臊味,此指当时侵扰宋王朝的女真贵族统治者。　④区(ōu)脱:匈奴语称边境屯戍或守望的土堡为区脱。　⑤名王:指敌方将

帅。　⑥干羽句:《礼记·乐记》:"干戚羽旄谓之乐。"此指当时宋朝廷用文德怀柔远人,向敌人求和。　⑦翠葆霓旌:皇帝的仪仗。

陆游词①

诉衷情

当年万里觅封侯,匹马戍梁州②。关河梦断何处,尘暗旧貂裘。　　胡未灭,鬓先秋,泪空流。此生谁料,心在天山,身老沧州③!

【注释】

①陆游,字务观,号放翁。一生关怀国事,以诗文为武器,呼吁国家统一。遭当权派排挤,不得志。　②梁州:治所在今陕西省汉中市。　③天山:在今新疆境内,汉、唐时的边疆,此借指前线。沧州:指隐者所居之处。

卜算子
咏梅①

驿外断桥边,寂寞开无主。已是黄昏独自愁,更著风和雨。　　无意苦争春,一任群芳妒。零落成泥碾作尘,只有香如故。

【注释】

①此词为咏物言志之作,借咏梅花抒写自己孤高不谐流俗的品格。

钗头凤①

红酥手,黄縢酒,满城春色宫墙柳。东风恶,欢情薄,一怀愁绪,几年离索。错、错、错!　　春如旧,人空瘦,泪痕红浥鲛绡透②。桃花落,闲池阁。山盟虽在,锦书难托。莫、莫、莫!

【注释】

①周密《齐东野语》载,陆游初娶唐氏,伉俪相得,后尊母命离弃,唐氏改嫁。多年后,诗人出游,于绍兴之沈园与唐氏相遇,唐氏致酒肴,陆游怅然良久,遂赋此词,后唐氏不久即离世。②鲛绡:神话中鲛人所织的丝绢,此指丝制的手帕。浥:湿。

辛弃疾词①

摸鱼儿

淳熙己亥,自湖北漕移湖南②,同官王正之置酒小山亭,为赋③。

更能消、几番风雨,匆匆春又归去。惜春长怕花开早,何况落红无数。春且住。见说道④、天涯芳草无归路。怨春不语。算只有、殷勤画檐蛛网,尽日惹飞絮。长门事,准拟佳期又误。蛾眉曾有人妒,千金纵买相如赋,脉脉此情谁诉⑤?君莫舞,君不见、玉环飞燕皆尘土⑥!闲愁最苦,休去倚危栏,斜阳正在,烟柳断肠处⑦。

【注释】

①辛弃疾,字幼安,号稼轩。南宋著名爱国词人,其词题材广阔,风格以豪放为主,亦不乏清新之作。 ②自湖北句:指宋孝宗淳熙六年(1179,岁次己亥)作者由湖北转运副使调任湖南转运副使。宋朝称转运副使为漕司,掌管一路的财赋。 ③王正之:此时接替辛弃疾的职务,故曰同官。小山亭:在湖北转运副使官署内。此词为作者调任赋别之作。通篇比兴,写暮春哀怨之情,以寄托政治上的幽愤之感。词中失意的陈皇后以自喻,得宠的杨玉环、赵飞燕用以比喻当朝排斥他的权臣。 ④见说道:听说。 ⑤长门事五句:据司马相如《长门赋序》,汉武帝陈皇后失宠后,以重金请司马相如作赋,复得幸。但史载陈皇后失宠后,并未再得亲幸。这里作者综合赋序与史传所载,说陈皇后本是可以再度得幸的,"准拟佳期又误",是由于"蛾眉曾有人妒"。蛾眉:指美人。 ⑥玉环飞燕:指杨贵妃和赵飞燕(汉成帝妃)。 ⑦斜阳二句:比喻国势衰微。

青玉案
元夕

东风夜放花千树,更吹落、星如雨。宝马雕车香满路,凤箫声动,玉壶光转,一夜鱼龙舞①。 蛾儿雪柳黄金缕,笑语盈盈暗香去②。众里寻他千百度,蓦然回首,那人却在,灯火阑珊处③。

【注释】

①花千树:形容灯火之多如千树花开。星:比喻灯。玉壶:比喻月亮。光转:普照。鱼龙舞:指玩鱼灯、龙灯。 ②蛾儿雪柳黄金缕:妇女装饰。 ③阑珊:零落。此词写元宵节繁华的夜景及作者追慕美人而不得。实则别有寄寓。

破阵子
为陈同甫赋壮词以寄之①

醉里挑灯看剑,梦回吹角连营。八百里分麾下炙,五十弦翻塞外声,沙场秋点兵②。　　　马作的卢飞快,弓如霹雳弦惊③。了却君王天下事,赢得生前身后名。可怜白发生!

【注释】

①陈同甫:指陈亮。此词为"陈亮过稼轩,纵谈天下事"别后所作。词中写作者青年时抗金生活及恢复河山、建立功名的壮志,结句抒发壮志不酬的悲愤心情。　②八百里:《世说新语·汰侈》:"王君夫(恺)有牛,名八百里駮……"此指牛。五十弦:瑟,此指乐器。翻:演奏。二句写在雄壮的军歌声中犒赏军士。　③作:如。的卢:良马名。

南乡子

登京口北固亭有怀①

何处望神州?满眼风光北固楼。千古兴亡多少事?悠悠。不尽长江滚滚流。
年少万兜鍪,坐断东南战未休②。天下英雄谁敌手?曹刘。生子当如孙仲谋③!

【注释】

①京口:今江苏省镇江市。北固亭:在镇江市东北北固山上,北临长江。　②年少二句:兜鍪(móu):战士的头盔。吴主孙权未满二十,便已做了上万战士的统帅。但他并不满足占有东南半壁江山,还在不停地出战争雄。　③天下三句:《三国志》载曹操赞叹孙权驭军有方的话:"生子当如孙仲谋!"这里借以感慨时无雄才。

姜夔词①

扬州慢

淳熙丙申至日,予过维扬。夜雪初霁,荠麦弥望。入其城,则四顾萧条,寒水自碧,暮色渐起,戍角悲吟。予怀怆然,感慨今昔,因自度此曲。千岩老人以为有《黍离》之悲也。②

淮左名都,竹西佳处,解鞍少驻初程③。过春风十里,尽荠麦青青。自胡马窥江去后,废池乔木,犹厌言兵④。渐黄昏,清角吹寒,都在空城。　　杜郎俊赏,算而今、重到须惊⑤。纵豆蔻词工,青楼梦好,难赋深情⑥。二十四桥仍在,波心荡、冷月无声⑦。念桥边红药,年年知为谁生⑧!

【注释】

①姜夔,号白石道人,其词多写自身情怀,声律严谨,风格以空灵蕴藉为主。　②淳熙丙申

至日:宋孝宗三年(1176)冬至日。维扬:扬州。千岩老人:指萧德藻。《黍离》:《诗经》有《黍离》篇,伤国家败亡。这首词为作者追怀丧乱,感慨今昔之作。　③淮左名都:指扬州,为宋淮南东路首府。竹西:扬州城东有竹西亭。　④胡马窥江:指金兵南下入侵。　⑤杜郎:指杜牧。谓扬州的胜景,曾得到杜牧的赞赏。　⑥纵豆蔻三句:谓杜牧纵有诗才,也难以表达这种深沉的悲怆之情。杜牧《赠别》诗言:"娉娉袅袅十三余,豆蔻梢头二月初。"　⑦二十四桥二句:杜牧有诗言:"青山隐隐水迢迢,秋尽江南草未凋。二十四桥明月夜,玉人何处教吹箫?"(《寄扬州韩绰判官》)二句就水桥、水、月写今昔情景的不同。　⑧红药:即芍药花。

点绛唇
丁未冬过吴松作①

　　燕雁无心,太湖西畔随云去。数峰清苦,商略黄昏雨②。　　第四桥边,拟共天随住③。今何许?凭栏怀古,残柳参差舞。

【注释】

　　①丁未:宋孝宗淳熙十四年(1187)吴松:即吴淞江。此词通首只写眼前景物,结三句透出无穷哀感。　②商略:商量。　③天随:唐代诗人陆龟蒙,号天随子,曾居松江甫里。

鹧鸪天
元夕有所梦①

　　肥水东流无尽期,当初不合种相思。梦中未比丹青见,暗里忽惊山鸟啼。春未绿,鬓先丝,人间别久不成悲。谁教岁岁红莲夜,两处沉吟各自知。②

【注释】

　　①姜夔年轻时曾在合肥识得一对善弹琵琶的姐妹,相处甚好,后迫于生计分手。此为怀念当初恋情所作。　②红莲夜:指元夕花灯满城之时。

史达祖词①

双双燕
咏燕

　　过春社了,度帘幕中间,去年尘冷②。差池欲住,试入旧巢相并③。还相雕梁藻井,又软语、商量不定④。飘然快拂花梢,翠尾分开红影。　　芳径,芹泥雨润⑤。爱贴地争飞,竞夸轻俊。红楼归晚,看足柳昏花暝。应自栖香正稳,便忘了、天涯芳信。愁损翠黛双蛾,日日画阑独凭⑥。

【注释】

①史达祖,字邦卿,号梅溪,其词善于咏物,描写细腻有《梅溪词》。　②春社:在立春后,清明前。　③差(cī)池:形容燕子飞翔时羽翼参差不齐貌。　④藻井:有装饰的天花板。　⑤芹泥:水边长芹草的泥地。杜甫《徐步》诗:"芹泥随燕嘴,花蕊上蜂须。"　⑥愁损二句:谓燕子只顾玩耍,忘了传递远方来的书信,让红楼中盼归的少妇愁眉不展。

吴文英词①

风入松

听风听雨过清明,愁草《瘗花铭》②。楼前绿暗分携路,一丝柳、一寸柔情③。料峭春寒中酒,交加晓梦啼莺。　西园日日扫林亭,依旧赏新晴。黄蜂频扑秋千索,有当时、纤手香凝。惆怅双鸳不到,幽阶一夜苔生。

【注释】

①吴文英,号梦窗,其词运意曲折幽深,组织缜密。　②瘗(yì):埋祭品或陪葬物,此指葬花。庾信有《瘗花铭》,此以葬花寓别恨。　③楼前句:谓楼前分别的路上已绿柳成荫。

八声甘州
陪庾幕诸公游灵岩①

渺空烟四远,是何年、青天坠长星②?幻苍崖云树,名娃金屋,残霸宫城③。箭径酸风射眼,腻水染花腥④。时靸双鸳响,廊叶秋声⑤。　宫里吴王沉醉,倩五湖倦客,独钓醒醒。问苍波无语,华发奈山青!水涵空,阑干高处,送乱鸦斜日落渔汀⑥。连呼酒,上琴台去,秋与云平。

【注释】

①庾幕:转运使的僚属,此指苏州仓台幕府。灵岩:山名,在苏州西南,上有春秋时吴国遗迹。词通过怀古抒发兴亡沧桑之感,寓有深切的伤时之意。　②青天句:想象灵岩是天上的星辰坠落而成的山。　③名娃句:指吴王夫差为西施筑馆娃宫事。　④箭径:小溪。酸风:冷风。腻水句:谓花朵上沾有脂粉的香味。　⑤时靸二句:谓当时走廊宫女们步履声响不绝,现在只听到秋风吹打落叶的声音。靸(sǎ):拖鞋。　⑥汀:沙洲。

刘克庄词①

玉楼春
戏林推

年年跃马长安市②,客舍似家家似寄。青钱换酒日无何,红烛呼卢宵不寐③。
易挑锦妇机中字,难得玉人心下事④。男儿西北有神州,莫滴水西桥畔泪⑤。

【注释】

①刘克庄,号后村居士,其词继承辛派词人的爱国主义传统,风格豪放。 ②题一作"戏呈林节推乡兄"。节推,节度推官。 ③长安:借指南宋京城临安。 ④无何:不过问其他事情。呼卢:赌博时叱喝之声。 ⑤二句谓,妻子的爱情是真挚的,歌妓们的心意就难以捉摸了。锦妇:《晋书·窦滔传》载,窦滔出战久不归,其妻苏蕙在锦上织为回文旋图以赠。挑:挑花纹织锦。 ⑥二句谓,中原还没有恢复,男子汉不要卿卿我我,沉溺儿女私情。

刘辰翁词

柳梢青①
春感

铁马蒙毡,银花洒泪,春入愁城②。笛里番腔,街头戏鼓,不是歌声③。 那堪独坐青灯,想故国、高台月明。辇下风光,山中岁月,海上心情④。

【注释】

①刘辰翁,号须溪,生活于宋末元初,其词风格遒劲。此词为作者隐居故乡时怀念故国之词。 ②铁马:指元朝骑兵。银花:指元宵节的花灯。 ③番腔:泛指少数民族吹唱的腔调。 ④辇下风光:表示对故都不能忘怀。山中岁月:时作者隐居故乡,故云。海上心情:元军占临安后,南宋爱国志士多从海上逃亡,在福建、广东一带抗元,引起作者向往,故云。

蒋捷词①

虞美人
听雨②

少年听雨歌楼上,红烛昏罗帐。壮年听雨客舟中,江阔云低,断雁叫西风。
而今听雨僧庐下,鬓已星星也。悲欢离合总无情,一任阶前,点滴到天明。

【注释】

①蒋捷,南宋末人,其词多写故国之思,风格清峻疏爽。 ②此词以三幅听雨图组成少年风流、壮年飘零、晚年孤冷的人生长卷,重现了社会从相对安定到动荡乱离、劫后荒凉的变化过程。

张炎词①

绮罗香

红叶②

万里飞霜,千林落木,寒艳不招春妒。枫冷吴江,独客又吟愁句。正船舣、流水孤村③,似花绕、斜阳归路。甚荒沟、一片凄凉,载情不去载愁去。　　长安谁问倦旅④?羞见衰颜借酒,飘零如许。谩倚新妆,不入洛阳花谱⑤。为回风、起舞尊前,尽化作、断霞千缕。记阴阴、绿遍江南,夜窗听暗雨。

【注释】

①张炎,号玉田,又号乐笑翁,南宋末经历国破家亡之痛。其词风承周邦彦、姜夔,尤多咏物之作。 ②此词为1290年初冬作者应元政府之召壮行、栖止京都所作。借眼前红叶,抒家国身世之感慨。 ③舣(yǐ):停船靠岸。 ④长安:借指元都。倦旅:作者自指。 ⑤谩:徒,空。

六、唐宋文章

（一）《论佛骨表》①

韩愈

臣某言②：伏以佛者，夷狄之一法耳③，自后汉时流入中国，上古未尝有也④。昔者黄帝在位百年，年百一十岁⑤；少昊在位八十年，年百岁⑥；颛顼在位七十九年，年九十八岁⑦；帝喾在位七十年，年百五岁⑧；帝尧在位九十八年，年百一十八岁⑨；帝舜及禹，年皆百岁⑩。此时天下太平，百姓安乐寿考⑪，然而中国未有佛也。其后殷汤亦年百岁⑫，汤孙太戊，在位七十五年⑬，武丁在位五十九年，书史不言其年寿所极，推其年数，盖亦俱不减百岁⑭。周文王年九十七岁⑮，武王年九十三岁⑯，穆王在位百年⑰。此时佛法亦未入中国，非因事佛而致然也。

汉明帝⑱时，始有佛法，明帝在位，才十八年⑲耳。其后乱亡相继，运祚不长⑳。宋、齐、梁、陈、元魏已下，事佛渐谨，年代尤促㉑。惟梁武帝㉒在位四十八年，前后三度舍身施佛㉓，宗庙之祭，不用牲牢㉔，昼日一食，止于菜果㉕，其后竟为侯景所逼，饿死台城㉖，国亦寻㉗灭。事佛求福，乃更得祸。由此观之，佛不足事，亦可知矣。

高祖始受隋禅，则议除之㉘。当时群臣材识不远㉙，不能深知先王之道、古今之宜㉚，推阐圣明㉛，以救斯弊，其事遂止㉜，臣常恨焉。

伏维睿圣文武皇帝㉝陛下，神圣英武，数千百年已来，未有伦比。即位之初，即不许度㉞人为僧尼道士，又不许创立寺观。臣常以为高祖之志，必行于陛下之手，今纵未能即行，岂可恣之转令盛也？

今闻陛下令群僧迎佛骨于凤翔，御楼㉟以观，舁入大内㊱，又令诸寺递迎供养。臣虽至愚，必知陛下不惑于佛，作此崇奉，以祈福祥也。直以年丰人乐，徇㊲人之心，为京都士庶㊳设诡异之观，戏玩之具耳。安有圣明若此，而肯信此等事哉！然百姓愚冥，易惑难晓，苟见陛下如此，将谓真心事佛，皆云："天子大圣，犹一心敬信；百姓何人，岂合更惜身命！"焚顶烧指㊴，百十为群，解衣散钱㊵，自朝至暮，转相仿效，惟恐后时，老少奔波，弃其业次㊶。若不即加禁遏，更历诸寺，必有断臂脔身㊷，以为供养者。伤风败俗，传笑四方，非细事也。

夫佛㊸本夷狄之人，与中国言语不通，衣服殊制；口不言先王之法言㊹，身不服先王之法服㊺；不知君臣之义，父子之情。假如其身至今尚在，奉其国命，来朝京师，陛下容而接之㊻，不过宣政㊼一见，礼宾㊽一设，赐衣一袭㊾，卫而出之于境，不令惑众也。况其身死已久，枯朽之骨，凶秽之馀㊿，岂宜令入宫禁？

孔子曰："敬鬼神而远之(51)。"古之诸侯，行吊于其国(52)，尚令(53)巫祝先以桃茢祓除不祥，然后进吊。今无故取朽秽之物，亲临观之，巫祝不先，桃茢不用，群臣不言其非，御史不举其失，臣实耻之。乞以此骨付之有司，投诸水火，永绝根本，断天下之疑，绝后代之惑。使天下之人，知大圣人(54)之所作为，出于寻常万万也。岂不盛哉！岂不快哉！佛如有灵，能作祸祟，凡有殃咎(55)，宜加臣身，上天鉴临(56)，臣不怨悔。无任(57)感激恳悃(58)之至，谨奉表以闻。臣某诚惶诚恐(59)。

【注释】

①元和十四年(819)正月作，韩愈时任刑部侍郎。佛骨：指佛教始祖释迦牟尼的一节指骨。表：文体名，古代臣子上给皇帝的奏章的一种，多用于陈情谢贺。据新、旧《唐书》本传载，凤翔(今属陕西省)法门寺有护国真身塔，塔内有释迦牟尼指骨一节，三十年一开塔，据说开则岁丰人泰。元和十四年正值开塔之年，正月宪宗遣中使杜英奇押宫人三十，持香花迎入宫内，供养三日，乃送诸寺。王公士庶，奔走舍施。百姓有废业破产、烧顶灼臂而求供养者。韩愈反对佞佛，遂上此表加以谏阻。韩愈(公元768—825)，字退之，孟州河阳(今河南孟州市)人，唐代杰出的文学家，与柳宗元倡导古文运动，主张"文以载道"，复古崇儒，抵排异端，攘斥佛老，是唐宋八大家之一。唐德宗贞元十二年(796)起，先后在宣武节度使董晋、徐州节度使张建封幕下任观察推官，其后在国子监任四门博士。贞元十九年(803年)，升任监察御使。这一年关中大旱，韩愈向德宗上《论天旱人饥状》，被贬为阳山县令。唐宪宗元和十四年(819年)，韩愈上《论佛骨表》，反对佞佛，被贬为潮州刺史。唐穆宗长庆元年(821)召回长安，任国子祭酒，后转兵部侍郎、吏部侍郎。后世称为"韩吏部"。死后谥号"文"，故又称为"韩文公"。有《韩昌黎集》。 ②臣某言：表开头的一种格式，某是上表者的代词。 ③"伏以"两句：谓我以为佛教本是来自夷狄的一种宗教。伏，俯伏，下对上的敬词。佛，此处指佛教。夷狄，古代对少数民族的称呼，此处指天竺(今印度)。法，法度，这里指宗教。 ④"自后汉"句：据范晔《后汉书》载，后汉明帝刘庄派遣蔡倍到天竺去求佛法，得《四十二章经》和佛像。蔡倍与僧人摄摩腾、竺法兰同回，用白马载佛经，永平十一年(68)在洛阳建寺，以"白马"名之，佛法从此流入中国。此为传统说法，据今人考证，佛教传入中国的时间要比这更早。 ⑤"黄帝"两句：黄帝与下文的少昊、颛顼、帝喾、尧、舜、禹，皆为传说中上古时代部落联盟的首领。黄帝，姓公孙，名轩辕。相传他先后战胜炎帝和蚩尤，为汉族始祖。 ⑥"少昊(hào)"两句：少昊，姓己，一说姓嬴，名挚，字青阳。孔颖达《周易正义》引皇甫谧《帝王世纪》："在位八十四年而崩。" ⑦"颛顼(zhuān xū)"两句：颛顼，相传是黄帝之子昌意的后裔，号高阳氏。《史记集解》引皇甫谧《帝王世纪》："在位七十八年，年九十八。" ⑧"帝喾(kù)"两句：帝喾，相传是黄帝之子玄嚣的后裔，号高辛氏。《史记集解》引皇甫谧《帝王世纪》："在位七十年，年百五岁。" ⑨"帝尧"两句：帝尧：相传是帝喾之子，号陶唐氏。《史记集

解》引徐广曰："尧在位凡九十八年。"《太平御览·皇王部·帝尧陶唐氏》引皇甫谧《帝王世纪》："年百一十八岁。" ⑩"帝舜"句：帝舜，相传是颛顼的七世孙，号有虞氏。《史记集解》引徐广曰："皇甫谧云'舜……百岁癸卯崩。'"禹，姓姒，以治理洪水被人称颂，后建立夏朝。《史记集解》引皇甫谧《帝王世纪》："年百岁也。" ⑪寿考：寿命长。考，老。 ⑫"其后"句：殷汤，又称商汤、汤。传说为契的第十四代孙，他讨伐夏桀，胜利后自立为武王，国号殷。 ⑬"汤孙"句：太戊，殷汤第四代孙，殷中宗。《尚书·无逸》："肆中宗之享国，七十有五年。" ⑭"武丁"句：武丁，殷汤第十代孙，殷高宗。徐宗元《帝王世纪辑存》："武丁……享国五十九年，年百岁而崩。" ⑮"周文王"句：周文王，姓姬，名昌，商末周族领袖。 ⑯"武王"句：武王，周文王之子，名发，周王朝的建立者。《礼记·文王世子》："武王九十三而终。" ⑰"穆王"句：穆王，文王五世孙，名满。《尚书·吕刑》："王享国百年。" ⑱汉明帝：光武帝刘秀之子刘庄，东汉（即后汉）第二代皇帝。 ⑲十八年：明帝自公元57年至75年在位。 ⑳"其后"两句：后汉自明帝死，到献帝退位，共历一百四十五年，中经章帝、和帝、殇帝、冲帝、质帝、少帝，在位时间皆甚短促。此后的三国和西晋、东晋，皇帝在位年数亦皆不长。运，国运。祚（zuò），此指君位。 ㉑"宋、齐"三句：宋（420—479），立国五十九年，经八帝。齐（479—502），立国二十四年，经七帝。梁（502—557），立国五十六年，经四帝。陈（557—589），立国三十三年，经五帝。以上为南朝。元魏，即北魏（386—557），立国一百六十年，经十七帝，此为北朝。已，同"以"。谨，虔诚。促，短暂。 ㉒梁武帝：南朝梁的开国皇帝，姓萧，名衍，公元502年至549年在位。 ㉓"前后"句：据《南史·梁本纪》载，梁武帝于大通元年（527）、中大通元年（529）、太清元年（547）三次舍身同泰寺作佛徒，每次皆由他的儿子和大臣用重金赎回。 ㉔"宗庙"二句：据《南史·梁本纪》载，梁武帝于天监十六年（517）三月，下令"郊庙牲栓（纯色全牲），皆代以麫（面食）。"牲，祭祀用的牲畜。牢，古代称牛、羊、猪各一头为太牢（也有称牛为太牢的），称羊、猪各一头为少牢。 ㉕"昼日"二句：据《南史·梁本纪》载，梁武帝"溺信佛道，日止一食"。 ㉖"其后"二句：侯景，字万景，怀朔镇（今内蒙古包头市东北）人。原为北魏大将，后降梁，不久又叛梁，破建康（今江苏南京市），攻入宫城，梁武帝被囚，后竟饿死。台城，即宫城，宫禁所在之处，当时称朝廷禁省为"台"，故名。 ㉗寻：不久。 ㉘"高祖"二句：高祖，唐高祖李渊，于公元618年废隋恭帝，受禅让，称帝，建立唐朝，年号武德。据《旧唐书·傅奕传》《新唐书·高祖纪》载，武德九年（626）太史令傅奕上疏请除释教，高祖从其言，打算裁汰僧、尼、道士、女冠。 ㉙"当时"句：指中书令萧瑀等人反对傅奕除佛的主张。材识不远，才能不高，识见短浅。 ㉚宜：谊，道理。 ㉛推阐圣明：推求阐发圣主（指高祖）英明的旨意。 ㉜其事遂止：实际议除佛教事主要因高祖不久退位而中止。 ㉝睿圣文武皇帝：元和三年（808）正月群臣上给宪宗的尊号。睿，聪明。圣，圣明。 ㉞度：世俗人出家，由其师剃去其发须，称为"剃度"，亦单称"度"，意即引度人脱离世俗苦海。 ㉟御楼：登上宫楼。御，古代称皇帝的行动为"御"。 ㊱舁（yú）入大内：抬入皇宫里。大内，指皇帝宫殿。 ㊲徇：顺从，随着。 ㊳士庶：士大夫和平民百姓。诡异之观：新奇怪异的观赏。 ㊴焚顶烧指：指用香火烧灼头顶或手指，以苦行来表示奉佛的虔诚。 ㊵解衣散钱：指以施舍钱财来表示奉佛的虔诚。 ㊶业次：生业，工作。业、次同义。《国语·晋语》韦昭注："次，业也。" ㊷脔（luán）身：从自己身上割下肉来。脔，把肉切成小块。是古代佛教徒事佛的苦修方式。 ㊸佛：此处指佛教创始人释迦牟尼，他是古印度北部迦毗罗卫国（今尼泊尔境内）净饭王之子，出生与活动的时期稍早于孔子。 ㊹法言：合乎礼法的言语。 ㊺法服：合乎礼法的服装。 ㊻容而接之：答应接见他。 ㊼宣政：唐长安城宫殿名，在大明宫内含元殿后，为皇帝接见外国入京朝贡使臣之所。《资治通鉴》卷二四,注:"唐时四夷入朝贡者,皆引见于宣政殿。" ㊽礼宾:唐院名,在长兴里北,为招待外宾之所。《资治通鉴》卷二四。注:"唐有礼宾院,凡胡客入朝,设宴于此。"设:设宴招待。 ㊾一袭:一套,指单衣复衣齐全者。 ㊿凶秽之馀:尸骨的残余,此指污秽的不详遗物。 (51)"敬鬼神"句:谓对鬼神要尊敬,但不要接近,即"敬而远之"之意。语出《论语·雍也》。 (52)"行吊"句:谓到别的国家参加丧礼。吊,祭奠哀悼死者。 (53)"尚令"句:《礼记·檀弓下》:"君临臣丧,以巫祝桃茢执戈,恶之也,所以异于生也。"注:"桃,鬼所恶。茢,苇苕,可扫不祥。"巫祝,官名,巫以舞蹈迎神娱神,祝以言辞向鬼神求福去灾。桃,桃枝,古人迷信,认为鬼怕桃木。茢(lie),笤帚,古人认为可以扫除不祥。祓(fú)除,驱除。 (54)大圣人:指唐宪宗。 (55)殃咎(jiù):犹"祸祟",祸害。 (56)鉴临:亲临鉴察。 (57)无任:不胜。 (58)无任:不胜。 (59)诚惶诚恐:实在惶恐不安。为奏表结尾的套语,有时亦用在开头。

(二)《与韩愈论史官书》①

柳宗元

正月二十一日②,某顿首十八丈退之侍者前③:获书言史事④,云具《与刘秀才》书⑤,及今乃见书稿⑥,私心甚不喜⑦,与退之往年言史事甚大谬⑧。

若书中言,退之不宜一日在馆下⑨,安有探宰相意,以为苟以史荣一韩退之耶⑩?若果尔⑪,退之岂宜虚受宰相荣己⑫,而冒居馆下⑬,近密地,食奉养⑭,役使掌固⑮,利纸笔为私书,取以供子弟费⑯?古之志于道者,不若是。

且退之以为纪录者有刑祸⑰,避不肯就,尤非也。史以名为褒贬⑱,犹且恐惧不敢为;设使退之为御史中丞大夫⑲,其褒贬成败人愈益显⑳,其宜恐惧尤大也,则又扬扬入台府,美食安坐,行呼唱于朝廷而已耶㉑?在御史犹尔,设使退之为宰相,生杀出入升黜天下士㉒,其敌益众,则又将扬扬入政事堂㉓,美食安坐,行呼唱于内庭外衢而已耶㉔?何以异不为史而荣其号、利其录也㉕?

又言"不有人祸,则有天刑"。若以罪夫前古之为史者,然亦甚惑㉖。凡居其位,思直其道㉗。道苟直,虽死不可回也㉘;如回之,莫若亟去其位㉙。孔子之困于鲁、卫、陈、宋、蔡、齐、楚者㉚,其时暗㉛,诸侯不能行也㉜。其不遇而死,不以作《春秋》故也㉝。当其时,虽不作《春秋》,孔子犹不遇而死也。若周公、史佚㉞,虽纪言书事㉟,犹遇且显也㊱。又不得以《春秋》为孔子累㊲。范晔悖乱,虽不为史,其宗族亦赤㊳。司马迁触天子喜怒㊴,班固不检下㊵,崔浩沽其直以斗暴虏㊶,皆非中道㊷。左丘明以疾盲,出于不幸㊸。子夏不为史亦盲㊹,不可以是为戒。其余皆不出此㊺。是退之宜守中道,不忘其直,无以他事自恐。退之之恐,唯在不直、不得中道,刑祸非所恐也㊻。

凡言二百年文武士多有㊼,诚如此者。今退之曰:我一人也,何能明㊽?则同职者又所云若是㊾,后来继今者又所云若是,人人皆曰我一人,则卒谁能纪传之耶?如退之但以所闻知孜孜不敢怠㊿,同职者、后来继今者,亦各以所闻知孜孜不敢怠,则庶几不坠(51),使卒有明也(52)。不然,徒信人口语,每每异辞,日以滋久,则所云“磊磊轩天地”者(53),决必沉没,且乎杂无可考,非有志者所忍恣也(54)。果有志,岂当待人督责迫蹙然后为官守耶(55)?

又凡鬼神事,眇茫荒惑无可准(56),明者所不道,退之之智而犹惧于此?今学如退之,辞如退之,好议论如退之,慷慨自谓正直行行焉如退之(57),犹所云若是,则唐之史述其卒无可托乎(58)?明天子贤宰相得史才如此,而又不果(59),甚可痛哉!退之宜更思(60),可为速为(61),果卒以为恐惧不敢,则一日可引去(62),又何以云“行且谋”也(63)?今当为而不为,又诿馆中他人及后生者(64),此大惑已(65)。不勉己而欲勉人(66),难矣哉!

【注释】

①本文写于唐宪宗元和九年(814)正月二十一日,柳宗元时任永州司马。唐宪宗元和八年夏,韩愈在长安任史官修撰。期间他曾写信给刘轲和柳宗元,担心“为史者,不有人祸,则有天刑,岂可不畏惧而轻为之哉!”(韩愈《答刘秀才论史书》)表示自己不愿意担任史官。柳宗元此文就是对韩愈来信的答复。 ②正月二十一日:写信的日期。古人写信将日期标在信端。 ③某顿首:古人写信开首的谦词。十八丈退之,韩愈。古人常以排行称呼对方,韩愈在家族兄弟中排行第十八。侍者,古人写信的客套之语,意谓不敢直接给对方写信,写给身边的侍者,请代为转达。 ④获书言史事:收到韩愈谈论为官编纂史书的书信。韩愈此信已佚,未收入《韩昌黎文集》中。 ⑤云具《与刘秀才》书:陈说写给刘秀才的信。刘秀才,即刘轲,字希仁,曲江人,韩愈的朋友,曾担任史官。元和八年,刘轲给韩愈写信,劝勉他专心修撰史书。韩愈于同年六月九日回信刘轲诉说史官难做。这封信即《答刘秀才论史书》,见《韩昌黎集·文外集》卷2。 ⑥及今乃见书稿:现在才见到这封信。 ⑦私心:我个人内心。 ⑧退之往年言史事甚大谬:与你往日谈论史事的论点出入很大。 ⑨馆下:在史馆中。 ⑩“安有探宰相意”二句:哪有随意猜度宰相的意图,认为宰相只不过出于同情,随便用史官之职来给你增添荣耀呢?韩愈在《答刘秀才论史书》中怀疑宰相不赏识他的才能,所以才给自己史官的职位:“仆年齿已就衰退,不可自敦率。宰相知其无他才能,不足用,哀其老穷,龃龉无所合,不欲令四海内有戚戚者,猥言之上,苟加一职荣之耳,非必督责迫蹙令就功役也。” ⑪若果尔:如果宰相真的那样想的话。 ⑫退之岂宜虚受宰相荣已:你难道白白的接受宰相给予你的荣誉么? ⑬冒居馆下:在史馆中滥竽充数。 ⑭“近密地”二句:处于机要机密之地,领取国家俸禄。 ⑮役使掌固:指使史馆中的小吏。掌固,汉代官名,这里指史馆中的小吏。 ⑯“利纸笔为私书”二句:利用史馆中的纸笔为私人目的写文章,获取利润供养子弟。这是柳宗元讥讽韩愈的话。 ⑰纪录者有刑祸:记录史事、编写史书的人会遭受刑罚。 ⑱史以名为褒贬:史官只不过是借助文字褒贬史事。 ⑲御史中丞大夫:即御史中丞、御史大夫。御史大夫(正三品),唐代御史台的最高首长,主管监察、弹劾官员并掌管图籍秘书。御史中丞(正四品下),御史大夫的副手,主管弹劾、纠察官员及掌管图籍。 ⑳褒贬成败人愈益显:褒贬升降官员就更加明显了。 ㉑“则又扬扬入台府”三句:又怎能洋洋自得的进入御史台府衙,美食安坐,在朝堂上无所顾忌的奏事议政呢?行呼唱,唐代六品以下官员觐见皇帝奏事时,必先自报姓名。呼,山呼万岁。唱,自报姓名。 ㉒生杀出入升黜:决定

官员的生死、调出调入、提升贬黜。　㉓政事堂：唐代宰相办公议政的官署。　㉔内庭外衢：泛指皇宫内外。　㉕"何以异不为史"句：如何把你与不尽史官职责却贪图史官荣誉俸禄的人区别开呢？　㉖"若以罪夫前古之为史者"二句：如果认为这就是历代史官获罪的原因，就太糊涂了。　㉗直其道：伸张正义之道。　㉘回：改变。　㉙莫若亟(jí)去其位：不如赶快离开这个职位。亟，快速。　㉚"孔子之困"句：孔子曾经先后游说鲁、卫、陈、宋、蔡、齐、楚等诸侯国。　㉛其时暗：时局昏暗。　㉜诸侯不能行：诸侯不能采纳实行孔子的政治主张。　㉝"其不遇而死"二句：孔子以怀才不遇告终，并非撰著《春秋》的原因。相传《春秋》为孔子所作。　㉞周公：姬旦，周文王之子。曾辅助周武王灭商纣，建立周王朝，后封于鲁。据《史记·鲁周公世家》记载，相传周代的礼乐制度都是周公制定的。史佚(yì)，西周初年的史官尹佚，周朝实行世官世禄制度，所以略去姓氏，在名字前面加上官名。　㉟纪言书事：古代史官的职责，左史记言，右史纪事。　㊱遇且显：得到重用，地位显赫。　㊲又不得以《春秋》为孔子累：不能认为作《春秋》是孔子怀才不遇的原因。　㊳"范晔(yè)悖(bèi)乱"三句：范晔(398—445)，字蔚宗，南朝宋代顺阳(今河南省淅川县)人，官至尚书吏部郎。著名的史学家，著有《后汉书》。宋文帝元嘉二十二年(445)，因与孔熙先谋立彭城王刘义康而被杀。这三句意谓：范晔谋反，即便不写《后汉书》，也要被夷灭九族。宗族亦赤：宗族被夷灭。　㊴司马迁触天子喜怒：司马迁任太史令时，为投降匈奴的李陵辩护，汉武帝认为他是有意攻击贰师将军李广利，且为变节者开脱罪责，所以处他以宫刑。意谓司马迁因触怒皇帝而受宫刑，并非因为他撰写《史记》。　㊵班固不检下：班固(32—92)，字孟坚，东汉扶风安陵(今陕西省咸阳市东北)人，著名史学家、文学家，著有《汉书》。汉和帝永元元年(89)，班固跟随大将军窦宪出征匈奴。后来窦宪因擅权被杀，班固受牵连被免官。他的仆人曾得罪过洛阳令种兢，种兢借机捕班固下狱，班固死于狱中。班固的死与修《汉书》无关。　㊶崔浩沽其直以斗暴房：崔浩(380？—450)，字伯渊，北魏清河东武城(今山东省武城县北)人。北魏太武帝时期著名的政治家、史学家，官至司徒，著有《国书》。太武帝太平真君十一年(450)因修史暴露鲜卑族"国恶"而被灭族。沽其直，卖弄正直。暴房，指北魏鲜卑族统治者。　㊷皆非中道：都不符合儒家的大中之道。　㊸"左丘明以疾盲"二句：左丘明，春秋鲁国人。据传著有《春秋左传》《国语》，因病双目失明。　㊹子夏不为史亦盲：子夏，姓卜名商，孔子的学生。《礼记·檀公上》："子夏哭其子而丧其明。"意谓子夏不任史官却也失明了。其余皆不出此：韩愈在《答刘秀才论史书》中还提到了陈寿、王隐等史官。意谓所有这些史官都不是因为修史书而遭到不幸。　㊺其余：韩愈信中所提及其他人。皆不出此，都不是因为写史书而遭到不幸。　㊻"退之之恐"三句：韩愈所恐惧的只是在于不能坚持正直和固守大中之道，而不是什么天刑人祸。
㊼凡言二百年文武士多有：你在来信中说，唐朝建立二百年来文臣武将太多了。　㊽何能明：如何能够一一记述详尽。　㊾所云若是：都这样说。　㊿但以所闻孜孜不敢息：只要将自己所知道的勤奋不懈的写出来。　51庶几不坠：历史也许就不会失传了。　52卒有明：最终得以清晰的记载。　53"磊磊轩天地"者：光明磊落顶天立地的杰出人物。　54非有志者所忍恐也：不是有志向的人忍心听之任之的。　55督责迫蹙：督促催逼。官守，为官守职。韩愈在《答刘秀才论史书》中说："苟加一职荣耳，非必督责迫蹙，令就功役也。"　56眇茫荒惑无可准信：荒诞迷乱没有根据。　57行行(háng háng)：刚强的样子。　58唐之史述其卒无可托：唐代历史的记述终于没有人可以委托。　59不果：没有结果。意谓没有达到修好史书的目的。　60更思：再三思考。
61可为速为：可以做的事情就赶紧去做。　62一日可引去：马上离去，意谓立刻辞官。
63"行且谋"：且等将来再商议，意谓再等等看。韩愈在《答刘秀才论史书》中说："贱不敢逆盛指,行且谋引去。" ㉔诱馆中他人及后生者:韩愈在《答刘秀才论史书》中说:"今馆中非无人,将必有作者勤而纂之。后生可畏,安知不在足下?亦宜勉之。"诱,推诱。后生,年轻人。 ㉕大惑:太糊涂。 ㉖不勉己而欲勉人:不勉励自己却想去勉励别人。

(三)《六一居士传》①

欧阳修

六一居士初谪滁山②,自号醉翁。既老而衰且病,将退休于颍水之上③,则又更号六一居士。

客有问曰:"六一,何谓也?"居士曰:"吾家藏书一万卷,集录三代以来金石遗文一千卷④,有琴一张,有棋一局,而常置酒一壶。"客曰:"是为五一尔,奈何?"居士曰:"以吾一翁,老于此五物之间,是岂不为六一乎?"客笑曰:"子欲逃名者乎⑤,而屡易其号,此庄生所诮畏影而走乎日中者也⑥。余将见子疾走大喘渴死,而名不得逃也。"居士曰:"吾固知名之不可逃,然亦知夫不必逃也。吾为此名,聊以志吾之乐尔。"客曰:"其乐如何?"居士曰:"吾之乐可胜道哉⑦!方其得意于五物也⑧,太山在前而不见,疾雷破柱而不惊⑨。虽响九奏于洞庭之野⑩,阅大战于涿鹿之原⑪,未足喻其乐且适也。然常患不得极吾乐于其间者,世事之为吾累者众也。其大者有二焉,轩裳珪组劳吾形于外⑫,忧患思虑劳吾心于内,使吾形不病而已悴,心未老而先衰,尚何暇于五物哉?虽然,吾自乞其身于朝者三年矣⑬。一日天子恻然哀之,赐其骸骨⑭,使得与此五物皆返于田庐,庶几偿其夙愿焉。此吾之所以志也。"客复笑曰:"子知轩裳珪组之累其形,而不知五物之累其心乎?"居士曰:"不然。累于彼者已劳矣,又多忧;累于此者既佚矣⑮,幸无患。吾其何择哉。"于是与客俱起,握手大笑曰:"置之⑯,区区不足较也⑰。"

已而叹曰:"夫士少而仕,老而休,盖有不待七十者矣⑱。吾素慕之,宜去一也⑲。吾尝用于时矣⑳,而讫无称焉㉑,宜去二也。壮犹如此,今既老且病矣,乃以难强之筋骸贪过分之荣禄,是将违其素志而自食其言,宜去三也㉒。吾负三宜去㉓,虽无五物,其去宜矣,复何道哉!"熙宁三年九月七日,六一居士自传。

【注释】

①此文写于宋神宗熙宁三年(1071)九月。欧阳修自从辞去参知政事后,先后出知亳州(今山东省亳州市)、青州(今属山东省),熙宁三年改知蔡州(今河南省汝南县)。 ②滁(chú)山:这里指滁州(今安徽省滁县)。滁州州治滁县四周环山。宋仁宗庆历六年(1046),欧阳修因为支持范仲淹推行新政被贬任滁州太守,作《醉翁亭记》。 ③将退休于颍水之上:颍水,指位于颍州(今安徽省阜阳县)的西湖。意谓退休后想住在颍水。 ④三代以来金石遗文:上古三代以来的金石文字拓片。欧阳修根据这些材料编成金石考释著作《集古录》10卷。 ⑤逃名:耿介之士避名而不居。《后汉书·法真传》:"逃名而名我随。" ⑥庄生所诮畏影而走乎日中:《庄子·渔

父》："人有畏影恶迹而去之走者，举足愈数而迹愈多，走愈疾而影不离身，自以为尚迟，疾走不休，绝力而死。不知处阴以休影，处静以息迹，愚之甚矣！"诮，讥诮。　⑦可胜道：难以尽述。⑧得意：难以言说的精髓。　⑨"太山在前而不见"二句：语出《鹖冠子·天则》："一叶蔽目，不见泰山；两耳塞豆，不闻雷霆。"意谓心有专注，不闻不见外物。　⑩响九奏于洞庭之野：《庄子·至乐》："咸池九韶之乐，张之洞庭之野。"九奏，即九韶，相传为虞舜时期的音乐。　⑪阒大战于涿鹿之原：《太平御览》卷15引晋虞喜《志林》："黄帝与蚩尤战于涿鹿之野，蚩尤作大雾弥三日，军人皆惑。"涿鹿，今属河北。　⑫轩裳珪(guī)组：标志朝廷官员品级、职务高低的车马、服饰、印信等，代指官场事务。　⑬自乞其身于朝者：请求退休的委婉说法。　⑭赐其骸骨：准许退休的委婉说法。　⑮累于此者既佚矣：沉迷于此使人放松。　⑯置之：放心。　⑰区区不足较：细枝末节不值得计较。　⑱盖有不待七十者：《礼记·檀弓》："七十不俟朝。"中国古代朝官一般在七十岁退休。有些德行高尚，不贪恋富贵的朝官不到七十岁就提前退休了。　⑲宜去一：这是我离开朝廷的一个理由。　⑳尝用于时：指欧阳修受皇帝信用，任参知政事时期。　㉑讫(qī)无称焉：至今不能有所建树而为人称道。　㉒"壮犹如此"五句：欧阳修四十岁时被贬滁州，萌生退意。熙宁四年(1072)，他在《寄韩子华》诗序中说："余与韩子华、长文、禹玉同直玉堂，尝约五十八岁致仕，子华书于柱上。其后荐蒙恩宠，世故多艰，历仕三朝，备位二府，已过限七年，方能乞身归老。俗谚云：'也卖弄得过里。'诗云"人事从来无处定，世涂多故践言难。谁如颍水闲居士，十顷西湖一钓竿。"可知他在嘉祐初年，官翰林学士时，就与韩绛、王珪等人相约五十八岁退休，故而有"违其素志"，"自食其言"之说。　㉓吾负三宜去：我有三个该离开朝廷的理由。

(四)《张益州画像记》①

苏洵

至和元年秋②，蜀人传言有寇至，边军夜呼，野无居人③妖言流闻，京师震惊。方命择帅，天子曰④："毋养乱，毋助变。众言朋兴⑤，朕志自定。外乱不作，变且中起。不可以文令⑥，又不可以武竞，惟朕一二大吏⑦，孰为能处兹文武之间，其命往抚朕师⑧？"乃推曰："张公方平其人⑨。"天子曰："然。"公以亲辞⑩，不可，遂行。冬十一月至蜀。至之日，归屯军⑪，撤守备⑫，使谓郡县⑬："寇来在吾，无尔劳苦。"明年正月朔旦⑭，蜀人相庆如他日，遂以无事⑮。又明年正月，相告留公像于净众寺⑯，公不能禁。眉阳苏洵言于众曰⑰："未乱，易治也。既乱，易治也。有乱之萌，无乱之形⑱，是谓将乱。将乱难治，不可以有乱急⑲，亦不可以无乱弛⑳。是惟元年之秋，如器之敧，未坠于地㉑。惟尔张公，安坐于其旁，颜色不变，徐起而正之㉒。既正，油然而退㉓，无矜容㉔，为天子牧小民不倦㉕，惟尔张公。尔繄以生㉖，惟尔父母。且公尝为我言：'民无常性，惟上所待㉗。人皆曰蜀人多变，于是待之以待盗贼之意，而绳之以绳盗贼之法㉘，重足屏息之民㉙，而以锧斧令㉚。于是民始忍以其父母妻子之所仰赖之身，而弃之于盗贼，故每每大乱。夫约之以礼，驱之以法，惟蜀人为易。至于急之而生变，虽齐、鲁亦然㉛。吾以齐、鲁待蜀人，而蜀人亦自以齐、鲁之人待其身。若夫肆意于法律之外，以威劫齐民㉜，吾不忍为也。'呜呼！爱蜀人之深，待蜀人之厚,自公而前,吾未始见也。"皆再拜稽首曰㉝:"然。"苏洵又曰:"公之恩在尔心,尔死,在尔子孙,其功业在史官,无以像为也。且公意不欲,如何?"皆曰:"公则何事于斯?虽然,于我心有不释焉㉞。今夫平居闻一善㉟,必问其人之姓名与乡里之所在,以至于其长短大小美恶之状,甚者或诘其平生所嗜好㊱,以想见其为人,而史官亦书之于其传。意使天下之人,思之于心,则存之于目。存之于目,故其思之于心也固。由此观之,像亦不为无助。"苏洵无以诘,遂为之记。公,南京人,为人慷慨有大节,以度量容天下。天下有大事,公可属㊲。系之以诗曰:

天子在祚㊳,岁在甲午㊴。西人传言㊵,有寇在垣㊶。庭有武臣,谋夫如云。天子曰嘻㊷,命我张公。公来自东,旗纛舒舒㊸。西人聚观,于巷于途。谓公暨暨㊹,公来于于㊺。公谓西人:安尔室家,无敢或讹㊻。讹言不祥,往即尔常。春尔条桑㊼,秋尔涤场㊽。西人稽首,公我父兄。公在西囿㊾,草木骈骈㊿。公宴其僚,伐鼓渊渊㊿。西人来观,祝公万年。有女娟娟㊿,闺闼闲闲㊿。有童哇哇㊿,亦既能言㊿。昔公未来,期汝弃捐。禾麻芃芃㊿,仓庾崇崇㊿。嗟我妇子,乐此岁丰。公在朝廷,天子股肱㊿。天子曰归,公敢不承?作堂严严㊿,有庑有庭㊿。公像在中,朝服冠缨。西人相告,无敢逸荒㊿。公归京师,公像在堂。

【注释】

①据文中所叙,张方平于宋仁宗至和元年(1054)十一月至蜀,次年正月蜀人为其画像,本文应作于仁宗嘉祐元年(1056)。张益州,即张方平(1007—1091),名咏,字方平,又字安道,自号乐全道士。南京(今江苏省南京市)人。曾任翰林学士承旨,侍讲学士知滑州,又徙知益州(今四川省成都市)。后任参知政事、太子太师,卒谥文定。张方平知益州期间,颇得民心,百姓在寺院里供奉他的画像,苏洵的这篇文章主要是赞颂张方平在益州的政绩。　②至和元年秋:宋仁宗至和元年(1054)秋。　③野:郊野。　④天子:宋仁宗。　⑤朋兴:群起。　⑥文令:文教政令,意在"感化"。　⑦惟:发语词。　⑧抚:安抚,抚慰。　⑨张公方平:即张方平。　⑩以亲辞:以在家侍奉双亲为理由推辞。　⑪归屯军:使前来防守边疆的士兵回去。　⑫撤守备:撤除守备的官员。　⑬郡县:这里指郡县的长官。　⑭正月朔旦:一月一日,阴历新年。朔,阴历每月初一。　⑮"至和元年"至"遂以无事"数十句:按,《续资治通鉴长编》至和元年条:"六月,乙未(初三日),诏益州路钤辖司:'应蛮人出入处,皆预择人为备御。'时黎州言侬智高自广源州遁入云南之故也。秋七月甲戌(十三日),知渭州、端明殿学士、礼部侍郎张方平为户部侍郎、知益州。方平初以父老不得迎侍,辞。上曰:'久废此条贯不便,但以祖宗故事,不欲更变。因卿行便可迎侍。去,当令中书罢此条贯。'方平惶恐,奏:'祖宗著令,安可以臣故,轻议更变也。'""十一月甲子(初五日),御史中丞孙抃言:'西川屡奏侬智高收残兵入大理国,谋寇黎、雅二州。请下益州张方平先事经制,以安蜀人。'从之。"又,苏轼《张文定公墓志铭》:"始,李顺以甲午岁叛,蜀人记之,至是方以为忧。而转运使摄守事,西南夷有邛部川首领者,妄言蛮贼侬智高在南诏,欲来寇蜀。摄守妄人也,闻之大惊,移兵屯边郡,益调额外弓手,发民筑城,日夜不得休息,民大惊扰,争迁居城中。男女昏会,不复以年,贱粥谷帛市金银,埋之地中。朝廷闻之,发陕西步骑戍蜀,兵仗络绎相望于道。诏促公行,且许以便宜从事。公言:'南诏去蜀二千余里,道险不通,其间皆杂种,不

相役属，安能举大兵为智高寇我哉？此必妄也，臣当以静镇之。’道遇戍卒兵仗，辄遣还入境。下令邛部川曰：‘寇来吾自当之，妄言者斩。’悉归屯边兵，散遣弓手，罢筑城之役。会上元观灯，城门皆通，夕不闭，蜀遂大安。已而得邛部川之译人始为此谋者斩之，枭首境上，而配流其余党于湖南，西南夷大震。” ⑯留公像于净众寺：在成都净众寺供奉张公的画像。净众寺，又名万福寺，在成都西北。 ⑰眉阳：眉山县（今属四川）。 ⑱“有乱之萌”二句：有动乱的迹象，但还没有真正发生动乱。 ⑲不可以有乱急：不可因有动乱而张皇焦躁。 ⑳不可以无乱弛：不可因没有动乱而懈怠。 ㉑“是惟”三句：形容至和元年秋季蜀地的形势。如器之攲（qī），好像器皿倾斜将要倒地的状态。攲，倾侧，不平。 ㉒徐起而正之：慢慢起来将它扶正。 ㉓油然：谨慎而自然的样子。 ㉔无矜（jīn）容：没有居功自傲的表情。 ㉕为天子牧小民不倦：代天子驾驭百姓并不感到疲倦。 ㉖繄（yī）：是。 ㉗“民无常性”二句：《尚书·蔡仲之命》：“民心无常，惟惠之怀。” ㉘“待之以待盗贼之意”两句：用对待强盗的态度和法令来对待蜀民。 ㉙重足：叠足而立，不敢迈步，形容害怕的样子。屏息，忍住呼吸，形容恐惧的样子。 ㉚椹（zhēn）斧令：椹，古代的刑具，类似于砧的功能。意谓用刑具来役使百姓。 ㉛齐、鲁：春秋时期的两个诸侯国，在今山东省一带。这里是孔子、孟子的故乡，也是儒家学派的发祥地，所以信奉儒家学说的人认为齐鲁地区是礼乐教化最深厚的地方。 ㉜齐民：平民。齐，平等，无贵贱。 ㉝稽首：叩头，古代的一种跪拜礼。 ㉞心有不释：放心不下。 ㉟平居：平常生活。 ㊱诘（jié）：追问。 ㊲属：嘱托，托付。 ㊳祚（zuò）：皇位。 ㊴甲午：宋仁宗至和元年。 ㊵西人：指蜀人。 ㊶垣（yuán）：墙壁，这里指边防。 ㊷嘻（xī）：惊惧的声音。 ㊸旗纛（dào）舒舒：旗帜伸展飘扬的样子。纛，古代军队或仪仗队的旗帜。 ㊹蹔蹔（jí jí）：果断刚毅。 ㊺于于：舒缓自得。 ㊻或：语助词。 ㊼条：砍去枝条。 ㊽涤（dí）：扫除。 ㊾囿（yòu）：花园林圃。 ㊿草木骈骈：草木茂盛。 (51)渊渊：鼓声平和。 (52)娟娟：美好的样子。 (53)闺闼（tà）闲闲：闺房闲雅。 (54)有童哇哇：婴儿啼哭。 (55)亦既能言：小儿会说话了。 (56)禾麻芃芃（péng péng）：农作物茂盛蓬勃。 (57)仓庾（yǔ）崇崇：粮仓高大。庾，露天积谷的地方。 (58)股肱（gōng）：股，大腿。肱，手臂到肘腕的部分。比喻皇帝左右辅助得力的大臣。 (59)作堂严严：建造的殿堂很庄严肃穆。 (60)庑（wǔ）：堂屋周围的廊屋。 (61)无敢逸荒：不敢贪图安逸而荒废其事。

（五）《越州赵公救灾记》①

曾巩

熙宁八年夏②，吴越大旱③。九月，资政殿大学士、右谏议大夫知越州赵公，前民之未饥④，为书问属县⑤：灾所被者几乡⑥，民能自食者有几，当廪于官者几人⑦，沟防构筑可僦民使治之者几所⑧，库钱仓粟可发者几何⑨，富人可募出粟者几家⑩，僧道士食之羡粟书于籍者其几具存⑪，使各书以对⑫，而谨其备⑬。

州县吏录民之孤老疾弱、不能自食者二万一千九百余人以告⑭。故事⑮，岁廪穷人，当给粟三千石而止。公敛富人所输及僧道士食之羡者⑯，得粟四万八千余石，佐其费⑰。使自十月朔⑱，人受粟日一升，幼小半之⑲。忧其众相蹂也⑳，使受粟者男女异日㉑，而人受二日之食㉒。忧其且流亡也㉓，于城市郊野为给粟之所㉔，凡五十有七，使各以便受之㉕，而告以去其家者勿给㉖。计官为不足用也㉗，取吏之不在职而寓于境者㉘，给其食而任以事㉙。不能自食者，有是具也㉚。能自食者，为之告富人，无得闭粜㉛。又为之出官粟㉜，得五万二千余石，平其价予民㉝。为粜粟之所，凡十有八，使籴者自便如受粟㉞。又僦民完城四千一百丈㉟，为工三万八千，计其佣与钱㊱，又与粟再倍之㊲。民取息钱者㊳，告富人纵予之㊴，而待熟㊵，官为责其偿㊶。弃男女者，使人得收养之。

明年春㊷，大疫㊸，为病坊㊹，处疾病之无归者㊺。募僧二人，属以视医药饮食㊻，令无失所恃㊼。凡死者，使在处随收瘗之㊽。

法㊾，廪穷人，尽三月当止，是岁尽五月而止。事有非便文者㊿，公一以自任○51，不以累其属○52。有上请者○53，或便宜多辄行○54。公于此时，蚤夜惫心力不少懈○55，事细巨必躬亲。给病者药食，多出私钱。民不幸罹旱疫○56，得免于转死○57，虽死，得无失敛埋，皆公力也。

是时，旱疫被吴越，民饥馑疾疠○58，死者殆半，灾未有钜于此也。天子东向忧劳，州县推布上恩○59，人人尽其力。公所拊循○60，民尤以为得其依归。所以经营绥辑先后终始之际○61，委曲纤悉○62，无不备者。其施虽在越○63，其仁足以示天下；其事虽行于一时，其法足以传后。盖灾沴之行○64，治世不能使之无○65，而能为之备○66。民病而后图之○67，与夫先事而为计者○68，则有间矣；不习而有为○69，与夫素得之者○70，则有间矣。予故采于越○71，得公所推行，乐为之识其详○72，岂独以慰越人之思○73，将使吏之有志于民者，不幸而遇岁之灾，推公之所已试，其科条可不待顷而具○74，则公之泽岂小且近乎○75！

公元丰二年以大学士加太子少保致仕○76，家于衢○77。其直道正行在于朝廷，岂弟之实在于身者○78，此不著○79。著其荒政可师者○80，以为越州赵公救灾记云。

【注释】

①越州：今浙江省绍兴市。赵公，即赵抃(biàn)，字阅道，祖籍京兆奉天(今陕西省西安市附近)，后来迁居衢州(今浙江省衢州市)。曾任右谏议大夫、资政殿大学士，晚年知越州。赵抃在越州政绩卓著，救灾工作只是其中一个典型的侧面。苏轼在《赵清献公神道碑》对此也有详细的记述。　②熙宁八年夏：宋神宗熙宁八年(1075)夏天。　③吴越：吴越本是春秋时代的两个诸侯国，吴国建都苏州，越国建都绍兴，两国地处今江苏省、浙江省，所以后世称江浙地区为"吴越"。　④前民之未饥：在老百姓尚未挨饿之前。即饥荒尚未到来之前。　⑤为书问属县：写信询问越州所辖各县。越州的属县有会稽、山阴、嵊(shèng)、诸暨(jì)、余姚、上虞、萧山、新昌等八个县。　⑥被：波及、覆盖。　⑦当廪(lǐn)于官者：接受官仓米粮接济的。　⑧沟防构筑：沟渠、堤防、建筑工程。僦(jiù)：租赁。也有雇佣招募的意思。治：治理，修建。　⑨库钱仓粟：库钱：府库中的钱。仓粟：国家仓库中的粮食。　⑩募：募捐。　⑪羡：多余。籍：账本。具存：实存。　⑫使各书以对：让各县都统计书写上报。　⑬谨其备：认真做好救灾的准备事宜。　⑭"州县吏"二句：录：登记。不能自食：生活没有着落。　⑮故事：先例，老规矩。　⑯"公敛"句：敛：聚敛、收拢。输：交纳。　⑰佐其费：补充赈济穷人的费用。　⑱朔：阴历每月初一。　⑲幼小半

之:小孩子给一半。　⑳忧其众相踩也:担心领米的人互相践踏。　㉑使受粟者男女异日:让男人女人不在同一天领米。　㉒人受二日之食:每人领两天的救济粮。　㉓流亡:离家逃荒。　㉔为给粟之所:设置发放救济粮的场所。　㉕以便:就便。　㉖去其家者勿给:离家外逃的人不再发放。　㉗计官为不足用:考虑到现有的官员人手不够。　㉘"吏之不在职"句:曾经做过小吏现在已离职仍住在越州的人。　㉙给其食而任以事:发给他们米粮,委任他们负担一定的职责。　㉚有是具也:有了这些办法。　㉛闭粜(tiào):囤积粮食不卖。　㉜官粟:官仓中的粮食。　㉝平其价予民:按照平价卖给老百姓。　㉞使籴(dí)者自便,如受粟:使买粮的人如同接受救济粮一样方便。　㉟僦民完城:雇佣百姓修补城墙。　㊱计其佣与钱:计算工作的时日付给工钱。　㊲又与粟再倍之:再给一倍于工钱的谷米。　㊳民取息钱者:百姓借债。　㊴纵予之:放手借给他们。　㊵待熟:等到田中的青苗成熟。　㊶责其偿:责成百姓他们还钱。　㊷明年春:第二年(熙宁九年)春天。　㊸大疫:瘟疫,流行性传染病。　㊹病坊:治病的机构场所。　㊺处:处理。　㊻属:委托。　㊼恃:依靠。　㊽在处随收瘗(yì):就地埋葬。　㊾法:按照法令。　㊿非便文:不便于见诸公文。　51一以自任:一个人担当起来。　52累其属:连累下属。　53有上请者:有向上级汇报的事情。　54便宜多辄行:只要好处多就立刻先施行而不待上级批准。　55蚤夜惫心力不少懈:日夜操劳费尽心力,不敢懈怠。　56罹(lí):遭受。　57转死:辗转流离逃亡而死。　58饥馑疾疠:饥荒瘟疫。　59推布上恩:推广传布皇上的恩泽。　60拊(fǔ)循:抚慰。　61"所以"句:经营:筹划。绥辑:绥靖安顿。先后:办事的先后顺序。　62委曲纤悉:委婉曲折,细微详尽。　63其施虽在越:赵抃实施救灾的举措虽然只限于越州。　64灾沴(lì):灾荒病疫。　65治世:盛世。　66备:预先的防备。　67图:规划。　68先事而为计:事先规划好。　69间(jiàn):很大的差距。　70不习而为:不学习却想有作为。　71素得之:平常注意汲取经验。　72采:采访。　73识(zhì):记录。　74思:感恩。　75科条可不待顷而具:章程条例(指救灾的具体做法)很快就齐备了。　76泽:恩泽。　77元丰二年:宋神宗元丰二年(1079)。太子少保:荣誉职衔。　78衢:衢州。　79岂弟(kǎi tì)之实在于身者:平易近人的品质,岂,同"恺"。　80此不著:不在文中记述了。　81荒政可师:救灾的办法值得学习。

(六)《本朝百年无事札子》①

王安石

臣前蒙陛下问及本朝所以享国百年②,天下无事之故。臣以浅陋③,误承圣问④,迫于日晷⑤,不敢久留,语不及悉⑥,遂辞而退。窃惟念圣问及此⑦,天下之福,而臣遂无一言之献⑧,非近臣所以事君之义⑨,故敢昧冒而粗有所陈⑩。

伏惟太祖躬上智独见之明⑪,而周知人物之情伪⑫,指挥付托必尽其材⑬,变置施设必当其务⑭。故能驾驭将帅,训齐士卒⑮,外以扞夷狄⑯,内以平中国⑰。于是除苛赋⑱,止虐刑⑲,废强横之藩镇⑳,诛贪残之官吏,躬以简俭为天下先㉑。其于出政发令之间㉒,一以安利元元为事㉓。太宗承之以聪武㉔,真宗守之以谦仁㉕,以至仁宗、英宗㉖,无有逸德㉗。此所以享国百年而天下无事也。仁宗在位,历年最久。臣于时实备从官㉘,施为本末,臣所亲见。尝试为陛下陈其一二,而陛下详择其可,

亦足以申鉴于方今。㉙

伏惟仁宗之为君也，仰畏天㉚，俯畏人㉛，宽仁恭俭㉜，出于自然㉝。而忠恕诚悫㉞，终始如一，未尝妄兴一役㉟，未尝妄杀一人，断狱务在生之㊱，而特恶吏之残扰㊲。宁屈己弃财于夷狄，而终不忍加兵㊳。刑平而公，赏重而信㊴。纳用谏官御史，公听并观㊵，而不蔽于偏至之谗㊶。因任众人耳目，拔举疏远㊷，而随之以相坐之法㊸。盖监司之吏以至州县㊹，无敢暴虐残酷，擅有调发㊺，以伤百姓。自夏人顺服㊻，蛮夷遂无大变，边人父子夫妇，得免于兵死，而中国之人，安逸蕃息㊼，以至今日者，未尝妄兴一役，未尝妄杀一人，断狱务在生之，而特恶吏之残扰，宁屈己弃财于夷狄，而不忍加兵之效也。大臣贵戚、左右近习㊽，莫敢强横犯法，其自重慎或甚于闾巷之人㊾，此刑平而公之效也。募天下骁雄横猾以为兵㊿，几至百万，非有良将以御之，而谋变者辄败[51]。聚天下财物，虽有文籍[52]，委之府史[53]，非有能吏以钩考[54]，而断盗者辄发[55]。凶年饥岁，流者填道[56]，死者相枕，而寇攘者辄得[57]。此赏重而信之效也。大臣贵戚、左右近习，莫能大擅威福，广私货赂[58]，一有奸慝[59]，随辄上闻[60]。贪邪横猾，虽间或见用[61]，未尝得久。此纳用谏官、御史，公听并观，而不蔽于偏至之谗之效也。自县令京官以至监司台阁[62]，升擢之任[63]，虽不皆得人[64]，然一时之所谓才士，亦罕蔽塞而不见收举者[65]。此因任众人之耳目、拔举疏远而随之以相坐之法之效也。升遐之日[66]，天下号恸[67]，如丧考妣[68]，此宽仁恭俭出于自然，忠恕诚悫，终始如一之效也。

然本朝累世因循末俗之弊[69]，而无亲友群臣之议。人君朝夕与处[70]，不过宦官女子[71]，出而视事[72]，又不过有司之细故[73]，未尝如古大有为之君，与学士大夫讨论先王之法以措之天下也[74]。一切因任自然之理势[75]，而精神之运有所不加[76]，名实之间有所不察[77]。君子非不见贵[78]，然小人亦得厕其间[79]。正论非不见容[80]，然邪说亦有时而用。以诗赋记诵求天下之士[81]，而无学校养成之法[82]。以科名资历叙朝廷之位[83]，而无官司课试之方[84]。监司无检察之人，守将非选择之吏。转徙之亟，既难于考绩[85]，而游谈之众因得以乱真。交私养望者多得显官[86]，独立营职者或见排沮[87]。故上下偷惰取容而已[88]。虽有能者在职，亦无以异于庸人。农民坏于繇役[89]，而未尝特见救恤[90]，又不为之设官，以修其水土之利。兵士杂于疲老，而未尝申敕训练[91]，又不为之择将，而久其疆场之权[92]。宿卫则聚卒伍无赖之人[93]，而未有以变五代姑息羁縻之俗[94]。宗室则无教训选举之实[95]，而未有以合先王亲疏隆杀之宜[96]。其于理财，大抵无法，故虽俭约而民不富，虽忧勤而国不强。赖非夷狄昌炽之时[97]，又无尧、汤水旱之变[98]，故天下无事，过于百年。虽曰人事，亦天助也。盖累圣相继[99]，仰畏天，俯畏人，宽仁恭俭，忠恕诚悫，此其所以获天助也。伏惟陛下躬上圣之质[100]，承无穷之绪[101]，知天助之不可常恃[102]，知人事之不可怠终[103]，则大有为之时，正在今日。臣不敢辄废"将明"之义[104]，而苟逃讳忌之诛[105]。伏惟陛下幸赦而留神[106]，则天下之福也。取进止[107]。

【注释】

①本文写于宋神宗熙宁元年(1068)。宋神宗即位之初,王安石知江宁,不久诏为翰林学士。熙宁元年,神宗诏王安石入对国策,询以国朝百年无事缘由,王安石当面作答,后又将自己的见解撰成本文呈给神宗。次年二月,王安石被任命为参知政事,开始实行变法。本朝,宋朝。百年,从宋太祖建隆元年(960)至宋神宗熙宁元年(1068)计一百多年。札子,疏奏一类文体。
②享国:掌管国家统治权力。　③浅陋:才疏学浅。　④误承圣问:误承,误受,辜负。意谓承蒙皇帝垂询。　⑤迫于日晷(guǐ):日晷,古代根据日影测定时间的仪器。这里是指时间紧迫。
⑥语不及悉:悉,详尽。未来得及详尽的回答问题。　⑦窃惟念:我私下想。　⑧无一言之献:没有进献一言。　⑨近臣事君之义:左右侍从大臣侍奉皇帝的道理。王安石时任翰林学士,是为皇帝近臣。　⑩昧冒而粗有所陈:冒昧,不自量力。粗有所陈,粗略的叙说。　⑪太祖:宋太祖赵匡胤。躬上智:本身具有极高的智慧。　⑫周知人物之情伪:完全了解人物的真伪。
⑬指挥:发令调遣。付托,交付、委托。　⑭变置施设:施设,措施。意谓变更旧制,设置新规。必当其务:必定适应情势的发展需要。　⑮训齐:训练整治。　⑯扞(hàn)夷狄:扞,抵御。夷狄,古代泛指少数民族地区。这里指辽国和西夏国。　⑰平中国:平定中原地区。　⑱除苛赋:废除苛捐杂税。　⑲止虐刑:废止严刑峻法。　⑳废强横之藩镇:这里指赵匡胤"杯酒释兵权"的事情。宋太祖建隆二年(962)秋,宋太祖有鉴于唐代藩镇割据造成皇权旁落的教训,听取大臣赵普的建议,决定收回高级将领手中的兵权。他设宴招待石守信等将军,劝他们交出兵权,多置金帛田宅,享受富贵,使"君臣之间,无所猜嫌"。第二天,将军们就纷纷称病乞解兵权,赵匡胤遂给予他们闲散官职,丰厚赏赐。　㉑为天下先:给天下人做出榜样。　㉒出政发令:发布政令。
㉓安利元元:使百姓安定、便利。　㉔太宗:赵匡胤的弟弟宋太宗赵光义(939—997),开宝九年(976)即位,在位二十二年。聪武:聪明神武。　㉕真宗:宋太宗之子宋真宗赵恒(968—1022),至道三年(997)即位,在位二十六年。谦仁:谦和仁爱。　㉖仁宗、英宗:宋真宗之子宋仁宗赵祯(1010—1063),在位四十二年。宋仁宗在位久无子,以弟弟濮安懿王赵允让第十三子赵曙(1032—1067)为皇子。仁宗卒,赵曙即位,是为英宗,在位四年。　㉗逸德:失德、过错。
㉘实备从官:充任皇帝身边的侍从官。宋仁宗嘉祐五年(1060),王安石担任度支判官、祠部员外郎、直集贤院。　㉙施为本末:政令实施的全部始末。可:适合、可行。申鉴于方今:作为今天政令的借鉴。　㉚仰畏天:对上敬畏天,意谓遵照上天的旨意行事。　㉛俯畏人:对下敬畏人言,意谓用心听取各方面的意见。　㉜宽仁恭俭:宽厚仁慈,谦恭简朴。　㉝自然:自然天性。
㉞忠恕诚悫(què):忠厚、宽容、诚恳。　㉟妄兴一役:不肆意大兴劳役。　㊱断狱务在生之:审理案件务必给予犯人生路。　㊲特恶(wù)吏之残扰:特别厌恶官吏骚扰百姓。　㊳"宁屈"二句:委屈自己向辽国和西夏国进贡,不忍心动用武力。这是粉饰宋仁宗对敌国的妥协绥靖政策。　㊴信:如实兑现。　㊵"纳用"二句:谏官,宋代设有谏院,其官员专门负责规谏皇帝的言行。御史,御史台官员,负责监察工作。意谓任用谏官御史,多听多看,了解诸方面情况。
㊶偏至之谀:片面极端的谗言。　㊷"众人耳目"二句:依靠众人的力量,选拔与自己关系疏远但有才能的人。　㊸随之以相坐之法:相坐,互相牵连犯罪。如果被推荐的官员犯法,推荐者也要受惩罚。　㊹盖监司之吏以至州县:监司,宋代各路转运使、提点刑狱、提举常平等均兼按察职任。州县,州县官员。　㊺擅有调发:擅自征调征发。　㊻"自夏人顺服"句:夏人,党项族拓跋

氏建立的西夏王朝,活动地区大致在今陕西、甘肃、宁夏、青海北部以及新疆部分地区。西夏国国王本姓李,宋朝赐他姓赵。宋仁宗宝元元年(1038),西夏国国王赵元昊反叛,自称帝。宋仁宗庆历四年(1044)五月,赵元昊又对宋朝称臣。　⑰安逸蕃(bō)息:安居乐业,繁衍生息。　⑱左右近习:皇帝身边亲近的人。　⑲重慎:慎重。间巷:平民居住的街巷胡同。　㊿骁(xiāo)雄横猾:勇猛强悍。　51谋变者:阴谋叛乱者。　52文籍:文簿账册。　53府吏:掌管官府文书籍册的官员。　54能吏以钩考:有才能的官吏核对检查。　55断盗者辄发:中饱私囊者被发现。　56流者填道:流离失所的人充塞道路。　57寇攘者:偷盗抢劫的人。　58广私货赂:私自占有大量的财物贿赂。　59奸慝(tè):奸邪之人。　60随辄上闻:随时上报。　61间或见用:有时也被重用。　62监司台阁:泛指中央政权机构。　63升擢(zhuó):晋升提拔。　64得人:得到合适的人选。　65蔽塞:埋没。收举:任用。　66升遐之日:升天的时候。对皇帝去世的讳称。　67号恸(tòng):号啕大哭。　68如丧妣(bǐ):考妣,父母。好像自己的父母去世了。　69末俗之弊:低下习俗的弊端。　70朝夕与处:朝夕相处。　71女子:后宫嫔妃、宫女。　72出而视事:走出后宫,在朝堂上处理公务。　73有司之细故:政府部门的细碎政务。　74措:实行、推行。　75任自然之理势:听任自然、客观的形势。　76精神之运有所不加:主观上没有做更多的努力。　77名实之间有所不察:没有考察名义与实际的关系问题。　78非不见贵:不是不被重用。　79厕其间:混入其中。　80正论非不见容:不是不采用正确的意见。　81以诗赋记诵求天下之士:宋朝科举考试分进士、明经两科。进士科主要考核诗赋,明经科主要考核记诵经书。　82养成:培养。　83以科名资历叙朝廷之位:按照科举考试的名次排列在朝班中的先后次序。　84官司课试:吏部对官员业绩的考核。　85转徙(xǐ)之亟(qì):官职调动频繁。　86游谈之众因得以乱真:夸夸其谈不务实际的官员混作有真正才能的人。　87交私养望者多得显官:私下勾结培植亲信沽名钓誉的人大都得到了高官。　88独立营职者或见排沮:不投靠权贵,忠于职守的人却遭到排挤、压制。　89偷惰取容:偷懒怠惰息惰取悦于上司。　90农民坏于徭役:因为劳役过重,使得农民困苦不堪。　91救恤:抚恤。　92申敕:整顿,严诫。　93久其疆埸(yì)之权:疆埸,疆界、边疆。长久的戍守边疆。　94宿卫则聚卒伍无赖之人:皇帝的近卫军里都是些游手好闲、品德败坏的家伙。　95"而未有"句:五代,唐朝以后的后梁、后唐、后汉、后晋、后周五个朝代。羁縻(jī mí):笼络牵制。　96宗室:皇室宗亲。　97亲疏隆杀之宜:亲近疏远、优容贬抑的原则。　98赖非夷狄昌炽之时:幸亏不是蛮夷敌国强盛猖獗的时候。　99尧、汤水旱之变:相传唐尧时代遭逢水灾九年,商汤时代遭逢旱灾五年。　100累圣:宋朝历代皇帝太祖、太宗、真宗、仁宗、英宗等。　101躬上圣之质:自身具备圣明伟大的品质。　102承无穷之绪:继承万世之帝业。　103天助之不可常恃:不能永远依赖上天的帮助。　104急终:以急惰而告终。　105"将明"之义:执行王命,明辨是非的职责。语出《诗经·大雅·烝民》:"肃肃王命,仲山甫将之。邦国若否,仲山甫明之。"　106苟逃讳忌之诛:苟且逃避因言事犯讳忌的而招来的杀戮之罪。　107幸赦而留神:幸而宽恕免罪,留心费神。　108取进止:唐宋时期进奏章的习惯用语。意思是采纳与否,听取皇帝的决定。

(七)《超然台记》①

苏轼

凡物皆有可观②。苟有可观③,皆有可乐,非必怪奇伟丽者也④。餔糟啜醨皆可以醉⑤，果蔬草木皆可以饱。推此类也，吾安往而不乐⑥？夫所为求福而辞祸者，以福可喜而祸可悲也。人之所欲无穷，而物之可以足吾欲者有尽。美恶之辨战乎中⑦，而去取之择交乎前⑧，则可乐者常少，而可悲者常多。是谓求祸而辞福。夫求祸而辞福，岂人之情也哉⑨？物有以盖之矣⑩。彼游于物之内⑪，而不游于物之外。物非有大小也⑫，自其内而观之⑬，未有不高且大者也。彼挟其高大以临我，则我常眩乱反复⑭，如隙中之观斗，又乌知胜负之所在⑮？是以美恶横生⑯，而忧乐出焉。可不大哀乎！

余自钱塘移守胶西⑰，释舟楫之安，而服车马之劳⑱；去雕墙之美，而庇采椽之居⑲；背湖山之观，而适桑麻之野⑳。始至之日，岁比不登㉑，盗贼满野，狱讼充斥㉒，而斋厨索然，日食杞菊，人固疑余之不乐也㉓。处之期年㉔，而貌加丰㉕，发之白者，日以反黑㉖。余既乐其风俗之淳，而其吏民亦安予之拙也㉗，于是治其园圃㉘，洁其庭宇，伐安丘、高密之木以修补破败㉙，为苟全之计。而园之北，因城以为台者旧矣㉚，稍葺而新之㉛。时相与登览，放意肆志焉㉜。南望马耳、常山㉝，出没隐见，若近若远，庶几有隐君子乎？而其东则卢山㉞，秦人卢敖之所从遁也㉟。西望穆陵㊱，隐然如城郭，师尚父、齐桓公之遗烈犹有存者㊲。北俯潍水㊳，慨然太息，思淮阴之功㊴，而吊其不终㊵。台高而安，深而明，夏凉而冬温。雨雪之朝，风月之夕㊶，余未尝不在，客未尝不从。撷园蔬㊷，取池鱼，酿秫酒㊸，瀹脱粟而食之㊹，曰：乐哉游乎！

方是时，余弟子由适在济南㊺，闻而赋之㊻，且名其台曰超然。以见余之无所往而不乐者，盖游于物之外也㊼。

【注释】

①本文写于宋神宗熙宁八年(1075)。苏轼因不满王安石的新法举措而受到排挤，于熙宁四年自请外调，出任杭州通判。熙宁七年移知密州(今山东省诸城市)。超然台，故址在今山东省诸城市北城。　②观：欣赏，观赏。　③苟：如果。　④非必：不一定。　⑤餔(bù)糟啜(chuò)醨(lí)：餔，吃。糟，酒糟。啜，小口饮。醨，薄酒。见《楚辞·渔父》："众人皆醉，何不餔其糟而啜其醨。"这句有"'贤哉回也，一箪食，一瓢饮，在陋巷，人不堪其忧，回也不改其乐。'"的意思。　⑥安往：何处，哪里。　⑦辨：辨识。战乎中，在心中斗争。　⑧去取之择交乎前：舍弃与获取的选择交互出现在面前。　⑨情：本意。　⑩物有以盖之：事物总会被遮蔽。盖，遮蔽。⑪游：游心，涉想。　⑫物非有大小：事物没有绝对的大小。《庄子·秋水》云："细大之不可为倪。""以差观之，因其所大而大之，则万物莫不大；因其小而小之，则万物莫不小。"⑬自其内：从事物的内部。　⑭眩(xuàn)乱：迷惑，看不清。意谓被对方高大的外形所迷惑。　⑮乌知：不知。　⑯横生：妄生。　⑰自钱塘移守胶西：钱塘，即杭州。胶西，即密州，今山东省诸城市。汉代曾置胶西国或胶西郡，治所在今山东省高密市。宋神宗熙宁七年(1074)，苏轼从杭州通判调任密州知州。　⑱"释舟楫之安"二句：意谓从乘舟走水路转为乘车马走陆路。释，丢掉。服，从事。　⑲"去雕墙"二句：离开了居室华美的杭州，来到密州简朴的住所。庇，掩蔽。采，栎(lì)木。椽(chuán)，屋顶上的木梁。以栎木作屋椽，形容房屋简朴。　⑳"背湖山"二句：背，离开。

湖山之观,指杭州的美景。适,来到。桑麻之野,栽种桑麻的田野。《汉书·地理志》记载,鲁国"颇有桑麻之业"。密州属于古鲁国,所以以桑麻之野代指密州。　㉑岁比不登:连年收成不好。　㉒狱讼充斥:狱讼案件很多。　㉓"斋厨索然"三句:苏轼在《后杞菊赋序》中说:"余仕宦十有九年,家日益贫,衣食之奉,殆不如昔者。及移守胶西,意且一饱,而斋厨索然,不堪其忧。日与通守刘君廷式,循古城废圃,求杞菊食之,扪腹而笑。"斋厨,厨房。索然,零落空乏的样子。杞菊,枸杞和菊花的嫩苗,可以食用。　㉔期(jī)年:满一年。　㉕貌加丰:面容更加丰满。　㉖日以反黑:一天天变黑。　㉗安予之拙:安于我为官之朴拙。　㉘园圃:果木地为园,菜地为圃。　㉙安丘、高密:密州的属县。安丘,今山东省潍县南。高密,今山东省胶县西北。　㉚因城:依城。　㉛葺(qì):修补。　㉜放意肆志:放纵自己的意志。有尽情尽兴的意思。　㉝马耳、常山:马耳山在今山东省诸城市西南。常山在今诸城市南,马耳山以东三十里处。　㉞卢山:在今山东省诸城市南三十里,原名故山。　㉟秦人卢敖:燕国人卢敖被秦始皇召为博士,受派遣入海求仙,后来逃入故山隐居,所以称之为卢山。　㊱穆陵:关名。在今山东省临朐县南大岘山上。　㊲齐桓公之遗烈:师尚父,即吕尚。姜子牙因辅佐周文王有功,被尊为尚父。周武王翦灭商纣之后,将姜子牙封在齐。据《左传·僖公四年》记载:"四年春,齐侯以诸侯之师侵蔡。蔡溃。遂伐楚。楚子使与师言曰:'君处北海,寡人处南海,唯是风马牛不相及也。不虞君之涉吾地也,何故?'管仲对曰:'昔召康公命我先君大公曰:'五侯九伯,女实征之,以夹辅周室。'赐我先君履,东至于海,西至于河,南至于穆陵,北至于无棣。'"遗烈,遗留下来的业绩。　㊳潍水:源出潍山,源出于山东省五莲县西南之箕屋山,流经诸城市东北,经高密市、安丘、潍县注入渤海莱州湾。　㊴淮阴之功:淮阴侯韩信的功劳。据《史记·淮阴侯列传》记载,汉王四年(前205),韩信伐齐,与驰援而至的楚将龙且交战。"韩信乃夜令人为万余囊,满盛沙,壅潍水上流,引军半渡,击龙且,佯不胜,还走。龙且果喜曰:'固知信怯也。'遂追信渡水。信使人决壅囊,潍水大至。龙且军大半不得渡,即急击,杀龙且。"　㊵吊其不终:汉立后,韩信欲谋反,吕后与萧何于汉高祖十一年(前196),诱杀韩信。　㊶"雨雪之朝"二句:雨雪天的早上,清风明月的晚上。　㊷撷(xié)园蔬:摘取园子里的蔬菜。　㊸秫(shú)酒:糯米酒。　㊹瀹(yuè)脱粟:煮米饭。脱粟,糙米。　㊺弟子由适在济南:苏轼的弟弟苏辙正在济南府齐州(今山东省历城县)守李师中府中担任书记官。　㊻赋之:指苏辙所作《超然台赋》。　㊼游于物之外:超然于尘世之外。

(八)《孟德传》①

苏辙

　　孟德者,神勇之退卒也②。少而好山林③,既为兵,不获如志④。嘉祐中⑤,戍秦州⑥。秦中多名山,德出其妻⑦,以其子与人⑧,而逃至华山下⑨。以其衣易一刀十饼,携以入山,自念:"吾禁军也⑩。今至此,擒亦死,无食亦死,遇虎狼毒蛇亦死。此三死者,吾不复恤矣⑪。"惟山之深者往焉⑫,食其饼既尽,取草根木实食之⑬。一日十病十愈⑭,吐利胀懑⑮,无所不至,既数月,安之,如食五谷⑯,以此入山二年而不饥。然遇猛兽者数矣,亦辄不死⑰。德之言曰:"凡猛兽类能识人气,未至百步,辄伏而号,其声震山谷。德以不顾死⑱,未尝为动,须臾⑲,奋跃如将搏焉,不至十数步,则止而坐,逡巡弭耳而去⑳,试之前后如一。"

后至商州㉑,不知其商州也,为候者所执㉒,德自分死矣㉓。知商州宋孝孙谓之曰㉔:"吾视汝非恶人也,类有道者㉕。"德具道本末㉖,乃使为自告者置之秦州㉗。张公安道适知秦州㉘,德称病,得除兵籍为民。至今往来诸山中,亦无他异能㉙。

夫孟德可谓有道者也。世之君子皆有所顾㉚,故有所慕,有所畏。慕与畏交于胸中,未必用也,而其色见于面颜,人望而知之。故弱者见侮㉛,强者见笑,未有特立于世者也。今孟德其中无所顾㉜,其浩然之气㉝,发越于外㉞,不自见而物见之矣㉟。推此道也,虽列于天地可也,曾何猛兽之足道哉㊱!

【注释】

①孟德:驻防秦州(今甘肃省天水市)的一名禁军士兵。　②神勇之退卒:神勇军中的退伍士卒。神勇:北宋禁军中的军事编制。　③好山林:喜好山林。意思是有优游山林的志趣。④不获如志:不能如愿。　⑤嘉祐中:即宋仁宗嘉祐年间(1056—1063)。　⑥戍秦州:卫戍秦州。　⑦出其妻:休弃自己的妻子。　⑧以其子与人:将子女送给别人。　⑨华山:在今陕西省华阴市境内,为"五岳"中的"西岳"。　⑩禁军:护卫京城或者宫廷的精锐部队,这里指朝廷的正规军队。　⑪恤(xù):害怕,忧虑。　⑫惟山之深者往焉:只顾朝山的深处走去。　⑬木实:植物的果实。　⑭十病十愈:多次患病又多次病愈。十,并非实指,而是言其多。　⑮吐利胀懑(mèn):利,即痢疾。意谓上吐下泻胸腹胀闷。　⑯五谷:一般指稻、黍、稷、麦、菽五种谷物,这里泛指粮食。　⑰辄:总是。　⑱不顾死:不顾念、害怕死亡。　⑲须臾:一会儿。　⑳逡巡(qūn xún)弭(mǐ)耳:逡巡:欲进不进,迟疑不决的样子。弭耳:耷拉着耳朵。　㉑商州:今陕西省商县。　㉒为候者所执:候者:哨兵、巡逻兵。执:抓获。　㉓自分:自己料想。　㉔知商州事,掌管商州行政事务的长官。　㉕有道者:道行修养很高的人。　㉖具道本末:详细地陈说事情的原委始末。　㉗"乃使"句:(宋孝孙)将他作为投案自首的人安置在秦州。　㉘张公安道:即张方平(1007—1091),字安道,南京人,号乐全居士。为人慷慨有气节,曾官礼部尚书、参知政事,以太子太师致仕。　㉙无他异能:没有别的特殊本领和才能。　㉚有所顾:有所顾念、眷恋。㉛见:被。　㉜其中:心中。　㉝浩然之气:盛大刚正之气。　㉞发越:勃发显现。　㉟不自见而物见之矣:虽然并不自我显露,但外物却能看见。　㊱曾:难道。

七、元明戏曲

（一）元散曲

元好问散曲①

双调·小圣乐
骤雨打新荷

绿叶阴浓，遍池塘水阁，偏趁凉多。
海榴②初绽，朵朵簇红罗。
乳燕雏莺弄语，有高柳鸣蝉相和。
骤雨过，珍珠乱糁③，打遍新荷。
人生百年有几？念良辰美景，休放虚过。
穷通前定，何用苦张罗。
命友④邀宾玩赏，对芳樽浅酌低歌。
且酩酊，任他两轮日月，来往如梭。

【注释】

①元好问：1190—1257，字裕之，号遗山，太原秀容（今山西忻州）人，金元时期著名诗人、史学家，世称遗山先生。金宣宗兴定五年（1221）中进士，不就选，哀宗正大元年（1224）中博学宏词科，授儒林郎，充国史院编修，后又历官尚书省掾、左司都事等。金亡后二十余年潜心编纂著述，有《中州集》、《遗山乐府》、《元遗山集》传世。作为金元时期的一代文宗，诗文多为后世称道。徐世隆《元遗山集序》云："（遗山）乐府则清雄顿挫，闲婉浏亮，体制最备，又能用俗为雅，变故作新。" ②海榴：即石榴 ③糁（sǎn）：散落。 ④命友：邀请朋友。

关汉卿散曲①

双调·大德歌

春

子规啼,不如归②。道是春归人未归。几日添憔悴,虚飘飘柳絮飞。一春鱼雁③无消息,则见双燕斗衔泥。

夏

俏冤家,在天涯。偏那里绿杨堪系马。困坐南窗下,数对④清风想念他。蛾眉淡了教谁画,瘦岩岩羞带石榴花⑤。

秋

风飘飘,雨潇潇,便做陈抟⑥睡不着。懊恼伤怀抱,扑簌簌泪点抛。秋蝉儿噪罢寒蛩儿叫⑦,渐零零细雨打芭蕉。

冬

雪纷华,舞梨花。再不见烟村四五家,密洒堪图画⑧。看疏林噪晚鸦,黄芦掩映清江下,斜缆着钓鱼艖⑨。

【注释】

①关汉卿:约1220—1300,号已斋(一作一斋)、已斋叟。汉族,解州人(今山西省运城)。关于他的籍贯,还有祁州(今河北省安国市)伍仁村人和大都(今北京市)人等说,元代杂剧作家,与马致远、郑光祖、白朴并称"元曲四大家",关汉卿位列"元曲四大家"之首。代表作有《窦娥冤》等。　②子规:即杜鹃。民间传说它的叫声像"不如归去、不如归去"。　③鱼雁:古时写信用绢帛,多把信折叠成鲤鱼形。苏武故事中则有鸿雁传书的叙述,后将鱼雁借指书信。④数对:频频地对着。　⑤瘦岩岩:瘦削的样子。石榴花:泛指红色的花。苏轼《贺新郎》有"石榴半吐红巾蹙",则借作石榴花了。　⑥陈抟(tuán):五代末、北宋初的著名道士,字图南,自号扶摇子,曾修道于华山,宋太宗赐号"希夷先生",每睡常百多天才起,后多以"陈抟高卧"称。　⑦寒蛩(qióng):即蟋蟀,是秋天里容易唤起人们愁思的两种昆虫之一,另一是秋蝉。古代诗人往往用它们点染离人愁思。　⑧堪图画:图画,这里是动词。指值得描绘《汉书·苏武传》:"图画其人于麒麟阁。"　⑨"斜缆"句:斜系着一条小小的钓鱼船。缆,本是系船的索子,此处作动词用。艖(chā),小船。

南吕·一枝花
赠珠帘秀

轻载虾万须①,巧织珠千串②,金钩光错落,绣带舞蹁跹。似雾非烟,妆点就③深闺院,不许那等闲人取次展④。摇四壁翡翠浓阴,射万瓦琉璃色浅⑤。

【梁州】富贵似侯家紫帐,风流如谢府红莲⑥,锁春愁不放双飞燕。绮窗相近,翠户相连,雕栊相映,绣幕相牵。拂苔痕满砌榆钱,惹扬花飞点如绵。愁的是抹回廊暮雨萧萧,恨的是筛曲槛西风剪剪⑦,爱的是透长门夜月娟娟。凌波殿前,碧玲珑掩映湘妃面⑧,没福怎能够见。十里扬州风物妍,出落⑨着神仙。

【尾】恰便似一池秋水通宵展,一片朝云尽日悬。你个守户的先生肯相恋,煞是可怜⑩,则要你手掌儿里奇擎着耐心儿卷。

【注释】

①珠帘秀:元代著名戏曲女演员,《青楼集》说她"杂剧为当今独步"。关汉卿是玉京书会的杰出代表,他写的杂剧大多由旦角主演。他与珠帘秀同时在大都进行戏剧活动,彼此结下了深刻的情谊。　②虾万须:古人珠帘因用虾须串起珍珠做成,故用虾须别称株帘。本篇因是赠好友朱帘秀的,为表达对她的热爱之情,特巧妙运用了借喻、谐音和双关语等艺术手法,以咏珠帘之物来颂珠帘之人。　③妆点就:打扮好,修饰好。　④取次展:随意展看。　⑤摇四壁翡翠浓阴,射万瓦琉璃色浅:句意珠帘摇动起来,四壁像是披上了翡翠的阴影,它放射出的光彩使四周的琉璃瓦都黯然失色。　⑥富贵似侯家紫帐,风流如谢府红莲:东晋时,谢安、王导同为高门世族。这里或以"侯家""谢府"泛指豪门显贵人家。"紫帐""红莲",紫罗帐、红莲幕。比喻珠帘的艳丽、高雅。　⑦筛曲槛:西风细密地吹过走廊弯曲的栏杆。剪剪:形容风轻轻而略带寒意。⑧湘妃:传说虞舜有两个妃子。舜南巡狩,死于苍梧之野,他的两个妃子娥皇、女英痛苦不堪,悲伤的泪水滴在竹子上,这种竹被人称为湘妃竹,她们后来一起投湘水而死,被后人称为湘妃。⑨出落:长成。多用来赞美青年女子的容貌体态。　⑩煞是可怜:非常可惜。

南吕·一枝花
不伏老

【一枝花】攀出墙朵朵花,折临路枝枝柳;花攀红蕊嫩,柳折翠条柔。浪子风流。凭着我折柳攀花手,直煞①得花残柳败休。半生来折柳攀花,一世里眠花卧柳。

【梁州】我是个普天下郎君领袖,盖世界浪子班头。愿朱颜不改常依旧,花中消遣,酒内忘忧。分茶攧竹,打马藏阄②,通五音六律滑熟,甚闲愁到我心头!伴的是银筝女③,银台前,理银筝,笑倚银屏;伴的是玉天仙,携玉手,并玉肩,同登玉楼;

伴的是金钗客,歌金缕,捧金樽,满泛金瓯④。你道我老也,暂休。占排场风月功名首,更玲珑又剔透。我是个锦阵花营都帅头,曾玩府游州⑤。

【隔尾】子弟每是个茅草岗,沙土窝,初生的兔羔儿,乍向围场上走,我是个经笼罩,受索网,苍翎毛老野鸡,蹅踏⑥的阵马儿熟。经了些窝弓冷箭蜡枪头⑦,不曾落人后。恰不道人到中年万事休,我怎肯虚度了春秋?

【尾】我是个蒸不烂、煮不熟、捶不匾、炒不爆、响珰珰一粒铜豌豆,恁子弟每谁教你钻入他锄不断、斫不下、解不开、顿不脱、慢腾腾千层锦套头⑧。我玩的是梁园月,饮的是东京酒,赏的是洛阳花,攀的是章台柳。我也会围棋、会蹴鞠、会打围、会插科⑨、会歌舞、会吹弹、会咽作、会吟诗、会双陆⑩。你便是落了我牙,歪了我嘴,瘸了我腿,折了我手,天赐与我这几般儿歹症候,尚兀自不肯休。则除是阎王亲自唤,神鬼自来勾,三魂归地府,七魄丧冥幽,天哪,那其间才不向烟花路儿⑪上走!

【注释】

①煞:与"杀"同,引伸为较量。　②分茶攧竹,打马藏阄:古游戏名。分茶,指把茶均匀地分注在小杯里待客;攧竹即画竹。攧音 diē。也有说是指抽签、赌博。打马,一种棋艺;藏阄,一种猜谜游戏。　③银筝女:指乐妓。其后的金钗客指歌妓,玉天仙指妓女。　④歌金缕、捧金樽、满泛金瓯:金缕:即《金缕衣》,古乐府名。金樽、金瓯:古盛酒器。　⑤玩(wān):观赏之意。　⑥蹅踏:踩踏,蹅(chā)。　⑦蜡枪头:用蜡做的枪头,蜡(lā),锡与铅的合金,比银软得多。此用以比喻好看而中不用的样子货。　⑧锦套头:锦缎制的套头,比喻陷阱、圈套。　⑨会打围、会插科:"打围"即围打猎。插科:科,科范,戏曲演员的表演动作。"插科"即在表演中穿插的引人发笑的动作,常同"打诨"合用。　⑩双陆:一种类似下棋的游戏。　⑪烟花路儿:通往勾栏妓院的路。此为作者离经叛道的"浪子式"宣言。

白朴散曲①

双调·庆东原
忘忧草

忘忧草,含笑花②,劝君闻早冠宜挂③,那里也能言陆贾④,那里也良谋子牙,那里也豪气张华⑤。千古是非心,一夕渔樵话。

【注释】

① 白朴:1226—?,原名恒,字仁甫,后改名朴,字太素,号兰谷。汉族,祖籍隩州(今山西河曲附近),后徙居真定(今河北正定县),晚年寓居金陵(今南京市),终身未仕。元代著名文学家,与关汉卿、马致远、郑光祖合称元曲四大家。代表作有《唐明皇秋夜梧桐雨》、《裴少俊墙头马

上》等。　②忘忧草,含笑花:忘忧草即萱草。古人认为它可以忘忧。含笑花,一种常绿灌木,初夏开花,花如兰,开时常不满,似人含笑貌。呈淡黄色,有香味。本句取忘忧与含笑意,表达摆脱了名利之后的人生境界。　③冠宜挂:即"挂冠"。汉时王莽杀其子王宇,逢萌谓友人曰:"三纲绝矣!不去,祸将及人。"即解冠挂东都城门,后以"挂冠"为辞官归里的代语。　④陆贾:汉高祖刘邦的智囊之一,有辩才,以客从高祖定天下。著有《陆贾新语》。　⑤张华:字茂先,范阳方城(今河北固安南)人。西晋智士、文学家,著有《博物志》和《张司空集》。曾力劝武帝排除众议,定灭吴之计。惠帝时,历任侍中、中书监、司空等高级职务。后被赵王伦和孙秀所杀。

马致远散曲①

双调·折桂令
叹世

　　咸阳百二山河②,两字功名,几阵干戈。项废东吴,刘兴西蜀,梦说南柯③。韩信功兀的般证果④,蒯通⑤言那里是风魔? 成也萧何,败也萧何,醉了由他⑥。

【注释】

　　① 马致远:约 1250—1321,元代杂剧、散曲作家,号"东篱",大都(今北京)人。曾任江浙省物官,晚年退隐山林,以诗酒自娱。著有杂剧 15 种,《汉宫秋》最为著名。他在散曲创作上成就也很高,有"曲状元"之称。现存散曲 120 余首,今人辑为《东篱乐府》。　②"咸阳百二山河"句:咸阳自古以来就是兵家战略要地。所谓百二山河,形容二万兵力可抵得诸侯一百万。此处指秦末楚汉战争的紧急形势。　③梦说南柯:典见唐人李公佐小说《南柯太守传》。故事说淳于生昼梦入大槐安国,被招为驸马,在南柯郡做了二十年太守,享尽荣华富贵。后因战败和公主死亡,被遣归,醒来才知是梦。所谓大槐安国,其实就是宅南槐树下的蚁穴。　④兀的般证果:兀的般,元口语,即这般。证果,佛语因果报应的意思。　⑤蒯通言那里是风魔:蒯(kuǎi)通,汉高祖时辩士,本名彻,为避武帝讳,被称蒯通。韩信曾用蒯通计定齐地。后蒯通怕受韩信牵连,曾假装风魔。　⑥他(tuō):协歌戈韵,此处意指现实政治。通过对历史事件、历史人物的否定,对说不清功过是非的现实政治表示不满与反感。

般涉调·耍孩儿
借马

　　近来时买得匹蒲梢①骑,气命儿般②看承爱惜。逐宵上草料数十番,喂饲得腰膘息胖肥。但有些秽污却早忙刷洗,微有些辛勤便下骑。有那等无知辈,出言要借,对面难推。

【七煞】懒设设牵下槽,意迟迟前后随,气忿忿懒把鞍来鞴。我沉吟了半晌语不语,不晓事颓人知不知?他又不是不精细,道不得"他人弓莫挽,他人马休骑。"

【六煞】不骑呵,西棚下凉处拴。骑时节、拣地皮平处骑,将青青嫩草频频的喂。歇时节、肚带松松放,怕坐的困尻包儿款款移③。勤觑着鞍和辔,牢踏着宝镫,前口儿休提。

【五煞】饥时节喂些草,渴时节饮些水。着皮肤休使粗毡屈④。三山骨⑤休使鞭来打,砖瓦上休教稳着蹄。有口话你明明的记:饱时休走,饮时休驰。

【四煞】抛粪时教干处抛,尿绰时教净处尿,拴时节拣个牢固桩橛上系。路途上休要踏砖块,过水处不教溅起泥。这马知人义,似云长赤兔,如翼德乌骓。

【三煞】有汗时休去檐下拴,渲时休教侵着颓⑥,软煮料草铡底细。上坡时款把身来耸,下坡时休教走得疾。休道人忒寒碎,休教鞭飙着马眼,休教鞭擦损毛衣。

【二煞】不借时恶了弟兄,不借时反了面皮。马儿行嘱咐叮咛记:鞍心马户将伊打,刷子去刀莫作疑⑦。则叹的一声长吁气,哀哀怨怨,切切悲悲。

【一煞】早晨间借与他,日平西盼望你,倚门专等来家内。柔肠寸寸因他断,侧耳频频听你嘶。道一声"好去",早两泪双垂。

【尾】没道理没道理,忒下的忒下的⑧。恰才说来的话君专记:一口气不违借与了你。

【注释】

①蒲梢:骏马名。《西域赞》说"蒲稍、龙文、鱼目、汗血之马充于黄门"。蒲稍、龙文、鱼目、汗血,四骏马名。　②气命儿般:命根儿般的意思。　③尻包儿款款移:尻(kāo),意思是屁股慢慢地移动。　④着皮肤休使粗毡屈:不要让粗毡子褶叠在马的皮肤上。　⑤三山骨:指驴马后背近股外的骨骼。　⑥渲时休教侵着颓:洗马时不要触着"马屌",颓,雄性生殖器。　⑦"鞍心马户将伊打"二句:这里采用勾阑行话拆白道字。驴字拆开为马户,刷字去了立刀,是屌字。驴屌是骂人话。两句合起来是说:那个在鞍心打马的人一定是驴屌。　⑧忒下的:太狠了。

杜仁杰散曲①

般涉调·耍孩儿
庄家不识勾栏

风调雨顺民安乐,都不似俺庄家快活。桑蚕五谷十分收,官司无甚差科②。当村许下还心愿,来到城中买些纸火。正打街头过,见吊个花碌碌纸榜,不似那答儿闹穰穰人多③。

【六煞】见一个人手撑着椽做的门,高声的叫:"请请",道"迟来的满了无处停坐"。说道"前截儿院本调风月,背后么末敷演刘耍和"④。高声叫:"赶散易得,难得的妆合"⑤。

【五煞】要了二百钱放过听咱,入得门上个木坡,见层层叠叠团口栾坐。抬头觑是个钟楼模样,往下觑却是人旋窝。见几个妇女向台儿上坐,又不是迎神赛社,不住的擂鼓筛锣。

【四煞】一个女孩儿转了几遭,不多时引出一伙。中间里一个央人货,裹着枚皂头巾顶门上插一管笔,满脸石灰更着些黑道儿抹。知他待是如何过?浑身上下,则穿领花布直裰⑥。

【三煞】念了会诗共词,说了会赋与歌,无差错。唇天口地无高下,巧语花言记许多。临绝末,道了低头撮脚,爨罢将么拨⑦。

【二煞】一个妆做张太公,他改做小二哥,行行行说向城中过。见个年少的妇女向帘儿下立,那老子用意铺谋⑧待取做老婆。教小二哥相说合,但要的豆谷米麦,问甚布绢纱罗。

【一煞】教太公往前挪不敢往后挪,抬左脚不敢抬右脚,翻来覆去由他一个。太公心下实焦躁,把一个皮棒槌则一下打做两半个。我则道脑袋天灵破,则道兴词告状,划地⑨大笑呵呵。

【尾】则被一胞尿爆的我没奈何。刚捱刚忍更待看些儿个,枉被这驴颓笑杀我⑩。

【注释】

①杜仁杰:约1201—1282,原名之元,又名征,字仲梁,号善夫。济南长清(今属山东济南市)人。元代散曲家。他出生于诗书之家,但淡泊名利,一生未仕。其散曲虽传世不多,却颇具特色,笔触老辣而有谐趣,善于驾驭丰富活泼的口语。　②差科:差役,租税。　③那答儿:那里。
④刘耍和:金元间著名演员,在金朝教坊里担任过色长(领班之类),见《辍耕录》及《录鬼簿》。他的故事后被编为杂剧。　⑤"赶散易得"二句:指赶场的散乐。说自己的演出非赶散的班子可比。妆合,即装呵,指勾栏里的演出。　⑥"一个女孩"句:写付末开场。当时院本演出以五人为一伙,出场时付末站在中间。央人货,即殃人货,调侃语,犹言害人精。下面几句则形容他的脸谱、服色。直裰,长袍的意思。　⑦爨罢将么拨:开场时一段小演唱,即是爨,音cuàn,当时叫作艳段。"么拨"即么末,指杂剧。　⑧铺谋:设计。　⑨划地:平白无故地。划,音chǎn。
⑩"枉被"句:写庄稼汉因急于入厕而出场,引起旁人发笑。"驴颓",即驴的雄性生殖器,此为市井口语骂人话。

（二）元剧曲

关汉卿杂剧

《窦娥冤》①第三折

〔外扮监斩官上②，云〕下官监斩官是也。今日处决犯人，着做公的③把住巷口，休放往来人闲走。〔净扮公人，鼓三通，锣三下科。刽子磨旗④、提刀，押正旦带枷上，刽子云〕行动些，行动些，监斩官去法场上多时了。〔正旦唱〕

【正宫·端正好】没来由犯王法，不提防遭刑宪，叫声屈动地惊天。顷刻间游魂先赴森罗殿，怎不将天地也生埋怨。

【滚绣球】有日月朝暮悬，有鬼神掌着生死权。天地也，只合把清浊分辨⑤，可怎生糊突了盗跖、颜渊⑥！为善的受贫穷更命短，造恶的享富贵又寿延。天地也，做得个怕硬欺软，却元来也这般顺水推船⑦。地也，你不分好歹何为地？天也，你错勘贤愚枉做天！哎，只落得两泪涟涟。

〔刽子云〕快行动些，误了时辰也。〔正旦唱〕

【倘秀才】则被这枷纽的我左侧右偏⑧，人拥的我前合后偃。我窦娥向哥哥行有句言⑨。〔刽子云〕你有甚么话说？〔正旦唱〕前街里去心怀恨，后街里去死无冤，休推辞路远。

〔刽子云〕你如今到法场上面，有甚么亲眷要见的，可教他过来，见你一面也好。〔正旦唱〕

【叨叨令】可怜我孤身只影无亲眷，则落的吞声忍气空嗟怨。〔刽子云〕难道你爷娘家也没的？〔正旦云〕止有个爹爹，十三年前上朝取应去了，至今杳无音信。〔唱〕早已是十年多不睹爹爹面。〔刽子云〕你适才要我往后街里去，是什么主意？〔正旦唱〕怕则怕前街里被我婆婆见。〔刽子云〕你的性命也顾不得，怕他见怎的？〔正旦云〕俺婆婆若见我披枷带锁，赴法场餐刀去呵，⑩〔唱〕枉将他气杀也么哥！枉将他气杀也么哥⑪！告哥哥，临危好与人行方便。

〔卜儿哭上科，云〕天哪，兀的不是我媳妇儿！〔刽子云〕婆子，靠后！〔正旦云〕既是俺婆婆来了，叫他来，待我嘱咐他几句话咱。〔刽子云〕那婆子近前来，你媳妇要嘱咐你话哩。〔卜儿云〕孩儿，痛杀我也！〔正旦云〕婆婆，那张驴儿把毒药放在羊肚儿汤里，实指望药死了你，要霸占我为妻。不想婆婆让与他老子吃，倒把他老子药死了。我怕连累婆婆，屈招了药死公公，今日赴法场典刑。婆婆，此后遇着冬时年节，月一十五，有羹不了的浆水饭，羹半碗儿与我吃⑫，烧不了的纸钱，与窦娥烧一陌儿⑬，则是看你死的孩儿面上。〔唱〕

【快活三】念窦娥葫芦提当罪愆⑭，念窦娥身首不完全，念窦娥从前已往干家缘，婆婆也，你只看窦娥少爷无娘面。

【鲍老儿】念窦娥服侍婆婆这几年，遇时节将碗凉浆奠，你去那受刑法尸骸上烈些纸钱，只当把你亡化的孩儿荐。[卜儿哭科，云]孩儿放心，这个老身都记得。天哪，兀的不痛杀我也！[正旦唱]婆婆也，再也不要啼啼哭哭，烦烦恼恼，怨气冲天。这都是我做窦娥的没时没运，不明不暗，负屈衔冤。

[刽子做喝科，云]兀那婆子靠后，时辰到了也。[正旦跪科][刽子开枷科]

[正旦云]窦娥告监斩大人，有一事肯依窦娥，便死而无怨。[监斩官云]你有什么事？你说。[正旦云]要一领净席，等我窦娥站立；又要丈二白练⑮，挂在旗枪上。若是我窦娥委实冤枉，刀过处头落，一腔热血休半点儿沾在地下，都飞在白练上者。[监斩官云]这个就依你，打甚么不紧。[刽子做取席科，站科，又取白练挂旗上科][正旦唱]

【耍孩儿】不是我窦娥罚下这等无头愿，委实的冤情不浅，若没些儿灵圣与世人传，也不见得湛湛青天！我不要半星热血红尘洒，都只在八尺旗枪素练悬，等他四下里皆瞧见，这就是咱苌弘化碧，望帝啼鹃⑯。

[刽子云]你还有甚的说话，此时不对监斩大人说，几时说那？[正旦再跪科，云]大人，如今是三伏天道，若窦娥委实冤枉，身死之后，天降三尺瑞雪，遮掩了窦娥尸首。[监斩官云]这等三伏天道，你便有冲天的怨气，也召不得一片雪来，可不胡说！[正旦唱]

【二煞】你道是暑气暄，不是那下雪天，岂不闻飞霜六月因邹衍⑰？若果有一腔怨气喷如火，定要感得六出冰花滚似锦⑱，免着我尸骸现。要什么素车白马，断送出古陌荒阡！

[正旦再跪科，云]大人，我窦娥死的委实冤枉，从今以后，着这楚州亢旱⑲三年。[监斩官云]打嘴！那有这等说话！[正旦唱]

【一煞】你道是天公不可期，人心不可怜，不知皇天也肯从人愿。做甚么三年不见甘霖降？也只为东海曾经孝妇冤⑳。如今轮到你山阳县。这都是官吏每无心正法，使百姓有口难言。

[刽子做磨旗科，云]怎么这一会儿天色阴了也？[内做风科，刽子云]

好冷风也！[正旦唱]

【煞尾】浮云为我阴，悲风为我旋，三桩儿誓愿明题遍。[做哭科，云]婆婆也，直等待雪飞六月，亢旱三年呵，[唱]那其间才把你个屈死的冤魂这窦娥显！

[刽子做开刀，正旦倒科][监斩官惊云]呀，真个下雪了，有这等异事！[刽子云]我也道平日杀人，满地都是鲜血，这个窦娥的血，都飞在那丈二白练上，并无半点落地，委实奇怪。[监斩官云]这死罪必有冤枉。早两桩儿应验了，不知亢旱三年的说话，准也不准？且看后来如何。左右，也不必等待雪晴，便与我抬他尸首，还

了那蔡婆婆去罢。〔众应科,抬尸下〕

【注释】

①《窦娥冤》:全名《感天动地窦娥冤》,元关汉卿杂剧代表作。剧情取自《列女传》中"东海孝妇"的故事。全剧四折一楔子,写窦娥被流氓纠缠并诬陷,又被官府错判的故事。前三折写穷儒窦天章因无钱京赶考,只得将幼女窦娥卖给蔡婆家为童养媳。窦娥长大婚后不久,丈夫去世,婆媳相依为命。一次蔡婆外出讨债,遭遇流氓张驴儿父子。张驴儿想毒死蔡婆以霸占窦娥,不料误毙其父,便诬告窦娥杀人,窦娥为救蔡婆自认杀人,被判斩刑。　②外:元杂剧角色外末的简称。　③做公的:即为衙门当差办公事的,与后文"公人"同义。　④磨旗:摇动旗帜。⑤合:应该。　⑥糊突,即糊涂。此处用作动词,混淆的意思。　⑦元来:同原来。顺水推船,此处是趋炎附势之意。　⑧则:副词,只。纽:同扭,推搡、拧的意思。　⑨哥哥行:宋元俗语,即哥哥那里。行读háng,在自称或他称的名词后表辈分或方位。　⑩餐刀:吃刀子,意即被杀头。　⑪也么哥:元俗性语助词,多用于句尾增强语气。　⑫灒:音jiǎn,倒。　⑬一陌儿:陌,bǎi,佰的通假字。一佰钱为一陌儿。　⑭葫芦提当罪您:"葫芦提",宋元俗语,意即糊里糊涂。"您",音qiān,罪过。全句意思是糊里糊涂地承当了罪过。　⑮白练:白色的丝绸。　⑯苌弘化碧,望帝啼鹃:苌弘是周朝忠臣,含冤被杀后,流血化为碧玉;望帝,传说杜宇在楚为王,号望帝,被逼逊位,死后化为杜鹃鸟,悲鸣啼血。　⑰飞霜六月因邹衍:传说邹衍尽忠于燕惠王,惠王却信谗言而将他投进牢狱。邹衍仰天大哭,感动上苍,六月竟漫天飞霜。　⑱六出冰花滚似锦:因雪花为六瓣形晶体,六出冰花即雪花。　⑲亢旱:亢,极、甚。亢旱即干旱之极。　⑳东海曾经孝妇冤:传说汉代东海周清为侍奉婆婆发誓不嫁,婆婆不忍自缢而死。小姑诬告嫂子,郡守不察,判其死罪。周清死后,东海大旱三年。后郡守为其昭雪,天始下雨。

马致远杂剧

《汉宫秋》①第三折

(番使拥旦上,奏胡乐科,旦云)妾身王昭君②,自从选入宫中,被毛延寿将美人图点破,送入冷宫。甫能得蒙恩幸③,又被他献与番王形像。今拥兵来索,待不去,又怕江山有失;没奈何将妾身出塞和番。这一去,胡地风霜,怎生消受也!自古道:"红颜胜人多薄命,莫怨春风当自嗟④。"(驾引文武内官上⑤,云)今日灞桥饯送明妃⑥,却早来到也。(唱)

【双调新水令】锦貂裘生改尽汉宫妆,我则索看昭君画图模样。旧恩金勒短,新恨玉鞭长⑦。本是对金殿鸳鸯;分飞翼,怎承望!(云)您文武百官计议,怎生退了番兵,免明妃和番者。〔唱〕

【驻马听】宰相每商量,大国使还朝多赐赏。早是俺夫妻悒怏⑧,小家儿出外也摇装⑨。尚兀自渭城衰柳助凄凉,共那灞桥流水添惆怅。偏您不断肠。想娘娘那一天愁都撮在琵琶上。〔做下马科〕〔与旦打悲科⑩〕〔驾云〕左右慢慢唱者,我与明

妃饯一杯酒。〔唱〕

【步步娇】您将那一曲阳关休轻放,俺咫尺如天样,慢慢的捧玉觞,朕本意待尊前捱些时光。且休问劣了宫商,您则与我半句儿俄延着唱⑪。〔番使云〕请娘娘早行,天色晚了也。〔驾唱〕

【落梅风】可怜俺别离重,你好是归去的忙。寡人心先到他李陵台上⑫。回头儿却才魂梦里想,便休题贵人多忘。〔旦云〕妾这一去,再何时得见陛下?把我汉家衣服都留下者。(诗云)正是:今日汉宫人,明朝胡地妾⑬。忍着主衣裳,为人作春色⑭!〔留衣服科〕〔驾唱〕

【殿前欢】则甚么留下舞衣裳,被西风吹散旧时香。我委实怕宫车再过青苔巷,猛到椒房,那一会想菱花镜里妆,风流相,兜的又横心上⑮。看今日昭君出塞,几时似苏武还乡?〔番使云〕请娘娘行罢,臣等来多时了也。〔驾云〕罢罢罢!明妃,你这一去,休怨朕躬也⑯。〔做别科,驾云〕我那里是大汉皇帝!〔唱〕

【雁儿落】我做了别虞姬楚霸王,全不见守玉关征西将⑰。那里取保亲的李左车,送女客的萧丞相⑱?〔尚书云〕陛下不必挂念。〔驾唱〕

【得胜令】那里也架海紫金梁⑲,枉养着那边庭上铁衣郎。您也要左右人扶持,俺可甚糟糠妻下堂?您但提起刀枪,却早小鹿儿心头撞。今日央及煞娘娘⑳,怎做的男儿当自强!〔尚书云〕陛下,咱回朝去罢。〔驾唱〕

【川拨棹】怕不待放丝缰,咱可甚鞭敲金镫响,你管变理阴阳㉑,掌握朝纲,治国安邦,展土开疆。假若俺高皇,差你个梅香,背井离乡,卧雪眠霜,若是他不恋恁春风画堂,我便官封你一字王㉒。〔尚书云〕陛下,不必苦死留他,着他去了罢。〔驾唱〕

【七弟兄】说甚么大王,不当恋王嫱,兀良㉓,怎禁他临去也回头望!那堪这散风雪旌节影悠扬,动关山鼓角声悲壮㉔。

【梅花酒】呀!俺向着这迥野悲凉,草已添黄,兔早迎霜,犬褪得毛苍,人搠起缨枪,马负着行装,车运着糇粮,打猎起围场㉕。他,他,他,伤心辞汉主;我,我,我,携手上河梁。他部从入穷荒,我銮舆返咸阳㉖。返咸阳,过宫墙;过宫墙,绕回廊;绕回廊,近椒房;近椒房,月昏黄;月昏黄,夜生凉;夜生凉,泣寒螀㉗;泣寒螀,绿纱窗;绿纱窗,不思量!

【收江南】呀!不思量,除是铁心肠;铁心肠也愁泪滴千行!美人图今夜挂昭阳,我那里供养,便是我高烧银烛照红妆。〔尚书云〕陛下,回銮罢,娘娘去远了也。〔驾唱〕

【鸳鸯煞】我只索大臣行说一个推辞谎,又则怕笔尖儿那火编修讲㉘。不见他花朵儿精神,怎趁那草地里风光?唱道伫立多时,徘徊半晌,猛听的塞雁南翔,呀呀的声嘹亮,却原来满目牛羊,是兀那载离恨的毡车半坡里响。〔下〕〔番王引部落拥昭君上,云〕今日汉朝不弃旧盟,将王昭君与俺番家和亲。我将昭君封为宁胡阏氏,坐我正宫。两国息兵，多少是好。众将士，传下号令，大众起行，望北而去。〔做行科〕〔旦问云〕这里甚地面了？〔番使云〕这是黑龙江，番汉交界去处，南边属汉家，北边属我番国。〔旦云〕大王，借一杯酒，望南浇奠，辞了汉家，长行去罢。〔做奠酒科，云〕汉朝皇帝，妾身今生已矣，尚待来生也。〔做跳江科〕〔番王惊救不及，叹科，云〕嗨！可惜，可惜！昭君不肯入番，投江而死。罢、罢、罢！就葬在此江边，号为青冢者。我想来，人也死了，枉与汉朝结下这般仇隙，都是毛延寿那厮搬弄出来的。把都儿⑳，将毛延寿拿下，解送汉朝处治。我依旧与汉朝结和，永为甥舅，却不是好？（诗云）则为他丹青画误了昭君，背汉王暗地私奔，将美人图又来哄我，要索取出塞和亲。岂知道投江而死，空落的一见消魂。似这等奸邪逆贼，留着他终是祸根。不如送他去汉朝哈喇㉑，依还的甥舅礼两国长存。〔下〕

【注释】

①《汉宫秋》：全名《破幽梦孤雁汉宫秋》，马致远杂剧代表作。剧本取材于汉元帝时昭君和亲的史实和民间传说。汉元帝纳昭君为掖庭待诏，朝臣毛延寿因未接贿赂而丑化昭君，被元帝发现后畏罪逃入匈奴，唆使单于攻汉强索昭君。满朝文武御敌无策，元帝忍痛使昭君出塞，昭君到两国交界处投江而死。单于见昭君已死，意修两国之好，遂将毛延寿交还汉朝处治。元帝思念昭君入梦，醒后闻秋风吹叶，孤雁声声哀鸣。剧本歌颂了昭君的民族气节，也歌颂了元帝和昭君的美好爱情。　②王昭君：名嫱，字昭君。本为汉元帝宫人，后被赐和亲远嫁匈奴呼韩邪单于，称宁胡阏氏。剧本所叙与史实不尽相合。　③甫能得蒙恩幸：刚刚能够得到皇帝宠爱之意。　④"红颜胜人"二句：为宋代欧阳修《明妃曲》中的原句。意谓女子容颜出众则命运多不佳，不必怨尤春天而只应自叹运命。　⑤驾：元杂剧中皇帝的代称。内官：侍奉皇帝的宦官、近臣。　⑥明妃：即王昭君。西晋时为避文帝司马昭讳，改昭君为明君，后世遂以明妃称。　⑦"旧恩"二句：旧恩像金饰的笼鞚一样短；新恨像玉饰的马鞭一样长。用比喻抒情。　⑧悒怏：音 yì yàng，愁闷不乐的样子。　⑨摇装：或作"遥装"，古代一种送别习俗。据《歧海琐谈》载，远行人在正式出发前，先择一吉日由亲人送至江边，被送者上船行一时即折回，改日再正式出行，或有此行寓意平安之意。　⑩打悲："打"此处作"做"解，即做出悲伤的样子。科，戏剧的科范动作。　⑪俄延：拖延。⑫李陵台：李陵，汉武帝时名将，因孤军深入无援而战败，不得已投降匈奴。李陵台在今内蒙古自治区波罗城，是匈奴边界的标志。　⑬"今日"二句：为唐李白《王昭君》诗的原句。　⑭"忍着"二句：为宋陈师道《妾薄命》诗的原句。着：穿上。　⑮兜的：陡的，突然地。⑯朕躬：皇帝自称。朕，古人自称之词，秦始皇时定为皇帝专用自称。躬，身体，引申为自身。　⑰守玉关征西将：指东汉名将班超。他曾在西域31年之久，有平定匈奴贵族变乱之功，官至西域都护，封定远侯。玉关：玉门关，汉时为通向西域的门户。此处泛指边塞。⑱"那里"二句：保亲与送女客呼应成文，皆指旧时婚礼习俗中将女方陪送到夫家去的人。李左车：汉初著名谋士，曾助韩信下燕齐二国。萧丞相：即萧何，汉初功臣。此处借元帝口讽刺文武大臣们除了充当送亲者，别无能耐。　⑲架海紫金梁：梁，桥。比喻得力的将相。元杂剧中常以"擎天白玉柱，架海紫金梁"铺陈比喻得力人才。　⑳央及：央求之意。煞：同

"索",要的意思。　㉑燮理阴阳：燮，音 xiè。燮理：协调治理。比喻大臣辅助皇帝治理乾坤国事。　㉒一字王：封王只有一个字，谓之"一字王"，如赵王、燕王之类，辽、元之际地位最尊贵的王。　㉓兀良：衬词，略同于"啊呀"，用以加强语气。　㉔旌节：古使者所持的符节。关山：泛指关隘山川。　㉕糇（hóu）粮：干粮的意思。出自《诗经·大雅·公刘》："乃裹糇粮。"围场：打猎时形成的围捕野兽的场地。　㉖部从：随从。銮舆：銮，指车上的銮铃。皇帝乘坐的车驾。咸阳：秦古都，在今陕西省咸阳市东北。此处用以代指长安。　㉗泣寒螿（Jiāng）：寒螿，寒蝉。秋虫鸣叫如哭泣。　㉘"我索大臣行"二句：火，通"伙"。编修：官名，掌管编写国史，记录皇帝言行的官员。这两句意思是，我要向大臣们说一句推托的谎话，又怕那班弄笔头儿的史官讲话。　㉙把都儿：蒙古语"勇士"的音译，元杂剧中多作将士、兵士解。　㉚哈喇：蒙古语"杀"的音译。

白朴杂剧

《梧桐雨》①第四折

〔高力士上，云〕自家高力上是也。自幼供奉内宫，蒙主上抬举，加为六宫提督大监。往年主上悦杨氏容貌，命某取入宫中，宠爱无比，封为贵妃，赐号太真，后来逆胡称兵，伪诛杨国忠为名，逼的主上幸蜀。行至中途，六军不进。右龙武将军陈玄礼奏过，杀了国忠，祸连贵妃。主上无可奈何，只得从之，缢死马嵬驿中。今日贼平无事，主上还国，太子做了皇帝；主上养老，退居西宫，昼夜只是想贵妃娘娘。今日教某挂起真容②，朝夕哭奠，不免收拾停当，在此伺候咱。

〔正末上，云〕寡人自幸蜀还京，太子破了逆贼，即了帝位，寡人退居西宫养老，每日只是思量妃子。教画工画了一轴真容供养着，每日相对，越增烦恼也呵！〔做哭科〕〔唱〕

【正宫端正好】自从幸西川还京兆③，甚的是月夜花朝！这半年来白发添多少，怎打迭愁容貌！

【幺篇】瘦岩岩④不避群臣笑，玉叉儿将画轴高挑；荔枝花果香檀桌，目觑了伤怀抱。

〔做看真容科〕〔唱〕

【滚绣球】险些把我气冲倒，身谩靠⑤，把太真妃放声高叫，叫不应雨泪嚎咷。这待诏⑥手段高，画的来没半星儿差错。虽然是快染能描，画不出沉香亭畔回鸾舞，花萼楼前上马娇，一段儿妖娆。

【倘秀才】妃子呵，常记得千秋节华清宫宴乐，七夕会长生殿乞巧，誓愿学连理枝比翼鸟；谁想你乘彩凤，返丹霄⑦，命夭！

〔带云〕寡人越看越添伤感，怎生是好？〔唱〕

【呆骨朵】寡人有心待盖一座杨妃庙，争奈无权柄谢位辞朝！则俺这孤辰限难

227

熬,更打着离恨天最高。在生时同衾枕,不能够死后也同棺椁。谁承望马嵬坡尘土中,可惜把一朵海棠花零落了。

〔带云〕一会儿身子困乏。且下这亭子,去闲行一会咱。〔唱〕

【白鹤子】挪身离殿宇,信步下亭皋,见杨柳裛翠蓝丝,芙蓉拆胭脂萼⑧。

【么】见芙蓉怀媚脸,遇杨柳忆纤腰。依旧的两般儿点缀上阳宫,他管一灵儿潇洒长安道⑨。

【么】常记得碧梧桐阴下立,红牙筋⑩手中敲;他笑整缕金衣,舞按霓裳乐。

【么】到如今翠盘⑪中荒草满,芳树下暗香消。空对井梧阴,不见倾城貌。

〔做叹科,云〕寡人也怕闲行,不如回去来。〔唱〕

【倘秀才】本待闲散心追欢取乐,倒惹的感旧恨天荒地老。快快归来风帏悄,甚法儿捱今宵,懊恼!

〔带云〕回到这寝殿中,一弄儿⑫助人愁也。〔唱〕

【芙蓉花】淡氤氲串烟袅,昏惨剌银灯照⑬,玉漏迢迢,才是初更报。暗觑清霄,盼梦里他来到。却不道口是心苗,不住的频频叫。

〔带云〕不觉一阵昏迷上来,寡人试睡些儿。〔唱〕

【伴读书】一会家心焦躁,四壁厢秋虫闹。忽见掀帘西风恶,遥观满地阴云罩。俺这里披衣闷把帏屏靠,业眼难交⑭。

【笑和尚】原来是滴溜溜绕闲阶败叶飘,疏剌剌刷落叶被西风扫,忽鲁鲁风闪得银灯爆,厮琅琅鸣殿铎,扑簌簌动朱箔,吉丁当玉马儿向檐间闹⑮〔做睡科,唱〕。

【倘秀才】闷打颏和衣卧倒,软兀剌方才睡着⑯。〔旦上云〕妾身贵妃是也,今日殿中设宴,宫娥,请主上赴席咱。〔正末唱〕忽见青衣走来报,道太真妃将寡人邀宴乐。〔正末见旦科,云〕妃子,你在那里来?〔旦云〕今日长生殿排宴,请主上赴席。〔正末云〕吩咐梨园子弟⑰齐备着。〔旦下〕〔正末做惊醒科,云〕呀,原来是一梦,分明梦见妃子,却又不见了。〔唱〕

【双鸳鸯】斜軃翠鸾翘,浑一似出浴的旧风标⑱,映着云屏一半儿娇。好梦将成还惊觉,半襟情泪湿鲛绡。

【蛮姑儿】懊恼,窨约。惊我来的又不是楼头过雁,砌下寒蛩,檐前玉马,架上金鸡,是兀那窗儿外梧桐上雨潇潇。一声声洒残叶,一点点滴寒梢,会把愁人定虐⑲。

【滚绣球】这雨呵,又不是救旱苗,润枯草,洒开花萼,谁望道秋雨如膏。向青翠条,碧玉梢,碎声儿剉剥,增百十倍歇和芭蕉。子管里珠连玉散飘千颗,平白地瀽瓮翻盆下一宵,惹的人心焦⑳。

【叨叨令】一会价紧呵,似玉盘中万颗珍珠落;一会价响呵,似玳筵前几簇笙歌闹;一会价清呵,似翠岩头一派寒泉瀑,一会价猛呵,似绣旗下数面征鼙操。兀的不恼杀人也么哥！兀的不恼杀人也么哥㉑！则被他诸般儿雨声相厮噪。

【倘秀才】这雨一阵阵打梧桐叶凋，一点点滴人心碎了。枉着金井银床紧围绕，只好把泼枝叶做柴烧，锯倒。

〔带云〕当初妃子舞翠盘时，在此树下；寡人与妃子盟誓时，亦对此树。今日梦境相寻，又被他惊觉了。〔唱〕

【滚绣球】长生殿那一宵，转回廊说誓约，不合对梧桐并肩斜靠，尽言词絮絮叨叨。沉香亭那一朝，按霓裳，舞六么，红牙筋击成腔调，乱宫商闹闹吵吵。是兀那当时欢会栽排下，今日凄凉厮凑着，暗地量度。

〔高力士云〕主上，这诸样草木，皆有两声，岂独梧桐？

〔正末云〕你那里知道！我说与你听者。〔唱〕

【三煞】润濛濛杨柳雨，凄凄院宇侵帘幕；细丝丝梅子雨，妆点江干满楼阁；杏花雨红湿阑干，梨花雨玉容寂寞，荷花雨翠盖翩翩，豆花雨绿叶萧条。都不似你惊魂破梦，助恨添愁，彻夜连宵。莫不是水仙弄娇，蘸杨柳洒风飘。

【二煞】唓唓似喷泉瑞兽临双沼，刷刷似食叶春蚕散满箔。乱洒琼阶，水传宫漏，飞上雕檐；酒滴新槽。直下的更残漏断，枕冷衾寒，烛灭香消。可知道？夏天不觉，把高凤麦来漂㉒。

【黄钟煞】顺西风低把纱窗哨，送寒气频将绣户敲。莫不是天故将人愁闷搅，度铃声响栈道，似花奴羯鼓调，如伯牙水仙操㉓。洗黄花，润篱落，渍苍苔，倒墙角；渲湖山，漱石窍；浸枯荷，溢池沼。沾残蝶粉渐消，洒流萤焰不着，绿窗前促织叫，声相近雁影高。摧邻砧处处捣，助新凉分外早。斟量来这一宵，雨和人紧厮熬，伴铜壶点点敲，雨更多泪不少，雨湿寒梢，泪染龙袍，不肯相饶，共隔着一树梧桐直滴到晓。〔下〕

【注释】

①梧桐雨：全名《唐明皇秋夜梧桐雨》。元曲家白朴代表作，描写唐代安史之乱前后唐玄宗与杨贵妃的爱情故事。此一折表现的是作为太上皇的唐明皇在闲暇的秋夜，对在马嵬坡死去的杨贵妃无限的思念之情。作品通过精彩的内心活动和外在自然环境的生动描写，将思念的感情表现得深刻感人。　②真容：此处指杨贵妃的画像。　③京兆：地名，是汉代国都长安的辅佐地区，即长安附近的区域。这里实指京城长安。　④瘦岩岩：瘦得很厉害的样子。　⑤身谩靠："谩"，聊且。　⑥待诏：这里指画代诏。唐代设立翰林院，内有擅长文学、艺术、经术、医卜等的人士，有"医待诏""画待诏"等名目，随时听候皇帝召唤，称为待诏。　⑦乘彩凤、返丹霄：此处这些名目都是死的委婉说法。　⑧芙蓉拆胭脂蕚：指木芙蓉开花。蕚，花托。　⑨上阳宫：唐宫殿名，在洛阳。管：包管。一灵儿：指灵魂。　⑩红牙筋：敲乐器、打节奏用的红色象牙箸。　⑪翠盘：指园中葱郁的假山。　⑫一弄儿：一味地。　⑬昏惨剌：昏暗的样子。　⑭业眼难交：难以入睡的意思。　⑮"原来是"段：此处均用大量逼真生动的象声词形容秋风秋雨等的声音。"滴溜溜飑"（音diū），形容树叶飘落的声音；"疏剌剌刷"，形容风吹落叶的声音；"忽鲁鲁"，形容风吹灯的声音；"厮琅琅"，形容风雨吹打出的铃声；"扑簌簌"，形容朱帘被风雨吹动的声音；"吉丁

当"，形容风吹玉马的声音。玉马儿即铁马，古代屋檐上常挂的铁片，因有的也用玉做成，故称。

⑯"闷打颏"句：没精打采的样子。"软兀剌"，软摊摊的样子。 ⑰梨园子弟：唐玄宗深爱音乐，曾选乐工和宫女在梨园集中训练，这些人被称为梨园子弟。 ⑱浑一似出浴的旧风标："浑一"是全然的意思。"出浴的旧风标"说杨玉环出沐浴时最有风韵，这是古代许多艺术家喜欢描写的题材，故说"旧风标"。 ⑲定虐：扰乱的意思。 ⑳"子管"句："子管里"即只管里。"瀽瓮"音 jiǎn wèng，"瀽瓮番盆"形容雨下得很大。 ㉑兀的：这。也么哥：语气词。 ㉒把高凤麦来漂：高凤，东汉一读书人。一次下大雨，他读书极为专心，雨冲走了他所晒的麦子，他浑然不觉。此处既指雨大也延及玄宗思念之专心。 ㉓"似花奴"句：花奴为汝阳王李琎的小名，他擅长羯鼓。羯鼓，一种可以从两头敲的少数民族打击乐。伯牙是春秋时人，善鼓琴。"水仙操"传说是就伯牙所作的琴曲。

汤显祖杂剧①

《牡丹亭》第十出（惊梦）

作者题词

天下女子有情，宁有如杜丽娘者乎！梦其人即病，病即弥连②，至手画形容③，传于世而后死。死三年矣，复能溟溟莫④中求得其所梦者而生。如丽娘者，乃可谓之有情人耳。情不知所起，一往而深。生者可以死，死可以生。生而不可与死，死而不可复生者，皆非情之至也⑤。梦中之情，何必非真？天下岂少梦中之人耶？必因荐枕而成亲，待挂冠⑥而为密者，皆形骸之论也。传杜太守事者，仿佛晋武都守李仲文、广州守冯孝将儿女事⑦。予稍为更而演之。至于杜守收拷柳生，亦如汉睢阳王收拷谈生也⑧。嗟夫！人世之事，非人世所可尽。自非通人，恒以理相格耳。第云理之所必无，安知情之所必有邪！

万历戊戌秋清远道人题

【绕池游】〔旦⑨上〕梦回莺啭，乱煞年光遍。人立小庭深院。〔贴⑩〕炷尽沉烟，抛残绣线，恁今春关情似去年。〔乌夜啼〕〔旦〕晓来望断梅关，宿妆残。〔贴〕你侧着宜春髻子恰凭阑。〔旦〕剪不断，理还乱，闷无端。〔贴〕已分付催花莺燕借春看。〔旦〕春香，可曾叫人扫除花径？〔贴〕分付了。〔旦〕取镜台衣服来。〔贴取镜台衣服上〕"云髻罢梳还对镜，罗衣欲换更添香。"镜台衣服在此。

【步步娇】〔旦〕袅晴丝吹来闲庭院，摇漾春如线。停半晌，整花钿⑪，没揣菱花，偷人半面，迤逗⑫的彩云偏。〔行介〕步香闺怎便把全身现。〔贴〕今日穿插的好！

【醉扶归】〔旦〕你道翠生生出落的裙衫儿茜，艳晶晶花簪八宝填⑬，可知我常一生儿爱好是天然。恰三春好处无人见。不提防沉鱼落雁鸟惊喧，则怕的羞花闭月花愁颤。〔贴〕早茶时了,请行。〔行介⑭〕你看:"画廊金粉半零星,池馆苍苔一片青。踏草怕泥新绣袜,惜花疼煞小金铃。"〔旦〕不到园林,怎知春色如许!

【皂罗袍】原来姹紫嫣红开遍,似这般都付与断井颓垣。良辰美景奈何天,赏心乐事谁家院!⑮恁般景致,我老爷和奶奶再不提起。〔合〕朝飞暮卷,云霞翠轩,雨丝风片,烟波画船。锦屏人忒看的这韶光贱。〔贴〕是花都放了,那牡丹还早。

【好姐姐】〔旦〕遍青山啼红了杜鹃,荼蘼外烟丝醉软⑯。春香呵,牡丹虽好,他春归怎占的先!⑰〔贴〕成对儿莺燕啊。〔合〕闲凝眄,生生燕语明如翦,呖呖莺歌溜的圆。〔旦〕去罢。〔贴〕这园子委是观之不足也。〔旦〕提他怎的。〔行介〕

【隔尾】观之不足由他缱,便赏遍了十二亭台是枉然。到不如兴尽回家闲过遣。〔作到介〕〔贴〕"开我西阁门,展我东阁床;瓶插映山紫,炉添沉水香。"小姐,你歇息片时,俺瞧老夫人去也。〔下〕

〔旦叹介〕"默地游春转,小试宜春面。"春啊,得和你两留连,春去如何遣?咳,恁般天气,好困人也。春香那里?〔作左右瞧介〕〔又低首沉吟介〕天呵,春色恼人,信有之乎!常观诗词乐府,古之女子,因春感情,遇秋成恨,诚不谬矣。吾今年已二八,未逢折桂之夫;忽慕春情,怎得蟾宫之客⑱?昔日韩夫人得遇于郎⑲,张生偶逢崔氏⑳,曾有《题红记》《崔徽传》二书。此佳人才子,前以密约偷期,后皆得成秦晋。〔长叹介〕吾生于宦族,长在名门。年已及笄㉑,不得早成佳配,诚为虚度青春,光阴如过隙耳。〔泪介〕可惜妾身颜色如花,岂料命如一叶乎!

【山坡羊】没乱里春情难遣,蓦地里怀人幽怨。则为俺生小婵娟,拣名门一例、一例里神仙眷。甚良缘,把青春抛的远!俺的睡情谁见?则索因循腼腆。想幽梦谁边,和春光暗流传?迁延,这衷怀那处言!淹煎㉒,泼残生,除问天!身子困乏了,且自隐儿而眠。〔睡介〕〔梦生介〕〔生持柳枝上〕"莺逢日暖歌声滑,人遇风情笑口开。一径落花随水入,今朝阮肇到天台㉓。"小生顺路儿跟着杜小姐回来,怎生不见?〔回看介〕呀,小姐,小姐!〔旦作惊起介〕〔相见介〕〔生〕小生那一处不寻访小姐来,却在这里!〔旦作斜视不语介〕〔生〕恰好花园内,折取垂柳半枝。姐姐,你既淹通书史,可作诗以赏此柳枝乎?〔旦作惊喜,欲言又止介〕〔背想〕这生素昧平生,何因到此?〔生笑介〕小姐,咱爱杀你哩!

【山桃红】则为你如花美眷,似水流年,是答儿闲寻遍㉔。在幽闺自怜。小姐,和你那答儿讲话去。〔旦作含笑不行〕〔生作牵衣介〕〔旦低问〕那边去?〔生〕转过这芍药栏前,紧靠着湖山石边。〔旦低问〕秀才,去怎的?〔生低答〕和你把领扣松,衣带宽,袖梢儿揾着牙儿苫也,则待你忍耐温存一晌眠。〔旦作羞〕〔生前抱〕〔旦推介〕〔合〕是那处曾相见,相看俨然,早难道这好处相逢无一言?〔生强抱旦下〕〔末扮花神束发冠,红衣插花上〕"催花御史惜花天,检点春工又一年。蘸客伤心红雨下,勾人悬梦彩云边。"吾乃掌管南安府后花园花神是也。因杜知府小姐丽娘,与柳梦梅秀才,后日有姻缘之分。杜小姐游春感伤,致使柳秀才入梦。咱花神专掌惜玉怜香,竟来保护他,要他云雨⑮十分欢幸也。

【鲍老催】〔末〕单则是混阳蒸变,看他似虫儿般蠢动把风情扇。一般儿娇凝翠绽魂儿颠。这是景上缘,想内成,因中见。呀,淫邪展污了花台殿。咱待拈片落花儿惊醒他。〔向鬼门丢花介〕他梦酣春透了怎留连? 拈花闪碎的红如片。秀才才到的半梦儿;梦毕之时,好送杜小姐仍归香阁。吾神去也。〔下〕

【山桃红】〔生、旦携手上〕〔生〕这一霎天留人便,草借花眠。小姐可好?〔旦低头介〕〔生〕则把云鬟点,红松翠偏。小姐休忘了啊,见了你紧相偎,慢厮连,恨不得肉儿般团成片也,逗的个日下胭脂雨上鲜。〔旦〕秀才,你可去啊?〔合〕是那处曾相见,相看俨然,早难道这好处相逢无一言?〔生〕姐姐,你身子乏了,将息,将息。〔送旦依前作睡介〕〔轻拍旦介〕姐姐,俺去了。〔作回顾介〕姐姐,你可十分将息,我再来瞧你那。“行来春色三分雨,睡去巫山一片云。”〔下〕〔旦作惊醒,低叫介〕秀才,秀才,你去了也?〔又作痴睡介〕〔老旦上〕“夫婿坐黄堂,娇娃立绣窗。怪他裙衩上,花鸟绣双双。”孩儿,孩儿,你为甚瞌睡在此?〔旦作醒,叫秀才介〕咳也。〔老旦⑯〕孩儿怎的来?〔旦作惊起介〕奶奶到此!〔老旦〕我儿,何不做些针指,或观玩书史,舒展情怀? 因何昼寝于此?〔旦〕孩儿适在花园中闲玩,忽值春暄恼人,故此回房。无可消遣,不觉困倦少息。有失迎接,望母亲恕儿之罪。〔老旦〕孩儿,这后花园中冷静,少去闲行。〔旦〕领母亲严命。〔老旦〕孩儿,学堂看书去。〔旦〕先生不在,且自消停。〔老旦叹介〕女孩儿长成,自有许多情态,且自由他。正是:“宛转随儿女,辛勤做老娘。”〔下〕〔旦长叹介〕〔看老旦下介〕哎也,天那,今日杜丽娘有些侥幸也。偶到后花园中,百花开遍,睹景伤情。没兴而回,昼眠香阁。忽见一生,年可弱冠⑰,丰姿俊妍。于园中折得柳丝一枝,笑对奴家说:“姐姐既淹通书史,何不将柳枝题赏一篇?”那时待要应他一声,心中自忖,素昧平生,不知名姓,何得轻与交言。正如此想间,只见那生向前说了几句伤心话儿,将奴搂抱去牡丹亭畔,芍药阑边,共成云雨之欢。两情和合,真个是千般爱惜,万种温存。欢毕之时,又送我睡眠,几声“将息”。正待自送那生出门,忽值母亲来到,唤醒将来。我一身冷汗,乃是南柯一梦。忙身参礼母亲,又被母亲絮了许多闲话。奴家口虽无言答应,心内思想梦中之事,何曾放怀。行坐不宁,自觉如有所失。娘呵,你教我学堂看书去,知他看那一种书消闷也。〔作掩泪介〕

【绵搭絮】雨香云片,才到梦儿边。无奈高堂,唤醒纱窗睡不便。泼新鲜冷汗粘煎,闪的俺心悠步嚲,意软鬟偏⑱。不争多费尽神情,坐起谁忺? 则待去眠。〔贴上〕“晚妆销粉印,春润费香篝⑲。”小姐,薰了被窝睡罢。

【尾声】〔旦〕困春心游赏倦,也不索香薰绣被眠。天呵,有心情那梦儿还去不远。

春望逍遥出画堂,(张说)间梅遮柳不胜芳。(罗隐)

可知刘阮逢人处?(许浑)回首东风一断肠。(韦庄)

【注释】

①汤显祖:1550—1616,江西临川人,字义仍,号海若、若士、清远道人。明代著名戏曲家、文学家。公元1583年(万历十一年)中进士,任太常寺博士、礼部主事,因不附权贵被不断降职、调任,最后被免官,未再出仕。曾从罗汝芳读书,并深受明异端思想家李贽影响。在戏曲创作方面反对拟古,大胆创新。作有传奇《牡丹亭》、《邯郸记》、《南柯记》、《紫钗记》,合称《玉茗堂四梦》,而以《牡丹亭》最著名。　②弥连:弥留,意思是久病不愈。　③手画形容:指亲自为自己画像。见该剧第十四出《写真》。　④溟莫:溟,同"冥"。这里指阴间。　⑤如丽娘者句:像杜丽娘这样,才可以称得上是多情的人了。她的情在不知不觉中激发起来,而且越来越深,活着时可以为情而死,死了又可以为情而生。活着不能为情而死,死而不能复生的,都不能算是感情的极点。　⑥挂冠:摘掉官帽。谓辞官。　⑦晋武都守李仲文句:《搜神后记》卷四记,"武都太守李仲文丧女,暂葬郡城之北。其后任张世之之子常,梦女来就,遂共枕席。后发棺视之,女尸已生肉,颜姿如故。但因被发棺,未能复生。"冯孝将为广州太守时,他的儿子梦见一女子说:"我是前太守北海徐玄方女,不幸早亡,亡来今已四年,为鬼所枉杀……应为君妻。"后在本命年生日,掘棺开视,女子体貌如故,遂为夫妇。　⑧"至于"句:汉睢阳王收考谈生事见《列异传》:"汉谈生,四十无妇,夜半读书,有女子来就生为夫妇,约三年中不能用火照。后生一子,已二岁,生夜伺其寝,以烛照之,腰上已生肉,腰下但有枯骨。妇觉,以一珠袍与生,并裂取生衣裾而去。后生持袍诣市,睢阳王家买之。王识女袍,以生为盗墓贼,乃收拷生。生以实对。王视女冢如故。发现之,得谈生衣裾。又视生儿正如王女,乃认谈生为婿。"　⑨旦:杜丽娘。剧中为杜太守之女。　⑩贴:贴旦。杜丽娘的丫鬟春香。　⑪"没揣"句:揣,古读chuāi,杂剧常见词语,指不经意间。菱花:铜镜子。没揣菱花:不经意间照了一下镜子。　⑫"迤逗"句:迤,古读tuō,原指挑逗、勾引,借用害羞。彩云:彩云般美丽的发型。　⑬"你道"两句:意思是"你说我红裙衫穿得色彩鲜艳,嵌着宝石的头簪亮闪闪。这正是我爱美天性的表现"。　⑭行介:介,传奇科范用语。行介,做行动着的动作。　⑮"似这般"句:意思是"没想到春花灿烂到处开,可惜是开在这破败冷寂的庭院。可叹春色美好春光虚度的日子难挨,那赏心的快意、欢欣的乐事不知落在谁家院?瑰丽的楼阁飞檐,华丽的亭台栏槛;细雨丝丝、轻风片片,烟雾笼罩、游船斑斓——深闺人领略这大好春色太难!"这是以"乐景"写"哀心"。　⑯荼蘼:一种蔷薇科的花,因盛夏开花,故被认为是一年花季的终结。　⑰"牡丹虽好"句:牡丹虽好,哪能开在百花之先!　⑱蟾宫之客:蟾宫即月宫。三足乌是日之精,三足蟾蜍是月之精,故有蟾宫只说。蟾宫折桂是出尖的意思,指金榜题名的郎君。　⑲韩夫人得遇于郎:唐人传奇故事说唐僖宗时,宫女韩氏以红叶题诗,从御沟中流出,被于佑拾到。于佑也以红叶题诗,投入上流,寄给韩氏。后来两人结为夫妇。见《青琐高议》前集卷五《流红记》。　⑳张生偶逢崔氏:即张生和崔莺莺的爱情故事,见唐元稹《会真记》。后元杂剧《西厢记》亦演绎此故事。下文之《崔徽传》是另一个故事,见《丽情集》:妓女崔徽和裴敬中相爱,分别之后不再相见。崔徽请画工画了幅像,托人带给敬中说:"崔徽一旦不及卷中人,徽且为郎死矣!"这里《崔徽传》疑是《莺莺传》或《西厢记》的笔误。　㉑及笄:意指女子已成年,到了婚配的年龄。古代女子十五岁开始以笄(簪)束发,叫及笄。见《礼记·内训》。　㉒淹煎:受熬煎,遭磨折;泼残生,苦命儿。泼,表示厌恶,原是骂人的话。　㉓今朝阮肇到天台:用刘晨和阮肇在天台山桃源洞遇到仙女的故事指见到爱人。　㉔是答儿闲寻遍:是,凡,到处。下文,那

笞儿,那边。　㉕云雨:自然词,此特指男女性事。　㉖老旦:杜丽娘的母亲。　㉗弱冠:古代男子到二十岁行冠礼表示已经成人。弱冠,二十岁。《礼·曲礼》上:"人生十年曰幼,学;二十曰弱,冠;三十曰壮,有室……。"　㉘闪得俺:弄得我,害得我。　㉙晚妆销粉印,春润费香篝:香篝,即薰笼,古人薰香用具。

梁辰鱼杂剧①

《浣纱记》第二十七出(别绝)

【忆秦娥】〔小生、生、末同上。小生②〕遭囚辱③,深仇昼夜萦心曲。〔生、末〕萦心曲,要修明政治、誓图恢复。

〔相见介④。小生〕二位大夫:自遭丧乱,丁众渐稀。空有复仇之心,尚乏人民之助。今欲百姓生聚,何施可方?〔生〕臣闻内无怨女,外无旷夫,乃圣王之政。今当令国中壮者无娶老妇,老者无娶壮妻,女子十七不嫁,男子二十不娶,其父母各有罪。如此十年生聚,则民众不可胜用矣。〔小生〕多谢大夫教诲。自去吴国,贻笑四方。虽有报仇之心,尚乏诸侯之援。昨鲁子贡劝寡人连和诸侯,以待吴变。但诸侯甚多,先往何国?〔生〕臣闻夫差与齐晋楚三国皆有近仇。主公宜私亲于齐,深结于晋,阴和于楚,而厚事于吴,则夫差必骄矜而凌诸侯,诸侯必合从而抗吴国。彼争其长,我乘其敝,因而伐之,夫差可擒也。〔小生〕多谢大夫教诲。向者承范大夫割己之爱,进上西施,寡人亲令夫人教演歌舞,即欲献之吴王。看他蛾眉不肯让人,狐媚必能惑主;虽为女流之辈,实有男子之谋。我夫人常谈及羁囚一事。见他义形于言,必能立功他邦、辅助本国。寡人今欲拜而送之,不知诸大夫亦肯为国家一屈膝否。〔生、末〕敢不听命。〔小生〕二位大夫留意,想夫人同西施⑤来了。〔贴⑥上〕

【前腔】西宫教演初精熟,清歌妙舞新妆束。〔旦〕新妆束,奈终身未了,眉儿常蹙。

〔小生占,生末相见介。旦〕大王爷并娘娘叩头。〔小生、贴〕美人请起。〔旦〕二位大夫万福。〔生、末〕美人拜揖。〔小生〕美人,昔周文王被殷纣囚于羑里⑦,其臣闳夭求有莘氏美女⑧,献之于纣。释放文王,后美女心图报周,迷惑殷纣,致其身亡国灭、复归周家。美人,我被吴囚系三年,羞辱之事,不可尽述。今吴王之恶,浮于殷纣。美人之貌,过于有莘。即欲将美人认作寡人之姑、前王之妹,献之于吴,诱其恋酒迷花、去贤用佞,则寡人几年之仇可报,美人旧日之盟可续。不知美人意下何如?〔旦〕妾受大王爷并娘娘提携,誓当粉身碎骨,以报恩义。但恐菲薄,不堪重托。〔小生〕若得美人见允,则愚夫妇万幸、群臣百姓万幸。后有会期,毋相忘也。〔旦〕谨领教旨、岂敢遗忘。〔小生〕既然如此,今日吉辰,即当启行。美人请上坐,待寡人拜恳。〔旦〕贱妾岂敢。〔小生拜介〕

【黄莺儿】夙恨实难言，记三年苦万千，归来羞见人民面。今幽谷未迁，寒灰怎燃⑨，栖迟未了平生愿。仗婵娟，中间就裹要雪百年冤。

〔贴〕美人请上坐，待奴家拜恳。〔旦〕贱妾岂敢。〔贴拜介〕

【前腔】飘荡去无边，恨东风断纸鸢⑩，三年才转羞杀梁间燕。鬒鬟尽鬓，手足尚胖⑪，漂流南浦一似桃花片。望当先，国家大事全莱尔周旋。

〔生、末〕美人请上坐，待群臣拜恳。〔旦〕贱妾岂敢。〔拜介〕

【簇御林】群臣奋未敢前，待先行便上弦。你风花队裹去收飞箭，那时节强似兵马亲征战。要心专，立功异国，四海姓名传。

〔旦〕大王爷、娘娘请坐，贱妾拜辞。〔拜介〕

【前腔】我裙钗女志颇坚，背乡关殊可怜。蒙君王重托须黾勉⑫。二位大夫请转，待奴家拜辞，誓捐生报主心不变。泪涟涟，天南地北，相见是何年。

〔小生〕范大夫，你可整点车骑画船，亲送美人到吴国去。〔生〕谨领。但一路不好同行。待小臣今日先过江去，美人随后便了。〔小生、贴〕美人，你可小心在意，归来有日，不要忧烦。〔旦〕多谢叮咛，妾谨留意。〔小生〕好去春风湖上亭。〔贴〕柳条藤蔓系离情。〔生、末〕黄鹂久住浑相识。〔旦〕欲别频啼三两声。〔小生〕范大夫，凡百事体，未能尽说。你与我再嘱咐他几句。〔小生、贴、末下，生、旦吊场。旦〕

【二郎神】休回首，笑三年尚姻缘拖逗，悔邂逅溪边相许谬。蹉跎到此，前言尽付东流。为甚么心儿常病疚，恨相见后更添消瘦。叹漂流，总梦到家山怕渡溪头。〔生〕

【前腔】为羁因，亲遭困辱，身多掣肘⑬，因此姻亲还未就。谁知变起，遭年国难相纠，致今日轻抛分素手，空恩爱未曾消受。小娘子，你谩⑭追求，自别后从头说向原由。〔旦〕

【啭林莺】恹恹弱息似风中柳，问君今向谁投。笑驱驰千里去寻婚媾，向他人强笑堪羞。况参前退后，更勉强应承可丑。路悠悠，摧残异国，骸骨倩⑮谁收。〔生〕

【前腔】卑人一言你听细剖，这姻缘分定难筹。你暂时抛闪休僝僽⑯，看天河织女牵牛明年时候，定乌鹊桥边相守。莫添愁，腰肢瘦削，况是不宜秋。〔旦〕

【莺啼序】君王恩义欲报酬，怎辞途路奔走。但孤身愚昧纤柔，未能机巧参透。强支吾去闲中着忙，待勉力到机边寻觳。花共酒，我怕不得笑传人口。〔生〕

【前腔】卿卿聪慧谁匹俦，精神应会抖擞。切莫要露尾藏头，迷君不论昏昼。向花营唇枪暗撑，遇锦阵心兵休漏。成共否，要竭力将没作有。

小娘子，向年所赠之纱，谨当奉还。〔旦〕若如此，是奚落贱妾，终背旧盟了。〔生〕说那里话。要令小娘子时常省视，虽在朝欢暮乐之际，不忘故乡恩义之情。倘得重逢，出此相玩，可作他年一故事耳。〔旦〕既然如此，我与相公各分一半。常恐此纱不在君处,即相忘耳。〔分纱介〕前途相见甚难,就此拜别。〔生〕仰观天象,越方兴隆,吴将亡灭。勿用伤悲,不久就得团圆也。〔旦〕

【琥珀猫儿坠】秋江渡处,落叶冷飕飕,何日重归到渡头。遥看孤雁下汀洲,他啾啾,想亦为死别生离,正值三秋。〔生〕

【前腔】片帆北去,愁杀是扁舟,自料分飞应不久。你苏台高处莫登楼,怕凝眸,望不断满目家山,迢迢离愁。〔生〕

【尾声】卑人北岸专相候。〔下。旦悲介〕这相逢何时还又,莫学逝水东流不转头。

尽道村西是妾家。谁知顷刻又天涯。

红颜胜人多薄命。莫怨东风当自嗟。

【注释】

①梁辰鱼:约1521—1594,字伯龙,号少白、仇池外史,江苏昆山人,明代著名戏剧家。曾作《红线女》等杂剧,《浣纱记》等传奇,而以《浣纱记》最著名。嘉靖中叶,魏良辅开始改革昆山腔,梁辰鱼按昆山腔系统声律的要求创作《浣纱记》,就此使昆山腔焕发出巨大的舞台生命力。今存著作尚有诗集《梁国子生集》、散曲集《江东白苎》、传奇《鸳鸯记》,杂剧《红绡》及《江东廿一史弹词》等,均已失传。 ② 小生、生、末:传奇角色。生:传奇中的男主角,相当于元代杂剧中的正末。生扮范蠡,小生扮越王,末扮越国大夫文仲。 ③ 遭屈辱:遭屈辱:吴王夫差在会稽山打败越王勾践后,勾践被押解到吴国,使住吴先王阖闾间墓旁,一边看墓一边养马。有为复仇曾给吴王治病而尝其粪便等故事。 ④介:传奇动作用语,相当于杂剧的科范。 ⑤西施:春秋时越国苎罗(今浙诸暨南)人。姓施,或称先施,别名夷光,亦称西子。春秋末年越王勾践败于会稽,范蠡取西施献予吴王夫差,使其迷惑忘政,越遂亡吴。后西施归范蠡,同泛五湖。事见《吴越春秋·勾践阴谋外传》。 ⑥ 贴:传奇中的女角色。贴扮越王夫人。 ⑦“昔周文王”句:司马迁《史记》言周文王被殷纣王囚于羑(yǒu)里(今河南省汤阴县北)而将《周易》的八卦推衍成了六十四卦 ⑧闳夭:音 hóng yāo,西周开国功臣,与散宜生、太颠等共同辅佐西伯姬昌。西伯被纣囚禁,他与众人设计,献给纣王有薪氏美女与宝物,营救西伯脱险,后又佐武王灭商。 ⑨“幽谷未迁”句:《诗经》有“出自幽谷,迁于乔木”句。幽谷:深谷。迁:迁移。乔木:高树。原指鸟儿从幽深的山谷迁移到高树上去。比喻乔迁新居。此处比喻一洗国耻,战胜敌国。“寒灰怎燃”意谓如何重获生机。 ⑩ 纸鸢:即风筝。古代风筝最早的造型是用绢或纸做成鹰类猛禽的形象,“鸢”和“鹞”都是鹰类猛禽,“纸鸢”或“纸鹞”都是古代风筝的叫法。 ⑪鬓鬟尽鬖,手足尚胼:鬓鬟音 bìn huán,环状鬓髻因辛劳而蜷曲;手脚因劳动而生茧。 ⑫黾勉:黾音 mǐn,勉励、尽力的意思。《诗·邶风·谷风》:“黾勉同心,不宜有怒。”毛传:“言黾勉者,思与君子同心也。” ⑬身多掣肘:掣肘,音 chè zhǒu,拉住胳膊,比喻自己总被阻挠做事。 ⑭谩 ,音 màn,莫的意思。 ⑮倩:请的意思。 ⑯偢愁:音 chán zhòu,烦恼、愁苦的意思。

八、明清小说

（一）明清短篇

杜十娘怒沉百宝箱①

冯梦龙

李公子同杜十娘行至潞河，舍陆从舟。却好有瓜洲差使船转回之便，讲定船钱，包了舱口。比及下船时，李公子囊中并无分文余剩。你道杜十娘把二十两银子与公子，如何就没了？公子在院中嫖得衣衫蓝缕，银子到手，未免在解库②中取赎几件穿着，又制办了铺盖，剩来只勾轿马之费。公子正当愁闷，十娘道："郎君勿忧，众姊妹合赠，必有所济。"乃取钥开箱。公子在傍，自觉惭愧，也不敢窥觑箱中虚实。只见十娘在箱里取出一个红绢袋来，掷于桌上道："郎君可开看之。"公子提在手中，觉得沉重，启而观之，皆是白银，计数整五十两。十娘仍将箱子下锁，亦不言箱中更有何物。但对公子道："承众姊妹高情，不惟途路不乏，即他日浮寓吴越间，亦可稍佐吾夫妻山水之费矣。"公子且惊且喜道："若不遇恩卿，我李甲流落他乡，死无葬身之地矣。此情此德，白头不敢忘也。"自此每谈及往事，公子必感激流涕，十娘亦曲意抚慰，一路无话。

不一日，行至瓜洲，大船停泊岸口。公子别雇了民船，安放行李。约明日侵晨，剪江而渡。其时仲冬中旬，月明如水，公子和十娘坐于舟首。公子道："自出都门，困守一舱之中，四顾有人，未得畅语。今日独据一舟，更无避忌。且已离塞北，初近江南，宜开怀畅饮，以舒向来抑郁之气。恩卿以为何如？"十娘道："妾久疏谈笑，亦有此心。郎君言及，足见同志耳。"公子乃携酒具于船首，与十娘铺毡并坐，传杯交盏。饮至半酣，公子执卮对十娘道："恩卿妙音，六院推首③。某相遇之初，每闻绝调④，辄不禁神魂之飞动。心事多违，彼此郁郁，鸾鸣凤奏，久矣不闻。今清江明月，深夜无人，肯为我一歌否？"十娘兴亦勃发，遂开喉顿嗓，取扇按拍，呜呜咽咽，歌

出元人施君美《拜月亭》杂剧上"状元执盏与婵娟"一曲,名《小桃红》。真个:

> 声飞霄汉云皆驻,响入深泉鱼出游。

却说他舟有一少年,姓孙,名富,字善赉,徽州新安人氏。家资巨万,积祖扬州种盐⑤。年方二十,也是南雍中朋友。生性风流,惯向青楼买笑,红粉追欢,若嘲风弄月,到是个轻薄的头儿。事有偶然,其夜亦泊舟瓜洲渡口,独酌无聊。忽听得歌声嘹亮,凤吟鸾吹,不足喻其美。起立船头,伫听半响,方知声出邻舟。正欲相访,音响倏已寂然。乃遣仆者潜窥踪迹,访于舟人。但晓得是李相公雇的船,并不知歌者来历。孙富想道:"此歌者必非良家,怎生得他一见?"辗转寻思,通宵不寐。挨至五更,忽闻江风大作。及晓,彤云密布,狂雪飞舞。怎见得,有诗为证:

> 千山云树灭,万径人踪绝。

> 扁舟蓑笠翁,独钓寒江雪。

因这风雪阻渡,舟不得开。孙富命艄公移船,泊于李家舟之傍。孙富貂帽狐裘,推窗假作看雪。值十娘梳洗方毕,纤纤玉手,揭起舟傍短帘,自泼盂中残水。粉容微露,却被孙富窥见了,果是国色天香,魂摇心荡,迎眸注目,等候再见一面,杳不可得。沉思久之,乃倚窗高吟高学士《梅花诗》二句,道:

> 雪满山中高士卧,月明林下美人来。

李甲听得邻舟吟诗,舒头出舱,看是何人。只因这一看,正中了孙富之计。孙富吟诗,正要引李公子出头,他好乘机攀话。当下慌忙举手,就问:"老兄尊姓何讳?"李公子叙了姓名乡贯,少不得也问那孙富。孙富也叙过了。又叙了些太学中的闲话,渐渐亲熟。孙富便道:"风雪阻舟,乃天遣与尊兄相会,实小弟之幸也。舟次无聊,欲同尊兄上岸,就酒肆中一酌,少领清诲,万望不拒。"公子道:"萍水相逢,何当厚扰?"孙富道:"说那里话!'四海之内,皆兄弟也'。"喝教艄公打跳,童儿张伞,迎接公子过船,就于船头作揖。然后让公子先行,自己随后,各各登跳上涯。

行不数步,就有个酒楼。二人上楼,拣一副洁净座头,靠窗而坐。酒保列上酒肴。孙富举杯相劝,二人赏雪饮酒。先说些斯文中套话,渐渐引入花柳之事。二人都是过来之人,志同道合,说得入港,一发成相知了。

孙富屏去左右,低低问道:"昨夜尊舟清歌者何人也?"李甲正要卖弄在行,遂实说道:"此乃北京名姬杜十娘也。"孙富道:"既系曲中姊妹,何以归兄?"公子遂将初遇杜十娘,如何相好,后来如何要嫁,如何借银讨他,始末根由,备细述了一遍。孙富道:"兄携丽人而归,固是快事,但不知尊府中能相容否?"公子道:"贱室不足虑。所虑者老父性严,尚费踌躇耳!"孙富将机就机,便问道:"既是尊大人未必相容,兄所携丽人,何处安顿?亦曾通知丽人,共作计较否?"公子攒眉而答道:"此事曾与小妾议之。"孙富欣然问道:"尊宠必有妙策。"公子道:"他意欲侨居苏杭,流连山水。使小弟先回,求亲友宛转于家君之前。俟家君回嗔作喜,然后图归。高明以为何如?"孙富沉吟半响,故作愀然之色,道:"小弟乍会之间,交浅言深,诚恐见怪。"公子道："正赖高明指教，何必谦逊？"孙富道："尊大人位居方面，必严帷薄之嫌，平时既怪兄游非礼之地，今日岂容兄娶不节之人？况且贤亲贵友，谁不迎合尊大人之意者？兄枉去求他，必然相拒。就有个不识时务的进言于尊大人之前，见尊大人意思不允，他就转口了。兄进不能和睦家庭，退无词以回复尊宠。即使留连山水，亦非长久之计。万一资斧困竭，岂不进退两难！"

公子自知手中只有五十金，此时费去大半，说到资斧困竭，进退两难，不觉点头道是。孙富又道："小弟还有句心腹之谈，兄肯俯听否？"公子道："承兄过爱，更求尽言。"孙富道："疏不间亲，还是莫说罢。"公子道："但说何妨。"孙富道："自古道：'妇人水性无常'，况烟花之辈，少真多假。他既系六院名姝，相识定满天下；或者南边原有旧约，借兄之力，挈带而来，以为他适之地。"公子道："这个恐未必然。"孙富道："即不然，江南子弟，最工轻薄。兄留丽人独居，难保无逾墙钻穴之事。若挈之同归，愈增尊大人之怒。为兄之计，未有善策。况父子天伦，必不可绝。若为妾而触父，因妓而弃家，海内必以兄为浮浪不经之人。异日妻不以为夫，弟不以为兄，同袍不以为友，兄何以立于天地之间？兄今日不可不熟思也！"

公子闻言，茫然自失，移席问计："据高明之见，何以教我？"孙富道："仆有一计，于兄甚便。只恐兄溺枕席之爱，未必能行，使仆空费词说耳！"公子道："兄诚有良策，使弟再睹家园之乐，乃弟之恩人也。又何惮而不言耶？"孙富道："兄飘零岁余，严亲怀怒，闺阁离心。设身以处兄之地，诚寝食不安之时也。然尊大人所以怒兄者，不过为迷花恋柳，挥金如土，异日必为弃家荡产之人，不堪承继家业耳！兄今日空手而归，正触其怒。兄倘能割衽席之爱，见机而作，仆愿以千金相赠。兄得千金，以报尊大人，只说在京授馆，并不曾浪费分毫，尊大人必然相信。从此家庭和睦，当无间言。须臾之间，转祸为福。兄请三思，仆非贪丽人之色，实为兄效忠于万一也！"

李甲原是没主意的人，本心惧怕老子，被孙富一席话，说透胸中之疑，起身作揖道："闻兄大教，顿开茅塞。但小妾千里相从，义难顿绝，容归与商之。得其心肯，当奉复耳。"孙富道："说话之间，宜放婉曲。彼既忠心为兄，必不忍使兄父子分离，定然玉成兄还乡之事矣。"二人饮了一回酒，风停雪止，天色已晚。孙富教家僮算还了酒钱，与公子携手下船。正是：

逢人且说三分话，未可全抛一片心。

却说杜十娘在舟中，摆设酒果，欲与公子小酌，竟日未回，挑灯以待。公子下船，十娘起迎。见公子颜色匆匆，似有不乐之意，乃满斟热酒劝之。公子摇首不饮。一言不发，竟自上床睡了。十娘心中不悦，乃收拾杯盘，为公子解衣就枕，问道："今日有何见闻，而怀抱郁郁如此？"公子叹息而已，终不启口。问了三四次，公子已睡去了。十娘委决不下，坐于床头而不能寐。到夜半，公子醒来，又叹一口气。十娘道："郎君有何难言之事，频频叹息？"公子拥被而起，欲言不语者几次，扑簌簌掉下泪来。十娘抱持公子于怀间,软言抚慰道:"妾与郎君情好,已及二载,千辛万苦,历尽艰难,得有今日。然相从数千里,未曾哀戚。今将渡江,方图百年欢笑,如何反起悲伤? 必有其故。夫妇之间,死生相共,有事尽可商量,万勿讳也。"

公子再四被逼不过,只得含泪而言道:"仆天涯穷困,蒙恩卿不弃,委曲相从,诚乃莫大之德也。但反复思之,老父位居方面,拘于礼法,况素性方严,恐添嗔怒,必加黜逐,你我流荡,将何底止? 夫妇之欢难保,父子之伦又绝。日间蒙新安孙友邀饮,为我筹及此事,寸心如割。"十娘大惊道:"郎君意将如何?"公子道:"仆事内之人,当局而迷。孙友为我画一计颇善,但恐恩卿不从耳!"十娘道:"孙友者何人? 计如果善,何不可从?"公子道:"孙友名富,新安盐商,少年风流之士也。夜间闻子清歌,因而问及。仆告以来历,并谈及难归之故。渠意欲以千金聘汝。我得千金,可借口以见吾父母;而恩卿亦得所天⑥。但情不能舍,是以悲泣。"说罢,泪如雨下。

十娘放开两手,冷笑一声道:"为郎君画此计者,此人乃大英雄也。郎君千金之资既得恢复,而妾归他姓,又不致为行李之累,发乎情,止乎礼,诚两便之策也。那千金在那里?"公子收泪道:"未得恩卿之诺,金尚留彼处,未曾过手。"十娘道:"明早快快应承了他,不可错过机会。但千金重事,须得兑足,交付郎君之手,妾始过舟,勿为贾竖子所欺。"

时已四鼓,十娘即起身挑灯梳洗道:"今日之妆,乃迎新送旧,非比寻常。"于是脂粉香泽,用意修饰,花钿绣袄,极其华艳,香风拂拂,光彩照人。装束方完,天色已晓。孙富差家童到船头候信。十娘微窥公子,欣欣似有喜色,乃催公子快去回话,及早兑足银子。公子亲到孙富船中,回复依允。孙富道:"兑银易事,须得丽人妆台为信。"公子又回复了十娘,十娘即指描金文具道:"可便抬去。"孙富喜甚。即将白银一千两,送到公子船中。十娘亲自检看,足色足数,分毫无爽。乃手把船舷,以手招孙富。孙富一见,魂不附体。十娘启朱唇,开皓齿,道:"方才箱子可暂发来,内有李郎路引一纸⑦,可检还之也。"孙富视十娘已为"瓮中之鳖",即命家童送那描金文具,安放船头之上。

十娘取钥开锁,内皆抽屉小箱。十娘叫公子抽第一层来看,只见翠羽明珰,瑶簪宝珥,充牣于中,约值数百金。十娘遽投之江中。李甲与孙富及两船之人,无不惊诧。又命公子再抽一箱,乃玉箫金管。又抽一箱,尽古玉紫金玩器,约值数千金。十娘尽投之于大江中。岸上之人,观者如堵。齐声道:"可惜,可惜!"正不知什么缘故。最后又抽一箱,箱中复有一匣。开匣视之,夜明之珠,约有盈把。其他祖母绿,猫儿眼,诸般异宝,目所未睹,莫能定其价之多少。众人齐声喝彩,喧声如雷。十娘又欲投之于江。李甲不觉大悔,抱持十娘恸哭,那孙富也来劝解。

十娘推开公子在一边,向孙富骂道:"我与李郎备尝艰苦,不是容易到此;汝以奸淫之意,巧为谗说,一旦破人姻缘,断人恩爱,乃我之仇人。我死而有知,必当诉之神明,尚妄想枕席之欢乎!"又对李甲道:"妾风尘数年,私有所积,本为终身之计。自遇郎君，山盟海誓，白首不渝。前出都之际，假托众姊妹相赠，箱中韫藏百宝，不下万金。将润色郎君之装，归见父母，或怜妾有心，收佐中馈⑧，得终委托，生死无憾。谁知郎君相信不深，惑于浮议⑨，中道见弃，负妾一片真心。今日当众目之前，开箱出视，使郎君知区区千金，未为难事。妾椟中有玉，恨郎眼内无珠。命之不辰⑩，风尘困瘁，甫得脱离，又遭弃捐。今众人各有耳目，共作证明，妾不负郎君，郎君自负妾耳！"于是众人聚观者，无不流涕，都唾骂李公子负心薄幸。公子又羞又苦，且悔且泣。方欲向十娘谢罪，十娘抱持宝匣，向江心一跳。众人急呼捞救。但见云暗江心，波涛滚滚，杳无踪影。可惜一个如花似玉的名姬，一旦葬于江鱼之腹！

　　　　　　三魂渺渺归水府，七魄悠悠入冥途。

　　当时旁观之人，皆咬牙切齿，争欲拳殴李甲和那孙富。慌得李、孙二人，手足无措，急叫开船，分途遁去。李甲在舟中，看了千金，转忆十娘，终日愧悔，郁成狂疾，终身不瘳。孙富自那日受惊得病，卧床月余，终日见杜十娘在傍诟骂，奄奄而逝。人以为江中之报也。

【注释】

　　①节选自《警世通言》第三十二卷，中华书局2009年版。名妓杜十娘精挑细选，选择了李甲作为自己从良的对象。然而在跟随李甲回乡的途中，竟然被李甲以千金将她转卖于人。绝望之余，杜十娘抱着"百宝箱"投江自尽。作者冯梦龙(1574—1646)，明代文学家，字犹龙，又字子犹，号龙子犹、墨憨斋主人等。南直隶苏州府长洲县(今江苏省苏州市)人。除小说代表作"三言"外，冯梦龙还搜集、整理、编辑民歌、笑话等，有《桂枝儿》《山歌》等作品存世。　　②解库：典当铺。　　③六院：明初南京的妓院。或说是教坊司所属的官妓聚集处。其后六院便成为妓院的代称。　　④绝调：卓绝的音调。　　⑤种盐：制盐。盐出自盐田，故称种盐。　　⑥所天：丈夫。古有称君上或父亲为所天者，近世多以此称丈夫。　　⑦路引：出行时所领的执照，此处指国子监所发给的回籍证。　　⑧中馈：进食于尊长叫馈，旧时女子多在家料理饮食之事，故称妇职为主持中馈，于是中馈便引申为妻子的代称。佐中馈，便是为妾。　　⑨浮议：没有根据的议论。　　⑩不辰：生不逢时。命之不辰，指命运不好。

青凤①

蒲松龄

　　太原耿氏，故大家，第宅弘阔。后凌夷②，楼舍连亘，半旷废之。因生怪异，堂门辄自开掩，家人恒中夜骇哗。耿患之，移居别墅，留老翁门焉。由此荒落益甚。或闻笑语歌吹声。

　　耿有从子去病，狂放不羁。嘱翁有所闻见，奔告之。至夜，见楼上灯光明灭，走报生。生欲入觇其异③。止之，不听。门户素所习识，竟拨蒿蓬，曲折而入。登楼，初无少异。穿楼而过，闻人语切切。潜窥之，见巨烛双烧，其明如昼。一叟儒冠南面坐，一媪相对，俱年四十余。东向一少年，可二十许。右一女郎，才及笄耳。酒胾满案④，围坐笑语。生突入，笑呼曰："有不速之客一人来！"群惊奔匿。独叟出诧问："谁何入人闺闼？"生曰："此我家闺闼也，君占之。旨酒自饮，不邀主人，毋乃太吝？"叟审谛之，曰："非主人也。"生曰："我狂生耿去病，主人之从子耳。"叟致敬曰："久仰山斗！"乃揖生入，便呼家人易馔，生止之。叟乃酌客。生曰："吾辈通家，座客无庸见避，还祈招饮。"叟呼："孝儿！"俄少年自外入。叟曰："此豚儿也。"揖而坐，略审门阀。叟自言："义君姓胡。"生素豪，谈论风生，孝儿亦倜傥；倾吐间，雅相爱悦。生二十一，长孝儿二岁，因弟之。叟曰："闻君祖纂《涂山外传》，知之乎？"答曰："知之。"叟曰："我涂山氏之苗裔也。唐以后，谱系犹能忆之；五代而上无传焉。幸公子一垂教也。"生略述涂山女佐禹之功，粉饰多词，妙绪泉涌⑤。叟大喜，谓子曰："今幸得闻所未闻。公子亦非他人，可请阿母及青凤来共听之，亦令知我祖德也。"孝儿入帏中。少时，媪偕女郎出。审顾之，弱态生娇，秋波流慧，人间无其丽也。叟指媪曰："此为老荆。"又指女郎："此青凤，鄙人之犹女也⑥。颇慧，所闻见，辄记不忘，故唤令听之。"生谈竟而饮，瞻顾女郎，停睇不转。女觉之，辄俯其首。生隐蹑莲钩⑦，女急敛足，亦无愠怒。生神志飞扬，不能自主，拍案曰："得妇如此，南面王不易也！"媪见生渐醉，益狂，与女俱去。生失望，乃辞叟出。而心萦萦，不能忘情于青凤也。至夜，复往，则兰麝犹芳，凝待终宵，寂无声咳。

归与妻谋，欲携家而居之，冀得一遇。妻不从。生乃自往，读于楼下。夜凭几，一鬼披发入，面黑如漆，张目视生。生笑，拈指研墨自涂，灼灼然相与对视。鬼惭而去。次夜更深，灭烛欲寝，闻楼后发扃，辟之閛然⑧。生急起窥觇，则扉半启。俄闻履声细碎，有烛光自房中出。视之，则青凤也。骤见生，骇而却退，遽阖双扉。生长跪而致词曰："小生不避险恶，实以卿故。幸无他人，得一握手为笑，死不憾耳。"女遥语曰："惓惓深情⑨，妾岂不知？但吾叔闺训严谨，不敢奉命。"生固哀之，云："亦不敢望肌肤之亲，但一见颜色足矣。"女似肯可，启关出，捉其臂而曳之。生狂喜，相将入楼下，拥而加诸膝。女曰："幸有夙分⑩；过此一夕，即相思无益矣。"问："何故？"曰："阿叔畏君狂，故化厉鬼以相吓，而君不动也。今已卜居他所，一家皆移什物赴新居，而妾留守，明日即发矣。"言已，欲去，云："恐叔归。"生强止之，欲与为欢。方持论间，叟掩入。女羞惧无以自容，俯首依床，拈带不语。叟怒曰："贱辈辱我门户！不速去，鞭挞且从其后！"女低头急去，叟亦出。生尾而听之，呵诟万端。闻青凤嘤嘤啜泣。生心意如割，大声曰："罪在小生，与青凤何与！倘宥青凤也，刀锯铁钺，愿身受之！"良久寂然，生乃归寝。自此第内绝不复声息矣。

生叔闻而奇之，愿售以居，不较直。生喜，携家口而迁焉。居逾年，甚适，而未尝须臾忘青凤也。

会清明上墓归，见小狐二，为犬逼逐。其一投荒窜去，一则皇急道上。望见生，依依哀啼,葛耳辑首,似乞其援。生怜之,启裳衿,提抱以归。闭门,置床上,则青凤也。大喜,慰问。女曰:"适与婢子戏,遭此大厄⑪。脱非郎君,必葬犬腹。望无以非类见憎。"生曰:"日切怀思,系于魂梦。见卿如得异宝,何憎之云!"女曰:"此天数也,不因颠覆,何得相从?然幸矣,婢子必言妾已死,可与君坚永约耳。"生喜,另舍居之。

积二年余,生方夜读,孝儿忽入。生辍读,讶诘所来。孝儿伏地,怆然曰:"家君有横难,非君莫救。将自诣恳,恐不见纳,故以某来。"问:"何事?"曰:"公子识莫三郎否?"曰:"此吾年家子也⑫。"孝儿曰:"明日将过,倘携有猎狐,望君留之也。"生曰:"楼下之羞,耿耿在念,他事不敢预闻。必欲仆效绵薄,非青凤来不可!"孝儿零涕曰:"凤妹已野死三年矣。"生拂衣曰:"既尔,则恨滋深耳!"执卷高吟,殊不顾瞻。孝儿起,哭失声,掩面而去。生如青凤所,告以故。女失色曰:"果救之否?"曰:"救则救之,适不之诺者,亦聊以报前横耳。"女乃喜曰:"妾少孤,依叔成立。昔虽获罪,乃家范应尔。"生曰:"诚然,但使人不能无介介耳。卿果死,定不相援。"女笑曰:"忍哉!"次日,莫三郎果至,镂膺虎韔⑬,仆从甚赫。生门逆之。见获禽甚多,中一黑狐,血殷毛革。抚之,皮肉犹温。便托裘敝,乞得缀补。莫慨然解赠。生即付青凤,乃与客饮。客既去,女抱狐于怀,三日而苏,展转复化为叟。举目见凤,疑非人间。女历言其情。叟乃下拜,惭谢前愆⑭。喜顾女曰:"我固谓汝不死,今果然矣。"女谓生曰:"君如念妾,还祈以楼宅相假,使妾得以申反哺之私。"生诺之。叟赧然谢别而去⑮。入夜,果举家来。由此如家人父子,无复猜忌矣。生斋居,孝儿时共谈宴。生嫡出子渐长,遂使傅之;盖循循善教,有师范焉⑯。

【注释】

①选自《铸雪斋抄本聊斋志异》,上海古籍出版社1979年版。蒲松龄(1640—1715),字留仙,号剑臣,又号柳泉,世称聊斋先生,淄川(今山东省淄博市)人。少有文名,屡试不第,七十一岁始成贡生。久为乡村塾师,授徒自给。蒲松龄工于诗文,善制俚曲,并以20年左右时间撰成《聊斋志异》。　②凌夷:当作"陵夷"。陵:丘陵,土山。夷:平。陵夷,谓凡事始盛终衰,其陵替如丘陵之渐平,引申为衰落的意思。　③觇(chān):窥看。　④截(zǐ):大块肉。　⑤妙绪泉涌:奇妙的言辞如泉水涌出似的。　⑥犹女:侄女。　⑦隐蹑莲钩:暗中轻踩青凤的脚。莲钩:女子缠过的小脚。　⑧閛(pēng)然:形容开关门的声音。此处指开门。　⑨惓惓(quán quán):同"拳拳",恳切的样子。　⑩凤(sù)分:前世缘分。⑪遘(gòu)此大厄:遭遇这样的大灾难。　⑫年家子:科举时代,在同一年考中的举人、进士,彼此称为同年。对彼此的后辈称年家子。　⑬镂膺(lòu yīng):马胸前镂金饰带。虎韔(chàng):虎皮做的弓袋。　⑭愆(qiān):过失。　⑮赧(nǎn):因羞愧而脸红。　⑯有师范焉:很有老师的样子啊。

（二）明清长篇

赵子龙单骑救主①

罗贯中

却说玄德引十数万百姓、三千馀军马，一程程挨着往江陵进发。赵云保护老小，张飞断后。孔明曰："云长往江夏去了，绝无回音，不知若何。"玄德曰："敢烦军师亲自走一遭。刘琦感公昔日之教，今若见公亲至，事必谐矣。"孔明允诺，便同刘封引五百军先往江夏求救去了。当日玄德自与简雍、糜竺、糜芳同行。正行间，忽然一阵狂风就马前刮起，尘土冲天，平遮红日。玄德惊曰："此何兆也？"简雍颇明阴阳，袖占一课，失惊曰："此大凶之兆也。应在今夜。主公可速弃百姓而走。"玄德曰："百姓从新野相随至此，吾安忍弃之？"雍曰："主公若恋而不弃，祸不远矣。"玄德问："前面是何处？"左右答曰："前面是当阳县。有座山名为景山。"玄德便教就此山扎住。时秋末冬初，凉风透骨；黄昏将近，哭声遍野。至四更时分，只听得西北喊声震地而来。玄德大惊，急上马引本部精兵二千馀人迎敌。曹兵掩至，势不可当。玄德死战。正在危迫之际，幸得张飞引军至，杀开一条血路，救玄德望东而走。文聘当先拦住，玄德骂曰："背主之贼，尚有何面目见人！"文聘羞惭满面，引兵自投东北去了。张飞保着玄德，且战且走。奔至天明，闻喊声渐渐远去，玄德方才歇马。看手下随行人，止有百馀骑；百姓、老小并糜竺、糜芳、简雍、赵云等一干人，皆不知下落。玄德大哭曰："十数万生灵，皆因恋我，遭此大难；诸将及老小，皆不知存亡：虽土木之人，宁不悲乎！"

正凄惶时，忽见糜芳面带数箭，踉跄而来，口言："赵子龙反投曹操去了也！"玄德叱曰："子龙是我故交，安肯反乎？"张飞曰："他今见我等势穷力尽，或者反投曹操，以图富贵耳！"玄德曰："子龙从我于患难，心如铁石，非富贵所能动摇也。"糜芳曰："我亲见他投西北去了。"张飞曰："待我亲自寻他去。若撞见时，一枪刺死！"玄德曰："休错疑了。岂不见你二兄诛颜良、文丑之事乎？子龙此去，必有事故。吾料子龙必不弃我也。"张飞那里肯听，引二十馀骑，至长坂桥。见桥东有一带树木，飞生一计：教所从二十馀骑，都砍下树枝，拴在马尾上，在树林内往来驰骋，冲起尘土，以为疑兵。飞却亲自横矛立马于桥上，向西而望。

却说赵云自四更时分，与曹军厮杀，往来冲突，杀至天明，寻不见玄德，又失了玄德老小。云自思曰："主公将甘、糜二夫人与小主人阿斗，托付在我身上；今日军中失散，有何面目去见主人？不如去决一死战，好歹要寻主母与小主人下落！"回顾左右，只有三四十骑相随。云拍马在乱军中寻觅，二县百姓号哭之声，震天动地；中箭着枪、抛男弃女而走者，不计其数。赵云正走之间，见一人卧在草中，视之，乃简雍也。云急问曰："曾见两位主母否？"雍曰："二主母弃了车仗，抱阿斗而走。我飞马赶去，转过山坡，被一将刺了一枪，跌下马来，马被夺了去。我争斗不得，故卧在此。"云乃将从骑所骑之马，借一匹与简雍骑坐；又着二卒扶护简雍先去报与主人："我上天入地，好歹寻主母与小主人来。如寻不见，死在沙场上也！"

说罢，拍马望长坂坡而去。忽一人大叫："赵将军那里去？"云勒马问曰："你是何人？"答曰："我乃刘使君帐下护送车仗的军士，被箭射倒在此。"赵云便问二夫人消息。军士曰："恰才见甘夫人披头跣足，相随一伙百姓妇女，投南而走。"云见说，也不顾军士，急纵马望南赶去。只见一伙百姓，男女数百人，相携而走。"云大叫曰："内中有甘夫人否？"夫人在后面望见赵云，放声大哭。云下马插枪而泣曰："使主母失散，云之罪也！糜夫人与小主人安在？"甘夫人曰："我与糜夫人被逐，弃了车仗，杂于百姓内步行，又撞见一枝军马冲散。糜夫人与阿斗不知何往。我独自逃生至此。"正言间，百姓发喊，又撞出一枝军来。赵云拔枪上马看时，面前马上绑着一人，乃糜竺也。背后一将，手提大刀，引着千馀军，乃曹仁部将淳于导，拿住糜竺，正要解去献功。赵云大喝一声，挺枪纵马，直取淳于导。导抵敌不住，被云一枪刺落马下，向前救了糜竺，夺得马二匹。云请甘夫人上马，杀开条大路，直送至长坂坡。只见张飞横矛立马于桥上，大叫："子龙！你如何反我哥哥？"云曰："我寻不见主母与小主人，因此落后，何言反耶？"飞曰："若非简雍先来报信，我今见你，怎肯干休也！"云曰："主公在何处？"飞曰："只在前面不远。"云谓糜竺曰："糜子仲保甘夫人先行，待我仍往寻糜夫人与小主人去。"言罢，引数骑再回旧路。

正走之间，见一将手提铁枪，背着一口剑，引十数骑跃马而来。赵云更不打话，直取那将。交马只一合，把那将一枪刺倒，从骑皆走。原来那将乃曹操随身背剑之将夏侯恩也。曹操有宝剑二口：一名"倚天"，一名"青釭"；倚天剑自佩之，青釭剑令夏侯恩佩之。那青釭剑砍铁如泥，锋利无比。当时夏侯恩自恃勇力，背着曹操，只顾引人抢夺掳掠。不想撞着赵云，被他一枪刺死，夺了那口剑，看靶上有金嵌"青釭"二字，方知是宝剑也。云插剑提枪，复杀入重围，回顾手下从骑，已没一人，只剩得孤身。云并无半点退心，只顾往来寻觅；但逢百姓，便问糜夫人消息。忽一人指曰："夫人抱着孩儿，左腿上着了枪，行走不得，只在前面墙缺内坐地。"

赵云听了，连忙追寻。只见一个人家，被火烧坏土墙，糜夫人抱着阿斗，坐于墙下枯井之傍啼哭。云急下马伏地而拜。夫人曰："妾得见将军，阿斗有命矣。望将军可怜他父亲飘荡半世，只有这点骨血。将军可护持此子，教他得见父面，妾死无恨！"云曰："夫人受难，云之罪也。不必多言，请夫人上马。云自步行死战，保夫人透出重围。"糜夫人曰："不可！将军岂可无马！此子全赖将军保护。妾已重伤，死何足惜！望将军速抱此子前去，勿以妾为累也。"云曰："喊声将近，追兵已至，请夫人速速上马。"糜夫人曰："妾身委实难去，休得两误。"乃将阿斗递与赵云曰："此子性命全在将军身上！"赵云三回五次请夫人上马，夫人只不肯上马。四边喊声又起。

云厉声曰:"夫人不听吾言,追军若至,为之奈何?"糜夫人乃弃阿斗于地,翻身投入枯井中而死。后人有诗赞之曰:

　　战将全凭马力多,步行怎把幼君扶? 拼将一死存刘嗣,勇决还亏女丈夫。

　　赵云见夫人已死,恐曹军盗尸,便将土墙推倒,掩盖枯井。掩讫,解开勒甲绦,放下掩心镜,将阿斗抱护在怀,绰枪上马。早有一将,引一队步军至,乃曹洪部将晏明也,持三尖两刃刀来战赵云。不三合,被赵云一枪刺倒,杀散众军,冲开一条路。正走间,前面又一枝军马拦路。当先一员大将,旗号分明,大书"河间张郃"。云更不答话,挺枪便战。约十馀合,云不敢恋战,夺路而走。背后张郃赶来,云加鞭而行,不想趷跶②一声,连马和人,颠入土坑之内。张郃挺枪来刺,忽然一道红光,从土坑中滚起,那匹马平空一跃,跳出坑外。后人有诗曰:

　　红光罩体困龙飞,征马冲开长坂围。四十二年真命主,将军因得显神威。

　　张郃见了,大惊而退。赵云纵马正走,背后忽有二将大叫:"赵云休走!"前面又有二将,使两般军器,截住去路:后面赶的是马延、张𫖮③,前面阻的是焦触、张南,都是袁绍手下降将。赵云力战四将,曹军一齐拥至。云乃拔青釭剑乱砍,手起处,衣甲平过,血如涌泉。杀退众军将,直透重围。

　　却说曹操在景山顶上,望见一将,所到之处,威不可当,急问左右是谁。曹洪飞马下山大叫:"军中战将可留姓名!"云应声曰:"吾乃常山赵子龙也!"曹洪回报曹操。操曰:"真虎将也! 吾当生致之④。"遂令飞马传报各处:"如赵云到,不许放冷箭,只要捉活的。"因此赵云得脱此难;此亦阿斗之福所致也。这一场杀:赵云怀抱后主,直透重围,砍倒大旗两面,夺槊三条;前后枪刺剑砍,杀死曹营名将五十馀员。后人有诗曰:

　　血染征袍透甲红,当阳谁敢与争锋! 古来冲阵扶危主,只有常山赵子龙。

【注释】

　　① 节选自《三国演义》,人民文学出版社,1953 年 11 月版,第四十一回"刘玄德携民渡江 赵子龙单骑救主"。刘备面对曹操的大军围攻,不肯趁刘表病重之机占领荆州,加之有十余万百姓随从,一日只能行走十余里。曹操五千铁骑星夜追杀,刘备被杀得一败涂地,连两位夫人和儿子阿斗也失散在乱军阵中。于是有了"赵子龙单骑救主"的一段故事。作者罗贯中,名本,号湖海散人,山西太原人,生活在元末明初。另有小说《隋唐志传》《残唐五代史演义》等。　② 趷跶(gé tà):这里是形容跌倒的声音。　③ 𫖮(yǐ):多用作人名。　④ 生致之:活捉赵云。

景阳冈武松打虎①

施耐庵

　　武松自与宋江分别之后,当晚投客店歇了。次日早起,来打火吃了饭,还了房钱,拴束包裹,提了哨棒,便走上路。寻思道:"江湖上只闻说及时雨宋公明,果然不虚。结识得这般弟兄,也不枉了!"武松在路上行了几日,来到阳谷县地面。此去离县治还远。当日晌午时分,走得肚中饥渴,望见前面有一个酒店,挑着一面招旗在门前,上头写着五个字道:"三碗不过冈。"武松入到里面坐下,把哨棒倚了,叫道:"主人家,快把酒来吃。"只见店主人把三只碗、一双箸、一碟热菜,放在武松面前,满满筛一碗酒来。武松拿起碗,一饮而尽,叫道:"这酒好生有气力!主人家,有饱肚的买些吃酒。"酒家道:"只有熟牛肉。"武松道:"好的,切二三斤来吃酒。"店家去里面切出二斤熟牛肉,做一大盘子,将来放在武松面前,随即再筛一碗酒。武松吃了道:"好酒!"又筛下一碗。恰好吃了三碗酒,再也不来筛。武松敲着桌子叫道:"主人家,怎的不来筛酒?"酒家道:"客官要肉便添来。"武松道:"我也要酒,也再切些肉来。"酒家道:"肉便切来,添与客官吃,酒却不添了。"武松道:"却又作怪!"便问主人家道:"你如何不肯卖酒与我吃?"酒家道:"客官,你须见我门前招旗上面明明写道:'三碗不过冈'。"武松道:"怎地唤作三碗不过冈?"酒家道:"俺家的酒,虽是村酒,却比老酒的滋味。但凡客人来我店中吃了三碗的,便醉了,过不得前面的山冈去。因此唤作'三碗不过冈'。若是过往客人到此,只吃三碗,便不再问。"武松笑道:"原来恁地。我却吃了三碗,如何不醉?"酒家道:"我这酒叫做'透瓶香',又唤作'出门倒'。初入口时,醇浓好吃,少刻时便倒。"武松道:"休要胡说!没地②不还你钱,再筛三碗来我吃!"酒家见武松全然不动,又筛三碗。武松吃道:"端的好酒!主人家,我吃一碗,还你一碗酒钱,只顾筛来。"酒家道:"客官休只管要饮,这酒端的要醉倒人,没药医!"武松道:"休得胡鸟说!便是你使蒙汗药在里面,我也有鼻子。"店家被他发话不过,一连又筛了三碗。武松道:"肉便再把二斤来吃。"酒家又切了二斤熟牛肉,再筛了三碗酒。武松吃得口滑,只顾要吃,去身边取出些碎银子,叫道:"主人家,你且来看我银子,还你酒肉钱够么?"酒家看了道:"有馀,还有些贴钱③与你。"武松道:"不要你贴钱,只将酒来筛。"酒家道:"客官,你要吃酒时,还有五六碗酒哩,只怕你吃不的了。"武松道:"就有五六碗多时,你尽数筛将来。"酒家道:"你这条长汉,倘或醉倒了时,怎扶得你住?"武松答道:"要你扶的,不算好汉。"酒家那里肯将酒来筛。武松焦躁道:"我又不白吃你的!休要引老爷性发,通教你屋里粉碎,把你这鸟店子倒翻转来!"酒家道:"这厮醉了,休惹他。"再筛了六碗酒与武松吃了。前后共吃了十五碗,绰了哨棒,立起身来道:"我却又不曾醉!"走出门前来笑道:"却不说'三碗不过冈'!"手提哨棒便走。

酒家赶出来叫道:"客官那里去!"武松立住了,问道:"叫我做甚么?我又不少你酒钱,唤我怎地?"酒家叫道:"我是好意。你且回来我家看官司榜文。"武松道:"甚么榜文?"酒家道:"如今前面景阳冈上,有只吊睛白额大虫,晚了出来伤人,坏了三二十条大汉性命。官司如今杖限猎户,擒捉发落。冈子路口两边人民,多有榜文。可教往来客人,结伙成队,于巳、午、未三个时辰过冈,其馀寅、卯、申、酉、戌、亥六个时辰，不许过冈。更兼单身客人，不许白日过冈，务要等伴结伙而过。这早晚正是未末申初时分，我见你走都不问人，枉送了自家性命。不如就我此间歇了，等明日慢慢凑的三二十人，一齐好过冈子。"武松听了，笑道："我是清河县人氏，这条景阳冈上少也走过一二十遭，几时见说有大虫！你休说这般鸟话来吓我！便有大虫，我也不怕。"酒家道："我是好意救你。你不信我时，进来看官司榜文。"武松道："你鸟子声！便真个有虎，老爷也不怕！你留我在家里歇，莫不半夜三更要谋我财，害我性命，却把鸟大虫唬吓我。"酒家道："你看么！我是一片好心，反做恶意，倒落得你恁地！你不信我时，请尊便自行！"正是：

前车倒了千千辆，后车过了亦如然。分明指与平川路，却把忠言当恶言。

那酒店里主人摇着头，自进店里去了。这武松提了哨棒，大着步，自过景阳冈来。约行了四五里路，来到冈子下，见一大树，刮去了皮，一片白，上写两行字。武松也颇识几字，抬头看时，上面写道："近因景阳冈大虫伤人，但有过往客商，可于巳、午、未三个时辰，结伙成队过冈。勿请自误。"武松看了，笑道："这是酒家诡诈，惊吓那等客人，便去那厮家里宿歇。我却怕甚么鸟！"横拖着哨棒，便上冈子来。那时已有申牌时分，这轮红日，厌厌地相傍下山。武松乘着酒兴，只管走上冈子来。走不到半里多路，见一个败落的山神庙。行到庙前，见这庙门上贴着一张印信榜文。武松住了脚读时，上面写道：

阳谷县示：为景阳冈上新有一只大虫，近来伤害人命。现今杖限各乡里正并猎户人等行捕，未获。如有过往客商人等，可于巳、午、未三个时辰，结伴过冈；其馀时分及单身客人，白日不许过冈，恐被伤害性命不便。各宜知悉。

武松读了印信榜文，方知端的有虎。欲待转身再回酒店里来，寻思道："我回去时，须吃他耻笑，不是好汉，难以转去。"存想了一回，说道："怕甚么鸟！且只顾上去看怎地！"武松正走，看看酒涌上来，便把毡笠儿背在脊梁上，将哨棒绾在肋下，一步步上那冈子来。回头看这日色时，渐渐地坠下去了。此时正是十月间天气，日短夜长，容易得晚。武松自言自语说道："那得甚么大虫！人自怕了，不敢上山。"武松走了一直，酒力发作，焦热起来。一只手提着哨棒，一只手把胸膛前袒开，踉踉跄跄，直奔过乱树林来。见一块光挞挞大青石，把那哨棒倚在一边，放翻身体，却待要睡，只见发起一阵狂风来。看那风时，但见：

无形无影透人怀，四季能吹万物开。
就树撮将黄叶去，入山推出白云来。

原来但凡世上云生从龙，风生从虎。那一阵风过处，只听得乱树背后扑地一声响，跳出一只吊睛白额大虫来。武松见了，叫声："阿呀！"从青石上翻将下来，便拿那条哨棒在手里，闪在青石边。那个大虫又饥又渴，把两只爪在地下略按一按，和身望上一扑，从半空里撺将下来。武松被那一惊，酒都做冷汗出了。说时迟，那时快，武松见大虫扑来，只一闪，闪在大虫背后。那大虫背后看人最难，便把前爪搭在地下,把腰胯一掀,掀将起来。武松只一躲,躲在一边。大虫见掀他不着,吼一声,却似半天里起个霹雳,震得那山冈也动;把这铁棒也似虎尾,倒竖起来只一剪,武松却又闪在一边。原来那大虫拿人,只是一扑,一掀,一剪;三般提不着时,气性先自没了一半。那大虫又剪不着,再吼了一声,一兜兜将回来。武松见那大虫复翻身回来,双手抡起哨棒,尽平生气力,只一棒,从半空劈将下来。只听得一声响,簌簌地将那树连枝带叶劈脸打将下来。定睛看时,一棒劈不着大虫。原来打急了,正打在枯树上,把那条哨棒折做两截,只拿得一半在手里。那大虫咆哮,性发起来,翻身又只一扑,扑将来。武松又只一跳,却退了十步远,那大虫却好把两只前爪搭在武松面前。武松将半截棒丢在一边,两只手就势把大虫顶花肷胳地④揪住,一按按将下来。那只大虫急要挣扎,早没了气力,被武松尽气力纳定,那里肯放半点儿松宽。武松把只脚望大虫面门上、眼睛里只顾乱踢。那大虫咆哮起来,把身底下扒起两堆黄泥,做了一个土坑。武松把那大虫嘴直按下黄泥坑里去,那大虫吃武松奈何得没了些气力。武松把左手紧紧地揪住顶花皮,偷出右手来,提起铁锤般大小拳头,尽平生之力,只顾打。打到五七十拳,那大虫眼里、口里、鼻子里、耳朵里,都迸出鲜血来。那武松尽平昔神威,仗胸中武艺,半歇儿把大虫打做一堆,却似躺着一个锦皮袋。有一篇古风,单道景阳冈武松打虎。但见:

景阳冈头风正狂,万里阴云霾日光。焰焰满川枫叶赤,纷纷遍地草芽黄。触目晚霞挂林薮,侵人冷雾满穹苍。忽闻一声霹雳响,山腰飞出兽中王。昂头踊跃逞牙爪,谷口麋鹿皆奔忙。山中狐兔潜踪迹,涧内獐猿惊且慌。下庄见后魂魄丧,存孝遇时心胆强。清河壮士酒未醒,忽在冈头偶相迎。上下寻人虎饥渴,撞着狰狞来扑人。虎来扑人似山倒,人去迎虎如岩倾。臂腕落时坠飞炮,爪牙爬处成泥坑。拳头脚尖如雨点,淋漓两手鲜血染。秽污腥风满松林,散乱毛须坠山奄。近看千钧势未休,远观八面威风敛。身横野草锦斑销,紧闭双睛光不闪。

当下景阳冈上那只猛虎,被武松没顿饭之间,一顿拳脚,打得那大虫动弹不得,使得口里兀自气喘。武松放了手,来松树边寻那打折的棒橛,拿在手里,只怕大虫不死,把棒橛又打了一回。那大虫气都没了。武松再寻思道:"我就地拖得这死大虫下冈子去。"就血泊里双手来提时,那里提得动,原来使尽了气力,手脚都疏软了,动弹不得。

武松再来青石坐了半歇,寻思道:"天色看看黑了,倘或又跳出一只大虫来时,我却怎地斗得他过? 且挣扎下冈子去,明早却来理会。"就石头边寻了毡笠儿,转过乱树林边,一步步挨下冈子来。走不到半里多路,只见枯草丛中钻出两只大虫来。武松道:"呵呀! 我今番死也!"只见那两个大虫于黑影里直立起来。武松定睛看时,却是两个人,把虎皮缝做衣裳,紧紧拼在身上。那两个人手里各拿着一条五股叉,见了武松,吃一惊道:"你那人吃了獭狲心、豹子肝、狮子腿,胆倒包着身躯,如何敢独自一个,昏黑将夜,又没器械,走过冈子来? 不知你是人是鬼?"武松道:"你两个是甚么人?"那个人道:"我们是本处猎户。"武松道:"你们上岭来做甚么?"两个猎户失惊道:"你兀自不知哩!如今景阳冈上有一只极大的大虫,夜夜出来伤人。只我们猎户,也折了七八个。过往客人,不记其数,都被这畜生吃了。本县知县着落当乡里正和我们猎户人等捕捉。那业畜势大,难近得他,谁敢向前!我们为他,正不知吃了多少限棒,只捉他不得!今夜又该我们两个捕猎,和十数个乡夫在此,上上下下,放了窝弓⑤药箭等他。正在这里埋伏,却见你大刺刺地从冈子上走将下来,我两个吃了一惊。你却正是甚人? 曾见大虫么?"武松道:"我是清河县人氏,姓武,排行第二。却才冈子上乱树林边,正撞见那大虫,被我一顿拳脚打死了。"两个猎户听得痴呆了,说道:"怕没这话?"武松道:"你不信时,只看我身上兀自有血迹。"两个道:"怎地打来?"武松把那打大虫的本事,再说了一遍。两个猎户听了,又惊又喜,叫拢那十个乡夫来。只见这十个乡夫,都拿着钢叉、踏弩、刀、枪,随即拢来。武松问道:"他们众人,如何不随着你两个上山?"猎户道:"便是那畜生利害,他们如何敢上来?"一伙十数个人,都在面前。两个猎户把武松打杀大虫的事,说向众人,众人都不肯信。武松道:"你众人不信时,我和你去看便了。"众人身边都有火刀、火石,随即发出火来,点起五七个火把。众人都跟着武松,一同再上冈子来,看见那大虫做一堆儿死在那里。众人见了大喜,先叫一个去报知本县里正,并该管上户。这里五七个乡夫,自把大虫缚了,抬下冈子来。到得岭下,早有七八十人都哄将来,先把死大虫抬在前面,将一乘兜轿,抬了武松,径投本处一个上户家来。那上户、里正,都在庄前迎接,把这大虫扛到草厅上。却有本乡上户、本乡猎户,三二十人,都来相探武松。众人问道:"壮士高姓大名? 贵乡何处?"武松道:"小人是此间邻郡清河县人氏,姓武,名松,排行第二。因从沧州回乡来,昨晚在冈子那边酒店吃得大醉了,上冈子来,正撞见这畜生。"把那打虎的身分拳脚,细说了一遍。众上户道:"真乃英雄好汉!"众猎户先把野味将来与武松把杯。武松因打大虫困乏了,要睡。大户便叫庄客打扫客房,且教武松歇息。

【注释】

①节选自《水浒传》,人民文学出版社 1975 年 10 月版,第二十三回"横海郡柴进留宾 景阳冈武松打虎"。武松逃入柴进柴大官人家避难,不想染上疟疾,在柴进家住了一年有余。宋江怒杀阎婆惜后,也投奔柴进而来。二人结拜为兄弟。武松要回清河县看望哥哥,两人依依惜别。文章节选的就是武松回家的路上经过景阳冈只身打死猛虎的故事。《水浒传》又名《忠义水浒传》,明高儒《百川书志》署"钱塘施耐庵的本,罗贯中编次"。胡应麟《少室山房笔丛》认为是施耐庵作。王圻《续文献通考》等则认为是罗贯中著。施耐庵、罗贯中皆为元末明初人。 ②没地:难道、莫非的意思。 ③贴钱:找补的零钱。 ④肕腊地:一下、一把的意思。 ⑤窝弓:一种伏弩,埋在草丛或浮土中间,踹着机关的就要中箭。

孙悟空大闹天宫①

吴承恩

话表齐天大圣到底是个妖猴,更不知官衔品从,也不较俸禄高低,但只注名便了。那齐天府下二司仙吏,早晚服侍,只知日食三餐,夜眠一榻,无事牵萦,自由自在。闲时节会友游宫,交朋结义。见三清,称个"老"字;逢四帝,道个"陛下"。与那九曜星、五方将、二十八宿、四大天王、十二元辰、五方五老、普天星相、河汉群神,俱只以弟兄相待,彼此称呼。今日东游,明日西荡,云去云来,行踪不定。

一日,玉帝早朝,班部中闪出许旌阳真人,俯囟启奏道:"今有齐天大圣日日无事闲游,结交天上众星宿,不论高低,俱称朋友,恐后闲中生事。不若与他一件事管,庶免别生事端。"玉帝闻言,即时宣诏。那猴王欣欣然而至,道:"陛下,诏老孙有何升赏?"玉帝道:"朕见你身闲无事,与你件执事。你且权管那蟠桃园,早晚好生在意。"大圣欢喜谢恩,朝上唱唁而退。

他等不得穷忙,即入蟠桃园内查勘。本园中有个土地,拦住问道:"大圣何往?"大圣道:"吾奉玉帝点差,代管蟠桃园,今来查勘也。"那土地连忙施礼,即呼那一班锄树力士、运水力士、修桃力士、打扫力士都来见大圣磕头,引他进去。但见那:

天天灼灼,颗颗株株。天天灼灼花盈树,颗颗株株果压枝。果压枝头垂锦弹,花盈树上簇胭脂。时开时结千年熟,无夏无冬万载迟。先熟的,酡②颜醉脸;还生的,带蒂青皮。凝烟肌带绿,映日显丹姿。树下奇葩并异卉,四时不谢色齐齐。左右楼台并馆舍,盈空常见罩云霓。不是玄都凡俗种,瑶池王母自栽培。

大圣看玩多时,问土地道:"此树有多少株数?"土地道:"有三千六百株:前面一千二百株,花微果小,三千年一熟,人吃了成仙了道,体健身轻。中间一千二百株,层花甘实,六千年一熟,人吃了霞举飞升,长生不老。后面一千二百株,紫纹缃核,九千年一熟,人吃了与天地齐寿,日月同庚。"大圣闻言,欢喜无任,当日查明了株树,点看了亭阁,回府。自此后,三五日一次赏玩,也不交友,也不他游。

一日,见那老树枝头,桃熟大半,他心里要吃个尝新,奈何本园土地、力士并齐天府仙吏紧随不便。忽设一计道:"汝等且出门外伺候,让我在这亭上少憩片时。"那众仙果退。只见那猴王脱冠服,爬上大树,拣那熟透的大桃,摘了许多,就在树枝上自在受用。吃了一饱,却才跳下树来,簪冠着服,唤众等仪从回府。迟三二日,又去设法偷桃,尽他享用。

一朝,王母娘娘设宴,大开宝阁,瑶池中做"蟠桃盛会",即着那红衣仙女、青衣仙女、素衣仙女、皂衣仙女、紫衣仙女、黄衣仙女、绿衣仙女,各顶花篮,去蟠桃园摘桃建会。七衣仙女直至园门首,只见蟠桃园土地、力士同齐天府二司仙吏,都在那里把门。仙女近前道:"我等奉王母懿旨,到此摘桃设宴。"土地道:"仙娥且住。今岁不比往年了,玉帝点差齐天大圣在此督理,须是报大圣得知,方敢开园。"仙女道:"大圣何在?"土地道:"大圣在园内,因困倦,自家在亭上睡哩。"仙女道:"既如此,寻他去来,不可迟误。"土地即与同进,寻至花亭不见,只有衣冠在亭,不知何往,四下里都没寻处。原来大圣耍了一会,吃了几个桃子,变做二寸长的个人儿,在那大树梢头浓叶之下睡着了。七衣仙女道:"我等奉旨前来,寻不见大圣,怎敢空回?"旁有仙使道:"仙娥既奉旨来,不必迟疑。我大圣闲游惯了,想是出园会友去了。汝等且去摘桃,我们替你回话便是。"那仙女依言,入树林之下摘桃。先在前树摘了二篮,又在中树摘了三篮,到后树上摘取,只见那树上花果稀疏,止有几个毛蒂青皮的。原来熟的都是猴王吃了。七仙女张望东西,只见向南枝上止有一个半红半白的桃子。青衣女用手扯下枝来,红衣女摘了,却将枝子往上一放。原来那大圣变化了,正睡在此枝,被他惊醒。大圣即现本相,耳朵里掣出金箍棒,晃一晃,碗来粗细,咄的一声道:"你是那方怪物,敢大胆偷摘我桃!"慌得那七仙女一齐跪下道:"大圣息怒。我等不是妖怪,乃王母娘娘差来的七衣仙女,摘取仙桃,大开宝阁,做'蟠桃盛会'。适至此间,先见了本园土地等神,寻大圣不见。我等恐迟了王母懿旨,是以等不得大圣,故先在此摘桃。万望恕罪。"大圣闻言,回嗔作喜道:"仙娥请起。王母开阁设宴,请的是谁?"仙女道:"上会自有旧规,请的是西天佛老菩萨、圣僧罗汉,南方南极观音,东方崇恩圣帝、十洲三岛仙翁,北方北极玄灵,中央黄极黄角大仙,这个是五方五老。还有五斗星君,上八洞三清四帝,太乙天仙等众,中八洞玉皇九垒,海岳神仙;下八洞幽冥教主,注世地仙。各宫各殿大小尊神,俱一齐赴蟠桃嘉会。"大圣笑道:"可请我么?"仙女道:"不曾听得说。"大圣道:"我乃齐天大圣,就请我老孙做个席尊,有何不可?"仙女道:"此是上会旧规,今会不知如何。"大圣道:"此言也是,难怪汝等。你且立下,待老孙先去打听个消息,看可请老孙不请。"

好大圣,捻着诀,念声咒语,对众仙女道:"住,住,住"这原来是个定身法,把那七衣仙女,一个个眵眵睁睁③,白着眼,都站在桃树之下。大圣纵朵祥云,跳出园内,竟奔瑶池路上而去。正行时,只见那壁厢:

一天瑞霭光摇曳,五色祥云飞不绝。白鹤声鸣振九皋,紫芝色秀分千叶。中间现出一尊仙,相貌昂然丰采别。神舞虹霓幌汉霄,腰悬宝篆无生灭。名称赤脚大罗仙,特赴蟠桃添寿节。

那赤脚大仙觌面撞见大圣,大圣低头定计,赚哄真仙,他要暗去赴会,却问:"老道何往?"大仙道:"蒙王母见招,去赴蟠桃嘉会。"大圣道:"老道不知。玉帝因老孙筋斗云疾,着老孙五路邀请列位,先至通明殿下演礼,后方去赴宴。"大仙是个光明正大之人,就以他的诳语作真,道:"常年就在瑶池演礼谢恩,如何先去通明殿演礼,方去瑶池赴会?"无奈,只得拨转祥云,径往通明殿去了。

大圣驾着云,念声咒语,摇身一变,就变做赤脚大仙模样,前奔瑶池。不多时,直至宝阁,按住云头,轻轻移步,走入里面,只见那里:

琼香缭绕，瑞霭缤纷。瑶台铺彩结，宝阁散氤氲。凤翥鸾翔形缥缈，金花玉萼影浮沉。上排着九凤丹霞扆，八宝紫霓墩。五彩描金桌，千花碧玉盆。桌上有龙肝和凤髓，熊掌与猩唇。珍馐百味般般美，异果佳肴色色新。

那里铺设得齐齐整整，却还未有仙来。这大圣点看不尽，忽闻得一阵酒香扑鼻，急转头见右壁厢长廊之下，有几个造酒的仙官，盘糟的力士，领几个运水的道人，烧火的童子，在那里洗缸刷瓮，已造成了玉液琼浆，香醪佳酿。大圣止不住口角流涎，就要去吃，奈何那些人都在这里，他就弄个神通，把毫毛拔下几根，丢入口中嚼碎，喷将出去，念声咒语，叫"变！"即变做几个瞌睡虫，奔在众人脸上。你看那伙人，手软头低，闭眉合眼，丢了执事，都去盹睡。大圣却拿了些百味八珍，佳肴异品，走入长廊里面，就着缸，挨着瓮，放开量痛饮一番。吃够了多时，酕醄④醉了，自揣自摸道："不好，不好！再过会请的客来，却不怪我？一时拿住，怎生是好？不如早回府中睡去也。"

好大圣，摇摇摆摆，仗着酒，任情乱撞，一会把路差了，不是齐天府，却是兜率天宫。一见了，顿然醒悟道："兜率宫是三十三天之上，乃离恨天太上老君之处，如何错到此间？也罢！也罢！一向要来望此老，不曾得来，今趁此残步⑤，就望他一望也好。"即整衣撞进去。那里不见老君，四无人迹。原来那老君与燃灯古佛在三层高阁朱陵丹台上讲道，众仙童仙将、仙官仙吏都侍立左右听讲。这大圣直至丹房里面，寻访不遇，但见丹灶之旁，炉中有火。炉左右安放着五个葫芦，葫芦里都是炼就的金丹。大圣喜道："此物乃仙家之至宝。老孙自了道以来，识破了内外相同之理，也要炼些金丹济人，不期到家无暇；今日有缘，却又撞着此物，趁老子不在，等我吃他几丸尝新。"他就把那葫芦都倾出来，就都吃了，如吃炒豆相似。

一时间丹满酒醒，又自己揣度道："不好，不好！这场祸比天还大，若惊动玉帝，性命难存。走！走！走！不如下界为王去也！"他就跑出兜率宫，不行旧路，从西天门，使个隐身法逃去，即按云头，回至花果山界。但见那旌旗闪灼，戈戟光辉，原来是四健将与七十二洞妖王，在那里演习武艺。大圣高叫道："小的们！我来也！"众怪丢了器械，跪倒道："大圣好宽心！丢下我等许久，不来相顾！"大圣道："没多时！没多时！"且说且行，径入洞天深处。四健将打扫安歇，叩头礼拜毕，俱道："大圣在天这百十年，实受何职？"大圣笑道："我记得才半年光景，怎么就说百十年话？"健将道："在天一日，即在下方一年也。"大圣道："且喜这番玉帝相爱，果封做齐天大圣，起一座齐天府，又设安静、宁神二司，司设仙吏侍卫。向后见我无事，着我代管蟠桃园。近因王母娘娘设蟠桃大会，未曾请我，是我不待他请，先赴瑶池，把他那仙品仙酒，都是我偷吃了。走出瑶池，跟跟跄跄误入老君宫阙，又把他五个葫芦金丹也偷吃了。但恐玉帝见罪，方才走出天门来也。"众怪闻言大喜，即安排酒果接风，将椰酒满斟一石碗奉上。大圣喝了一口，即咨牙俫嘴⑥道："不好吃！不好吃！"崩、芭二将道："大圣在天宫，吃了仙酒仙肴，是以椰酒不甚美口。常言道，美不美，乡中水。"大圣道:"你们就是亲不亲,故乡人。我今早在瑶池中受用时,见那长廊之下有许多瓶罐,都是那玉液琼浆,你们都不曾尝着。待我再去偷他几瓶回来,你们各饮半杯,一个个也长生不老。"众猴欢喜不胜。大圣即出洞门,又翻一筋斗,使个隐身法,径至蟠桃会上。进瑶池宫阙,只见那几个造酒、盘糟、运水、烧火的,还鼾睡未醒。他将大的从左右胁下挟了两个,两手提了两个,即拨转云头回来,会众猴在于洞中,就做个仙酒会,各饮了几杯,快乐不题。

【注释】

① 节选自《西游记》,岳麓书社 1987 年版,第五回"乱蟠桃大圣偷丹 反天宫诸神捉怪"。玉帝将孙悟空召入天庭,授他做弼马温。悟空嫌官小,打回花果山,自称"齐天大圣"。玉帝派天兵天将捉拿孙悟空不成,再次派太白金星招降孙悟空,赐封"齐天大圣"。玉帝见孙悟空在天庭闲来无事,便让他管理蟠桃园。孙悟空偷吃蟠桃,搅了王母的蟠桃宴,又盗食了太上老君的金丹后逃离天宫。吴承恩(1504?—1582?),字汝忠,号射阳山人,山阳(今江苏淮安)人。科举屡遭挫折,嘉靖中补贡生,曾任浙江长兴县丞。后辞官潜心著述,晚年作《西游记》,另有《射阳先生存稿》《禹鼎志》等。　② 酡(tuó):喝酒时脸红。　③ 睖(lèng)睖睁睁:眼睛发呆、发直。　④ 酕醄(máo táo):大醉的醉态。　⑤ 残步:顺道。　⑥ 侏嘴:嘴角裂开的表情。犹咧嘴。

宝玉挨打①

曹雪芹

原来宝玉会过雨村回来听见了,便知金钏儿含羞赌气自尽,心中早已五内摧伤,进来被王夫人数落教训,也无可回说。见宝钗进来,方得便出来,茫然不知何往,背着手,低头一面感叹,一面慢慢的走着,信步来至厅上。

刚转过屏门,不想对面来了一人正往里走,可巧儿撞了个满怀。只听那人喝一声"站住!"宝玉唬了一跳,抬头一看,不是别人,却是他父亲,不觉的倒抽了一口气,只得垂手一旁站了。贾政道:"好端端的,你垂头丧气嗐些什么?方才雨村来了要见你,叫你那半天你才出来;既出来了,全无一点慷慨挥洒谈吐,仍是葳葳蕤蕤。我看你脸上一团思欲愁闷气色,这会子又咳声叹气。你那些还不足,还不自在?无故这样,却是为何?"宝玉素日虽然口角伶俐,只是此时一心总为金钏儿感伤,恨不得此时也身亡命殒,跟了金钏儿去。如今见他父亲说这些话,究竟不曾听见,只是怔呵呵的站着。

贾政见他惶悚,应对不似往日,原本无气的,这一来倒生了三分气。方欲说话,忽有回事人来回:"忠顺亲王府里有人来,要见老爷。"贾政听了,心下疑惑,暗暗思忖道:"素日并不和忠顺府来往,为什么今日打发人来?"一面想,一面令"快请",急走出来看时,却是忠顺府长史官,忙接进厅上坐了献茶。

　　未及叙谈，那长史官先就说道："下官此来，并非擅造潭府②，皆因奉王命而来，有一件事相求。看王爷面上，敢烦老大人作主，不但王爷知情，且连下官辈亦感谢不尽。"贾政听了这话，抓不住头脑，忙陪笑起身问道："大人既奉王命而来，不知有何见谕，望大人宣明，学生好遵谕承办。"那长史官便冷笑道："也不必承办，只用大人一句话就完了。我们府里有一个做小旦的琪官，一向好好在府里，如今竟三五日不见回去，各处去找，又摸不着他的道路，因此各处访察。这一城内，十停人倒有八停人都说，他近日和衔玉的那位令郎相与甚厚。下官辈等听了，尊府不比别家，可以擅入索取，因此启明王爷。王爷亦云：'若是别的戏子呢，一百个也罢了；只是这琪官随机应答，谨慎老诚，甚合我老人家的心，竟断断少不得此人。'故此求老大人转谕令郎，请将琪官放回，一则可慰王爷谆谆奉恳，二则下官辈也可免操劳求觅之苦。"说毕，忙打一躬。

　　贾政听了这话，又惊又气，即命唤宝玉来。宝玉也不知是何原故，忙赶来时，贾政便问："该死的奴才！你在家不读书也罢了，怎么又做出这些无法无天的事来！那琪官现是忠顺王爷驾前承奉的人，你是何等草芥，无故引逗他出来，如今祸及于我。"宝玉听了唬了一跳，忙回道："实在不知此事。究竟连'琪官'两个字不知为何物，岂更又加'引逗'二字！"说着便哭了。

　　贾政未及开口，只见那长史官冷笑道："公子也不必掩饰。或隐藏在家，或知其下落，早说了出来，我们也少受些辛苦，岂不念公子之德？"宝玉连说不知："恐是讹传，也未见得。"那长史官冷笑两声道："现有证据，何必还赖？必定当着老大人说了出来，公子岂不吃亏？既云不知此人，那红汗巾子怎么到了公子腰里？"宝玉听了这话，不觉轰了魂魄，目瞪口呆，心下自思："这话他如何得知！他既连这样机密事都知道了，大约别的瞒他不过，不如打发他去了，免的再说出别的事来。"因说道："大人既知他的底细，如何连他置买房舍这样大事倒不晓得了？听得说他如今在东郊离城二十里有个什么紫檀堡，他在那里置了几亩田地几间房舍。想是在那里也未可知。"那长史官听了，笑道："这样说，一定是在那里。我且去找一回，若有了便罢，若没有，还要来请教。"说着，便忙忙的走了。

　　贾政此时气得目瞪口歪，一面送那长史官，一面回头命宝玉："不许动！回来有话问你！"一直送那官员去了。才回身，忽见贾环带着几个小厮一阵乱跑。贾政喝令小厮"快打，快打！"贾环见了他父亲，唬的骨软筋酥，忙低头站住。贾政便问："你跑什么？带着你的那些人都不管你，不知往那里逛去，由你野马一般！"喝令叫跟上学的人来。贾环见他父亲盛怒，便乘机说道："方才原不曾跑，只因从那井边一过，那井里淹死了一个丫头，我看见人头这样大，身子这样粗，泡的实在可怕，所以才赶着跑过来了。"贾政听了惊疑，问道："好端端的，谁去跳井？我家从无这样事情，自祖宗以来，皆是宽柔以待下人。——大约我近年于家务疏懒，自然执事人操克夺之权，致使生出这暴殄轻生③的祸患。若外人知道，祖宗颜面何在！"喝令快叫贾琏、赖大、兴儿来。

小厮们答应了一声,方欲叫去,贾环忙上前拉住贾政的袍襟,贴膝跪下道:"父亲不用生气。此事除太太屋里的人,别人一点也不知道。我听见我母亲说……"说到这里,便回头四顾一看。贾政知意,将眼一看众小厮,小厮们明白,都往两边后面退去。贾环便悄悄说道:"我母亲告诉我说,宝玉哥哥前日在太太屋里,拉着太太的丫头金钏儿强奸不遂,打了一顿。那金钏儿便赌气投井死了。"

话未说完,把个贾政气得面如金纸,大叫"快拿宝玉来!"一面说,一面便往里边书房里去,喝令"今日再有人来劝我,我把这冠带家私④,一应交与他与宝玉过去! 我免不得做个罪人,把这几根烦恼鬓毛剃去,寻个干净去处⑤自了,也免得上辱先人下生逆子之罪!"众门客仆从见贾政这个形景,便知又是为宝玉了,一个个都是咂指咬舌,连忙退出。那贾政喘吁吁直挺挺坐在椅子上,满面泪痕,一叠声"拿宝玉! 拿大棍! 拿索子捆上! 把各门都关上! 有人传信往里头去,立刻打死!"众小厮们只得齐齐答应,有几个来找宝玉。

那宝玉听见贾政吩咐他"不许动",早知多凶少吉,那里承望贾环又添了许多的话。正在厅上干转,怎得个人来往里头捎信,偏生没个人,连焙茗也不知在那里。正盼望时,只见一个老姆姆出来。宝玉如得了珍宝,便赶上来拉他,说道:"快进去告诉:老爷要打我呢! 快去,快去! 要紧,要紧!"宝玉一则急了,说话不明白,二则老婆子偏生又聋,竟不曾听见是什么话,把"要紧"二字只听做"跳井"二字,便笑道:"跳井让他跳去,二爷怕什么?"宝玉见是个聋子,便着急道:"你出去叫我的小厮来罢。"那婆子道:"有什么不了的事? 老早的完了。太太又赏了衣服,又赏了银子,怎么不了事的!"

宝玉急的跺脚,正没抓寻处,只见贾政的小厮走来,逼着他出去了。贾政一见,眼都红紫了,也不暇问他在外流荡优伶,表赠私物,在家荒疏学业,逼淫母婢等语,只喝令"堵起嘴来,着实打死!"小厮们不敢违拗,只得将宝玉按在凳上,举起大板打了十来下。贾政犹嫌打轻了,一脚踢开掌板的,自己夺过来,咬着牙狠命盖了三四十下。众门客见打的不祥了,赶上来夺劝。贾政那里肯听,说道:"你们问问他干的勾当可饶不可饶! 素日皆是你们这些人把他酿坏了,到这步田地还来解劝。明日酿到他弑君杀父,你们才不劝不成!"

众人听这话不好听,知道气急了,忙又退出,只得觅人进去给信。王夫人不敢先回贾母,只得忙穿衣出来,也不顾有人没人,忙忙赶往书房中来,慌的众门客小厮等避之不及。王夫人一进房来,贾政更如火上浇油一般,那板子越发下去的又狠又快。按宝玉的两个小厮忙松了手走开,宝玉早已动弹不得了。

贾政还欲打时,早被王夫人抱住板子。贾政道:"罢了,罢了! 今日必定要气死我才罢!"王夫人哭道:"宝玉虽然该打,老爷也要保重。况且炎天暑日的,老太太身上又不大好,打死宝玉事小,倘或老太太一时不自在了,岂不事大!"贾政冷笑道:

"倒休提这话。我养了这不肖的孽障,已不孝;教训他一番,又有众人护持;不如趁今日一发勒死了,以绝将来之患!"说着,便要绳索来勒死。

王夫人连忙抱住哭道:"老爷虽然应当管教儿子,也要看夫妻分上。我如今已将五十岁的人,只有这个孽障,必定苦苦的以他为法,我也不敢深劝。今日越发要他死,岂不是有意绝我。既要勒死他,快拿绳子来先勒死我,再勒死他。我们娘儿们不敢含怨,到底在阴司里得个倚靠。"说毕,爬在宝玉身上大哭起来。

贾政听了此话,不觉长叹一声,向椅上坐了,泪如雨下。王夫人抱着宝玉,只见他面白气弱,底下穿着一条绿纱小衣皆是血渍,禁不住解下汗巾看,由臀至胫,或青或紫,或整或破,竟无一点好处,不觉失声大哭起,"苦命的儿吓!"因哭出"苦命儿"来,忽又想起贾珠来,便叫着贾珠哭道:"若有你活着,便死一百个我也不管了!"此时里面的人闻得王夫人出来,那李宫裁王熙凤及迎春姊妹早已出来了。王夫人哭着贾珠的名字,别人还可,惟有宫裁禁不住也放声哭了。贾政听了,那泪珠更似滚瓜一般滚了下来。

正没开交处,忽听丫鬟来说:"老太太来了!"一句话未了,只听窗外颤巍巍的声气说道:"先打死我,再打死他,岂不干净了!"贾政见他母亲来了,又急又痛,连忙迎接出来,只见贾母扶着丫头,喘吁吁的走来。

贾政上前躬身陪笑道:"大暑热天,母亲有何生气亲自走来?有话只该叫了儿子进去吩咐。"贾母听说,便止住步喘息一回,厉声说道:"你原来是和我说话!我倒有话吩咐,只是可怜我一生没养个好儿子,却叫我和谁说去!"贾政听这话不像,忙跪下含泪说道:"为儿的教训儿子,也为的是光宗耀祖。母亲这话,我做儿的如何禁得起?"贾母听说,便啐了一口,说道:"我说一句话,你就禁不起,你那样下死手的板子,难道宝玉就禁得起了?你说教训儿子是光宗耀祖,当初你父亲怎么教训你来!"说着,不觉就滚下泪来。

贾政又陪笑道:"母亲也不必伤感,皆是作儿的一时性起,从此以后再不打他了。"贾母便冷笑道:"你也不必和我使性子赌气的。你的儿子,我也不该管你打不打。我猜着你也厌烦我们娘儿们。不如我们赶早儿离了你,大家干净。"说着便令人去看轿马,"我和你太太宝玉立刻回南京去!"家下人只得干答应着。

贾母又叫王夫人道:"你也不必哭了。如今宝玉年纪小,你疼他,他将来长大,为官作宰的,也未必想着你是他母亲了。你如今倒不要疼他,只怕将来还少生一口气呢。"贾政听说,忙叩头哭道:"母亲如此说,贾政无立足之地。"贾母冷笑道:"你分明使我无立足之地,你反说起你来!只是我们回去了,你心里干净,看有谁来许你打。"一面说,一面只令快打点行李车轿回去。贾政苦苦叩头认罪。

贾母一面说话,一面又记挂宝玉,忙进来看时,只见今日这顿打不比往日,又是心疼,又是生气,也抱着哭个不了。王夫人与凤姐等解劝了一会,方渐渐的止住。早有丫鬟媳妇等上来,要搀宝玉,凤姐便骂:"糊涂东西,也不睁开眼瞧瞧!打的这么个样儿,还要搀着走! 还不快进去把那藤屉子春凳⑥抬出来呢。"众人听说连忙进去,果然抬出春凳来,将宝玉抬放凳上,随着贾母王夫人等进去,送至贾母房中。

彼时贾政见贾母气未全消,不敢自便,也跟了进来。看看宝玉,果然打重了。再看看王夫人,"儿"一声,"肉"一声,"你替珠儿早死了,留着珠儿,免你父亲生气,我也不白操这半世的心了! 这会子你倘或有个好歹,丢下我,叫我靠那一个!"数落一场,又哭"不争气的儿"。贾政听了,也就灰心,自悔不该下毒手打到如此地步。先劝贾母,贾母含泪说道:"你不出去,还在这里做什么! 难道于心不足,还要眼看着他死了才去不成!"贾政听说,方退了出来。

此时薛姨妈同宝钗、香菱、袭人、史湘云等也都在这里。袭人满心委屈,只不好十分使出来,见众人围着,灌水的灌水,打扇的打扇,自己插不下手去,便索性走出来到二门前,令小厮们找了焙茗来细问:"方才好端端的,为什么打起来? 你也不早来透个信儿!"焙茗急的说:"偏生我没在跟前,打到半中间我才听见了。忙打听原故,却是为琪官金钏姐姐的事。"袭人道:"老爷怎么得知道的?"焙茗道:"那琪官的事,多半是薛大爷素日吃醋,没法儿出气,不知在外头唆挑了谁来,在老爷跟前下的火⑦。那金钏儿的事是三爷说的,我也是听见跟老爷的人说。"袭人听了这两件事都对景⑧,心中也就信了八九分。然后回来,只见众人都替宝玉疗治。调停完备,贾母令"好生抬到他房内去"。众人答应,七手八脚,忙把宝玉送入怡红院内自己床上卧好。又乱了半日,众人渐渐散去了,袭人方进前来经心服侍,问他端的。

【注释】

① 节选自《红楼梦》,人民文学出版社 1982 年 3 月版,第三十三回"手足耽耽小动唇舌 不肖种种大承笞挞"。"宝玉挨打"是《红楼梦》中的重要事件之一,集中表现了贾政与宝玉父子的思想冲突。曹雪芹(约 1715—1763),名霑,字梦阮,号雪芹,又号芹溪、芹圃。生于南京,后遭家族变故回北京,晚年于西山"披阅十载,增删五次"撰成《红楼梦》一书。《红楼梦》120 回,学者多认为前 80 回为曹雪芹原稿,后 40 回为高鹗续补。 ② 潭府:深宅大院。常用作对他人住宅的尊称。潭:深邃的样子。 ③ 暴殄(tiǎn)轻生:暴殄:恣意糟踏。殄:灭绝。轻生:不爱惜生命。
④ 冠带家私:冠带:帽子和束带,是官服的代称,这里代指官爵。家私:财产,代指家业。 ⑤ 烦恼鬓毛、干净去处:鬓毛:即头发,佛家称为"烦恼丝"。干净:佛家以为人世污浊不净,唯有佛门才能通向清净世界,即所谓净土。剃去烦恼鬓毛和寻个干净去处,都是出家当和尚的意思。
⑥ 春凳:一种面较宽的可坐可卧的长凳。 ⑦ 下的火:使坏进谗的意思。 ⑧ 对景:对上号;情况符合。

周进撞号板①

吴敬梓

周进无事,闲着街上走走,看见纷纷的工匠,都说是修理贡院。周进跟到贡院门口,想挨进去看,被看门的大鞭子打了出来。晚间向姐夫说,要去看看。金有余只得用了几个小钱，一伙客人也都同了去看，又央及行主人领着。行主人走进头门，用了钱的并无拦阻。到了龙门下，行主人指道："周客人，这是相公们进的门了。"进去两块号房门，行主人指道："这是天字号了。你自进去看看。"周进一进了号，见两块号板，摆的齐齐整整，不觉眼睛里一阵酸酸的，长叹一声，一头撞在号板上，直僵僵不省人事。只因这一死，有分教：累年蹭蹬②，忽然际会风云；终岁凄凉，竟得高悬月旦③。未知周进性命如何，且听下回分解。

话说周进在省城要看贡院，金有余见他真切，只得用几个小钱同他去看，不想才到天字号，就撞死在地下。众人多慌了，只道一时中了恶。行主人道："想是这贡院里久没有人到，阴气重了，故此周客人中了恶。"金有余道："贤东，我扶着他。你且去到做工的那里借口开水来灌他一灌。"行主人应诺，取了水来，三四个客人一齐扶着，灌了下去。喉咙里咯咯的响了一声，吐出一口稠涎来。众人道："好了！"扶着立了起来。

周进看着号板，又是一头撞将去。这回不死了，放声大哭起来。众人劝着不住。金有余道："你看，这不疯了么？好好到贡院来耍，你家又不死了人，为甚么这样号啕痛哭是的？"周进也不听见，只管伏着号板哭个不住。一号哭过，又哭到二号、三号，满地打滚，哭了又哭，哭的众人心里都凄惨起来。金有余见不是事，同行主人一左一右架着他的膀子。他那里肯起来，哭了一阵，又是一阵，直哭到口里吐出鲜血来。

众人七手八脚，将他扛抬了出来，贡院前一个茶棚子里坐下，劝他吃了一碗茶，犹自索鼻涕，弹眼泪，伤心不止。内中一个客人道："周客人有甚心事？为甚到了这里，这等大哭起来？却是哭得利害。"金有余道："列位老客有所不知。我这舍舅，本来原不是生意人。因他苦读了几十年的书，秀才也不曾做得一个，今日看这贡院，就不觉伤心起来。"只因这一句话，道着周进的真心事，于是不顾众人，又放声大哭起来。又一个客人道："论这事，只该怪我们金老客。周相公既是斯文人，为甚么带他出来做这样的事？"金有余道："也只为赤贫之士，又无馆做，没奈何上了这一条路。"又一个客人道："看令舅这个光景，毕竟胸中才学是好的。因没有人识得他，所以受屈到此田地。"金有余道："他才学是有的，怎奈时运不济！"那客人道："监生④也可以进场。周相公既有才学，何不捐他一个监进场？中了，也不枉了今日这一番心事。"金有余道："我也是这般想，只是哪里有这一注银子？"此时周进哭的住了。那客人道："这也不难。现放着我这几个弟兄在此，每人拿出几十两银子，借与周相公纳监进场。若中了做官，哪在我们这几两银子？就是周相公不还，我们走江湖的人，哪里不破掉了几两银子？何况这是好事。你众位意下如何？"众人一齐道："君子成人之美。"又道："见义不为，是为无勇。俺们有甚么不肯！只不知周相公可肯俯就？"周进道："若得如此，便是重生父母，我周进变驴变马也要报效！"爬到地下就磕了几个头。众人还下礼去。金有余也称谢了众人。又吃了几碗茶，周进再不哭了,同众人说说笑笑,回到行里。

次日,四位客人果然备了二百两银子,交与金有余。一切多的使费,都是金有余包办。周进又谢了众人和金有余。行主人替周进备一席酒,请了众位。金有余将着银子,上了藩库,讨出库收来。正值宗师来省录遗⑤,周进就录了个贡监首卷。到了八月初八日进头场,见了自己哭的所在,不觉喜出望外。自古道,"人逢喜事精神爽",那七篇文字,做的花团锦簇一般。出了场,仍旧住在行里。金有余同那几个客人,还不曾买完了货。直到放榜那日,巍然中了。众人各各欢喜,一齐回到汶上县。拜县父母、学师,典史拿晚生帖子上门来贺。汶上县的人,不是亲的也来认亲,不相与的也来认相与,忙了个把月。申祥甫听见这事,在薛家集敛了分子,买了四只鸡、五十个蛋和些炒米、欢团之类,亲自上县来贺喜。周进留他吃了酒饭去。荀老爹贺礼是不消说了。看看上京会试,盘费、衣服,都是金有余替他设处。到京会试,又中了进士,殿在三甲,授了部属。荏苒三年,升了御史,钦点广东学道。

【注释】

①节选自《儒林外史》,时代文艺出版社,第二回"王孝廉村学识同科 周蒙师暮年登上第"、第三回"周学道校士拔真才 胡屠户行凶闹捷报"。《儒林外史》中有二"进",一曰周进,一曰范进。"范进中举"已广为人知,而录取范进的正是周进。周进年逾六旬,因没有进学,处处被人嘲笑、挖苦,连个教馆之职也保不住,只好替商人记账。有幸进入贡院,一见号板,禁不住悲从中来,一头撞去,哭得死去活来。结果时来运转,连升官职。"周进撞号板"典型地体现了《儒林外史》的讽刺艺术。作者吴敬梓(1701—1754),字敏轩,一字文木,号粒民,安徽全椒人。 ②蹭蹬(cèng dèng):遭遇挫折。 ③月旦:东汉末年,名士许劭和许靖兄弟喜欢以儒家的"德行"为标准品评人物,每月一换品题,故称为"月旦评"。这里的高悬月旦,指的是周进后来当了学政,主持考试事宜。 ④监生:明清在国子监肄业的,统称监生。初由学政考取,或由皇帝特许,后也可以交钱捐买。 ⑤录遗:选录遗才。这里指清代乡试前的一种选拔考试。